Jakobs Weg

Jörg H. Trauboth (1943) war Generalstabsoffizier in der Luft-waffe und Waffensystemoffizier-Lehrer in Kampfflugzeugen PHANTOM und TORNADO. Mit 50 Jahren quittierte er den Dienst hochdekoriert im Rang eines Obersten. Nach einer Spezialausbildung durch eine englische Krisenmanagement-firma wurde er für die Bewältigung von Erpressungs- und Ent-führungslagen in Südamerika und Osteuropa eingesetzt. Mit eigener Firma und seiner 24-Stunden-Task-Force beriet er in über 300 Fällen bei Erpressungen, Entführungen und Image-krisen. Er war Präsident der Europäischen Krisenmanagement Akademie (EAKM) in Wien und Präsident in der internationa-len Pilotenvereinigung American Yankee Association.

Literatur: Herausgeber und Co-Autor des Standardwerkes „Krisenmanagement in Unternehmen und öffentlichen Ein-richtungen" (2. Auflage 2021). Romanautor der Deutschland-Thriller „Drei Brüder" (2016), „Operation Jerusalem (2019) und „Omega" (2020).

Jörg H. Trauboth ist gefragter Experte in den Medien, arbeitet ehrenamtlich in der Notfallseelsorge und gehört zum Krisen-interventionsteam (KIT/Bonn) des Auswärtigen Amtes. Er hat zwei Söhne und drei Enkelkinder und lebt mit seiner Frau in der Nähe von Bonn.
www.trauboth-autor.de.
youtube.com/c/aa5flyer.

Jörg H. Trauboth

JAKOBS WEG

Krimi

Jörg H. Trauboth
JAKOBS WEG
Krimi

Cover von Jörg H. Trauboth und Franz König
unter Verwendung des Fotos von alamy D875E7

Impressum
ratio-books • 53797 Lohmar • Danziger Str. 30
info@ratio-books.de
Tel.: (0 22 46) 94 92 61
Fax: (0 22 46) 94 92 24
www.ratio-books.de

ISBN 978-3-96136-095-6
eISBN 978-3-96136-096-3
published by

Die Seele eines Kindes durch sexuelle Gewalt zu missbrauchen, ist das schlimmste Verbrechen an einem Menschen überhaupt. Es findet inmitten unserer Gesellschaft statt. Dreiundvierzig Mal – jeden Tag.

Deutscher Kinderverein e.V.

Gewidmet den Polizeibeamten, die bei der digitalen Aufklärung Unvorstellbares leisten.

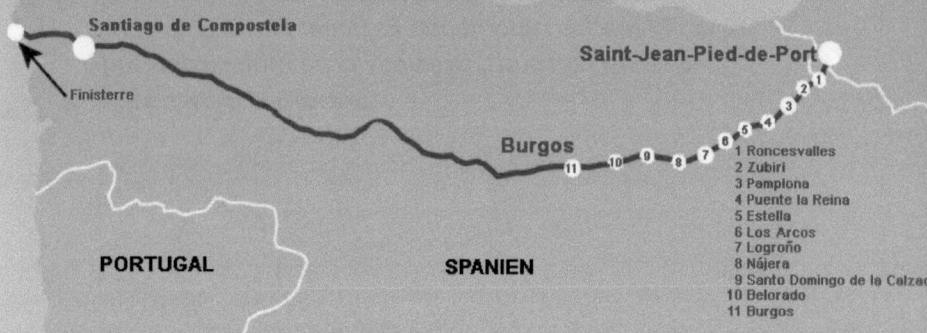

ETAPPEN DER GRUPPE „ROSE"

Entfernung Saint-Jean-Pied-de-Port nach Burgos: 286 km
Camino Francés bis Santiago de Compostela insgesamt ca. 800 km

FRANKREICH

Santiago de Compostela

Finisterre

Saint-Jean-Pied-de-Port

Burgos

11   10   9   8   7   6   5   4   3   2   1

1 Roncesvalles
2 Zubiri
3 Pamplona
4 Puente la Reina
5 Estella
6 Los Arcos
7 Logroño
8 Nájera
9 Santo Domingo de la Calzada
10 Belorado
11 Burgos

PORTUGAL

SPANIEN

HANDELNDE PERSONEN (A-Z)

Dohn, Hanna, Tarnname „Maria Feldmann" (Journalistin)
Dohn, Kurt (ihr Ehemann und Kriegsjournalist)
Domingo, Pater (Reiseleiter)
Jaeger, Joe „Hunter", Tarnname „Gerd Ballhaus" (Kriminal-
    hauptkommissar des BKA)
Jaeger, Marta (seine Enkeltochter)
Jakob (Internatsschüler, weitere: **Elias, Guido, Lutz, Jan,**
    Wolfram)
Hartmann, Pater, Dr. Johannes (Internatsleiter)
Hartmann, Christiane (seine Schwester)
Holländer, der mit der roten Mütze
Hoppe, Jens (BKA-Verbindungsbeamter)
Michailow, Sergey (Hausmeister)
Mönch, Heiner (Chef Bundeskriminalamt)
Peeters, Louis (Manager einer belgischen Brauerei)
Rauch, Heike (Kriminalkommissarin)
Rex, Tom (ehemaliger Soldat der Bundeswehr)
Ruskow, Piotr (ukrainischer Busfahrer)
Schmitts, Paul (ehemaliger EU-Parlaments-Abgeordneter)
Servatius, unbekannte Person
Stein, Gottfried (IT-Berater und Darknet-Betreiber
    mit dem Decknamen *Zeus*); seine Lebensgefährtin
    Anastasia Baluschka
Trautmann, Dr. (Leiter des Internats Schloss Salem)
von Bellheim, Herbert (Vorstandsvorsitzender der Helvetia Re)
von Bellheim, Iris (seine Frau)
von Bellheim, Holger (deren gemeinsamer Sohn)

INHALT

11

1.

SÜDLICHES SAUERLAND

– Jakob –

»**S**ind wir endlich soweit?«, drang von oben aus dem Fenster die messerscharfe Stimme des Internatsleiters Pater Dr. phil. Johannes Hartmann herab.

Sergey Michailow fuhr herum. Der Pater, ein schlanker, hochgewachsener Mann Mitte vierzig mit schütterem Haar und, wie man im Kollegium munkelte, ein Kandidat für ein hohes Amt im Vatikan, zeigte dem Hausmeister unmissverständlich an, dass er verschwinden solle, bevor wieder einmal die mysteriösen Besucher in ihren schwarzen Limousinen eintrafen. Sergey legte hastig seine Gartengeräte in die Schubkarre und sah noch prüfend über die nun makellos gereinigte Auffahrt zum Internat. Die mit Pappeln gesäumte Allee endete an einer zwanzigstufigen, breiten Treppe, auf der der Pater jetzt kein einziges Blatt sehen wollte. Sie führte zu der hohen, halbrunden Pforte mit zwei mächtigen Flügeltüren aus schwerem Holz, über denen in großen, goldenen Lettern schon von Weitem *Collegium Maria Hilf* zu lesen war. *Maria Hilf.*
Sergey schauderte es jedes Mal, wenn er diese Inschrift las, die jetzt im Abendlicht so warm und einladend leuchtete. Anfangs war er stolz gewesen, Hausmeister an Deutschlands bester Internatsadresse sein zu dürfen und für einen Prachtbau hier im südlichen Sauerland zuständig zu sein, dessen Erbauer offensichtlich auf alles verzichtet hatte, was klein war. Sergey kannte jede Fläche und hielt sie sauber, als wäre das

Gebäude seins. Inzwischen aber hasste er jede Ecke, besonders heute. Denn es war wieder das erste Wochenende im Monat, der Jour fixe, zu dem der *Doktor,* wie das Personal den Internatsleiter Pater Dr. phil. Johannes Hartmann unter der Hand nannte, seine ganz persönlichen Gäste geladen hatte. Nach jedem Jour fixe schwor Sergey sich aufs Neue, die Polizei zu informieren. Aber der Doktor hatte ihn in der Hand. Er umklammerte ihn wie mit einem eisernen Band, aus dem es kein Entrinnen mehr gab. Sergey schaute hasserfüllt zu dem Mann hinauf, der sein Leben zur Hölle gemacht hatte. Dabei hatte damals alles so gut begonnen.

Zwei Jahre zuvor war er als Russlanddeutscher nach Deutschland gekommen. Er hatte sich die kleine sauerländische Stadt Olpe ausgesucht, weil hier bereits einige andere Deutschrussen aus seiner Heimat wohnten. Über das Arbeitsamt wurde er dem Internat vermittelt. Der Internatsleiter, der sympathische Herr Doktor Hartmann, hatte ihm gesagt, dass er auf so einen wie ihn gewartet habe. Schon nach drei Monaten war die Probezeit bestanden. Sergey erinnerte sich, wie glücklich er gewesen war, obwohl das Gehalt trotz freier Kost und Logis gerade ausreichte, um über die Runden zu kommen und den Eltern im fernen Russland eine kleine monatliche Summe zu schicken. Sergeys großer Traum war es, ein Wochenendhäuschen in der Nähe der Bigge-Talsperre zu besitzen, mit einem kleinen Garten, in dem er Obstbäume und Gemüse anpflanzen wollte. Er würde seine kleine Datscha für eine Frau vorbereiten, von der er hoffte, sie bald hier in der russischen Gemeinde in Olpe zu finden.

Dann passierte es, was sich in seinem Gedächtnis für immer eingebrannt hatte. Es war wieder einmal der erste Samstag im Monat gewesen, so einer wie heute. Die unheilvollen Gäste, die eine Nacht blieben und von denen es hieß, dass sie nicht die Eltern der Schüler waren, parkten ihre Autos unmittelbar vor dem Internatsgebäude. In einem Wagen sah er durch das weit geöffnete Fenster eine Brieftasche auf dem Fahrersitz liegen, aus der ein dickes Bündel Dollar-Geldscheine herauslugten, nein, sie blickten ihn regelrecht an, als wollten sie ihm sagen: *Bei dir bin ich besser aufgehoben. Nimm mich!*

Er erinnerte sich, wie er mit sich gekämpft hatte, als wäre es gerade geschehen. Er, der immer ehrlich, hilfsbereit und verlässlich war, der sich nie etwas zuschulden kommen ließ, der seinen Gott fürchtete und liebte, so wie all die Russlanddeutschen in der örtlichen Freikirche, er verdrängte all dieses angesichts der großen Verlockung, die ihn geradezu magisch anzog. Wie auf einer Leinwand sah er sich vor dem geöffneten Autofenster stehen, wie er hastig die Scheine aus der Geldbörse zog, scheinbar unauffällig zum Gebäude zurückschlenderte, wissend, dass er gerade den schlimmsten Fehler seines Lebens begangen hatte, denn er hatte seinen Job aufs Spiel gesetzt. Er erinnerte sich, wie er nach wenigen Metern wieder reumütig zum Wagen eilen wollte, doch oben auf der Treppe plötzlich zwei ihm unbekannte Männer standen, wie er sein Vorhaben verwarf und in seine Dienstwohnung schlich. Er sah sich verzweifelt durch seine Wohnung laufen, ohne eine Idee, wie er den Fehler korrigieren sollte. Würde er später an den Ort des Verbrechens zurückgehen, würden ihn sofort die Bewegungsmelder und das gleißende Licht der Außenstrahler erfassen. Sergey erinnerte sich, wie verzweifelt er war, wie er zitternd die Geldscheine zählte. Fünftausend US-Dollar! Den Verlust würde der Besitzer mit Sicherheit bemerken. Wie ein Zuschauer im Kino sah er sich als Dieb auf der Leinwand auf die Knie sinken und zu seinem Christus am Kreuz beten. Er sah sich die Flasche Wodka greifen, um zu vergessen und auf ein Wunder zu warten.

Doch das Wunder verkehrte sich ins Gegenteil, als es laut und energisch an der Tür klopfte. Einmal, zweimal. Dann stand er vor ihm, der Doktor, ein Teufel in Mönchskutte. Als der das vom Besitzer gesuchte Geld auf der Vitrine erblickte, schlug er ihm mit der Faust ins Gesicht. Funkelnde Sterne, Blut, grelles Pfeifen im Ohr. Sergey wehrte sich nicht. Unvermittelt ließ der Doktor ihn los. Er blickte ihn kalt an, seine Augen verengten sich zu Schlitzen. Er zwang ihn, auf einem Blatt Papier zu schreiben, dass er, Sergey Michailow, sich des Diebstahls schuldig bekenne. Willenlos und mit kritzliger Schrift entstand das Protokoll seiner eigenen Vernichtung. Sergeys Tränen liefen auf das Papier. Der Doktor sah den winselnden Sergey vor sich und sagte nur diese wenigen Worte: »Du hast gesündigt! Du hast mich hintergangen!«

»Ich weiß es, Pater Direktor … ich bereue es.«

»Das reicht nicht. Aber der Herr wird dir eine Chance geben, zu sühnen. Deinen schweren Diebstahl werde ich mit dem Eigentümer regeln. Doch von nun an erwarte ich bedingungslose Treue. Du weißt, was das heißt?«

»Ja, Pater Direktor. Ich weiß es. Danke! Danke! Sie können sich auf mich hundertprozentig verlassen!«

Dieser Film war zu Ende, doch ein noch schlimmerer begann. Sergey erlebte von da an einen Vorgesetzten, der bei ihm offensichtlich dieselbe perverse Macht verspürte wie bei den Jungen, die ihm anvertraut waren. Er fühlte, dass er einen Pakt mit dem Teufel geschlossen hatte. Der Internatsleiter machte ihm gegenüber nun keinen Hehl mehr daraus, was im *Collegium Maria Hilf* wirklich geschah. Sergey handelte wie ein Befehlsempfänger, automatisch und ohne Nachfragen. Er bereitete vierwöchentlich den *Raum der Ergebenheit* vor und organisierte das Catering für die „Gäste". Nach deren Abreise kümmerte er sich um die Knaben. Der Hausmeister sollte sich blind stellen, aber je mehr er versuchte, die Augen zu verschließen, umso mehr sah er nun, was er längst geahnt aber immer verdrängt hatte. Ihm wurde bewusst, dass er als Mitwisser des grauenhaften Geschehens tiefer und tiefer in den teuflischen Sog hineingezogen wurde. Er verstand nicht viel von den deutschen Gesetzen, aber sein Inneres sagte ihm, dass er sich mitschuldig machte.

Über die Monate sammelte sich Sergey wieder. Er wog zwischen seinem Vergehen und dem ab, was im Internat vor sich ging. Er fühlte, dass eine Entscheidung anstand. Doch traute er sich nicht, zur Polizei zu gehen – noch nicht. Der Doktor besaß sein schriftliches Geständnis, er wiederum hatte nichts in der Hand. Sergey hatte sich dazu entschlossen, zu handeln. Jetzt. Der Zeitpunkt war gekommen. Er blickte nach oben. Der Pater war vom Fenster verschwunden. *Dieses Besucherwochenende wird die Wende bringen, für die Jungen und für mich*, schwor er sich.

Als „Facility Manager", wie es im Arbeitsvertrag stand, war er für den Betrieb der Videotechnik im Internat verantwortlich. Vier Außenkameras, deren Bilder auf einem Monitor in seinem Dienstzimmer aufliefen. Im Gebäude war es ruhig. Die Schüler mit einem Zuhause hatten das Internat bereits am Nachmittag verlassen. Um 19:30 Uhr stand Sergey vor der Tür der Schulkapelle. Er hatte ein Zeitfenster von fünfzehn Minuten. Jetzt durfte nichts schiefgehen.

Er spürte seinen Herzschlag. Langsam öffnete er die knarrende Tür. Der *Raum der Ergebenheit* war leer. Er eilte zum Altar. Die Installation der heimlich erworbenen Minikamera in der Dornenkrone Jesus Christi am Kreuz dauerte keine zwei Minuten. Die Berechnung war aufgegangen. Die sechs Jungen waren noch in der letzten Vorbereitung, während die Gäste gerade ihre schlichten Zimmer bezogen, um sich frisch zu machen und umzuziehen. Dort hing auf einem Kleiderbügel die Kutte, auf einem Tisch stand ein Abendessen mit Wein und Bier zur Auswahl bereit. Sergey blickte noch einmal durch den heiligen, leicht nach Weihrauch duftenden Raum, dessen Stille, wie er wusste, sich gleich in ein Martyrium wandeln würde. Er verschloss leise die Tür.

* * *

Der Internatsleiter, Pater Dr. Hartmann, betrachtete seine Schwester liebevoll. Das einst eher hagere Mädchen hatte sich in den letzten Jahren zu einer kräftigen, vollbusigen Frau entwickelt. Mit ihrem kurzen, schwarzem Haar und ihren grünen Katzenaugen strahlte sie auf ihn Weiblichkeit und Strenge gleichermaßen aus. Er legte zärtlich seine Hand auf ihre Schulter.

»Hast du alles vorbereiten können, Schwesterherz?«

»Ja, Johannes, wie immer, deine Gäste sind alle im Haus. Der Rest ist deine Sache, nicht meine.«

»Wie viele sind wir heute?«

»Insgesamt zehn, acht Männer und zwei Frauen.«

»Ich liebe dich dafür, Christiane, dass du mir immer wieder die gesamte Vorbereitung abnimmst.«

»Du weißt doch, dass du dich auf mich verlassen kannst. So war es, und so soll es bleiben«, sagte seine jüngere Schwester.

Während sie ihm eine Liste der Teilnehmer mit deren Decknamen auf den Tisch legte, sah er sie an. Ohne seine vertraute Schwester wäre all das hier gar nicht möglich. Zu dem geheimen Treiben im Internat stellte sie nie eine Frage. Sie hatte dafür gesorgt, dass sich die Gäste untereinander nicht kannten und einzeln nach einem festen Zeitplan im Fünfzehn-Minuten-Takt eintrafen. Sie hatte dafür Sorge getragen, dass die Fremden in einem Häuschen am Parkplatz die durch den Hausmeister bereitgestellten Masken und Zimmerschlüssel entnehmen konnten. Alle Gäste wussten, dass sie bereits maskiert das ehemalige Kloster zu betreten hatten, dessen Infrastruktur den meisten längst bekannt war.

Was im *Raum der Ergebenheit* wirklich geschah, interessierte Christiane überhaupt nicht. Sie hielt ihm den Rücken frei. Wenn das Internat von der Kirche überprüft wurde, fand die Kommission regelmäßig eine Musteranstalt vor, in der die Jugendlichen zeitgemäß erzogen wurden und in Interviews eine große Zufriedenheit und Identität mit dem *Collegium Maria Hilf* zeigten. Seine Exzellenz, der Erzbischof von Köln, hatte sich davon persönlich einen Eindruck machen können, indem er am Ende der Visite eine Chorprobe in der wunderschönen, schlichten Internatskapelle verfolgte, bevor er sich vor dem gekreuzigten Christus verneigte und den Rahmen des Marienbildes *Mariahilf* von Lucas Cranach dem Älteren küsste. Seine Exzellenz drehte sich abschließend zum Knabenchor um, bedankte sich mit Segenswünschen und verließ mit einem hervorragenden Eindruck die Kapelle.

Pater Hartmann schaute aus einem Bürofenster in die lange Einfahrt. Sergey hatte den Befehl zu verschwinden befolgt. Er war sehr zufrieden mit ihm – und mit sich. Führen durch Herrschen mit harter Hand, das war seine Devise, auch wenn in der Internatsbroschüre geradezu das Gegenteil stand: *Die uns anvertrauten Jungen werden mit Herz, Vernunft, Geborgenheit und Güte zu selbstbewussten, starken Persönlichkeiten erzogen.*

»Du musst dich umziehen, Johannes!« Sie sah, wie ihr Bruder sich das Pilgergewand überzog und mit machtbewusstem Gang zur Tür schritt. Als er sich mit einer schnellen Wende zu ihr umdrehte, erschrak sie – wie jedes Mal bei diesem Ereignis. Sie schaute auf eine weiße Maske, die sein Gesicht unter der Kapuze vollkommen abdeckte. Nur seine blitzenden Augen waren zu sehen. Der Maskenmund war zu einem eingefrorenen Lächeln geformt.

* * *

Sergey hörte in seinem Zimmer Stimmen auf dem Gang. Er lauschte … die Gäste schritten zur Kapelle. Er aktivierte die App, doch das Bild zur Kapelle baute sich nicht auf. Hastig drückte er die Knöpfe an der Internetbox. Nichts, das Handy blieb schwarz.

Keine Verbindung.

Reset am Router.

Warten.

Kein Bild.

Für einen Moment fürchtete er, dass die Kamera entdeckt und entfernt worden war.

Sein Kopf lief rot an. Er zog den Netzstecker und startete den Router neu. Nach einer gefühlten Ewigkeit flackerte ein Bild. Endlich. Es blieb stabil.

Er drückte den Aufnahmeknopf und ließ sich erleichtert in den Stuhl zurückfallen.

Im *Raum der Ergebenheit* standen aufgereiht sechs nackte Internatsschüler. Sergey kannte jeden einzelnen. Guido, Wolfram, Jan, Lutz, Elias und Jakob. Er hörte sie leise miteinander sprechen, die Tonübertragung war erstaunlich gut.

Guido sagte zu Wolfram: »Hoffentlich sind die Wichser bald da.«

»Wenn es die gleichen sind wie letztes Mal, können wir von Glück sprechen«, antwortete der.

»Irgendwann reiße ich einem die Maske vom Kopf«, meinte Lutz laut. »Was glaubt ihr, was dann passiert?«

»Nicht dir, sondern uns allen«, sagte Jan erschrocken. »Zum Beispiel Tod durch Ertrinken in der Bigge.«

»Deine Mutter hätte dir wirklich Schwimmen beibringen sollen, Jan«, meinte Elias unter dem gespielten Lachen der anderen.

Während sie offensichtlich so die anstehende Pein zu überbrücken versuchten, konzentrierte sich Sergey immer wieder auf Jakob, der ihm nahestand wie sein eigener Sohn. Jakob war wie die anderen Auserwählten im Raum auf sich allein gestellt. Ihre einzigen erwachsenen Bezugspersonen waren die Erzieher des Internates.

Sergey zoomte über die App in die Gruppe der sechs Opfer und sah jetzt deutlich Jakobs Verzweiflung. Als Einziger bedeckte er seine Scham. Er zitterte am ganzen Körper, obwohl der Raum gut geheizt war. Sergey schüttelte entsetzt den Kopf. Er hatte viel gehört, doch nun sah er die demütigende Handlung live, den Beginn, wie ihm vollkommen klar war, einer furchtbaren, widerwärtigen Handlung. Was mochte in den Köpfen dieser nackten Jungen vor sich gehen? Sergey wusste bereits aus Gesprächen, was bis zu dieser Aufstellungsphase geschehen war. Die Vorbereitung lief nach einem festen Programm. Die Delinquenten nannten es *Vorbereitungsfolter*.

Zwei Tage und zwei Nächte wurden sie isoliert, bekamen wenig zu essen und zu trinken. Ein kalter Wasserstrahl aus einem Schlauch des Erziehers traf beim gemeinsamen Duschen gezielt ihre Genitalien. Wenn sie sich abwandten oder vor Schmerz aufschrien, wurden sie als minderwertige Nichtsnutze beschimpft, die es nicht wert seien, im *Collegium Maria Hilf* zu lernen.

Diese Vorbereitungsfolter war auch für den Hausmeister Sergey die Hölle. Wie die Delinquenten sehnte er den dritten Tag herbei, an dem ein Erzieher auftrat und die Jungen achtsam mit Öl und warmen Tüchern pflegte. Sie erhielten Essen im Überfluss und empfanden nur noch Dankbarkeit, denn sie wussten, dass das Schlimmste überstanden war. Was jetzt kam, war auszuhalten, so hofften sie jedes Mal erneut.

Aus dem Glockenstuhl des ehrwürdigen Internats schlug es acht Mal. Sergey sah, wie die Körper der Jungen verkrampften und im *Raum der Ergebenheit* plötzlich klassische Musik ertönte. Er kannte diese Musik bereits von anderen Festen, es war das Lieblingsstück des Internatsleiters – das berühmte Klarinettenkonzert von Mozart.

Die sechs aufgereihten Jungen warteten. Sie hatten jetzt die Arme um die Schultern des Nachbarn gelegt, standen dort wie eine Mannschaft und waren doch jeder für sich entsetzlich allein. Sergey sah, wie Jakob sich an Elias klammerte, der dieses aber abwehrte. Elias brauchte, so schien es, seine Kraft für sich allein.

Die hölzerne Seitentür der Kapelle im Altarbereich öffnete sich. Nach und nach traten zehn maskierte Personen im schwarzen Pilgergewand ein und reihten sich auf. Die sechs Internatsschüler ließen voneinander ab, starrten auf die maskierten Fratzen, deren verfestigtes Lächeln sie bis ins Mark verängstigte, obwohl sie diesen Ku-Klux-Klan-Anblick kannten. Der Hausmeister wusste, dass in diesem Augenblick das Trauma vom letzten Durchgang und all denen davor erneut aufbrach.

Er faltete seine Hände: »Heilige Maria. Bitte lass' es schnell vorübergehen … lasse die sechs nicht so sehr leiden … ich schwöre dir bei meiner Mutter, dass ich dieses Leid beenden werde … gib mir die Kraft dazu …«

Gefühllos erfasste die Kamera den *Raum der Ergebenheit*, in dem Lucifer selbst das Ritual übernommen hatte und dabei Mozart dirigierte. Einer der Maskierten trat aus der Reihe hervor. In den Gesichtern der Opfer stand diese eine Frage geschrieben: *Wer ist es, wen wird er wählen?*

Sie standen sich schweigend gegenüber, der nun vorgetretene Peiniger mit dem Rücken zum Altar, die sechs nackten Jungen mit ihren knabenhaften Körpern. Der Peiniger ließ langsam sein Pilgergewand fallen und erhob die Arme wie zu einem Segen. Sergey sah durch die Kamera in der Dornenkrone Jesus Christi auf einen kleinen, kräftigen Männerkörper mit breiten Fettpolstern auf den Hüften.

An den aufgerissenen Augen der Jungen erkannte er, dass sie plötzlich entsetzliche Angst bekamen. Es würde wehtun, furchtbar wehtun.

Die Klarinetten setzten voll ein. Der nackte Fremde ließ die Arme sinken, der Zeigefinger der rechten ausgestreckten Hand fuhr wie ein Laserstrahl durch die Reihe, von links nach rechts und wieder zurück. Sergey sah, wie die Jungen bei jedem kurzen Stopp zusammenzuckten.

Der Finger blieb an einem Körper hängen. Jakob erstarrte – und mit ihm Sergey.

Die anderen fünf Jungen wichen zurück. Sergey wusste, dass sie für diesen Durchgang erlöst waren, denn die Entscheidung des Nackten galt für sie zugleich als Zeichen, den Raum rückwärts und in demütig gebeugter Haltung zu verlassen und sich auf ihren Einsatz vorzubereiten. Eine Begegnung einzeln, zu zweit oder in der ganzen Gruppe, so wie die Regie des Teufels es wollte.

Sergey zoomte auf den vorgetretenen Mann. Er erkannte auf dem nackten Rücken des Maskierten eine große, tätowierte Rose. Auch die anderen neun Maskierten ließen ihre Gewänder fallen, auch sie waren mit einer Rose tätowiert. Jakob trat schwankend nach vorn und kniete sich vor seinen Peiniger. Er blickte mit gefalteten Händen über den maskierten Mann hinweg direkt auf das Kreuz. Sergey wich zurück. Sein Instinkt sagte ihm: „Du musst da hinein, Jakob erlösen!" Sergey zitterte am ganzen Körper, warf sich auf sein Bett und hielt sich die Ohren zu. Doch es nutzte nichts. Er hörte durch das Kissen Jakobs stumme Schreie und die lauten der Peiniger, die sich offensichtlich bei den sexuellen Handlungen ablösten.

Die Tortur wollte kein Ende nehmen.

Wann um Himmels willen hört das auf?

Sergey wälzte sich hin und her.

Plötzlich Ruhe. Die Musik war verstummt.

Sergey hob den Kopf, schärfte seine Wahrnehmung. Da war nichts mehr, nicht ein einziger Laut. Er schlich sich langsam aus dem Bett zum Handy und sah, wie einer der Peiniger den auf dem Bauch liegenden Jakob heftig und unbarmherzig an den Schultern rüttelte.

»Steh auf, du Mistkerl! Was glaubst du, warum wir diesen langen Weg hergekommen sind!«, brüllte er mit einem leicht russischen Akzent.

Jakob rührte sich nicht.

Sergey sprang entsetzt auf. Er fürchtete, Jakob sei tot. Sein Jakob.

Einer aus der Gruppe beugte sich tiefer und ertastete Jakobs Halsschlagader. Er schien sich nicht sicher zu sein.

»Du verdammter Simulant!«, schrie der mit dem russischen Akzent durch die raumerfüllende Musik. »Du taugst nichts mehr, weg mit dir ... für immer!«

Ein anderer versuchte, ihn von Jakob wegzuziehen. Aber der Wütende war nicht zu stoppen. Er trat mit voller Wucht in Jakobs Unterleib, der bäumte sich mit einem markerschütternden Schrei auf, brach zusammen, raffte sich wieder auf und floh taumelnd zur Tür. Doch nicht zur befohlenen Eingangstür, sondern zu der gegenüberliegenden, die direkt zu der Terrasse führte.

Sergey eilte in vier großen Sätzen zu seinem Fenster, von dem aus er die Terrasse einsehen konnte. Er sah voller Entsetzen, wie der nackte Jakob sich schwankend der Mauer näherte, sie erkletterte, das Geländer überwand und in das tief unter ihm liegende dunkle Wasser starrte.

Dann beugte sich sein Körper langsam nach vorn.

2.

HAMBURG – ZWANZIG JAHRE SPÄTER

– Die Einladung –

Hanna Dohn eilte an diesem Montag schon um 07:30 Uhr in ihr Büro. Es würde eine hektische Woche für die langjährige Investigativ-Journalistin werden. Sie hatte mit einem Team zu den spektakulären Fällen sexualisierter Gewalt gegen Kinder in Lügde, Bergisch Gladbach und Münster eine überzeugende Story produziert, die die Redaktion des Nachrichtenmagazins bewogen hatte, den sexuellen Missbrauch von Kindern als Titelstory zu bringen. Dabei hatte sie besonderen Wert auf die psychologischen Hintergründe der Fälle gelegt.

Sie legte ihren Mantel ab und ging zum Schreibtisch. Wie konnte es möglich sein, dass in Lügde über zehn Jahre scheinbar unbemerkt von der lokalen Öffentlichkeit diese entsetzlichen Vergehen an Kindern stattfanden?
»Natürlich gab es Mitwisser«, dachte sie, als sie hinaus auf das Elbufer blickte.
»Was geschah wirklich im Polizeiapparat, in dem Ermittlungen verschleppt wurden und wichtiges Beweismaterial verschwand, obwohl eine Job-Center-Mitarbeiterin das Jugendamt schon zwei Jahre zuvor alarmiert hatte? … Warum duckte sich die Bevölkerung überwiegend weg, als die unbegreiflichen Vorgänge auf ihrem Campingplatz sowie die

Produktion und Verbreitung von Kinderpornografie allen offenbar wurde?«

Hanna hatte im Artikel die Frage gestellt, was in Menschen vorging, wenn sie sich wie in einer Pandemie eine Gesichtsmaske überzogen, um sich gegen das Virus der Wahrheit zu schützen. Doch Lügde war nur ein kleiner „Hotspot" für das Virus. Hanna musste erkennen, dass das Virus Missbrauch im ganzen Land zu Hause war, leise und unbemerkt von der Öffentlichkeit. Über eintausend Einzeltaten, begangen an Kindern von vier bis dreizehn Jahren, organisiert im Internet und durchgeführt von nur wenigen Menschen, deren Beziehungsgeflecht aus der Hölle jenes Wohnwagens bis in unzählige Haushalte der Republik hineinreichte. Ein idyllischer, westfälischer Ort, in dem unschuldige Menschen lebten, war durchwoben von Tätern und Mitwissern, wie es durch ihre Recherchen nach und nach ans Licht kam.

Über dem Ort lag plötzlich eine Scham, die mit der Verstärkung der kriminalpolizeilichen Ermittlungen wuchs und vor allem mit der Aussage des Innenministers, dass man offensichtlich erst die Spitze eines Eisberges berührt habe.

Hanna lehnte sich zurück, legte ihre Hände unter das lange, schwarze Haar in den Nacken, schloss die Augen und überdachte ihre Story. Als ausgebildete Psychologin fand sie die Erklärungen dafür, warum Menschen sich durch Wegschauen zu schützen versuchten und geradezu erleichtert waren, wenn ein anderer Missbrauch in einem anderen Ort bekannt wurde. In diesem Fall im knapp 300 Kilometer entfernten Bergisch Gladbach.

Dort – so hörte Hanna im Gerichtssaal – hatte sich ein Berufssoldat an seiner leiblichen Tochter, seinem Stiefsohn und seiner dreijährigen Nichte sexuell vergangen. Als den Richtern bekannt wurde, dass auch hier ein Netzwerk mit allein zwanzig Beschuldigten aus Nordrhein-Westfalen aktiv war, in dem 85 Terrabyte Datenmaterial sichergestellt wurde und nach ersten Ermittlungen dreißig Jungen und Mädchen missbraucht worden waren, fühlten sich einige in Lügde nicht mehr ganz so schlimm berührt, andere geradezu erleichtert, so war Hannas Eindruck.

Sie schrieb über den dicken Sockel eines Eisberges, der sich durch das ganze Land zog. Über Täter, die immer raffinierter und deutschlandweit in jährlich über fünfzehntausend Fällen Kinder missbrauchten. Das Dunkelfeld sei laut Behörden unbekannt, aber um ein Vielfaches höher. Die WHO schätzte die Zahl der Fälle in Deutschland auf eine Million pro Jahr. Hanna erkannte schnell, dass sie nicht in einem typisch deutschen Verbrechen recherchierte, sondern in einem internationalen. Sie konnte es kaum fassen, dass in den USA Internetfirmen in nur einem Jahr 45 Millionen Bilder und Videos meldeten, auf denen zu sehen war, wie Kinder missbraucht wurden.

Die Redakteurin zitierte den Direktor der Klinik für Kinder- und Jugendpsychiatrie am Uniklinikum in Ulm, dass „Missbrauch die Dimension einer Volkskrankheit" erreicht habe. Sie schrieb, dass hinter diesen Zahlen Generationen von Opfern standen, deren stummes Leid auch nicht ansatzweise erfasst werden konnte, und von Opfern, die bereits als Kinder oder im Erwachsenenalter zu Tätern wurden.

Während die Staatsanwaltschaft zu oft die Verfahren wegen Verjährung einstellte, schrieb Hanna über den *Mord an der Seele* und folglich von dem Erfordernis, dass auch dieser Mord nie verjähren dürfe. So sollte auch ihre Titelstory lauten: *Mord an der Seele*. In der Redaktion hatten sie lange darüber diskutiert, ob man diese Bezeichnung angesichts der möglichen fatalen Wirkung auf Missbrauchsopfer überhaupt wählen dürfte. Welches Opfer möchte hören, dass die eigene Seele ermordet wurde?

Die Abstimmung für den spektakulären Titel ergab ein klares „Ja". Man hoffte, dass Betroffene ihn als Wachrütteln der Öffentlichkeit verstehen würden.

Aber der Journalistin fehlte noch der Aufhänger. Etwas Spektakuläres. Sonst würde es schwer werden, das Material als Titelstory durchzubekommen. Es bräuchte eine Nachricht von Sprengkraft, mit der sie der Polizei möglichst voraus war. Etwas Exklusives, das die Stärke des größten deutschen Nachrichtenmagazins einmal ausgemacht hatte. Doch die Zeiten des Exklusiv-Status waren auch im Nachrichtenmagazin nahezu vorbei.

»Weitere Post für Sie, Frau Dohn.«

Hanna sah auf den jungen Kollegen, offensichtlich ein Volontär und dann auf die Anschrift:

Frau Hanna Dohn

PERSÖNLICH

Kein Absender. Natürlich nicht.

Hannas Herz klopfte plötzlich laut. Das war also die Sendung, die ihr gestern ein anonymer Absender mit einem Passwort angekündigt hatte! Der Absender hatte dafür eine E-Mail an die Investigativ-Adresse des Nachrichtenmagazins geschickt, die professionell mit einer *Pretty Good Privacy (PGP)*-Adresse verschlüsselt worden war. Passwort und ein Umschlag in zwei getrennten Sendungen, professionell adressiert, das klang vielversprechend.

»Mein Chef bietet an, dass wir die Post für Sie öffnen«, sagte der junge Mann.

Hanna prüfte den Briefumschlag. Der Poststempel ließ ad hoc keinen Aufgabeort erkennen, der Umschlag erschien ihr unauffällig. Da gab es zwar eine Verdickung in der Mitte, aber keinen Draht, keine Flecken, kein Loch oder irgendetwas, das auf eine Briefbombe hinwies. Diesbezüglich konnte sie sich auf die postalische Vorprüfung im Haus verlassen.

»Alles okay«, meinte sie dankend. »Ich warte bereits sehnlichst auf diesen Brief.«

Der Volontär sah sie sorgenvoll an, bevor er den Raum verließ.

Sie klappte ihr Schweizer Messer auf, das ihr Kurt drei Jahre zuvor mit seinem eingravierten Namen überlassen hatte, bevor er als Kriegsreporter in die Welt entschwand, sie mit ihrer gemeinsamen, mittlerweile sechzehnjährigen Tochter allein ließ, und von dem sie hörte, dass sein Alkoholproblem eher schlimmer geworden sei.

Sie zog sich Einweghandschuhe an, um mögliche Spuren nicht zu verwischen, setzte vorsichtig das Messer an die obere Kante des Umschlages, schnitt behutsam auf und zog ihn vorsichtig auseinander. Zwischen zwei zusammengelegten Pappstreifen sah sie einen USB-Stick. Sie musste sich eingestehen, dass sie nun doch erleichtert war. In ihrem Geschäft war sie auf alles gefasst, einschließlich auf bioterroristische Anschläge mit Substanzen wie Anthrax.

Sie verschloss die Tür, steckte den Stick in ihren privaten Computer und gab das in der E-Mail übermittelte Passwort *Maria Hilf* ein.

Schon als sie am Vortag die vorbereitende E-Mail gelesen hatte, fiel ihr jener Missbrauchsfall ein, an dem sie damals als junge Journalistin und noch mitten im Psychologie-Studium hatte mitarbeiten dürfen. Es war auch das erste Mal gewesen, dass ihr Name im Bericht als Mitautorin genannt worden war. Sie erinnerte sich, dass der Fall im Sauerland durch den Suizid eines jungen Schülers ins Rollen gebracht worden war. Die Polizei fand nach und nach Hinweise zu einem organisierten Missbrauch, der mindestens einige Jahre währte. Dann verloren sich die vagen Spuren. Offensichtlich waren die Täter abgetaucht oder, was viel wahrscheinlicher war, sie hatten sich neu organisiert.

Die Vernehmungen von Lehrern und Erziehern und auch die Befragung von Internatsschülern führten ins Leere, über dem katholischen Internat *Maria Hilf* hing eine einzige Glocke des Schweigens. Von dem befreundeten BKA-Beamten, Joe

Jaeger, dort wegen seiner vielen Ermittlungserfolge auch *Hunter* genannt, wusste Hanna, dass die Verbindungen der Organisation *ROSE*, wie sie sich nannte, bis ins Ausland reichten und dass die damals noch amateurhafte Spurensuche keinen Treffer ergeben hatte. Auch Hannas Recherchen in der Umgebung des Internats waren erfolglos geblieben.

Aber Hanna und Hunter blieben fest davon überzeugt, dass sie in einem brisanten Fall recherchiert hatten, zumal am Bauch des Suizidenten Spuren von Sperma gefunden worden waren.

Hanna hatte sich sofort nach Erhalt der E-Mail bei dem Kollegen in der Rechtsabteilung informiert. Sie brauchte juristische Klarheit, wollte vorbereitet sein, denn es konnte alles sehr schnell gehen. Der Kollege hatte ihr nach einem Blick ins Strafgesetzbuch bestätigt: „Bei Straftaten, die vor dem 30.6.1994 begangen wurden, begann die Verjährung bei Beendigung der Tat, die Verjährung betrug damals zehn Jahre. Seitdem wurde eine Hemmung der Verjährung sukzessive bis zur Vollendung des 30. Lebensjahres des Opfers eingeführt. Leider sind viele Altfälle bereits verjährt. Je weiter der Fall zurückliegt, umso komplexer wird die Rechtslage. Es kann durchaus sein, dass in Ihrem Fall das sogenannte *Tatzeitrecht* gilt und der Missbrauch noch unter eine zehnjährige Verjährungsfrist fällt. Dann hat der Täter nach relativ kurzer Zeit nichts mehr zu befürchten."

Hanna war sich fast sicher gewesen, dass der anonyme Informant aus der Verjährungsfrist herausgefallen war, sonst hätte er den Fall zur Anzeige gebracht und nicht das Nachrichtenmagazin informiert.

Sie hatte den Kollegen noch nach dem Strafmaß bei sexuellem Kindesmissbrauch gefragt. »Wenn ich mir die Bemerkung erlauben darf, Frau Dohn, wir sprechen neuerdings von *sexualisierter Gewalt gegen Kinder*, nicht mehr von *Kindesmissbrauch*.«

»Warum das?«

»Damit soll das Unrecht der Taten schon in der Definition klar beschrieben werden. Der Gesetzgeber wollte in der Begrifflichkeit weg von Kindern als Gebrauchsgegenstand.«

»Das macht in der Tat Sinn«, meinte Hanna. »Sprache schafft Bewusstsein. Und wie steht es nun mit der Bestrafung?«

»Die Straftat wird künftig nicht mehr als Vergehen, sondern als Verbrechen mit einem Strafrahmen von einem Jahr bis zu 15 Jahren Freiheitsstrafe eingestuft. Außerdem wird jetzt auch die Verbreitung von Kinderpornografie als Verbrechen eingestuft und dementsprechend härter bestraft und – last but not least – Frau Dohn, es gibt jetzt auch eine Regelung zur Strafbarkeit bezüglich Sexpuppen mit kindlichem Erscheinungsbild.«

»Unglaublich, um welche Perversität sich der Gesetzgeber kümmern muss«, meinte Hanna. »Gleichwohl, immer wenn etwas passiert, werden die Gesetze verschärft, die Strafverschärfung allein bringt wenig.«

»Was meinen Sie, Frau Dohn?«, fragte der Jurist verwundert. »Das ist doch eine enorme und auch abschreckende Verbesserung.«

»Das ganze Vorfeld bis zur Verurteilung stimmt doch nicht, Herr Kollege! Wenn ich die Schwere der Fälle und die Urteile der Vergangenheit sehe, bezweifele ich, dass die zuständigen Richter pädagogisch und psychologisch so ausgebildet sind, dass sie das Thema überhaupt erfassen. Dasselbe gilt für die Qualifikation des Personals in Jugendämtern, die oft erste Anlaufstelle sind und bei denen die Ampel nicht oder zu spät auf ROT springt. Der Schutz der Kinder muss mit einer ganzheitlichen Prävention in dieser Gesellschaft beginnen. Der harte Richterspruch – wie in den jüngsten Fällen geschehen – darf die Politik und die Gesellschaft nicht beruhigen.«

Das war gestern gewesen, danach hatte sie schlecht geschlafen, jetzt aber war sie hellwach, als sie das Passwort *Maria Hilf* eingab. Es funktionierte! Sie erkannte ein Word-Dokument und ein Video. Gespannt öffnete sie die Textdatei.

Guten Tag, Frau Dohn. Sie haben vor zwanzig Jahren wegen eines sexuellen Missbrauchs in dem Collegium Maria Hilf *recherchiert. Sie haben nichts gefunden, die Polizei ebenfalls nicht. So wie Sie damals im Nachrichtenmagazin schrieben, hatten Sie geahnt, dass in diesem Internat etwas Furchtbares passiert sein müsse. Sie hatten recht. Dieses Etwas ist allerdings in einem Maße geschehen, das Ihre schlimmsten Vorstellungen übersteigt – und zwar über mehrere Jahre hinweg. Hinter dem sexuellen Missbrauch stand der internationale Ring ROSE, dem durch die Schulleitung sorgfältig ausgewählte Kinder alle vier Wochen in einem teuflischen Ritual sexuell zur Verfügung gestellt wurden. Alle Kinder zerbrachen daran in unterschiedlicher Weise. Einige brachten sich um oder verschwanden auf mysteriöse Art. Die ROSE-Täter tauchten bei Bekanntwerden der Ermittlungen ab, aber treiben vermutlich ihr Unwesen weiter. Mir sind inzwischen einige Namen des Ringes bekannt, und obwohl die Verbrechen am Collegium verjährt sind, möchte ich die Täter nicht davonkommen lassen.*

Im beiliegenden Video sehen Sie Ausschnitte des Verbrechens. Dieser Clip wurde an acht Missbrauchstäter geschickt, mit der Aufforderung, sich am 13. Mai in St.-Jean-Pied-de-Port einzufinden und von dort aus über den Jakobsweg nach Burgos zu pilgern. Alle teilnehmende „Pilger" sind auf dem Video zu sehen. Wer nicht kommt, wird öffentlich sanktioniert.

Sie sollten es als engagierte Journalistin nicht versäumen, an dieser etwa vierzehntägigen Pilgerwanderung auf dem Jakobsweg teilzunehmen. Holen Sie nach, was Sie damals nicht entdecken konnten. 13. Mai, 18:00 Uhr im Hotel Pilgrim. Dort erhalten Sie weitere Informationen.

Machen Sie sich nicht die Mühe, herausfinden zu wollen, wer ich bin. Mich gibt es schon lange nicht mehr. Buen Camino!

Hanna blieb vollkommen ruhig, jetzt erst das Video, dann eine Beurteilung der Lage. Der Clip dauerte nur neunzig Sekunden. Aber was sie sah, reichte ihr. Menschen verließen vor dem ehemaligen Kloster ihre Autos, zogen sich Masken über. Schnitt. Klosterkapelle. Vergewaltigungen von Kindern, einzeln, als Gruppe. Die Täter zunächst maskiert und in einem Pilgergewand mit Kapuze, dann unbekleidet mit Maske. Die Kinder vor ihnen in der Hocke und auf dem Altar liegend. Eine Massenvergewaltigung zu den Klängen klassischer Musik. Hanna zitterte plötzlich am ganzen Körper. Das war es also, was hinter den kühlen Worten des Strafgesetzbuches stand. *Beischlaf, Eindringen in den Körper, gemeinschaftlich, erhebliche Schädigung …*
Sie hatte schon zuvor Fotos von geschändeten Kindern gesehen, aber nie Vergewaltigungen in bewegten Bildern mit den unsäglichen Lustschreien der Täter und den starren Gesichtern der Opfer, maskenähnlich wie die der Täter. Ihr war übel.
Sie dachte an die aktuellen Prozesse, die zeigten, dass es nie aufgehört hatte. Im Gegenteil. Ein Bericht der WHO bestätigte, dass während der Corona-Virus-Pandemie-Krise die Gewalt gegen Frauen und Kinder in der Abgeschlossenheit der Wohnungen dramatisch zugenommen hatte.
Hanna goss sich ein Glas Wasser ein. Ihre Hand zitterte, als sie sich gegen die Fensterbank lehnte. Sie sah zur Speicherstadt hinüber, auf die Boote, auf den ruhig fließenden Straßenverkehr, Hamburg im Normalbetrieb. Sie aber war gerade in eine Welt hineinkatapultiert worden, die sie zutiefst ablehnte und doch zugleich eine Art Jagdfieber in ihr weckte.
Jakobsweg? Mit mir, die als einzigen Weg den Gang zum Fahrstuhl kennt … ohne vernünftige Wanderschuhe … Übernachten in irgendwelchen verlausten Herbergen … Wo

lag dieses St. Jean ... wie heißt das noch mal: Saint-Jean-Pied-de-Port?

Voller Schrecken stellte sie fest, dass der Ausgangsort des Jakobsweges auf der französischen Seite der Pyrenäen lag. Der Typ wollte doch nicht, dass sie die Pyrenäen überquerte? Sie googelte den *Camino Francés* und las als Erstes, dass nur zwanzig Prozent der Pilger die achthundert Kilometer lange Strecke zum Ziel Santiago de Compostela schafften, Dreiviertel der Pilger würden bereits auf dem ersten Teilstück in den Pyrenäen scheitern. Aber die gute Nachricht war: Nach Burgos waren es nur knapp 300 Kilometer, wenn man sich nicht verlief.

Je mehr sie darüber nachdachte, umso mehr faszinierte sie die Idee. Sie prüfte ihren Kalender, die wichtigen und weniger wichtigen Termine.

Die Redaktionsleitung würde angesichts dieser exklusiven Chance mit Sicherheit einverstanden sein. Sie beschloss, sich noch an diesem Tag eine Wanderausrüstung zu kaufen und sich ab jetzt jeden Tag ein bisschen warmzulaufen. Auf dem Handy erschien das Bild ihres Mannes.

»Kurt, du? Das letzte Mal war es vor einem halben Jahr. Gibt es ein Problem?«

»Nein, ich kann nur unsere Tochter seit Tagen nicht erreichen.«

»Mach dir keine Sorgen, sie hat ihr Handy zur Reparatur, das dauert zwei Wochen, sagt sie.«

Er schien beruhigt. Sie unterhielten sich über seine eher langweilige Arbeit im Irak.

»Es passiert nichts mehr, was die Medien interessiert. Ich brauche wieder eine Front. Vielleicht gehe ich nach Mali. Aber was treibst du?«

»Ich gehe auf den Jakobsweg – pilgern.«

»Du? Das glaube ich nicht!«

»Ja, jeden Tag mindestens fünfundzwanzig Kilometer.«

»Warum, hast du gerade eine Midlife-Krise?«
Sie lachte kurz.
»Vielleicht, ja, vielleicht. Ich muss raus, Abstand gewinnen.
Das hier kann auf jeden Fall nicht alles gewesen sein.«
Er schwieg kurz.
»Haben deine Überlegungen vielleicht auch etwas mit uns
beiden zu tun?«
»Möglich, Kurt, möglich. Denk' einmal selbst über die Sinnhaftigkeit unserer Beziehung nach.«
Über Hanna kreiste ein Luftschiff. Es fuhr über den Hafen
und stoppte über der Elbphilharmonie. Sie nahm sich ihr
kleines Fernglas, mit dem sie gern das Treiben in der Welt
dort draußen betrachtete. Menschen beim Shopping, Liebes-
paare auf der Bank, Kirschbäume in der Frühjahrsblüte. Sie
zoomte das Luftschiff heran und las: *Lebe dein Leben – Jetzt!*
Sie überlegte: »Jakobsweg ... Selbstfindung ... Eine investigative Geschichte ... Was suchst du wirklich, Hanna Dohn?«

* * *

Joe Jaeger war direkt am Telefon, nachdem sie die Nummer
seines Wiesbadener BKA-Büros gewählt hatte. Er musste die
Nummer erkannt haben, denn sie hörte sein Säuseln: »Was
für ein Sonnenschein wärmt mich Bleichgesicht gerade in
meinem tristen BKA-Büro? Guten Tag, Hanna, wie geht es
in Hamburg?«
»Ehrlich, Joe? Ich bin vollkommen aufgedreht, wahrscheinlich
Blutdruck 220 zu 160.«
»Klarer Fall von *Notruf Hafenkante* ... Ich schicke dir sofort
einen Notarzt ... einen Hubschrauber direkt auf das Dach
der Redaktion.«
»Im Ernst, Joe, ich bin in einer Ausnahmesituation und brauche den polizeilichen Rat eines Freundes.«
»Also, was ist passiert?«

»Du erinnerst dich an *Maria Hilf* und *ROSE*, nicht wahr?«
Auf der anderen Seite Schweigen.
»Bist du noch da, Joe?«
»Bin ich, ja, ich erinnere mich, als wäre es gestern gewesen.«
»Gut, in Kurzform. Ich habe gerade anonym einen Brief und ein Video über einige Missbrauchstäter von damals bekommen und soll mit denen, jetzt halte dich fest, in vierzehn Tagen den Jakobsweg in Spanien wandern.«
Sie erwartete nun die Frage nach den Einzelheiten hinter dieser Einladung.
Doch Hunter sagte nur trocken: »Ich auch.«

3.

WIESBADEN

– Cybergrooming –

»**K**önnen wir ihr wirklich vertrauen, Hunter?«, fragte Heiner Mönch, Chef des Bundeskriminalamtes, seinen besten Analytiker für Missbrauchsfälle· »Am Ende bleibt sie eine Journalistin, die dafür bezahlt wird, erfolgreich zu recherchieren.«

Joe Jaeger, genannt *Hunter*, schüttelte den Kopf. »Sie hat mehrmals bewiesen, dass sie schweigen kann, auch gibt sie mir gelegentlich vorab ein kleines Signal, wenn wir als Amt im Nachrichtenmagazin stehen. Das ändert zwar nichts am Ergebnis, aber es hat uns, wie Sie vom letzten Mal wissen, einen Zeitvorsprung für die Rechtfertigung beim Minister verschafft.«

»Ach, das war auch die Dohn? Hmm. Dann drehen wir das doch in eine Win-Win-Situation! Machen Sie mit ihr einen Deal, Hunter. Sie erhält einige Informationen wie kein anderer Journalist zuvor. Zeigen Sie ihr unseren Cybergrooming-Raum, sie soll wissen, wie hart das Aufklärungsgeschäft ist. Wären Sie damit einverstanden?«

»Gute Idee, Herr Mönch, sie wird sogar eine Verschwiegenheitserklärung unterschreiben. Es wird natürlich keine Bild- oder Tondokumentationen geben.«

»Perfekt, Hunter. Aber mein wichtigster Wunsch ist ein anderer. Sensibilisieren Sie Frau Dohn für unseren aussichtslosen Ermittlungskampf, wenn wir nicht die Daten unserer Verbündeten nutzen können. Reden Sie mit ihr über das juristische

Fiasko der Datenvorratsspeicherung. Wenn darüber etwas Ausgewogenes im Nachrichtenmagazin erscheint, dann hat sich der Deal bereits gelohnt.«

»Ich bin da sehr zuversichtlich«, meinte Hunter, der wusste, dass sich Hanna natürlich nicht manipulieren ließ, aber sich auch einen einmaligen Informationsvorsprung nicht entgehen lassen würde.

»Und passen Sie während Ihrer Pilgerwanderung auch auf Frau Dohn auf. Sie weiß womöglich gar nicht, in welche Gefahr sie sich in dieser Gesellschaft begibt.«

»Wir sind darüber natürlich im Gespräch, Herr Mönch. Wenn die Lage zu brisant werden sollte, ist sie draußen. Das sehe ich derzeit nicht.«

»Wer leitet in Ihrer Abwesenheit die *Sonderkommission Camino*?«

»Kriminalkommissarin Heike Rauch, sie prüft gerade die Bilder aus dem anonymen Video auf Treffer, bisher negativ.«

»Okay, Hunter. Ich wünsche Ihnen einen guten Camino und für uns natürlich neue Erkenntnisse.« Hunters Chef zögerte einen Augenblick und setzte nach: »Sind Sie auch kirchlich unterwegs, wenn ich das fragen darf?«

Joe wunderte sich in der Tat über die sehr persönliche Frage. Es gab seit dem Tod seiner Frau kaum jemanden, dem er sich öffnete, schon gar nicht im Dienst. »Der Kirche stehe ich kritisch gegenüber. Ich glaube aber, dass unser Schicksal – durch wen auch immer – vorbestimmt ist und wir uns am Ende fügen müssen. Aber bis dahin vertraue ich auf meine Ermittlungsarbeit.«

BKA-Chef Mönch kannte Hunter als einen zähen Kämpfer, der nie freiwillig aufgab. Doch den Kampf gegen den Krebs seiner Frau, die er drei Jahre lang gepflegt hatte, hatte er nicht gewinnen können. Man sah ihm, der kleinen, rheinländischen Frohnatur auf den ersten Blick nicht an, dass dahinter eine Persönlichkeit steckte, die viel über die Menschen wusste.

Hunter musste starke innere Leitplanken haben, sonst könnte er das schmutzigste aller Aufklärungsgeschäfte im Polizeiapparat innerlich gar nicht bewältigen. Er würde trotzdem auf ihn aufpassen lassen, dort unten auf seiner seltsamen Pilgerreise. Mönch mochte diesen Hunter, der leider nur noch drei Jahre bis zu seiner Pensionierung hatte. Er hoffte, dass er tatsächlich Spuren finden würde, die die Täter von *Maria Hilf* aufgrund neuer Straftaten doch noch hinter Gitter bringen könnte. Im BKA geschah kaum etwas, was es nicht schon einmal gegeben hatte. Dieser Einsatz als verdeckter Ermittler auf dem Jakobsweg, in Begleitung des Nachrichtenmagazins, war allerdings ein Novum im Bundeskriminalamt.

Er schaute auf das Foto seiner Frau und sinnierte: »Ich sollte auch einmal diesen Jakobsweg ins Auge fassen ... aber nicht zu zweit ... Den Jakobsweg geht man auf der Suche nach sich selbst besser allein.«

* * *

»Ihr Besuch ist eingetroffen«, meldete der Pfortendienst.

»Bin gleich unten«, sagte Joe.

Auf dem Weg zu ihr dachte er dankbar über die willkommene Abwechslung nach, dienstlich den Jakobsweg zu pilgern und dann mit dieser attraktiven Begleitung, in der beide so eine Art *Joint Venture* sein würden.

»Willkommen beim FBI«, begrüßte er sie.

»Danke für die Einladung, Joe, ich fühle mich wirklich geehrt.«

Sie überragte ihn um eine Kopflänge. Überhaupt waren beide sehr unterschiedlich. Er in seiner verwaschenen Weste und einer Nickelbrille vor seinem rundlichen, bärtigen Gesicht, dessen verschmitzter Blick so gar nichts von Staatsgeheimnissen verkörperte, sondern eher von einer Einladung zum Kölsch, das es glücklicherweise auch in Wiesbaden gab. Sie

39

trug ein blaues Kostüm unter ihrem grauen Regenmantel und hatte ihre dunklen Haare zu einem Zopf gebunden.

»Ich bin enttäuscht, Hanna, wir hatten dich in Wanderkleidung und Pilgermuschel am Rucksack erwartet.«

Sie lachte. Das war typisch Joe. »Du bist gar nicht so weit von dieser Vorstellung entfernt. Ich laufe in Hamburg bereits meine neuen Trekkingschuhe ein und – ich habe bereits eine dicke Blase.«

Er sah besorgt auf ihre Füße. »Hast du dir auch Wandersocken gekauft? Wandersocken, Hanna, sind sehr wichtig! Die haben zwei unterschiedliche Lagen und verhindern die Blasenbildung.«

»Das sagst du mir erst jetzt«, lächelte sie ihn an, als sie sein Büro betraten.

»Wie viel Zeit hast du mitgebracht, Hanna?«

»Abflug um 19:15 Uhr … also«, sie blickte auf die Uhr, »in fünf Stunden.«

»Wunderbar, das reicht für unser Strategiegespräch. Komm, setz dich, Hanna. Kaffee, Saft oder Wasser?«

»Gern ein Wasser, Joe.«

Sie sah sich in seinem kühlen Dienstzimmer um, das sich kaum von ihrem Hamburger Büro unterschied, von einigen Blumen und persönlichen Bildern bei ihr abgesehen. Er hatte als einziges Bild ein schwarzes Plakat einer alten NDR-Kriminal-Hörspielserie an der Wand hängen. Sie fand, dass der dort abgebildete Kommissar mit ernstem Gesicht, schwarzem Schnurrbart, Hut und grauem Mantel dem kleinen, fröhlichen Joe überhaupt nicht ähnlich sah. Aber der Titel stimmte. *Die Jagd nach dem Täter*.

Joe Jaeger, genannt *Hunter*, wollte also ein Strategiegespräch. Natürlich war ihr klar, dass das Bundeskriminalamt ein Eigeninteresse haben musste, wenn sie, die bekannte Journalistin, in die Höhle der Löwen eintreten durfte.

»Wirst du den Fall *Maria Hilf* neu aufrollen, oder geht es um mehr?«, fragte er, als er ihr das Wasser reichte.

»Um sehr viel mehr, Joe, um das ganze Thema mit allen gesellschaftlichen, juristischen und polizeilichen Facetten. Der Arbeitstitel lautet *Mord an der Seele*.«

»Auf Mord steht lebenslänglich«, meinte er. »Willst du auch darauf hinaus?«

»Bedingt, Joe, eine hohe Bestrafung ist schon aus Abschreckungsgründen wichtig. Mir sind allerdings die Ermittlungsarbeiten wichtiger. Ich will mehr darüber lernen, wie der sexuelle Missbrauch von Kindern und Kinderpornografie verhindert werden kann. Deswegen bin ich auch bei euch. Danke, Joe, dass ihr das gestattet.«

Joe schaute sie prüfend an. Er wusste, dass ihre Erwartungshaltung hoch war.

»Hintergrundwissen können wir reichlich liefern, du wirst nicht enttäuscht sein. Überhaupt sehen wir das Gespräch und unseren gemeinsamen Einsatz als eine Win-win-Situation.«

»Ich bin gespannt, Joe, aber bitte keine falschen Erwartungen.«

»Keine Sorge, Hanna, du kennst mich. Wir beide haben immer auf Augenhöhe zusammengearbeitet, und das soll sich auch bitte nicht ändern. Doch lass uns zunächst über unsere Wanderung reden. Bist du einverstanden?«

»Gern, Joe. Hast du irgendeine Vorstellung, was uns erwartet?«

»Nicht im Mindesten. Ich habe keine Ahnung, wer der Einladende ist, noch weniger, wer da erscheint. Wir wissen auch nicht, wer wen kennt, und ob die sich untereinander kennen.«

»Vielleicht kennen die sich wirklich nicht, Joe. Damals operierten sie doch mit Decknamen, wenn ich das richtig erinnere.«

»Richtig, so war das, Hanna. Aber ich bin sicher, dass alle eine Motivation gemeinsam haben …«

»… sie wollen wissen, wer der Einladende ist«, hakte sie ein, »und wer eventuell etwas Belastendes über den anderen weiß.«

Joe nickte bestätigend: »Das einzig wirklich Offensichtliche an dieser Sache ist die Einladung an uns beide …«

»Natürlich. Mister X möchte, dass du im Bereich Kindesmissbrauch ermittelst und ich dazu eine neue Story bringe.«

»So wird es sein. Vielleicht hofft Mister X, dass wir auf ein aktuelles Täternetzwerk stoßen, in dem Verjährungsfristen noch nicht abgelaufen sind, exakt auch mein Ziel.«

»Das hätte Mister X mit einer Anzeige einfacher haben können«, sinnierte sie.

»Wir wissen noch zu wenig, Hanna. Das wird sich aber hoffentlich in den zwei Wochen ändern. In der Gruppe dürfte viel Dynamit sein. Interessant wird die Frage sein, wie das Ganze überhaupt ablaufen soll. Ich nehme nicht an, dass es ein Namensschild *Gruppe Missbrauchstäter* geben wird.«

Sie nickte.

»Wie gehen wir beide dort unten miteinander um, Joe? Ich unterstelle einmal, dass die anderen nicht wissen, wer wir beide sind.«

»Kann ich mir auch nicht denken. Ich habe die Vernehmungen im Internat nicht selbst durchgeführt damals, und du warst denen als Gesicht ebenfalls nicht bekannt, richtig?«

»Stimmt.«

»Außerdem sind wir alle ein bisschen älter geworden. Kurzum, für die sind wir ebenfalls Mitglieder der Organisation *ROSE*. Wie auch immer, Hanna, wir beide dürfen auf keinen Fall als Zweierteam erkannt werden.«

»Das heißt?«

»Wir beide werden dort unten eine neue Identität haben. Mein Deckname ist *Gerd Ballhaus,* deiner *Maria Feldmann.*«

Dabei schob er ihr schmunzelnd ihren neuen Personalausweis hinüber. »Frau Feldmann, Sie sind jetzt für den Zeitraum dieser vermutlich interessantesten aller Pilgerwanderungen eine Vertrauensperson des BKA.«

Hanna sah ihn verblüfft an. »Du meinst es wirklich ernst. Dafür brauche ich die Genehmigung meines Chefs ... oder nicht?«

»Das kann ich nicht beurteilen. Aber du musst dir darüber im Klaren sein, dass das kein Spaziergang ist. Du läufst auf eigenes Risiko, das dir auch dein Chef nicht abnehmen kann. Wir beide suchen kriminelle Hintergründe. Du für deine Story, ich für den Staatsanwalt.«

»Deswegen werde ich daraus auch in Hamburg einen dienstlichen Einsatz machen.«

»Wie auch immer, Hanna, für unseren Einsatz gilt, wir operieren zusammen, aber gehen getrennt. Wir kennen uns nicht. Das wird eine große schauspielerische Herausforderung. Wäre das für dich in Ordnung?«

»Aber ja, Joe. Ich würde auch ohne dich in dieser Gruppe unter einer Legende laufen. Mit dir fühle ich mich natürlich viel sicherer – auch wenn wir getrennt pilgern. Ich denke aber, dass wir über einen Messenger-Dienst Kontakt halten?«

»Natürlich – und nicht nur darüber.« Er öffnete eine Schublade und reichte ihr ein kleines, schwarzes, rundes Teil, kaum größer als eine Zwei-Euro-Münze. »Das ist ein handelsüblicher GPS-Tracker mit dem Unterschied, dass er deinen Standort permanent ins BKA zu Heike sendet.«

»Heike?«, fragte Hanna.

»Ja, Kriminalkommissarin Heike Rauch. Sie koordiniert die *Task Force Camino*, versorgt mich mit Informationen und hat auch deine Mobilnummer – und zwar diese hier ...«

Hanna, alias Maria, wunderte sich über nichts mehr und legte die neue SIM-Karte zum GPS-Tracker. »Worauf lasse ich mich hier ein, Joe?«

»Auf nichts, Hanna. Von dir wird nichts erwartet. Diese Dinge dienen allein deinem Schutz – Weisung von höchster Stelle«, fügte er vielsagend hinzu.

»Das heißt, du – ich meine wir – wir werden permanent getrackt und hoffentlich auch mit wichtigen Informationen versorgt?«

»Richtig, Hanna. Hinter uns steht der Informationsapparat des BKA und auch dessen Schutz. Ich habe auch so einen GPS-Tracker. Anschalten bitte bei deiner Ankunft in Saint Jean.«

»Jawoll, Herr Jaeger!« Sie legte militärisch grüßend die Handfläche an die Stirn.

Er ging darauf ein.

»Personalausweis und das Modul hiermit richtig übergeben!«

»Richtig übernommen, Herr Kriminalhauptkommissar! Ich fühle mich jetzt wirklich geborgen«, sagte sie lachend. »Im Ernst, danke für eure Fürsorge.«

»Das ist das Mindeste, Hanna. Wie wäre es jetzt mit einem Kaffee? Ich brauche einen.«

»Danke, sehr gern, Joe.«

Während er den Kaffee-Automaten bediente, meinte er: »Ich möchte noch einmal unser Thema von eben ansprechen, Hanna. Haben wir bei diesem Projekt alles bedacht?«

»Worauf willst du hinaus, Joe?«

»Auf unser Rollenspiel, Hanna. Versetzen wir uns einmal in die Situation der anderen. Was wäre deine Reaktion, wenn du als Missbrauchstäterin, die du aus der Wahrnehmung der anderen ja auch bist, diese Einladung zum Pilgern bekommen hättest?«

Sie überdachte einen Moment diese absurde Vorstellung.

»Meine Reaktion wäre die furchtbare Angst, nach so vielen Jahren der Ruhe doch noch an die Öffentlichkeit gezerrt zu werden. Obwohl ich nicht mehr verurteilt werden kann, wäre da die Sorge, meinen Job, meine Familie, eben alles zu verlieren. Das will ich auf keinen Fall. Also werde ich mich als

Missbrauchstäterin von damals nicht verstecken, sondern die Einladung annehmen.«

»Gut, du hast sie angenommen und erscheinst. Was hast du dann vor?«

»Ich möchte als Erstes wissen, wer hinter der Einladung steckt und zum anderen, ob es jemanden in der Gruppe gibt, der mir schaden könnte.«

»Wenn du auf dem Jakobsweg fündig würdest, wie ginge es dann weiter?«

Sie sah ihn entsetzt an. »Das willst du nicht wissen.«

»Doch.«

»Ich glaube, dann wäre meine kriminelle Energie gefragt.«

»Das heißt?«

»Ich weiß nicht ...«

»Würdest du so weit gehen, jemanden auszuschalten? Du bist Missbrauchstäterin, aber keine Mörderin.«

»Wer will das wissen, Joe? Hanna könnte natürlich niemanden umbringen, aber Hanna ist auch keine Kinderschänderin. Die Welt, über die ich hier schreibe, ist mir zutiefst fremd.«

Joe ließ nicht locker.

»Du bist aber nicht Hanna, sondern Maria, die Triebtäterin, die kleine Kinder sexuell missbraucht und unter ihresgleichen wandert.«

»Ich weiß nicht, wie weit ich als Missbrauchstäterin in meiner Not auf diesem Weg gehen würde und möchte es mir ehrlich gesagt auch nicht vorstellen.«

»Leider sind nicht alle Menschen wie du, Hanna. Unser Job ist es, uns in jeder Minute in die Gedankenwelt der anderen zu versetzen und uns entsprechend zu verhalten. Wie gesagt, das wird auf dem Camino hohe Schauspielkunst am Limit werden. Wenn einer von uns auffliegt oder gar beide, ist die Reise beendet.«

»Ich denke, Joe, das packe ich. Ich war mir der Herausforderung bewusst, als ich die Einladung erhielt. Mit konspirativer Polizeibegleitung wird es allerdings komplexer.«

»Vielleicht denken wir auch zu kompliziert, Hanna, und das Ganze löst sich als ungefährliche Luftblase auf, die schon nach wenigen Etappen verpufft.«

»Das sagst du als Kriminalist? Nein, Joe, mein Bauch signalisiert mir und zwar jetzt noch mehr als vor diesem Gespräch, wir müssen wirklich sehr aufpassen. Wir pilgern hier in etwas Ungewisses. Es kann uns tatsächlich an den Kragen gehen, falls wir entlarvt werden.«

»Wir werden nicht entlarvt, Maria Feldmann, dafür sind wir zu gut.«

Sie goss sich etwas Milch in den Kaffee, nahm einen Schluck und sagte mit einem entschlossenen Gesichtsausdruck: »Ich bin von Natur aus nicht ängstlich, Hunter, aber wenn mir der Druck inmitten dieser kriminellen Gruppe zu stark wird, bin ich draußen, trotz des BKA an meiner Seite.«

Er nickte und schwieg. Hanna hatte die Gefahr richtig erkannt. Gut so. Sie würde nicht naiv in dieses Wanderabenteuer gehen, von dem beide zudem nicht wussten, ob sie die Überquerung der Pyrenäen überhaupt physisch bewältigen würden. Er war zum letzten Mal in seiner Ausbildung zehn Kilometer gelaufen. Das war vor vierzig Jahren gewesen. Danach hatte er am Schreibtisch oder im Dienstwagen gesessen.

»Komm, Hanna, wir gehen eine Etage höher.«

Auf dem Weg dorthin fragte er sie: »Du kennst die Klassifizierungen im Netz?«

»Ich kenne nur das Internet, also Google und Co.«

»Genau, Hanna, das ist das sogenannte *Clear Web*. Es macht aber nur einen Bruchteil vom gesamten Netz aus.«

»Und der Rest?«

»Es ist das *Deep Web* und nimmt etwa neunzig Prozent im Internet ein. Darin befinden sich Firmendatenbanken, Streaming-Server sowie Online-Speicher.«

»Also auch die schmutzigen Seiten, um die es uns beiden geht?«

»Nicht wirklich, Hanna. Grundsätzlich steht das Deep Web allen offen. Viele Inhalte sind jedoch geschützt, um zum Beispiel Unternehmensgeheimnisse oder auch Journalisten in kritischen Ländern zu schützen. Ich kann mir vorstellen, dass auch dein Arbeitgeber diese Option nutzt. Die schmutzigen Inhalte findest du in der dritten Kategorie, im *Darknet*, ein vergleichsweise kleines Teilstück des Deep Webs. Es ist nicht auf herkömmliche Weise auffindbar, die Kommunikation wird verschlüsselt. Die Urheber der Inhalte und die Besucher wollen anonym bleiben.«

An der Tür im Obergeschoss stand *Cybergrooming – Zutritt nur für Autorisierte.*

Joe öffnete mit seiner Datenkarte. »Willkommen in den schlimmsten Ecken des Darknet, Hanna.«

Vor mehreren Bildschirmen saßen paarweise ein Mann und eine Frau unter Kopfhörern mit Mikrofon. Einige drehten sich kurz um und nickten freundlich.

Hanna erschrak augenblicklich, als sie über den Schultern zweier Kommissare gezoomte Geschlechtsteile eines Mädchens in endoskopischer Deutlichkeit sah. Ein anderer Bildschirm zeigte die Penetration von einem Jungen an einem Baby. Auf dem Monitor gleich daneben war eine Frau zu sehen, die sich an einem Jungen verging.

Hanna erstarrte angesichts der unfassbaren Widerlichkeiten. Sie wusste, worauf sie sich in diesem Investigativprojekt eingelassen hatte, aber visuelle Details brauchte und wollte sie nicht, sie würde sie nie ertragen können· Sie stoppte. Am liebsten hätte sie den Raum verlassen, doch sie atmete tief durch und zwang sich, ihre Aufmerksamkeit dorthin zu verlagern, wo es gerade noch erträglich war.

Ein Team zoomte auf eine Tapete, dann auf eine Lampe. Offensichtlich waren da Anhaltspunkte für wiederkehrende Taträume. Auf einem anderen Monitor erschien eine Karte mit Kirche. Die Audiospur der Glocken wurden mit der in einem Tatraum verglichen. Bei Übereinstimmung hätte man den Tatort des Grauens. Die Kommissarin schüttelte verneinend den Kopf, wieder Fehlanzeige, wieder falscher Ort. Zahlenreihen flogen über einen weiteren Monitor, Suche nach Zugängen zu einem Portal, in dem Bilder, Videos oder Kinder angeboten wurden. Als Untertext die menschlichen Daten der Ware und die Preise.

Joe sah Hanna an und schwieg. Er wusste, was sie gerade durchmachte, das ging jedem so, auch den Neuankömmlingen in seinem Team. Sie musste sich fühlen wie in einer unwirklichen Welt, die für seine Mitarbeiter im Raum allerdings sehr real waren. Sie suchten Spuren mit dem Ziel, den nächsten Missbrauchsring zu zerschlagen und doch wissend, dass man dem Verbrechen nur hinterherlief. Gefahrenabwehr war in diesem digitalen Geschäft so gut wie nicht möglich. Man war froh, wenn es einmal zu einer Strafverfolgung kam. Selbst dann war die Beweislage schwierig.

»Wer macht das?«, fragte Hanna mit entsetztem Blick auf einen alten Mann, der sich an einem Jungen verging. Sie wandte sich sofort ab. »Sind das Pädophile?«

»Nicht unbedingt. Nicht jeder, der Kinder sexuell missbraucht, ist ein Pädophiler. Mehr als die Hälfte der sexuellen Übergriffe auf Kinder und Jugendliche werden von nicht-pädophilen Menschen begangen.«

»Ich dachte, es wäre die Mehrheit.«

»Nein, Hanna, viele sind ‚Gelegenheitstäter‘, die Kinder keineswegs als einziges Objekt ihrer sexuellen Begierde sehen.

Oftmals geht es diesen nicht-pädophilen Tätern ausschließlich darum, ihr Macht- und Manipulationsbedürfnis zu stillen.«

»Das heißt?«

Sie kannte die Antwort aber wollte sie von einem Polizeibeamten bestätigt wissen.

»Das Kind zu unterdrücken und für die eigenen Bedürfnisse auszubeuten. Die Sexualität kann dabei nachrangig sein, sie gehört dazu, um diese ungeheure Macht an einem wehrlosen Objekt auszuüben.«

Hanna nickte und blickte über die recherchierenden Beamten.

»Wie können deine Leute das nur ertragen?«

»Ausbildung ein halbes Jahr, bereit sein, das Undenkbare zu ertragen, lernen, Pornos im Team zu sehen und dabei die Emotionen erst gar nicht an sich heranzulassen oder sie zu mindestens unter Kontrolle zu halten.«

»Und wenn das nicht gelingt?«

»Wir bieten Supervision an, sie wird vermehrt und mit Erfolg in Anspruch genommen. Darüber hinaus gilt der Grundsatz der Freiwilligkeit, niemand wird zu diesem Dienst gezwungen.«

»Gibt es angesichts der Bilderflut im Netz genügend Beamte für die Auswertung?«

»Klares Nein. Einige Bundesländer weichen bereits auf ehemalige Polizeibeamte oder geschulte Freiwillige aus, anders ist das inzwischen auch nicht mehr zu bewältigen. Aber in diesem Raum geht es nicht nur ums Betrachten und Suchen, Hanna, denn die Gesetzeslage hat sich gerade geändert.«

Sie sah ihn fragend an.

»Draußen an der Tür hast du *Cybergrooming* gelesen. So heißt das, wenn Erwachsene im Internet Kontakt zu Minderjährigen mit dem Ziel des möglichen Missbrauchs aufnehmen.«

Er erläuterte ihr, dass Minderjährige den Kontakt über Chatplattformen wie *Knuddels*, *KIK* oder Social-Media-Apps wie *Instagram*, *Likee* oder *WhatsApp* aufnehmen können. Oder bei Onlinespielen wie *Fortnite*, *Clash of Clans*, *Quizduell* oder *Moviestarplanet*.

»Jedes Kind, Hanna, das digital unterwegs ist, jedes Kind kann irgendwann damit konfrontiert werden und dabei selbst zum Täter werden – und die Eltern ahnen nichts.«

»Darüber solltet ihr die Eltern in dieser Republik informieren«, meinte sie.

»Das tun wir – aber du bitte auch in deinem Artikel.«

»Das werden wir, Joe. Aber es geht nicht nur um die Eltern, sondern auch um die Wahrnehmung der Erzieherinnen in den KITAS, Veränderungen an Kindern festzustellen, die auf Missbrauch schließen lassen. Wir werden auch über das neue Gesetz informieren, das schon den Versuch unter Strafe stellt, sexuelle Kontakte zu Kindern im Internet anzubahnen, dass die Zeit des straffreien Posings endgültig vorbei ist.«

»Das wäre ganz in unserem Sinne, Hanna. Damit wären wir bei dem, ich sage einmal, revolutionären Teil der neuen Gesetzeslage. Der Gesetzgeber hat verstanden, dass wir nur in die Portale hineinkommen, wenn wir in der Lage sind, einen sogenannten *Vertrauensbeweis* zu liefern, also in Form von Bildern und Videos. In der Szene heißt das *Keuschheitsbeweis*.«

»Klingt zynisch, Joe. An der Stelle war bisher Schluss, nicht wahr?«

»Richtig. Schluss, weil wir dazu selbst eine Straftat hätten begehen müssen. Mit realen Bildern, so viele wir davon haben, darf per Gesetz nicht gearbeitet werden, obwohl das für uns die einfachste Möglichkeit wäre, zumal es sogar Angebote von missbrauchten Opfern gibt, die ihren Beitrag zur Aufklärung leisten wollen. Aber auch das ist uns nicht möglich.«

Einen Moment glaubte Hanna so etwas wie Bedauern herauszuhören, doch sie schwieg.

Er erklärte weiter: »Wenn sich also die Taten nicht anders aufklären lassen, ist es künftig erlaubt, pornografische Videos und Fotos am Computer herzustellen und mit Zustimmung eines Gerichts zu veröffentlichen.«

»Wie weit seid ihr hier technisch? Ich stelle mir das ungeheuer schwierig vor.«

Joe führte sie zu einem Arbeitsplatz, an dem nicht geprüft, sondern gestaltet wurde.

»Das ist einer unserer *Deep-Fake*-Arbeitsplätze, über die wir mit unseren Kollegen in Köln verbunden sind. Die haben dort den größten Wissensvorsprung. *Deep Fake* ist das Lernen von künstlicher Intelligenz mit der Absicht, eine gezielte Fälschung zu erstellen. Die Maschine lernt, indem man sie mit den Bildern real existierender Menschen füttert. Aus diesen Daten erstellt sie dann künstlich generierte Körper und Gesichter.«

»Klingt gar nicht so schwer«, meinte Hanna, die die Umsetzung aber nicht sehen wollte. Realer und künstlich gestalteter Missbrauch hatte für sie den gleichen Schrecken.

»Weit gefehlt, Hanna. Echte Gesichter als Bilddateien zu erzeugen ist inzwischen in der Tat keine Magie mehr, du kennst das aus Kinofilmen. Kinderpornografische Fake-Bilder zu generieren, ist noch einmal eine ganz andere Hürde. So weit sind wir noch lange nicht. Der nächste Schritt ist dann die Produktion von kinderpornografischen Fake-Videos. Also dreißig Einzelbilder pro Sekunde zusammengeführt zu einem täuschend echten Endprodukt, so lautet die Herausforderung. Das schaffen die Studios noch nicht einmal realitätsnah bei künstlichen Fußballspielen.«

»Du weißt schon, Joe, dass es Gegenstimmen zu dieser neuen Möglichkeit gibt. Man fürchtet, dass durch die Nutzung von computergeneriertem Missbrauchsmaterial die Eintrittsschwelle in illegale Foren erhöht wird, mit der Folge, dass für die sogenannten Keuschheitsproben immer drastischere Darstellungen gefordert werden. Ich fürchte, es wird für die Keuschheitsprobe dann härteste Kinderpornografie gefordert, auch mit Säuglingen.«

»Noch schlimmer, Hanna, wir sehen ein neues Genre, die *Hurt-Core-Filme*, in denen Kindern absichtlich Schmerzen zugeführt und wenige Wochen alte Babys vor der Kamera gefesselt, missbraucht, geschlagen, gequält und gefoltert werden. Du willst das hier nicht sehen, denke ich.«

»Keinesfalls, Joe, erspare mir das! Über die Hurt-Core-Szene kann ich auch ohne Bilderkenntnis schreiben. Unseren Lesern wäre das auch nicht zuzumuten. Wir wollen informieren und Bewusstsein schaffen, aber im Rahmen des Zumutbaren, sonst geht der Schuss nach hinten los.«

Joe nickte. Das gleiche Problem hatte die Staatsanwaltschaft bei jeder öffentlichen Bekanntgabe eines Missbrauchsfalles. »Weil wir all das hier niemals akzeptieren werden, Hanna, kämpfen wir um jede einzelne IP. Allein darum geht es, um die begehrte Kinokarte.«

»Meinst du, dass die digitale Herausforderung überhaupt zu schaffen ist?«

»Welche Wahl haben wir?«

Er führte sie von einer Arbeitsstation zu anderen. Hanna sah flüchtig über die Bildschirme und war froh, dass der Ton nicht hörbar war, sondern nur die Ohren der Auswerter traf. Die Teams wechselten und wiesen sich kurz ein. Hanna blickte Joe fragend an.

»Wir tauschen nach zwei Stunden aus, dann reicht es.«

»Ich glaube, mir reicht es auch, Joe. Welche anderen Möglichkeiten hat das BKA, um einen Kinderporno-Ring auffliegen zu lassen?«

Er nickte und sah auf die Uhr. »Wenn du keine Fragen mehr zu dem Geschehen hier hast, dann lass' uns in die Cafeteria gehen. Dort berichte ich dir gern, was unser drängendstes Problem ist.«

Während er in der Cafeteria zwei Cappuccinos organisierte, versuchte sie Abstand von dem Erlebten zu gewinnen. Die Erkenntnisse waren immens wichtig für die Story. Jedoch waren es nicht so sehr die gewonnenen Informationen, sondern, die Menschen dort oben, die versuchten mit künstlicher Intelligenz und unglaublicher Motivation die Bösen im Darknet zu fassen. Nicht für alles Geld der Welt hätte sie mit den Kommissaren im *Cybergrooming-Raum* tauschen mögen. So etwas konnte man wohl nur leisten, wenn man zutiefst von der Sinnhaftigkeit dieser Art der digitalen Strafverfolgung überzeugt war.

In der Cafeteria saßen die meisten Menschen allein und kommunizierten mit ihrem Handy. Wären nicht einige Bilder mit Polizeirelevanz an der Wand gewesen, hätte man glauben können, man sei in der Cafeteria eines Unternehmens. Hanna fühlte, dass sie nicht besonders wahrgenommen wurde. Vielleicht glaubte man, sie sei eine von ihnen.

Joe stellte die dampfenden Getränke auf den Tisch.

»Zu deiner Frage, Hanna. Wir haben glücklicherweise Vereinbarungen mit anderen Staaten zum Datenaustausch. Der wichtigste Partner sind die USA. Da liegen die größten Server dieser Welt, und von dort blickt die NSA in die Welt. Die US-amerikanischen Internet-Anbieter und auch große Netzwerke wie Facebook haben sich verpflichtet, kinderpornografisches Material an das *National Center for Missing and Exploited Children* (NCEMC) zu liefern. Stellt diese Behörde nun fest, dass ein Täter aus dem deutschen Internetraum kommt, meldet sie es an uns in Wiesbaden. Im letzten Jahr erreichten uns 62.000 Meldungen, das ist immerhin eine Verdreifachung innerhalb von drei Jahren …«

»Wobei man allerdings konzedieren muss«, warf Hanna ein, »dass inzwischen mehr Fälle digital erfasst werden, die absolute Zahl also nicht zwingend höher sein muss.«

»Vollkommen richtig, aber wie auch immer die wahren Fallzahlen sind, bis die Informationen hier verarbeitet werden können, sind die IP-Daten in der Regel gelöscht, und die Ermittlungen verlaufen im Sand. Warum? Weil wir sie nicht speichern können!«

»Womit wir bei der Vorratsdatenspeicherung wären.«

»Ja, Hanna, du kennst natürlich die aktuelle juristische Auseinandersetzung in der EU darüber. Der Europäische Gerichtshof hat entschieden, dass eine allgemeine und unterschiedslose Speicherung von Telefon- und Internetverbindungsdaten mit EU-Recht nicht vereinbar ist. Nach nationalem Recht könnten wir zehn Wochen speichern, aber wegen des juristischen Durcheinanders sind wir blockiert. Jeden Tag verlieren wir greifbare Chancen.«

»Wie viele, Joe?«

»Auf das Jahr gerechnet um die zehntausend. Das klingt nach banaler Statistik, aber hinter jedem Bild oder Video steht ein realer Missbrauch. Uns wird die IP aus den USA sozusagen auf dem Silbertablett präsentiert, und bevor wir dran sind, ist sie vom Netzanbieter gelöscht.«

»Das wäre nach welcher Zeit?«

»Geh' mal von drei Tagen aus – wenn wir Glück haben. Eine juristische Entscheidung zu diesem Thema sehen wir angesichts der vielen Klagen auf absehbare Zeit nicht mehr. In diesem Europa geht Datenschutz vor Kinderschutz. Also werden wir weiter in mühseliger Kleinarbeit selber versuchen, an eine IP heranzukommen.«

»Unglaublich, Joe, was für ein Aufwand.«

»Was Kleinarbeit heißt, das hast du heute bei uns als erste und einzige Journalistin gesehen.«

»Danke, Joe, das weiß ich zu schätzen.«

»Gern geschehen, Hanna. Die Welt dreht sich durch das unkontrollierte Internet in eine schlimme Richtung, wir kommen nicht nach. Die Provider müssen uns nicht einmal kinderpornografische Inhalte melden, es ist hoffnungslos!« Dabei blickte er sich in der Cafeteria um. BKA-Chef Mönch war eingetreten und saß etwas weiter im Gespräch. Er zeigte Hunter diskret an, dass er keinen persönlichen Kontakt mit der Besucherin haben wolle.

»Vielleicht gelingt es dir in deiner Recherche, Hanna, die Leidensfrage der Deutschen zwischen dem Verhältnis von Grundrechten und der Sicherheit von Menschen mit einem neuen Blick zu betrachten, insbesondere, wenn es um die Schwächsten geht, um unsere Kinder.«

Hanna schwieg. Dann fragte sie unvermittelt. »Wie viel Zeit in der Vorratsdatenspeicherung braucht ihr?«

»Andere europäische Staaten speichern sechs bis zwölf Monate. Sechs Monate, Hanna, wenigstens einhundertachtzig anlassbezogene Speichertage, und wir hätten viele an der Angel.«

Als er sie zum Ausgang des Amtes führte, zog er verlegen einen Reiseführer über den Camino Francés aus der Jackentasche.

»Du willst den nicht wirklich ganz lesen«, meinte er. »Aber denk' wenigstens an die Wandersocken. Achte auf einen Strumpf mit Fersenlasche, sie verhindert, dass die Socke im Schuh rutscht.«

Sie gab ihm die Hand.

»Natürlich werde ich ihn durcharbeiten. Du bist lieb, Joe, danke für diesen Tag.«

»Wir sehen uns in Saint-Jean-Pied-de-Port, Frau Feldmann.«

4.

SÜDLICHES SAUERLAND

– Dornenkrone –

Das Video war zu Ende. Der Internatsleiter Dr. Johannes Hartmann saß wie erstarrt vor seinem Notebook. Sein Gesicht war fahl, weniger wegen der anonymen Post, sondern wegen der tödlichen Krankheit. Der Darmkrebs schwächte seinen Körper zunehmend von Monat zu Monat. Die Ärzte hatte ihm prognostiziert, dass er sein Rentenalter in zwei Jahren kaum erreichen dürfte und ihm empfohlen, den Körper in der letzten Phase seines Lebens zu schonen. Der Amtsnachfolger, ein ehrgeiziger Pater aus dem Haus, stand bereits fest, doch Johannes wollte den Platz nicht räumen. Er hatte schon vor Jahren auf eine große Karriere in Rom verzichtet. Das Vorzeigeinternat war sein Lebenswerk. Er war vielfach ausgezeichnet worden, regelmäßig kamen Schüler zum Jahrestreffen und identifizierten sich mit dem *Collegium Maria Hilf*, das inzwischen sogar Salem den Rang abgelaufen hatte. Sein Haus hatte den Skandal vor zwanzig Jahren erfolgreich durchgestanden. Gott sei Dank hatte er das Projekt *ROSE* gerade noch rechtzeitig beenden können. Dass es offensichtlich irgendwo im Netz ohne sein Zutun weiterlief, interessierte ihn nicht mehr. Er war nach dem Skandal auf der Hut und hatte seinen pädophilen Neigungen im Internat bei sorgfältig ausgesuchten Schülern individuell und stets im gegenseitigen Einverständnis nachkommen können. Hartmann wusste, dass der einvernehmliche Sex trotzdem als sexueller Kindesmissbrauch galt oder wie es inzwischen hieß *sexuelle Gewalt gegen Kinder.*

»Blanker Unsinn«, dachte er. Er unterhielt sogar mit einigen betroffenen Schülern noch eine tiefe Brieffreundschaft, die ihm viel bedeutete, denn sein sexuelles Verlangen fand inzwischen nur noch im Kopf statt.

Wenn es ein Problem gegeben hatte, dann durch den schmerzlichen Verlust seines herzkranken Hausmeisters Sergey Michailow, der ein Vierteljahr zuvor nach kurzer, schwerer Krankheit in seiner Datscha einem Herztod erlegen war. Sergey war der perfekte Hausmeister und für alle Schüler ein Fels in der Schulbrandung gewesen. Seine russische Seele legte sich wie Balsam über alle Streitigkeiten, wenngleich es schien, dass er in den letzten Jahren zunehmend depressiv geworden war. Das Internat hatte ihn geliebt und entsprechend war auch die Trauerfeier in der Kapelle besucht, die Hartmann seit jenen dunklen Ereignissen nie wieder *Raum der Ergebenheit* genannt hatte.

Hartmann löste sich aus seinen Gedanken und sah auf die erpresserische Post mit einem Video von damals. Er erhob sich langsam und spürte zum ersten Mal, dass er wohl nicht mehr die Kraft besaß, eine Wiederauflage der Beschuldigungen durchzustehen. Dabei hätte es ihm gleichgültig sein können, denn eine juristische Wiederaufnahme war angesichts der eindeutigen Rechtslage nicht mehr zu befürchten. Doch darum ging es ihm nicht – sein Lebenswerk war in Gefahr, wer immer als Bedrohung dahinterstand. Es gab einen unsichtbaren Gegner, der ihn auf den letzten Metern zur Strecke bringen wollte.

Johannes Hartmann verspürte das dringende Bedürfnis, zu seinem Herrn zu sprechen, dem er schon so viel anvertraut hatte, der aber gleichwohl immer seine schützende Hand über ihn gehalten hatte. Johannes griff seinen Gehstock und eilte zur Kapelle.

Er setzte sich in die erste Reihe, senkte seinen Kopf in beide Hände – und weinte. Dies geschah in den letzten Jahren des Öfteren. Er weinte wie der Apostel Johannes, der das – so die Überlieferung – damit begründete, dass die Brücke zwischen Hölle und Paradies nur mit Tränen überschritten werden könne.

»Warum, Herr, hast du mir erneut diese schwere Prüfung auferlegt. Ich habe doch von dem Treiben in diesem Raum abgelassen.«

Sein Herr schwieg.

»Meine Neigung, mich liebevoll zu Jungen hingezogen zu fühlen, ist ein menschlicher Teil von mir, kein bösartiger, du weißt es. Ist meine Neigung nicht vielmehr Ausdruck meiner Liebe, die mir von dir geschenkt wurde, Herr?«

Er blickte zum Kreuz auf. Aber so sehr er in sich hineinhorchte, er fand keinen Zugang zum Sohn Gottes.

»Gib mir wenigstens ein Zeichen, Herr, dass meine Schuld durch die Organisation *ROSE* gesühnt ist. Ich bereue zutiefst.«

Johannes sah Christus flehentlich an, doch er sah nicht mehr als jene vertraute Dornenkrone über dem leidvollen Gesicht. Der Internatsleiter stutzte, blickte genauer. In der Dornenkrone erfasste er ein kleines, schwarzes Etwas. Er vermutete angehäuften Schmutz, denn dort oben wurde praktisch nie geputzt. Vielleicht ein kleines Nest?

Doch Hartmann war ein Perfektionist und wollte das geklärt wissen. Er ging zum Kreuz und stellte sich auf eine kleine Bank, nun konnte er das Objekt besser einsehen. Er rückte seine Brille zurecht und erkannte eine schwarze Kugel mit einem Loch darin.

Der Schock fuhr ihm durch alle Glieder. Unwillkürlich hielt er sein Gesicht bedeckt, als wollte er sich vor einer Kameraaufnahme verstecken. Er ließ sich entsetzt auf die Bank gleiten und weinte erneut. Johannes hatte das Gefühl, vom Paradies direkt in die Hölle zu fallen.

Die Glocke schlug an. Gleich würde der amtierende Pater die Andacht halten.

Nach wenigen Minuten hatte Hartmann sich wieder gefangen und saß an seinem Schreibtisch. Immer, wenn er ganz tief unten am Boden war, stand er auf und ging in die Offensive. Aber das wurde zunehmend schwerer.

»Christiane, komm bitte zu mir, schlechte Nachrichten, ganz schlechte Nachrichten.«

Sie betrat das Büro, las den Text, sah das Video, beugte sich über ihren Bruder und streichelte ihn.

»Diese Bilder kommen direkt aus der Dornenkrone Christi unten in der Kapelle.«

Christiane stieß entsetzt hervor: »Du hast eine Kamera gesehen?«

»Ja, gerade, per Zufall. Ich bat den Herrn um ein Zeichen, und er gab es mir.«

»Wer will dich hier fertigmachen, Johannes, hast du irgendeine Idee?«

»Ich bin ratlos, Christiane. Vielleicht ein Schüler, ein Lehrer oder mein designierter Nachfolger. Vielleicht will man mich mit Schande aus dem Amt jagen! Das werde ich nicht zulassen! Ich werde dieses Phantom finden!«

»Aber wie, Johannes? Wir haben eine Liste der damaligen Schüler und aller Lehrkräfte. Jene Besucher, die du ins Haus geholt hast, sind namentlich nicht bekannt, und selbst deren Tarnnamen sind mit der Löschung von *ROSE* längst vergessen, hast du mir damals gesagt.«

»Ja, das stimmt. *ROSE* starb mit mir als deren damaliger Kopf. Und trotzdem hat jemand Einzelheiten herausgefunden! Wie zum Teufel konnte das geschehen?«·

Christiane antwortete nicht. Sie war für die Verwaltung zuständig, nicht für den damaligen Missbrauch. »Ich hole die Schüler- und Lehrerakten der letzten zwanzig Jahre, bin gleich wieder bei dir. Alles wird gut, Bruderherz!«

Hartmann schaute in seinen Park, in dem die Trauerweiden ihr erstes zartes Grün zeigten und die riesigen Rhododendronbüsche in Weiß und in allen Rottönen blühten. Durch die geöffneten Fenster hörte er das Lied der Amseln und den vertrauten Ruf der Tauben.

Der neue Hausmeister hatte gerade seine Arbeit beendet und winkte ihm zu. Hartmann erwiderte den Gruß eher mechanisch. Er konnte das machtvolle Frühjahr dort draußen, das vielleicht sein letztes war, nicht mehr an sich heranlassen.

Christiane kam zurück, gemeinsam gingen sie jeden Namen durch, spekulierten, kreisten ein – und gaben schließlich auf.

»Und nun?«, fragte sie.

»Nun, der Herr will, dass ich der Einladung folge und den Jakobsweg gehe. Ich werde hoffentlich den finden, der etwas von mir will.«

»Sag' das bitte noch mal!«

»Ich werde pilgern, Christiane!«

»Ich fasse es nicht! Hast du deinen Verstand verloren? Du weißt, dass man dich dort in der Gruppe kennt und du selbst als Verdachtsperson gesehen werden könntest?«

»Das wäre doch unlogisch, Schwester, warum sollte ich mir das eigene Grab schaufeln?«

»Vielleicht, weil du Sühne suchst und so durch die Einladung die Täter zusammenbringst, dasselbe zu tun.«

»Du weißt, dass es nicht stimmt. Ich folge allein dem Ruf des Herrn, auch wenn es all' meine Kraft erfordert.«

Christiane Hartmann hatte noch nicht aufgegeben, ihn von dieser absolut verrückten Idee abzubringen. Statt sich einen schönen Lebensabend zu gönnen, verspielte ihr Bruder seine vermutlich letzten Tage. Sie googelte schnell den Weg von Saint-Jean-Pied-de-Port nach Burgos.

»286 Kilometer, bergauf, bergab. Das willst du dir antun in deiner Verfassung? Weißt du, was körperlich auf dich zukommt?«

»Ja, der Herr wird mir den Weg weisen.«

»Johannes Hartmann, du bist ein Sturkopf. Nun gut. Ich lass' meinen Bruder nicht allein gehen, ich komme mit!«

Er hatte es gehofft und sah sie dankbar an.

Sie wandte sich zur Tür.

»Doch gemach, Johannes. Ich hole mir erst einmal den Hausmeister. Er soll die Kamera abbauen und mögliche Spuren verfolgen. Wir gehen durch alle Zimmer und in die Außenbereiche. Vielleicht ist unsere Pilgerwanderung gar nicht mehr notwendig.«

Kopfschüttelnd verließ die energische Frau den Raum.

5.

SCHAUMBURGER LAND

– Zeus –

Gottfried Stein empfing in dem Bunker grundsätzlich keine Besucher. Den ehemaligen Warnamtbunker der höchsten Schutzklasse 9, den er für den Schnäppchenpreis von achttausend Euro im Schaumburger Land erworben hatte, schützte er konsequent vor fremden Blicken, insbesondere, nachdem er auf der untersten der vier Ebenen seine Technik installiert hatte. Piotr Ruskow war die einzige Ausnahme. Er sah ihn im Monitor vor der Tür stehen. Sie kannten sich seit den Besuchen in *Maria Hilf* und hatten zwei Gemeinsamkeiten: Harter Sex mit Kindern und mit Kinderpornografie Geld zu verdienen. Das Geschäft im Netz lief trotz aller Rückschläge durch die Polizeiarbeit hervorragend. Stein, der sich im Netz als *ZEUS* tarnte, hatte im dritten Untergeschoss seines Bunkers einen *Vertrauensraum* eingerichtet. Dort fanden die Kinder Computerspiele und Süßigkeiten, die allerdings Kokain oder Cannabis enthielten und sie enthemmten. Der Ukrainer Piotr Ruskow war als Bus- und Lastwagenfahrer regelmäßig zwischen Osteuropa und Deutschland unterwegs. Er schaffte ihm die „Ware" in den Bunker und setzte sie, nachdem er sie meistens selbst im Lastwagen vergewaltigt hatte, anschließend wieder in Berlin aus, wo sie der Schleuserbande zurückgegeben wurden. Doch heute sollte Piotr ohne Ware kommen, und zwar sofort, hatte Stein gesagt, als er von ihm erfuhr, dass Piotr eine merkwürdige Einladung zum Pilgern bekommen hatte.

Gottfried Stein vergewisserte sich, dass Piotr Ruskow allein gekommen war. Die Videoüberwachung zeigte außer seinem kleinen, dicken, bärtigen und wie immer schmuddeligen Freund keine Besonderheiten.

»*Uviydit'*, komm herein«, sagte er und entsperrte die Sicherheitstür, bei der sich ein Einbrecher auch mit Bohrmaschine und Winkelschleifer vergeblich abgemüht hätte. Er lebte quasi in einem Tresor, der 1959 atombombensicher erbaut worden und für die mehrfache Sprengkraft der Hiroshimabombe ausgelegt worden war.

Die Türen öffneten und schlossen sich auf dem Weg in das zweite Untergeschoss automatisch. Piotr kannte den Weg in die Privaträume des Hausherrn.

Gottfried Stein saß kaum erkennbar im Halbdunkel hinter einem Schreibtisch aus Stein. Er liebte Steine und lebte gern in Mauern. Außenlicht benötigte er nicht in seinem schwarz gestrichenen Bunkerraum, der als einzige Dekoration einen riesigen Flachfernseher aufwies, von einer mannshohen, stählernen Actionfigur abgesehen. Steins Hand bewegte sich zur hohen Tischlampe. Der Schein fiel auf sein blondes, gegeltes Haar, das wie immer perfekt mit einem Linksscheitel gekämmt war. Er trug ein schwarzes Jackett über seinem offenen, weißen Hemd. Seine grazilen, ringlosen Finger glitten zum Goldkettchen um seinen Hals und spielten damit. Nichts an ihm war besonders auffallend oder gar überraschend, außer seiner vollkommen unmännlichen Fistelstimme.

Er erhob sich und umarmte seinen Gast.

»Möchtest du etwas trinken, mein lieber Piotr?«

Natürlich wusste er, dass Piotr Ruskow jetzt einen Wodka pur erwartete.

Die Flasche stand auf der hochglänzend polierten Marmorplatte des Steinschreibtisches bereit, dazu zwei Wodkagläser. Stein füllte beide Gläser einen Daumen breit.

Er trank fast nie Alkohol. Wenn er es wie heute mit Piotr tat, war das eine große Ehre.

Das war nicht uneigennützig, denn Gottfried brauchte Piotr für schmutzige Aufträge, die oft nur mit einem Schlagstock oder Schalldämpfer zu erledigen waren.

»*Vitaye moho druha*, Prost, mein Freund!«

»*Vitaye moho druha*, Gottfried!«

Sie leerten das Glas in einem Zug und Stein füllte das Glas seines Gastes unaufgefordert auf. Er selbst stieß mit Wasser an.

»Prost, mein Freund.«

Piotr kannte und verachtete diese Unsitte, aber so war der Chef, voller Prinzipien und mit einem perfekten Doppelleben. Tagsüber war er als gefragter IT-Berater unterwegs, und nachts im Darknet als der geheimnisumwitterte Zeus, der seine atombombensichere Festung als Refugium brauchte, wie er seinen Bus.

Piotr schaute fasziniert auf die Actionfigur. »So einer stand doch auch bei dem Typen in Traben-Trarbach, diesem Johann.«

»So ist es.«

»Was war das für ein Typ, Gottfried? Man hört so einiges.«

»Nun, ohne Zweifel ein genialer IT-Spezialist, so wie ich, aber anders als ich, äußerst leichtsinnig. Er verkaufte seinen Kunden ein *Bulletproof-Hoster* – so eine Art Festung gegen alles. Tatsächlich ist der Bunker an der Mosel das auch, autarke Energieversorgung, physisch definitiv nicht einnehmbar. Nur ein bisschen zu teuer, monatliche Stromkosten zum Betrieb der Computer und der Kühlanlagen über fünfzehntausend Euro.«

»Die muss man erst einmal verdienen«, meinte Piotr.

»Stimmt, ebenso die Entwicklung der Verschlüsselungs-Apps für Dealer im Deep Web.«

»Das konnte der auch?«

64

»Nicht nur das! Der clevere Johann entwickelte einen Stealth-Service, eine Art Tarnkappe, die Kunden im Netz unsichtbar werden ließ. Tja, die Geschäfte waren riesig, aber die Gewinne leider mager.«

»So etwas hinzubekommen geht ja wohl nur mit hochbegabten Leuten, oder?«

»In der Tat, er hatte junge, sehr begabte Leute, die aber unvorstellbar undiszipliniert agierten. In dem Bunker war außerdem ein Kommen und Gehen mit wechselndem Personal, die alle die Interna kannten ...«

»… bis sie aufflogen, richtig?«

»Du wirst es nicht glauben, Piotr, ein Gärtner, in Wirklichkeit ein Maulwurf des LKA, ließ ihn und sein Team bei einem Abendessen in dem Städtchen Traben-Trarbach festnehmen. Die Bunkerbesatzung hatte nur den Schlüssel umgedreht und war gegangen. Der Bunker wurde mit 650 Polizisten inklusive Spezialeinheiten gestürmt. Sie fanden die Server in Betrieb, das restliche Essen noch auf den Tischen. Der Typ war ein genialer IT-Mann aber das Gegenteil von einem umsichtig handelnden Manager.«

»Was haben die Ermittler gefunden?«

»Das wüsste ich auch gern. Zwei Landeskriminalämter, das Bundeskriminalamt, Amtsgerichte, Staatsanwaltschaften, Sonderdezernate, Lauschangreifer, Gutachter, Datenforensiker werten den Bunker immer noch aus, das Schlimmste, was sich ein Host-Betreiber vorstellen kann. Aber der Nachweis, dass er Kenntnis von den Inhalten hatte, die er als Host-Betreiber zur Verfügung stellte, wird verdammt schwer sein. Wenn Johann Glück hat, passiert ihm gar nichts und er startet in Traben-Trarbach neu.«

»Ich würde gern mal wissen, wieso ein Gottfried Stein mit Johanns Bunker so gut vertraut ist.«

»Weil ich Soldat war.«

Piotr lachte lauthals. »Brüderchen, du Soldat? Du bist doch ein Schreibtischtäter. Weißt du überhaupt, was ein Soldat ist?«

Gottfried Stein sah ihn strafend an. »Für dich bin ich nicht *Brüderchen*, sondern dein Chef. Ist das klar?«

»Entschuldigung, Chef.«

»Also gut, nicht wirklich Soldat, aber ich war Geophysiker. Meine Wehrdienstzeit habe ich beim Amt für Wehrgeophysik der Bundeswehr abgeleistet, und jetzt rate mal wo.«

»... im Bunker Traben-Trarbach«, erwiderte Piotr verblüfft.

»Du weißt doch, Piotr, nachdem die Plattform *ELYSIUM* aufgeflogen war, brauchte ich etwas Neues, also nahm ich Kontakt zu Johann, dem neuen Hausherrn des Cyberbunkers auf, dort kannte ich jede Etage, jede Leitung.«

»Da hat sich aber der Johann gefreut.«

»Das kann man so sagen. Er bot mir spontan eine Mitarbeit im Cyberbunker und einen exklusiven Deckungsschirm für den kinderpornografischen Handel an.«

»Du hast dich hoffentlich nicht darauf eingelassen, sonst wärest du hier nicht so ruhig – oder?«

»Richtig erkannt, mein lieber Piotr«, fistelte Stein. »Als Johann mir seine geheimen Serverbereiche zeigte, solche mit Aufschriften wie *Nucleus, Anubis, Predator, Interceptor* oder *Dragon* und mir dann auch noch das Kundenaufkommen präsentierte, da war ich alarmiert. Ich stieg nach einer kurzen Testphase aus, vier Wochen bevor der Cyberbunker aufflog.«

»Da ging dir aber richtig der Stift, Chef, nicht wahr?«

»Das kann man so sagen. Ich tauchte ab, wie du weißt, bisher mit Erfolg. Außerdem bin ich in Johanns Netz kein Drogen- oder Waffenhändler, sondern nur ein kleiner Fisch.«

Piotr lachte. »Nicht so bescheiden! Wenn die wüssten, was du jetzt machst ...«

Stein nickte zustimmend, ging zu der Actionfigur hinüber und legte eine Hand auf deren Stirn. Augenblicklich veränderte

sich eine Wand zu einem Screen, der ein Datenverbindungs-
netz mit dem Namen LIBERTAS zeigte.

»Dank dir, mein lieber Piotr, habe ich nun meinen Host nicht
mehr in Deutschland, sondern in der Ukraine. Dank dir benötige ich hier nur einen einzigen Server. Und trotzdem heiße
ich nicht nur *Zeus* … ich bin es auch«, schob er lächelnd nach.

Piotr war kein Computer-Freak, aber von seinen ukrainischen
Freunden wusste er, dass Zeus inzwischen als der europäische
Geheimtipp für grenzenlose Kinderpornografie und sexuelle
Kinderware galt. Man sagte, dass Zeus in Sekundenschnelle
IP-Adressen wechseln könne und selbst die seien verschlüs-
selt. Das gebe einzigartige Sicherheit und schaffe Vertrauen.

Auf dem Screen erschienen Abbildungen von polizeilichen
Einrichtungen, in der Mitte das BKA in Wiesbaden.

»Wenn du in dieser schnellen Welt bestehen willst, musst du
denen immer einen Schritt voraus sein, Piotr. Ich habe eine
Datei über polizeiliche Kinderpornografie-Jäger aufgebaut
und arbeite dabei mit Wiedererkennungsmerkmalen in der
polizeilichen Arbeit. Die jagen uns, ich jage die. Ich habe
den Spieß umgedreht. Bisher liefen alle Aktionen von denen
gegen meine Firewall.«

Piotr spürte den Stolz seines Chefs. Er bewunderte ihn, weil
der dabei nicht abhob, sondern sachlich und emotionslos
blieb. Etwas, das er überhaupt nicht konnte.

»Ich zeige dir, wie das funktioniert, Piotr. In der dunkelsten
Ecke des Deep Web, im Darknet, werden bekanntlich Auf-
tragsmorde vergeben. Das ist zwar nicht mein Arbeitsfeld,
aber die Methode, Morden für Geld, gefällt mir sehr. Das
Konzept habe ich übernommen. Wenn mir ein Informant
einen polizeilichen Angriff auf LIBERTAS meldet, bekommt
er eine Belohnung von zwei Bitcoins, ein schnellverdientes
Geld ohne Risiko, nicht wahr, Piotr?«

»Ich fahre lieber Bus, Chef, nichts für mich.«

Stein wusste das. Für diese Art von Ermittlungen war Piotr, der Mann fürs Grobe, ungeeignet. Aber er war der einzige, mit dem er über sein Imperium reden konnte. Piotr wusste wiederum, dass Zeus ihm wahrscheinlich nur einen Bruchteil verraten würde. Sein Chef vertraute nur sich selbst.

Ein neues Bild erschien.

»Hier siehst du meine internationalen Hacker. Sie suchen rund um die Uhr, ob irgendwelche Strafverfolger mit einem Fakebild oder einem Video LIBERTAS angreifen. Und wenn ich jetzt abschalte, ist diese Karte für immer verschwunden und nicht mehr auffindbar. Bei mir gibt es keine Vergangenheit, nur Gegenwart.«

»Hast du trotzdem keine Sorge, dass Spezialkräfte auch bei dir vor der Tür stehen könnten, wie bei Johann in Traben-Trarbach? Kein System ist fehlerfrei.«

Stein sah Piotr ernst an.

»Digital fasst mich keiner. Nur wenige kennen überhaupt einen *Zeus*. Aber das Wichtigste, mein lieber Piotr, ist, ich weiß erstens, wann man aufhören und zweitens, wie man abtauchen muss. Ich bin ein Chamäleon, das in einem immer wieder neuen Gewand die Beute sucht und findet. Ich bin überall und nirgends zu Hause.«

Piotr wusste, dass das nicht ganz stimmte. Gelegentlich flog Zeus mit seinem privaten Flugzeug aus Hannover in die Ukraine, wo er direkt hinter der polnischen Grenze bei Lwiw ein vornehmes Anwesen besaß, das unter dem Schutz eines Oligarchen stand und in dem seine Lebensgefährtin Anastasia und der gemeinsame kleine Sohn lebten. Und wo wahrscheinlich sein angehäuftes Vermögen als Goldreserve gebunkert war.

Stein berührte wieder die Actionfigur, der Screen verschwand. Stein setzte sich wieder an seinen Schreibtisch.

»Und trotzdem, Piotr«, fistelte er. »Trotzdem droht Gefahr, große Gefahr.«

Auf dem TV-Screen erschien das Bild des Internates *Maria Hilf*.

Piotr ahnte, was jetzt kommen würde. Der Chef hatte also auch so eine Einladung zum Jakobsweg bekommen.

»Wir kennen uns nun schon über zwanzig Jahre, Piotr. Wie oft warst du dort?«

»Vielleicht ein Dutzend Mal.«

Gottfried Stein projizierte das anonym geschickte Video auf den Monitor. Bei acht Sekunden stoppte er das Bild. Die Szene zeigte einen Mann, der aus dem Taxi stieg.

»Das könntest du sein, nicht wahr, Piotr?«

»Ja, aber mehr zu erahnen, mein Gesicht ist nicht gut zu erkennen. Ich weiß, dass ich damals diese Schirmmütze trug.«

Der Film zeigte andere Personen, die ohne professionelle Nachbearbeitung ebenfalls nur schwerlich zu identifizieren waren.

»Das hier, das bin ich, aber genauso verdeckt wie du.«

»Dann brauchen wir uns doch keine Sorgen zu machen«, meinte Piotr.

Stein reagierte unbewegt auf die dümmliche Bemerkung. Piotr war nicht gerade der Hellste, hatte aber eine große Bauernschläue. »Ich denke doch, Piotr. Der Briefschreiber hat deine E-Mail-Adresse herausbekommen und auch eine uralte von mir.«

»Wie ist das möglich, Gottfried?«

Das Bild eines Mannes erschien auf dem Monitor.

»Es gibt nur einen Mann, der die Datenbank von damals besaß. Das war Hartmann, Pater Dr. Johannes Hartmann, der Leiter des Internates und Administrator von *ROSE*. Der oder irgendjemand hat gut recherchiert und will nun etwas von uns.«

»Das macht doch keinen Sinn, Chef! *ROSE* ist längst verjährt, hast du mir gesagt. Vorsicht, Chef! Vielleicht ist das eine Falle!«

»Richtig, deswegen müssen wir beide dorthin, um herauszubekommen, wer was von uns will, mein lieber Piotr. Oder möchtest du riskieren, dass das Video veröffentlicht wird?«

Piotr rieb das Wodkaglas an seinem Kinn. »Ich brauche noch einen.«

Er goss sich das Glas nun selbst voll und schluckte das Getränk in einem Zug herunter.

»Es reicht doch, Chef, wenn einer von uns beiden an diesen verdammten Pilgerort fährt. Du bleibst hier, ich mache den oder die kalt. So eine Wanderung ist nichts für deine zarten Füße.«

Gottfried Stein, alias Zeus, sah ihn lächelnd an.

»Zwei Menschen mit einem gemeinsamen Ziel können viel erreichen, zwei Menschen mit einem gemeinsamen Feind noch viel mehr. Hast du das schon einmal gehört?«

»Nein, Chef, aber es macht Sinn ... okay, dann müssen wir uns wohl gegenseitig schützen.«

Er überlegte, runzelte die Stirn und kraulte an seinem dicken Gesicht.

»Vermutlich werden wir nicht die einzigen Pilger sein, richtig?«

Gottfried Stein nickte, erhob sich leicht, beugte sich über den Schreibtisch zu Piotr herüber und fistelte: »Genau das ist das Problem, mein lieber Piotr. Gefahr droht uns beiden von allen Seiten. Deswegen muss dir klar sein: Wir werden getrennt gehen. Wir kennen uns nicht. Hast du verstanden, Piotr? Wir kennen uns nicht!«

Piotr war etwas zurückgewichen.

»Nun gut, Chef, halte ich zwar nicht für notwendig, aber wenn du darauf bestehst ...«

»Du wirst mir drei Dinge versprechen, Piotr«, sagte Zeus nun mit einer Stimme, die keinen Widerspruch zuließ. »Erstens kein Alkohol, zweitens keine unvorsichtigen Äußerungen, drittens, keine eigenmächtigen Handlungen! Hast du das verstanden?«

»Tak, tak, ja, ja«, erwiderte Piotr. »Kannst dich auf mich verlassen!«

»Ich hoffe das. Wir beide werden auch nur mit Vornamen auftreten. Du bist Pilger Piotr und ich bin Pilger Gottfried.«

Piotr grinste. »Sehr lustig, *Pilger Gottfried*!«

Er füllte wieder sein Glas bis zum Rand auf, kippte den Wodka herunter und lachte angesichts seiner Eingebung schallend laut:

»Ich bin der perfekte Pilger! Piotr kommt von Peter und Peter von Petrus. Ich bin ein Jünger, Chef!«

Er ging mit leicht glasigen Augen zu Stein hinüber, legt ihm jovial seine Hand auf die Schulter und fragte: »Und du, heiliger Gottfried?«

Der ließ Piotrs fleischige Hand auf seinem feinen Zwirn gewähren.

»Gottfried ist ein altdeutscher Männername. Er steht für *Gottes Schutz*«, erläuterte er mit einem leichten Anflug von Eitelkeit.

»Dann kann ja nichts passieren, Pilger Gottfried! Und wenn dein Chef dort oben mal Pause macht, stehst du unter dem Schutz vom heiligen Petrus«, brüllte er lachend und füllte wieder nach.

Gottfried Stein sah ihn sorgenvoll an. Er überlegte einen Moment, ob es wirklich eine gute Idee war, Piotr mit auf den Jakobsweg zu nehmen. Aber es gab keine Alternative. Denn bei der Veröffentlichung des Videos hätten sie beide ein Entdeckungsproblem. Piotr war über die Jahre ein Mitwisser geworden, den er eng zu führen wusste. Aber würde er sich in dieser gefährlichen Phase auf ihn verlassen können?

Stein hatte das ungute Gefühl, dass er auf dem Jakobsweg die Kontrolle über den Ukrainer verlieren könnte. Nichts hasste er mehr als Kontrollverlust. Deswegen hatte er einen Plan B vorgesehen. Vorerst aber brauchte er seinen Straßenhund noch.

Nachdem Piotr ihn verlassen hatte, beugte sich Zeus über seine Fliegerkarte und suchte einen Flugplatz in der Nähe von Saint-Jean-Pied-de-Port. Er beschloss, mit seinem Flugzeug anzureisen, um sich im Fall des Falles schnell in die Ukraine absetzen zu können.

6.

ZÜRICH

– Aufbruch –

Iris sah ihn unten im Bootshaus sitzen. Sie ging zu ihm und warf ihm die Zeitung auf den Tisch. Er blickte seine Frau erstaunt an. Ihre Haltung war die personifizierte Verachtung. An diesem Wochenende war sein Porträt in der *Zürcher Zeitung* erschienen. Sie hatte es nur überflogen: Herbert von Bellheim, der Mann der Woche zum 65. Geburtstag. Vorstand der Helvetia Re-Versicherung, Vorstand im Kirchenrat und nach diversen Missbrauchsfällen in der Schweiz Verwaltungsrat im Überwachungsgremium der Schweizer Internate. Jemand, der in der *Tafel* mithalf und – es hieß – einer der wenigen Deutschen, der von den Schweizer Nachbarn akzeptiert wurde. Das Foto zeigte das sympathische Gesicht eines graumelierten Herrn vor dessen Bootshaus am Züricher See an seinem Landsitz in Uerikon. Das Profil eines Mannes, der es in jeder Hinsicht geschafft hatte und zudem im Konzern insbesondere wegen seines menschenorientierten Führungsstiles äußerst beliebt war. Alles in allem ein hochgeschätzter Manager in der Schweiz.

Der Bericht widerte sie geradezu an, denn das andere Bild kannte nur sie. Ihr Mann brauchte schon seit Beginn ihrer inzwischen fünfundzwanzigjährigen Ehe kleine Jungs. Sie wusste nicht, wie und wo er sie sich besorgte, aber seine abendlichen Aktivitäten im Internet, die er geradezu dilettantisch zu rechtfertigen versuchte, seine Abwesenheiten, die er als Geschäftsreise deklarierte, oder die Abende, an denen er spät zu Hause erschien, waren zu offensichtlich. Irgendwann hatte er ihr gestanden, dass er pädophil sei, solange er denken könne. Sie hatte ihm eine Therapie abgerungen, die jedoch am Ende nichts erbrachte. Der Therapeut hatte ihm gesagt, Herbert besitze seit seiner Jugend eine pädosexuelle Präferenz, die sich nach Abschluss der Pubertät nicht mehr grundlegend verändert habe, und dass er es schwer haben werde, seiner Neigung nicht zu folgen. Pädophilie sei kein krankheitsbezogener Entschuldigungsgrund für Kindesmissbrauch, auch wenn das viele glaubten. Er müsse also unbedingt versuchen, sich zu disziplinieren, dabei könne eine neue Therapie helfen. Iris hatte darauf große Hoffnungen gesetzt. Sie wäre bereit gewesen, alles Widerliche zu vergessen, wenn es nur aufhören würde.

Nach der Therapie hatte ihr Mann ihr eröffnet, dass sich seine sexuelle Neigung therapeutisch nicht „abtrainieren" lasse, aber der Therapeut habe ihm gesagt, wie man das Verlangen nach Kindern durch strikte Vereinbarungen mit sich selbst kontrollieren könne. Das wäre jetzt sein Ziel. Doch Herbert war weiter in seiner schmutzigen Welt unterwegs. Ihr wurde klar, dass ihr Mann den Kampf gegen die Pädophilie aufgegeben hatte.

Iris schützte den damals zwölfjährigen Sohn Holger vor den eindeutigen Versuchen des Vaters, sich ihm sexuell zu nähern, indem sie ihren Sohn auf ein Internat brachte, nicht in die Schweiz, sondern nach Deutschland. Sie hatte lange gezögert, nachdem bekannt geworden war, dass sich in dem Eliteinternat *Odenwaldschule* mehr als zwei Dutzend Lehrkräfte an über neunhundert Schutzbefohlenen vergriffen hatten. Aber in Deutschland hatte ihr Mann als Verwaltungsrat keinen Zugriff auf Internate. Sie entschied sich für das größte deutsche Eliteinternat, die Schule Schloss Salem. Dem Internatsleiter offenbarte sie, warum Holger eingeschult werde und dass der Vater keine Besuchsrechte in Anspruch nehmen werde. Herbert hatte sich darauf eingelassen. Welche andere Wahl hätte er auch gehabt?

In den ersten Jahren ihrer Ehe hielt sie noch zu ihrem Mann, doch am Ende verachtete sie ihn, weil er sich einfach nicht disziplinieren wollte. Auch empfand sie sein Versagen als persönliche Demütigung und Verrat an ihrem Leben. Sie suchte Wärme, er gab ihr Kälte.

Bei ihrem Liebhaber, einem namhaften Künstler aus der Züricher Musikszene, fand sie seit zwei Jahren Geborgenheit, Ehrlichkeit und Verlässlichkeit. Eigenschaften, die ihr bis dahin fremd geblieben waren. Ihr Mann wusste von der Beziehung und tolerierte sie. Er bat sie nur inständig um absolute Diskretion. Iris hielt sich daran, denn sein Geld und die Reputation als hochangesehene Vorstandsfamilie wollte sie nicht missen. Nachdem die Rahmenbedingungen geklärt waren, führten sie beide in gegenseitiger Missachtung ihr individuelles Leben, wissend, dass der Deal jederzeit zu Ende sein konnte. Sie wusste, dass in Zürich bereits über ihre Affäre geflüstert wurde, und Herberts zweites Leben war für sie alle ohnehin ein Tanz auf dem Vulkan.

»Ich werde in zwei Wochen eine Reise machen, Liebling.«

»Ach ja? Zu welcher Kindergruppe geht es denn dieses Mal?«

Er hatte eine derart bissige Antwort bereits erwartet, trotzdem schnitt ihm ihre Reaktion wie ein Messer durch die Brust, zumal sie sich nicht im Geringsten vorstellen konnte, was vor ihm lag.

»Ich werde auf dem Camino Francés pilgern.«

Sie sah in erstaunt an. »Du, auf dem Jakobsweg?«

»Ja, ich brauche Abstand und Ruhe auf der Suche zu meinem Ich.«

Zu seinem ICH …

Nun war sie doch fassungslos. Sie kannte zwei ICHs bei ihm. Das Gesicht des geachteten Vorstandsvorsitzenden in einer der weltweit größten Rückversicherungen und das eines Pädophilen, der Jungs missbrauchte und sich nicht in den Griff bekam.

Sie blickte auf seinen beträchtlichen Bauch. Die einzige Sportart, die er betrieb, war das Golfen, wobei er zwischen den Abschlägen von einem Golf-Caddy gefahren wurde.

»Du willst pilgern? Du? Warum kannst du nicht ein einziges Mal ehrlich sein?«

Er schwieg. Sie erwartete auch gar keine Antwort.

»Wie lange wird dein Weg zu dir selbst sein?«, legte sie spöttisch nach.

»Ich habe knapp 300 Kilometer vor mir und dafür etwa zwei Wochen eingeplant.«

Kopfschüttelnd ging sie in das Haus zurück.

»Herbert auf dem Weg zu sich selbst? Was glaubt er zu finden, außer wieder einen kleinen Jungen? Oder wollte er tatsächlich sein Leben verändern?«, dachte sie.

Zwei Wochen – die langersehnte Möglichkeit, einmal länger mit ihrer wirklichen Liebe zusammen zu sein.

Herbert von Bellheim zündete sich in seinem Bootshaus einen Zigarillo an und blies langsam den Rauch nach oben. Hinter dem tiefblauen See erhob sich das schneebedeckte Bergmassiv einem Gemälde gleich. Unweit des windgeschützten Ufers lernten die Kleinen zwischen sieben und zwölf Jahren das Segeln auf Optimisten. Er zählte sie durch, es war problemlos möglich. »Wie eine Entenschar hinter der Gänsemutter«, dachte er. Der nächste Schritt wäre das Regattasegeln, der Grundstein für eine Karriere im Wettfahrtsegeln. Draußen blies offensichtlich ein starker Wind, den die Segelboote nutzten oder gegen den sie ankämpften. Er liebte diese Idylle, von der er allerdings ständig fürchtete, dass sie ihm jederzeit aus den Händen gleiten könne – wie sein gesamtes Leben. Er war höchst angesehen aber auch höchst einsam.

Die Frau, die an seiner Seite nur noch zum Schein lebte, war wieder ins Haus gegangen. Sein Vorstandsmandat neigte sich dem Ende zu. Und dann? Was würde bleiben? Die Suche im Netz nach immer neuen *kleinen Gefährten*, wie er sie nannte, wurde zunehmend riskanter.

Es war ein Leben wie auf einem Schleudersitz mit gesicherter Landung hinter Gittern. Er kannte den Artikel 189 auswendig: *Wer eine Person zur Duldung einer beischlafsähnlichen oder einer anderen sexuellen Handlung nötigt, namentlich indem er sie bedroht, Gewalt anwendet, sie unter psychischen Druck setzt oder zum Widerstand unfähig macht, wird mit Freiheitsstrafe bis zu zehn Jahren oder Geldstrafe bestraft.* Schlimmstenfalls bekäme er eine anschließende lebenslange Verwahrung.

In der Knasthierachie, hatte er gehört, seien pädophile Sexualstraftäter ganz unten. Sie würden von den anderen Insassen gemieden, verachtet, schikaniert, verprügelt und schlimmstenfalls selbst Opfer von Vergewaltigungen. Viele wollen mit Sexualstraftätern nichts zu tun haben, hieß es, besonders nicht mit Kinderschändern. Im leichtesten Fall lehnten sie Arbeitsverhältnisse mit Pädophilen ab und würden sie mobben. Für die Betroffenen blieben dann Tätigkeiten übrig, die keiner machen wollte, wie Putzen oder Aufräumen.

Er schüttelte sich allein bei dem Gedanken. Nach *ROSE* verhielt er sich vorsichtig, hinterließ keine Spuren, weder im Darknet noch bei den Treffs. Jetzt dieser Brief mit dem USB-Stick. Wie hatten sie seine Adresse gefunden? Möglicherweise waren ihm die *ROSE*-Ermittler von damals bereits auf den Fersen und suchten nach neuen strafbaren Handlungen. Davon gab es natürlich inzwischen Hunderte.

Herbert spürte, dass er müde wurde. Sollte er sich auf diese schmutzige Erpressung überhaupt einlassen? Wie würde die Forderung lauten? Welche Gegenleistung war von ihm zu erbringen? So gern würde er das Ermittlungsteam des Konzerns aktivieren. Doch für diese Art der persönlichen Erpressung existierte im Krisenhandbuch der Versicherung keine Checkliste.

Dann gab es noch dieses andere Gefühl, das ihn drängte, den Jakobsweg zu pilgern. Es hieß, dass der Weg eine Art Selbstreinigung sei. Sie fand vielleicht bei dem Erleben der Natur statt, an einem Wegekreuz, in Gesprächen mit anderen Pilgern oder mit sich selbst, vor allem aber in den Augenblicken der totalen physischen Erschöpfung. Vielleicht war der Jakobsweg seit Hape Kerkelings Buch *Ich bin dann mal weg*, längst auf eine Attraktion des Massentourismus reduziert, die man persönlich unbedingt erlebt haben sollte. Kerkeling hatte offensichtlich gefunden, was er suchte. Die Menschen nach ihm, hieß es, suchten jetzt ebenfalls und nahmen den Mainstream von über zweihunderttausend Pilgern pro Jahr allein auf dem Camino Francés in Kauf. Wie sollte man dort zu sich selbst kommen, fragte er sich.

Er war katholisch getauft, aber seinem Gott war er nie begegnet. Vielleicht würde sich Gott tatsächlich am Rande des übervölkerten Jakobswegs zeigen und ihm den Weg weisen, ihn von seinem Übel und seiner Schuld erlösen. Das kleine Kind in ihm wünschte sich nichts sehnlicher als eine Befreiung von seinem anderen Ich.

Er blies den letzten Zug seines Zigarillos aus, ließ den Artikel über sein Porträt ungelesen zurück und rief seinen Fahrer an, der ihn mit der gepanzerten Mercedes-Limousine zu einem renommierten Züricher Outdoor- und Travel-Geschäft chauffierte. Er musste sich von Grund auf neu ausstatten und ließ sich dafür ausführlich beraten. Geringes Gewicht bei maximaler Effizienz war die Devise. Im Mai war mit niedrigen und hohen Temperaturen, mit Schnee und Sonne und vor allem mit Regen zu rechnen. Er kaufte nur das Beste. Regendichter Rucksack, Poncho, Wandersocken, Zip-Wanderhosen, Fleece-Jacke, Sonnenhut, lange Unterwäsche, Hygiene- und Erste-Hilfe-Ausrüstung.

Herbert rechnete mit zehn bis zwölf Etappen nach Burgos. Da er Gemeinschaftsunterkünfte aus hygienischen Gründen, wegen der vielfach geschilderten unangenehmen Geräuschkulisse und auch wegen seines mindestens zweimaligen nächtlichen Toilettenganges verwarf, würde er sich jeweils in einer Pension einbuchen. Selbst dafür hatte er sich einen Schlafsack, einen Kopfkissenbezug und Handtücher aus besonders leichtem High-Tech-Material gekauft. Zusätzlich hatte er sich mit Desinfektionsmittel und Seife eingedeckt, obwohl das durch Covid-19 schwer getroffene Spanien den Herbergen und Restaurants am wiedereröffneten Jakobsweg rigorose Hygienevorgaben auferlegt hatte. Der erste Wandertest mit der neuen Ausrüstung war eine einzige schmerzhafte Erfahrung, besonders bergab.

Voller Sorge saß er tags darauf mit einer MRT-Auswertung beim Orthopäden.

»Sie haben eine fortgeschrittene Arthrose in beiden Knien, mein lieber Herr von Bellheim, dazu links einen lädierten Innenmeniskus und rechts eine akute Patella-Sehnenentzündung«, sagte der. »Kein Wunder, dass Sie Schmerzen haben. Mit Physiotherapie ist da nichts mehr zu machen. Nach der Pilgerwanderung rate ich dringend zu einem operativen Eingriff.«

Er verordnete ihm Knieschoner, Schmerzgel und Salben.

»Gut, dass Sie diesen leichten, knöchelhohen Gore-Tex Wanderschuh gewählt haben. Laufen Sie die neuen Schuhe unbedingt täglich ein. Jeden Tag etwas mehr, abends Fußpflege mit Latschenkieferfett.«

Er sei selbst einmal den Camino Francés durch die Pyrenäen gewandert und wisse seitdem, warum die wahren Pilger von einst einen Pilgerstock und ein Minimum an Gepäck mit sich führten.

»Schleppen Sie nicht mehr als zehn Prozent Ihres Körpergewichtes, also zehn Kilogramm, in Ihrer Verfassung besser maximal sieben Kilogramm.«

»Das sollte möglich sein«, meinte von Bellheim. »Ich plane, nur mein Tagesgepäck zu tragen, das sonstige Gepäck wird extern transportiert.«

Dabei hatte er keine Ahnung, wie die Pilgerwanderung ablaufen würde. Die vermuteten körperlichen Strapazen und noch mehr die vollkommene Ungewissheit über das Ergebnis der Pilgerwanderung machten ihm schon jetzt zu schaffen. Er hasste Projekte, die nicht bis zum Letzten durchdacht waren. Doch in diesem Projekt war er nicht mehr als ein Objekt ohne irgendeine Entscheidungskompetenz. Er würde laufen, sich schinden und martern, aber wohin und wofür?

Der Arzt sah seinen wortkargen Patienten kritisch an, wie der sich mit leicht schmerzverzerrtem Gesicht die Schuhe zuknöpfte. »Wollen Sie nicht doch noch mit der Pilgerwanderung warten, mein Lieber? Wenn die Seele aus dem Takt ist, helfen auch keine Knie-Bandagen.«

»Keine Sorge, Doktor, mein Jakobsweg schließt die Überwindung von Knieschmerzen ein.«

Der Arzt überreichte ihm zum Abschied Magnesiumtabletten und sah ihm nachdenklich hinterher, als ahnte er, dass die Knieschmerzen seines Patienten dessen geringstes Problem werden würden.

Doch Herbert von Bellheim hatte sich für den Jakobsweg entschieden. Auf dem Weg nach Saint Jean würde er seinem Fahrer sagen, dass man einen Abstecher über Salem mache. Sein Plan war es, mit seinem Sohn Holger noch vor der Jakobsreise zu sprechen. Er fühlte, dass eine Klärung mit

seinem Sohn die wichtigste Voraussetzung für eine Selbstreinigung war. Er überlegte Trautmann, den Leiter des Internates, höflichkeitshalber vorab zu informieren, hielt das
dann aber für keine gute Idee.

7.

SAINT-JEAN-PIED-DE-PORT

– Camino –

Die internationale Pilgerschar strömte aus dem Bahnhof der französischen Stadt Bayonne. Das nächste Ziel, Saint-Jean-Pied-de-Port, lag eine Stunde Zugfahrt entfernt. BKA-Kriminalhauptkommissar Joe Jaeger, genannt Hunter, blickte missmutig nach oben. Es schüttete wie aus Kübeln. Dabei hatte er sich auf den Anblick der nahen Pyrenäen gefreut. Der Himmel gab einen Vorgeschmack auf das, was ihn erwarten könnte.

Endlich! Ende der langen Anreise. Das Bahnhofsschild von Saint-Jean-Pied-de-Port nahm er unter seiner runden und wieder einmal beschlagenen Nickelbrille nur verschwommen wahr. Er überlegte, ob er sich einen Augenblick unterstellen sollte. Doch der kleine, kompakte weiße Bahnhofsbau mit seinen roten Türen und Fensterläden bot nicht den geringsten Schutz. Der Bau strahlte regelrecht aus: *Pilger mach' dich auf den Weg, auch wenn es ungemütlich wird.*

Hunter zog seinen dunkelgrünen Poncho über und die Kapuze eng an das Gesicht. Trotzdem konnte er nicht verhindern, dass der Wind den Regen in den Nacken drückte. Er würde nass sein, bevor die Pilgerreise überhaupt begann. Doch die aufgekratzten Menschen um ihn herum lachten, als gehörte diese Flut zur ersten Prüfung des Heiligen Jakobus. Eine Frau, offensichtlich aus den USA, rief ziemlich hysterisch in die Menge „Buen Camino!" Das stand wohl so im Reiseführer für die Ankunft in Saint-Jean-Pied-de-Port, dachte er.

Auf der einundzwanzigstündigen Zugfahrt von Frankfurt nach Bayonne hatten sich die Wanderer schnell gezeigt. Man erkannte sie natürlich am Rucksack, doch einige Pilgerwanderer vor allem an deren Mitteilsamkeit. Sie erzählten ungefragt ihre Lebensgeschichte, so als wäre ein öffentliches Bekenntnis im Zugabteil über persönliche Schicksalsschläge die zwingende Voraussetzung für das Betreten des Jakobsweges. Wenn einer zu Ende gesprochen hatte, verstanden andere das als eine Aufforderung, sich ebenso zu outen. Tod in der Familie, Berufswechsel, Gottsuche, Ehekrisen, Selbstfindung und so weiter. Ein Mann im mittleren Alter meinte, seine einzige Motivation für die Pilgerfahrt sei es, eine Lebenspartnerin zu treffen: »Wenn es jemand mit mir über achthundert Kilometer aushalten wird, dann auch für den Rest des Lebens.« Einige lachten.

Hunter hatte gelesen, dass der Jakobsweg längst auch ein Weg für die Partnersuche sei und auf Apps wie *Tinder* eingesetzt wurde, um das Kennenlernen von Menschen in der näheren Umgebung zu erleichtern. Das Hobby-Wandern hatte man bereits gemeinsam, für das Kennenlernen gab es Zeit auf dem Weg und in den Herbergen.

»Ja«, meinte eine kleine, kompakte Frau mit kurzgeschorenem, grauem Haar und einem riesigen Rucksack: »Es ist ein wunderbares Wandern, wenn einer ist Kamerad des andern.« Hunter gehörte zu den wenigen Verschlossenen. Er wäre nie auf die Idee gekommen, über die schwere Zeit mit seiner sterbenskranken Frau hier zu unbekannten Menschen zu reden. Anderen Pilgern ging es offensichtlich ähnlich.

Er versuchte herauszufinden, ob unter den Verschlossenen ein Teilnehmer der Pilgergruppe *ROSE*, wie er sie für sich getauft hatte, sein könnte. Doch er wurde nicht fündig. Missbrauchstäter hatten keine spezifischen Wesenszüge, an denen man sie erkennen konnte, wusste er. Sie lebten perfekt getarnt in der Mitte der Gesellschaft und zeigten ihr wahres

Gesicht erst im Gericht, wo ihnen der Spiegel über das durch sie verursachte Leid vorgehalten wurde.

Er erinnerte sich an den Kinderschänder aus Würzburg, der als Logopäde in 64 Fällen des Missbrauches für schuldig befunden wurde, dafür mehr als elf Jahre Haft bekam, und von dem der Richter gesagt hatte:»Der nach außen so angenehme Mann hat ganze Familien pulverisiert.« Erst am Ende des Prozesses zeigte der Täter eine gewisse Reue, aber wohl mehr um das Strafmaß zu senken.

Oder jener 27-jährige Mann, der im Kindermissbrauchsfall von Bergisch Gladbach gestanden hatte, vier kleine Kinder im Alter zwischen einem und fünf Jahren in über dreißig Fällen zum Teil schwer missbraucht zu haben, wofür er zu zehn Jahren Haft verurteilt wurde. Immerhin hoffte auch der, »dass die Kinder das verarbeiten könnten.«

Was für eine verzerrte Wahrnehmung! Hunter kannte zu viele geschändete Kinder, die den physischen Missbrauch zwar überstanden hatten, aber nicht die Gewalt an ihrer Seele. Kinder, denen für immer etwas Zentrales genommen worden war, was ihnen die so wichtige Bodenhaftung gab. Kinder, die später im Leben privat oder beruflich scheiterten. Immerhin wurde jener Soldat in die geschlossene Psychiatrie eingewiesen und würde nie wieder Kindern Schaden antun können.

Und was ist mit denen, die ihre Strafe abgebüßt haben und vielleicht sogar vorzeitig wieder freikommen? Hunter kannte die hohe Rückfallquote bei Triebtätern. Er dachte an seine dreizehnjährige Enkeltochter Marta in Wiesbaden, die ihm angesichts seiner überbordenden Sorge, sie vor Missbrauch im Netz und auf der Straße zu schützen, inzwischen vorhielt, dass er sie nerve. Wie sollte sie auch wissen, was er täglich erlebte. Er konnte nicht einmal ermessen, ob und wie tief sie mit ihren vielen Chat-Gruppen auch über Sexthemen im Gespräch war.

Hunter verließ den Bahnhofsbereich, marschierte in den Ort hinein und tat so, als würde ihm der Dauerregen nichts ausmachen. Er besah seine ledernen Wanderschuhe, sie schienen dicht zu sein, trotzdem vermied er die tiefen Pfützen. Die Jeans waren durch den Poncho einigermaßen geschützt wie auch der Rucksack, von dem es hieß, dass er regendicht sei, was allerdings noch zu beweisen war. Hunter konnte sich nicht erinnern, dass er jemals so penibel seine Ausrüstung geprüft hatte. Aber der Jakobsweg war auch seine erste größere Wandererfahrung, die auf keinen Fall an einer falschen Ausrüstung scheitern sollte.

Plötzlich rannten die Menschen los. Sie hatten das Pilgerbüro entdeckt, in dem es die begehrten Pilgerpässe gab. Hunter nahm das belustigt zur Kenntnis und folgte dem Weg zum vorgegebenen Treffpunkt, dem von ihm reservierten *Hotel Pilgrim*. Seine Hand glitt wieder einmal prüfend nach rechts unten. Die Dienstwaffe saß fest im Holster. Er fasste auf seinen Gürtel, aus dem das dort versteckte GPS-Modul stets seine Position an Heike Rauch in Wiesbaden meldete. Er hatte nun – ein Tag vor dem anberaumten Treffen – genügend Zeit, sich auf den Jakobsweg einzustimmen.

»Monsieur Ballhaus, willkommen in Saint-Jean-Pied-de-Port.« Der Portier gab Hunter die Nummer für sein Bett und führte ihn mit anderen Pilgern in den Schlafsaal. Hunter hatte auf ein Einzelzimmer gehofft, aber die schien es gar nicht zu geben. Das Hotel war für Pilger ausgelegt, die täglich in großer Zahl an- und abreisten.

Er überflog den Raum und schätzte ihn auf dreißig Schlafplätze. Auf vielen war bereits Gepäck gelagert. Er registrierte ein Kommen und Gehen in einem internationalen Sprachmix. Hunter beließ es bei einem freundlichen *Bonjour*. Er sah sich um. Vermutlich war er nicht der Einzige der Gruppe *ROSE*, der bereits am Vortag anreiste. Der mit

Stockbetten gefüllte, große Raum machte einen sauberen Eindruck, der sich durch einen kurzen Blick in die sanitären Anlagen bestätigte.

Neben ihm unterhielt sich ein Paar auf Deutsch. Der Mann stützte sich auf seinem Gehstock ab und sah ihn unvermittelt interessiert an.

Hartmann ... »Das musste Dr. Johannes Hartmann sein, der Internatsleiter von *Maria Hilf*«, dachte Hunter. Der Mann sah kränklich aus, aber kein Zweifel: Er war es.

Hunter lächelte freundlich zurück, legte seinen Rucksack ab und verließ das Hotel. Auf keinen Fall Kontaktsuche heute! Seine Mission würde morgen Abend um 18:00 Uhr als Gerd aus Deutschland starten. Allerdings gab er die Nachricht über das Eintreffen von Hartmann in Begleitung einer von ihm präzise beschriebenen Frau an Wiesbaden durch.

»Augenblick, habe ich gleich«, sagte Heike.

Wenig später sah er das Foto auf dem Handy.

»Ja, Treffer, Heike, das ist sie.«

»Christiane Hartmann, Verwaltungsangestellte im Internat, seine Schwester. Unverheiratet, keine Kinder, nicht vorbestraft, keine Besonderheiten. Was will die denn auf eurem Ausflug?«

»Das wird sich zeigen, Heike. Doch so wie er ausschaut, braucht er wohl eine Krankenschwester.«

Der Regen war einer warmen Nachmittagssonne gewichen, die das Nass auf der Straße zum Dampfen brachte. Auf einer Informationstafel lernte er, dass die kleine französische Stadt am Fuße der Pyrenäen für den Endpunkt des Französischen Jakobsweges *Via Podensis* und für den Beginn des *Camino Francés* stand.

Hunter verfolgte auf der Informationstafel den anstehenden 27 Kilometer langen Weg auf der Route Napoleon über den Ibañeta-Pass in das spanische Roncesvalles. Die Legende der Karte gab dafür eine Wanderzeit von sechs Stunden und siebzehn Minuten an. Dabei hatte Google wohl die achthundert Höhenmeter nicht berücksichtigt, dachte er.

»Wollen Sie auch die Pyrenäen überqueren?«, fragte ihn plötzlich eine Stimme von hinten.

Hunter ließ sich nichts anmerken, als er in Hartmanns Gesicht sah. Der Mann war allein.

»Ja, wenn das Wetter mitspielt. Sonst marschiere ich wohl auf der N 135. Das Pilgerbüro soll angeblich wissen, ob der Pass gesperrt ist.«

»Ach, das ist gut zu wissen. Wussten Sie, dass Karl der Große im Jahr 778 den Pass auf seinem Feldzug nach Spanien erreicht hat? Also sollten wir es auch schaffen. Ich starte übermorgen und Sie? Mein Name ist übrigens Johannes.«

»Angenehm, ich bin Gerd. Dann werden wir uns sicherlich sehen. Ich starte auch übermorgen früh – mit einer Gruppe.«

Hunter bemerkte, wie Hartmanns Augen ihn noch stärker fixierten. Er spürte förmlich, wie sein Gegenüber seine Wiedererkennungserinnerung bemühte. Doch das war vollkommen aussichtslos. Hunter war für ihn kein Gesicht aus *Maria Hilf* und schon gar nicht als Ermittler im Fall. Das schien ihn äußerst nervös zu machen. Das Psycho-Spiel *Wer-Ist-Wer* hatte begonnen, bevor es offiziell anlaufen sollte.

»Also, dann, Buen Camino, Johannes!«

»Buen Camino, Gerd, bis übermorgen!«

Im Weggehen sah Hunter, wie Hartmann telefonierte. Auch schien der besser zu Fuß zu sein, als es zunächst im Hotel den Anschein hatte.

Hunter folgte den mittelalterlichen Gassen bis zur hölzernen Markthalle, wo die Lebensmittelprodukte der unteren Navarra angeboten wurden. Er genoss es, in einem Ort ohne die bekannten Einkaufsketten zu sein. Die Türen zu den kleinen Werkstätten standen offen. In einem Werkstattladen nähte eine Frau Espadrilles. Er sprach mit ihr und lernte, dass es regelmäßig Pilger gab, die mit diesen traditionellen baskischen Alltagsschuhen tatsächlich den Jakobsweg erwanderten.

Der ganze Ort war auf Pilger ausgerichtet. Pilger-Herbergen, Pilger-Menüs, Pilger-Ausrüstung. Verärgert stellte Hunter fest, dass die Schuhe, Wanderstöcke und Textilien preislich deutlich günstiger lagen als zu Hause, einschließlich der Pilgermuschel, auf die er allerdings verzichtet hatte. Wer auf dem Jakobsweg wanderte, der musste sich nicht noch öffentlich mit dem Erkennungszeichen der Pilger dekorieren, war sein Standpunkt.

Doch seiner Enkeltochter Marta, die in der Zeit seiner Abwesenheit von seiner Haushälterin in deren Wohnung betreut wurde, hatte er einen Pilgerpass mit vielen Stempeln versprochen – ein kleiner Ersatz dafür, dass sie ihn nicht begleiten durfte.

»Sie wissen, warum Sie den benötigen?«, fragte ihn der Leiter des Pilger-Büros.

»Nun, damit ich in Santiago de Compostela eben die *Compostela*-Pilgerurkunde bekomme, als Nachweis, dass ich den Weg wirklich gepilgert bin.«

»Richtig, und zwar die letzten einhundert Kilometer auf dem Camino zu Fuß, zu Pferd oder im nicht motorisierten Rollstuhl oder zweihundert Kilometer per Rad.«

»Die Kirche hat tatsächlich an alles gedacht«, meinte Hunter lachend.

»Die Stempel bekommen Sie in den Unterkünften und Kirchen am Jakobsweg. Vergessen Sie nicht: Auf den letzten einhundert Kilometern benötigen Sie dann täglich Stempeleinträge von zwei Orten.«

»Warum diese Stempelwut?«, fragte Hunter.

Der Baske lächelte.

»Damit Jakobus nicht zu leicht betrogen wird ... Oder wollen Sie eventuell gar nicht bis nach Santiago pilgern?«

»Stimmt, ich wandere nur bis nach Burgos. Mir geht es, offen gestanden, auch nicht um die Urkunde in Compostela. Meine Enkeltochter hat sich einen Pilgerpass mit den Stempeln meiner Wanderung gewünscht.«

»Dann erzählen Sie ihr auch von Ihren Erlebnissen und Selbsterfahrungen.«

»Sofern ich mich überhaupt selbst erfahre«, meinte Hunter freundlich, den leeren Pilgerpass durchblätternd.

Der Baske lächelte ihn von oben bis unten musternd an. Er kannte offensichtlich Pilger jeglicher Herkunft. Immerhin starteten jedes Jahr über sechzigtausend von hier.

»Wer wandert, wird sich verwandeln, auch du.«

Hunter nahm diese Weisheit nur nebenbei zur Kenntnis und sah sich im Pilgerbüro um. Tatsächlich interessierte er sich mehr für die Menschen. Er war froh, dass seine konspirative Mitarbeiterin und Journalistin, Hanna Dohn, morgen am 13. Mai, dem Tag der allgemeinen Anreise, eintreffen würde. Hunter lachte in sich hinein, als er an die gemeinsame Doppelrolle dachte. Für ihn, alias Gerd Ballhaus, war der Gebrauch eines Pseudonyms gelebter Alltag. Aber für Hanna Dohn, nun Maria Feldmann, keineswegs. Gerd und Maria, inhaltlich bestens vorbereitet und durchgehend mit dem BKA verbunden, waren das erste Pilgerpaar des Amtes auf dem Jakobsweg.

Als er das Büro verließ, wurde er von einem kleinen Hund begleitet. Nachdem der auch einige hundert Meter weiter nicht von ihm abließ, blieb Hunter stehen und schaute sich nach dem Besitzer um. Niemand suchte ihn. Der mittelgroße Hund mit glattem, braunem Fell trug kein Halsband. Hunter schüttelte den Kopf, der Hund wackelte mit dem Schwanz und fixierte ihn mit seinen tiefbraunen Augen, wobei ein Ohr leicht hochstand, das andere lag flach an.

»Ich habe nichts für dich, lauf nach Hause!«

Der Hund stand weiterhin wie angewurzelt vor ihm, hielt den Kopf leicht schräg und wedelte weiter mit dem Schwanz. Aus seinem Gebiss ragte leicht ein seitlicher Zahn heraus, was ihm den Anschein eines ständigen Lachens gab.

Hunter wandte sich ab und suchte den Weg zur Brücke über den Fluss Nive.

Der Hund folgte ihm.

Hunter blieb erneut stehen und wies ihm nun energisch den Weg in die entgegengesetzte Richtung. Der Hund blickte ihn wedelnd an.

»Dich werde ich gleich los«, murmelte Hunter, als er die Kirche Notre-Dame betrat und sich vergewisserte, dass sich der Hund nicht an seine Ferse geheftet hatte. Tatsächlich blickte der kurz zu ihm, gab auf und verschwand.

Als Hunter die Kirche verließ, sprang der Hund erfreut auf ihn zu.

Sie liefen gemeinsam auf der Wehrmauer entlang, sodann zur Zitadelle, wo der Hund wieder auf Hunter wartete. Es war Zeit, das Tier endgültig loszuwerden.

»Wissen Sie, wem der Hund gehört?«, fragte er den Leiter des Pilgerbüros.

Der Baske sah sich den Hund an.

»Nein, er scheint herrenlos zu sein. Eine typische Promenadenmischung, etwas Ratonero, etwas Galgo, davon gibt es hier einige. Sehr hübsch, vielleicht ein Jahr alt und offensichtlich sehr aufgeweckt.«

»Gibt es hier ein Tierheim?«

»Soviel ich weiß, nein.«

»Und nun? Der weicht nicht mehr von meiner Seite.«

»Dann hat er sich Sie ausgesucht, Pilger.«

»Das wüsste ich aber! Tun Sie mir bitte einen Gefallen. Ich gehe jetzt hier hinaus, und Sie halten bitte einen Moment die Tür geschlossen, bis ich verschwunden bin.«

»Wie Sie mögen, Monsieur.«

Hunter eilte die Rue de la Citadelle hinunter, sodann in die Rue de France, drehte sich um – seinen Begleiter war er los – und suchte sich einen Platz im baskischen Restaurant Chez Dédé, das von der Hauptstraße aus nicht sichtbar war. Das einfache Menü mit liebevoll zubereiteten Qualitätsprodukten und einem trockenen Hauswein entschädigte ihn für die Strapazen der Anreise und der lästigen Begegnung mit dem Straßenhund.

Das Lokal war inzwischen gut mit Pilgern gefüllt, die ihr Abendessen einnahmen, bevor es am nächsten Tag auf den Camino ging. Das Leben in diesem malerischen baskischen Städtchen war so ganz anders, als er es in Deutschland gewohnt war. Es waren nicht die warmen Mai-Temperaturen, die hier mittags in Saint-Jean-Pied-de-Port schon bei 28 Grad Celsius lagen, auch nicht das internationale Stimmengewirr, das die Stadt beherrschte oder das Klappern der Wanderstöcke.

Er kam aus einer Welt der Ordnung und Perfektion, der Eile und Unverbindlichkeit. Hier in Saint-Jean-Pied-de-Port atmete er eine Atmosphäre ein, die er von Beginn an als zutiefst positiv empfand. Das war wohl den Pilgern geschuldet, die alle ihren individuellen persönlichen Traum verwirklichen wollten. Noch waren die Pyrenäen nicht überquert, noch gab es keine physischen Beschwerden, noch war die Ausrüstung nicht getestet. Eine oft monatelange Vorbereitung würde sich jetzt beweisen. Diese leise Vibration, so spürte er, zog sich durch die schmalen Gassen bis in die Unterkünfte, Tag für Tag mit immer neuen Gesichtern. Hier machte man nicht Urlaub, hier war man in einer Art Pole-Position. Das Ziel war auf dem Pass die französische Pilgerherberge Orisson oder die spanische Herberge in Roncesvalles.

Routinemäßig griff Hunter wieder an sein Bein zur Waffe, als seine Hand von etwas geleckt wurde. Erschrocken zog er sie zurück.»Das darf doch wohl nicht wahr sein!«

Der verdammte Straßenköter lag an seinem Fuß, blickte ihn an und wedelte mit dem Schwanz.

»Oh my God!«, rief eine junge Frau vom Nachbartisch. »Was für ein schöner Hund und so lieb! Wie alt ist Ihr Hund?«

Hunter sah sie achselzuckend an. »Ich habe keine Ahnung. Das Tier gehört mir nicht, ist ein Straßenhund von hier … Er passt übrigens gut zu Ihnen.«

»Nein, nein, ich komme aus New York! Aber sehen Sie nicht, er hat Durst und wahrscheinlich auch Hunger.«

»Meinen Sie?«, fragte der mit Hunden vollkommen unerfahrene Hunter.

Der Kellner beobachtete grinsend das Geschehen und kam mit einer Schale Wasser zum Tisch. Hunter bedankte sich. Er zögerte, bevor er dem Hund mit spitzen Fingern ein Fleischbällchen reichte. Nicht weil er Angst vor einem Zuschnappen hatte, der Hund agierte sehr behutsam, sondern weil in ihm eine Alarmglocke schrillte: *Tue es nicht!*

Andererseits würde sich das Problem mit der anstehenden Wanderung ohnehin lösen. So nahm er in Kauf, dass der Hund ihn zum Hotel begleitete und sich dort brav in Sichtweite der Tür hinlegte. Hunter drehte sich noch einmal um, wies mit ausgestrecktem Arm die Straße hoch: »Jetzt mach, dass du nach Hause zu deinen Geschwistern kommst!«

Der Hund sah ihn mit seinen großen, braunen Augen an und legte seinen Kopf auf die übereinander gekreuzten Vorderpfoten.

Bevor Hunter zu Bett ging, schaute er noch einmal auf die Straße. Sehr gut! Der Hund war verschwunden.

Nur für Heike hatte er diesen Ping-Ton auf seinem Handy eingerichtet, der sich gerade meldete. Längst hatte er darauf gewartet, denn heute war Entscheidungstag.

Bevor er Wiesbaden verlassen hatte, hatte er grünes Licht für eine gezielte Penetration in eine vielversprechende Darknet-Seite gegeben. Die Computersimulation mit einer Reihe pornografischer Bilder war nach langer Arbeit perfekt gelungen, der richterliche Beschluss beantragt. Heute sollte der digitale Zugriff sein. Er wusste, dass sein Star-Team von anderen Kolleginnen und Kollegen umgeben sein würde. Sie alle würden gebannt mitverfolgen, ob das BKA auf diese neue Weise erstmals in die Welt des Grauens eintreten konnte, um dann zuzuschlagen. Wahrscheinlich war sogar der Chef selbst anwesend.

»Schlechte Nachrichten, Hunter. Unser Cyberprojekt ist aufgeflogen!«

»Wie ist das passiert, Heike?«

»Die NSA hat uns unterrichtet, dass wir von mindestens vier Hackern getrackt worden sind. Unsere Bilder waren zwei Minuten im Portal, dann war Feierabend. Das Portal ist unerreichbar für uns, unsere Bilder sind verloren.«

»Und damit sechs Monate Arbeit«, stöhnte Hunter. »Wie geht es meinen Leuten?«

»Die waren zunächst vollkommen geknickt. Der Chef höchstpersönlich hat ihnen Sonderurlaub angeboten, keiner hat ihn angenommen. Sie arbeiten nach dem Motto: Jetzt erst recht!«

Hunter hatte sich nach diesem Schock wieder gefasst.

»Gibt es Erkenntnisse, wer der Kopf im gegnerischen System ist?«

»Die Amis berichten, dass die Warnung vor polizeilichen Fake-Bildern an einen *Zeus* gegangen sei. Anschließend sei wohl ein Bitcoin-Transfer erfolgt. Absender und Adressat sind unbekannt.«

»Also so läuft das, wer uns erwischt wird belohnt. Das wird doch immer verrückter! Wir jagen uns gegenseitig. Also gut, unsere Jagd auf den Typen, wie heißt der noch …?«

»Zeus.«

»Richtig, Zeus … der oberste Gott im Olymp, Weidmannsheil!«

Hunter konnte schlecht einschlafen. Der Gast im Etagenbett über ihm wälzte sich und sprach schließlich im Schlaf. Hunters Gedanken drehten sich im Kreis. Er suchte nach dem Fehler. Was war in Wiesbaden verkehrt gelaufen? Woran hatte die Gegenseite gemerkt, dass die Bilder Fake waren? Waren die Kollegen bei der monatelangen Arbeit betriebsblind geworden? Nein, denn zwei Cybercrime-Experten aus Köln, die das Ergebnis nie zuvor gesehen hatten, bescheinigten dem Endprodukt absolute Echtheit. Seine Leute mussten unbedingt herausfinden, warum der digitale Vertrauensbeweis misslungen war. Der gleiche Fehler durfte nicht noch einmal geschehen.

Hunter trauerte den Zeiten nach, als die Jagd nach dem Täter noch durch kriminalistischen Spürsinn von Angesicht zu Angesicht erfolgte und war jetzt umso mehr entschlossen, den Jakobsweg zu einer erfolgreichen Mission werden zu lassen. Morgen würde die Jagd eröffnet.

8.

SCHLOSS SALEM

– Vater und Sohn –

»Ihr Sohn kommt sofort, Herr von Bellheim«, sagte der stellvertretende Internatsleiter.

Herbert von Bellheim hatte Holger seit dessen dreizehntem Lebensjahr nicht mehr gesehen. Schon gar nicht kannte er das Schloss Salem, die ehemals reichste Zisterzienserabtei Süddeutschlands im Hinterland des nordwestlichen Bodensees. Die Trennung lastete schwer auf ihm. Doch Iris hatte jeden Versuch eines Kontaktes zwischen Vater und Sohn unterbunden. Die stereotype Antwort lautete:»Holger möchte keinen Kontakt zu dir.«

Herbert hatte das anfangs auch geglaubt und sich gefügt, er war ein erpressbarer Vater. Selbst in den Ferien, wenn das Internat geschlossen war, hatte Iris für Holger einen Auslandsaufenthalt organisiert.

Aber nun, im vorletzten Schuljahr seines Sohnes vor dem Abitur musste mit dem Versteckspiel Schluss sein. Er wollte sich von dieser Last befreien, bevor er den Jakobsweg wanderte.

Herbert blätterte in den Prospekten der berühmten Schule. In der Welt der Internate kannte er sich bestens aus. Von diesem wusste er mehr durch die jährlichen Zahlungen von etwa fünfundvierzigtausend Euro. Außerdem bezahlte er einen Lehrer für Geigenunterricht und die Kosten für eine Gastfamilie, bei denen Holger am Wochenende gelegentlich wohnte.

Holger stand plötzlich in der Tür. Er war ihm wie aus dem Gesicht geschnitten. Hochgewachsen, schlank, blonde Haare, blaue Augen, den Mund eher von der Mutter. Herbert wollte ihn umarmen, doch Holger wehrte ab.

»Warum bist du gekommen, Vater? Du weißt, dass Mutter das nicht erlaubt, und … ich wollte deinen Besuch auch nicht. Unser Chef, Herr Dr. Trautmann, würde das auch nicht wollen.«

Herbert schluckte trocken. Es war der schlechteste Einstieg für eine Aussprache. »Ich werde dir sagen, Holger, was mich zu dir treibt. Doch lass mich erst wissen, wie es dir geht. Alles okay hier?«

Sie setzten sich.

»Ich komme gut zurecht, Salem ist meine Heimat. Ich habe meine Freunde hier. Ja, dann danke noch mal, dass du das alles bezahlst.«

»Wie groß ist deine Klasse?«

»Wir waren fünfzehn und sind jetzt dreizehn.«

»Ist das Internat ausgebucht?«

»Keine Ahnung, bei uns haben maximal dreihundert Schülerinnen und Schüler Platz, aber wir sind längst nicht so viele. Wie es drüben in Spetzgart und Härlen bei den Abi-Leuten ist, weiß ich nicht, aber das werde ich ja demnächst erleben.«

»Dir scheint es hier wirklich zu gefallen.«

Holger nickte mit zusammengepresstem Mund.

»Sind die Schüler stolz, hier zu sein?«

»Ich glaube schon, die Kontakte halten ewig, habe ich gehört.«

»Und was sind deine Neigungen? Sprachen oder die naturwissenschaftlichen Fächer?«

Selbst ein Zeugnis von Holger hatte Herbert nie zu Gesicht bekommen.

»Ich mag Sprachen, Philosophie und Musik … und übrigens keine kleinen Jungen … wie du«, fügte er hinzu.

Holger sagte das ohne Gehässigkeit. Er wollte wohl nur das Gespräch beenden, das er wie ein Verhör empfand. Er sah, wie sein Vater nach diesem verbalen Angriff im Stuhl zusammensackte und den Blick nach unten richtete. Holger erschrak. So erlebte er seinen Vater zum ersten Mal. Ein Bild der Scham, der Fassungslosigkeit. Sein Vater atmete schwer, über seine Wangen liefen Tränen, die er nicht zeigen wollte. Holger war plötzlich erschüttert. Das hatte er nicht erwartet, als er sich auf dieses überraschende Treffen eingelassen hatte.

Anfangs hatte er seinen Vater dafür gehasst, dass er ihm das elterliche Zuhause geraubt hatte. Später, nachdem er erfahren hatte, dass die meisten seiner Klassenkameraden von zu Hause aus irgendwelchen Gründen hierhin abgeschoben worden waren, fühlte er sich mit seinem Problem nicht mehr so allein. Mutter hatte ihn gelegentlich darüber informiert, dass Vater unverändert dieses Verlangen habe und Holger deswegen in Salem bleiben müsse. Sie hatte keine Einzelheiten gesagt, und Holger wollte sie auch nicht wissen. Wie konnte man einen Vater ertragen, der mit anderen Kindern herummachte? Holger hatte sich in seine Musik vergraben, er schämte sich für seinen Vater. In Salem wurde ihm über den Leiter der Schule psychologische Hilfe angeboten, die er auch eine Zeitlang in Anspruch genommen hatte. Er wollte wissen, ob abnorme sexuelle Veranlagungen vererbbar seien. Darauf hatte er allerdings nie eine klare Antwort bekommen. Sie saßen sich schweigend gegenüber. Nichts war von dem eloquenten Vorstandsvorsitzenden übriggeblieben. Holger sah einen gebrochenen Mann in seinem Zimmer. Vater tat ihm dennoch nicht leid, zu tief war die Verachtung.
»Wenn du krank bist, warum lässt du dich nicht therapieren? Warum tust du dir das an – und uns?«

Herbert raffte sich auf. »Wollen wir ehrlich miteinander reden, Holger?«

»Ja, gern.«

»Hast du irgendeine Erinnerung, dass ich dir etwas angetan habe, du weißt, was ich meine?«

Holger überlegte kurz. In der Vergangenheit hatte er sich oft dabei ertappt, dass sich fiktive Bilder über den Missbrauch seines Vaters und seine tatsächlichen Erlebnisse mit ihm überlappten. Oft träumte er Szenen, die er gar nicht mit ihm erlebt hatte.

»Nein, es gab nur eine merkwürdige Situation in meinem Zimmer, als ich dreizehn war und du mich gebeten hast, die Hose auszuziehen, weil du etwas wissen wolltest … aber dann kam Mutter herein. Nein, da war nichts, du hast mir nichts angetan. Es war ja auch dank Mutter keine Gelegenheit mehr dazu.«

»Das ist das Einzige, Holger, was mich in meiner Situation froh macht, der Rest ist auch für mich kaum zu ertragen.«

»Aber du musst es doch nicht tun, sag' doch Nein!«

»Du weißt, Holger, dass man diese Veranlagung Pädophilie nennt?«

»Ja, ich gehe davon aus, dass du pädophil bist, und weil du das selbst weißt, verstehe ich erst recht nicht, dass du dich nicht in den Griff bekommst. Du kannst doch ruhig pädophil sein, Vater, damit wärest du nicht allein. Aber musst du auch pädosexuell unterwegs sein? Bist du derartig triebgesteuert? Weißt du nicht, was du Kindern antust?«

Holger versuchte, sachlich zu bleiben, aber allein die Vorstellung von sexuellem Missbrauch an kleinen Jungen und dazu noch durch seinen Vater überforderte ihn vollkommen und ließ seinen Ton schärfer werden.

Andererseits hatte er gehört, dass es auch in Salem aktuell Probleme mit einem Erzieher gab, der sich an Jungen der 5. Klasse herangemacht hatte. Es hieß, es sei überall etwas los, in Deutschland, in der Schweiz, in Frankreich, in England und vor allem in den USA. Die Zeitungen waren voll von diesen Abscheulichkeiten.

»Holger, glaube mir, ich habe versucht, davon loszukommen, es ist auch schon viel besser geworden, und jetzt hoffe ich, dass es ganz aufhört.«

»Deswegen bist du verbotenerweise hergekommen, um mir das zu sagen?«

Der Vater schwieg. Er wischte sich flüchtig über das Gesicht und sah Holger fest an. »Nein, mein Junge, ich bin gekommen, um dir zu sagen, dass ich dich liebe, dich um Verzeihung bitte und dass ich mich verachte.«

Holger atmete tief durch. Dieser Vater war ihm fremd. Er konnte damit nicht umgehen und überlegte, wie er das Gespräch zu Ende bringen könnte. »Was willst du jetzt machen, Mutter sagen, dass du die Lösung deines Problems gefunden hast?«

»Nein, ich fahre nicht nach Zürich, sondern von hier nach Frankreich, ich wandere den Jakobsweg. Da hoffe ich, mehr zu mir selbst zu kommen. Ich wollte dich vorher gern sehen.«

Holger horchte auf. »Cool, das wollte ich mit ein paar Freunden auch einmal machen.«

»Es wäre schön, wenn du Mutter nichts von diesem Besuch sagen würdest.«

Holger überlegte einen Moment und nickte. »Von mir erfährt sie das nicht.«

»Möchtest du meine Handynummer haben, Holger?«

Holger überlegte kurz.

»Eher nicht. Der Handygebrauch ist hier in Salem ohnehin stark eingeschränkt.«

Sein Vater wusste, dass dieses nicht ganz stimmte. In Holgers Klasse war die Handynutzung jeden Tag nach der Schule bis 21:30 Uhr und samstags sogar bis 23:00 Uhr möglich.

Auf dem Gang draußen hörten sie Stimmen. Holger bewegte nervös Hände und Füße. Er erhob sich verlegen. »Die Sportstunde beginnt, ich würde jetzt gern wieder gehen. Also, dann gute Wanderung.«
Er vermied es, den Vater durch eine Berührung zu verabschieden.

Holger sah dem Fahrzeug aus seinem Fenster nach. Er weinte. Zum ersten Mal sah er seinen Vater nicht nur als Missbrauchstäter, sondern als einen verzweifelten Menschen, den er mehr liebte, als er sich jemals zugestanden hatte. Über all die Jahre hatte er sich schuldig gefühlt, dass er selbst der Grund war, warum die Familie getrennt lebte. Wäre er in Zürich geblieben, hätte er längst einmal mit seinem Vater reden können, von Mann zu Mann. Vielleicht hätte er sich doch seine Telefonnummer notieren sollen. Wenn Vater vom Jakobsweg zurückkam, würde er ihn fragen, wie es gewesen war. Er wischte sich die Tränen aus den Augen. »Weinen ist keine Lösung«, dachte er, als ihm bewusst wurde, dass der Sohn dem Vater helfen könnte und Mutter das akzeptieren müsste.

9.

SAINT-JEAN-PIED-DE-PORT

– Pater Domingo –

»**D**ie ersten Pilger haben das Hotel schon um sechs Uhr in der Früh verlassen, das ist hier normal«, hörte Hunter zwei Pilger reden. Jetzt saßen nur noch er und die Hartmanns im Frühstücksraum. Die Hartmanns waren sich nicht sicher, ob der kleine Wanderer mit der randlosen Brille vor seinen wachen Augen und dem struppigen, grauen Bart mit zu ihrer Gruppe gehören würde. So beließ man es bei einem flüchtigen »Guten Morgen.«

Hunter stand vor dem Hotel und streckte sich. Er würde mit Wiesbaden über die weitere Vorgehensweise zur Jagd nach *Zeus* sprechen und sich danach in den Camino Francés einlesen. Mittags sollte Hanna eintreffen.

Er schaute nicht hin, als er das freudige Bellen vernahm, nein, er schloss die Augen. Was nicht sein durfte, gehörte dort auch nicht hin. Aber es stand vor ihm. Braune Augen, wedelnder Schwanz, schiefer Zahn.

»Du kommst jetzt mit, wir haben etwas zu klären!«

Sie marschierten beide in die Innenstadt. »Es reicht«, dachte Hunter. »Ich bin in einem BKA-Einsatz und nicht auf Gassi-Tour.« Er blickte zum Hund herunter, der sich dicht hinter ihm hielt und ihn nicht aus den Augen ließ.

Hunter reihte sich in die Schlange der Leute ein, die vor dem Pilgerbüro warteten, die Promenadenmischung an seiner

Seite. Der genervte Kriminalhauptkommissar hoffte, das Problem jetzt endgültig lösen zu können.

»Oh, da sind Sie beide ja wieder, Herrchen mit seinem Hund!«, sagte der Leiter des Pilgerbüros, ein Baske.

»Entschuldigen Sie, dass ich Sie erneut störe, wo bitte finde ich ein Tierheim?«

»Ich glaube, das nächste ist in Biarritz, aber dahin brauchen Sie einige Stunden.«

Er lachte, als er das eindeutige Verhalten des Hundes sah.

»Ich frage Sie ganz offen, warum behalten Sie nicht das kleine Tier? Sie gehören ohne Zweifel zusammen.«

»Das wüsste ich aber, Monsieur! Wie stellen Sie sich das vor? Morgen früh bin ich auf dem Weg.«

»Nun, Sie wären nicht der erste Pilger, der mit Hund wandert.«

Er wies nach draußen.

»Schauen Sie, da geht gerade ein Mann sogar mit zwei Hunden.«

Hunter trat vor die Tür und sah ihm hinterher. Der gut bepackte Pilger führte die beiden Hunde an einer Doppelleine. Die Hunde waren groß und trugen offensichtlich ihren eigenen Bedarf in einer Art Hunderucksack.

»Aber der hat ein Zelt dabei und schläft mit seinen Hunden. Keine spanische Herberge würde mir erlauben, einen Hund mit hineinzubringen, völlig illusorisch! Außerdem mag ich Katzen, aber keine Hunde. Hunde nerven mit ihren Ansprüchen«, knurrte er.

Er sah auf den Hund hinunter. Der schien den Kommentar missverstanden zu haben und sprang freudig an seinem Bein hoch. Hunter fühlte sich von der Situation überfordert, von der überbordenden Zuneigung des Hundes noch mehr.

Der Leiter des Pilgerbüros nahm sich einen Pilgerpass und fragte beiläufig:

»Wie soll Ihr Hund heißen, Pilgrim?«

Hunter blickte den Basken an, den Hund, den Basken, sah den Mann mit den beiden folgsamen Hunden entschwinden und gab auf.

Er beugte sich zu dem Kleinen hinunter. »Wie willst du heißen, du Miststück?«

Der leckte ihm so schnell über die Wange, dass Hunter es nicht mehr verhindern konnte. Das war neu für ihn und höchst unangenehm.

»Keine Ahnung«, sagte er zu dem Basken.

»Dann nennen wir ihn doch *Camino*.«

»*Camino*, nicht schlecht«, meinte Hunter. Den Namen würde er mit Sicherheit nie vergessen.

Der Baske drückte den ersten Stempel in den Pilgerpass und überreichte ihn Hunter feierlich.

Der sah allerdings nicht seinen Pilgernamen im Pass, sondern den von *Camino*.

»Das ist ein Scherz, Monsieur, ich heiße Gerd Ballhaus, nicht Camino.«

»Kein Scherz, Pilgrim Gerd, das ist der Pilgerpass für Ihren neuen Begleiter, den für Ihre Enkeltochter bekommen Sie jetzt, und übrigens, gegenüber ist ein Geschäft für Tiernahrung und Ausrüstung.«

»Ich bin doch nicht mehr normal«, dachte Hunter.

Der Baske blickte dem deutschen Pilger lächelnd nach, wie der kopfschüttelnd mit seinem spanischen Hund namens Camino in das Geschäft für Tiernahrung ging.

Hunter versuchte, den Hund an der neuen Leine zu führen. Camino gefiel das nicht, er zog ungestüm oder hielt unvermittelt zum Schnüffeln an. Hunter probierte es mit Kommandos. Als sich auch das als erfolglos erwies, nahm er ihn an die kurze Leine. Der Hund schien endlich zu verstehen, wer hier gerade der Boss war. Der lobte ihn mit einem »Bravo,

Camino!«, worauf der wieder wie wild zog. Hunter schüttelte resignierend mit dem Kopf.

In der Nähe des ehemaligen Gefängnisses *Prison des Evêques* fiel ihm eine schwarze Mercedes-Limousine mit Schweizer Kennzeichen auf, aus der ein Mann mit Wandergepäck ausstieg. Der Mann winkte dem Fahrer zum Abschied kurz zu und war mit seinem Wandergepäck beschäftigt. Hunters Antennen meldeten, dass dieser vornehme Wanderer nicht hierhin gehörte, denn er glaubte, einen Mercedes Maybach S 600 Guard erkannt zu haben, ein teurer Panzer für wichtige Schutzpersonen. Er bedauerte, dass er das Nummernschild nicht vollständig hatte lesen können, aber er meinte ZH wie Zürich erkannt zu haben.
»Camino, Sitz!« Der Hund war so erschrocken, dass er tatsächlich saß und Hunter, dass der Befehl funktionierte.
Er schickte an Heike die Nachricht. »Brauche eine Liste über alle zugelassenen Mercedes Maybach S 600 Guard in Zürich.« Zehn Sekunden danach setzte er hinzu. »Bin außerdem Hundebesitzer. Er heißt *Camino*, keine Rückfragen, bitte!«
Hunter konnte sich vorstellen, wie Heike sich in Wiesbaden vor Lachen bog.

Er folgte dem dicklichen, hochgewachsenen älteren Herrn, der ihn mit stetem Blick auf sein Smartphone direkt zum Hotel Pilgrim führte. Der Mann schien sich seiner Anonymität sicher zu sein, er drehte sich nicht einmal um.
Hunter betrat das Hotel – dieses Mal mit Camino. Der Portier hatte nichts dagegen, wenn sich der Hund außerhalb des Ess- und Schlafbereiches aufhalten würde. Am kleinen Empfang hing ein Hinweisschild
Gruppe Burgos bitte 18:00 Uhr im Aufenthaltsraum.
Dahinter war eine stilisierte Rose gezeichnet.

Verschiedene Personen meldeten sich an. Hunter ging davon aus, dass sich hier heute einige unter falschem Namen eintragen würden, so wie er selbst. Trotzdem würde er morgen den Auftrag an das BKA vergeben, die Meldeliste von den spanischen Behörden anzufordern. Das allerdings würde erfahrungsgemäß dauern. Schlimmstenfalls hätte er das Ergebnis erst nach der Pilgerreise, also war Eigenaufklärung angesagt, die musste auch ohne Liste möglich sein.

»Was für einen niedlichen Hund Sie haben!«

Er kannte diese Stimme, ließ sich aber bei dem Anblick nicht anmerken, dass er Hanna Dohn, alias Maria Feldmann, bestens kannte.

»Das finde ich auch, in der Tat so niedlich, dass ich ihn adoptiert habe und mit ihm nach Burgos pilgern werde.«

»Ach wie nett! Ein Er oder eine Sie?«

»Ein Er. *Camino* gehört mir seit wenigen Stunden.«

Hanna musste aufpassen, dass ihr vor Überraschung nicht das Gesicht entglitt, denn einige der Ankommenden wandten sich ihnen bereits interessiert zu.

Nachdem sie eingecheckt hatte, lotste Hunter sie an einen sicheren Treffpunkt. Sie streichelte sofort den Hund.

»Warum belastest du dich mit einem Hund, so süß der auch ist.«

»Das ist keine Belastung, sondern ein Gewinn, Frau Feldmann! Camino ist jetzt ein Spurenhund des BKA.«

Sie lächelte ihn an und verstand. Dann gab er ihr ein Update über den eingetroffenen Schweizer und die beiden Hartmanns.

Kurz vor 18:00 Uhr versammelten sich die Wanderer der *Gruppe Burgos* im Aufenthaltsraum. Hunter beobachtete unauffällig die Szene. Die Teilnehmer der Pilgerwanderung taten so, als wären sie mit irgendetwas beschäftigt. Die meisten tippten auf ihrem Handy herum. Sie warteten offensichtlich auf etwas und wussten dennoch nicht auf was. Hartmann und seine Schwester waren, wie ihm schien, die wohl einzigen allgemein bekannten Gesichter, doch niemand sprach sie an. Sie selbst blieben ebenfalls stumm.

Gegenseitiges, misstrauisches Mustern. Im Raum knisternde Spannung.

Wer waren die mit einer *Maria-Hilf*-Vergangenheit?

Hartmann und seine Schwester registrierten, dass der Kleine mit der Nickelbrille tatsächlich zu ihnen gehörte.

»Ich mache die Fenster auf, die Luft ist zum Ersticken!« Die Gruppe drehte sich augenblicklich zu dem Mann um, der dieses mit einem leicht russischen Akzent sagte.

»Danke!«, sagte Pater Hartmann. »Das ist sehr freundlich.«

Hanna spürte, wie Christiane Hartmann sie musterte und versuchte mit ihr einen Kontakt aufzubauen. Sie waren die einzigen beiden Frauen im Raum. Hanna verhielt sich desinteressiert, auch als der Fensteraufmacher-Typ sie mit seinen gelben Zähnen unverschämt angrinste. Ihr Blick streifte Hunter, der das scheinbar nicht wahrnahm. Doch Hunter scannte jede Bewegung im Raum. Irgendwas musste jetzt geschehen. Wo war der Spiritus Sanctus, der das Ganze hier in Gang brachte?

Im Sonntags-Tatort, dachte Hunter, würde es ganz anders ablaufen. Er würde mit seiner hübschen Kommissar-Kollegin, mit der er natürlich ein aussichtsloses Verhältnis hätte, den Raum betreten und erklären, dass alle acht Personen vorläufig festgenommen seien und mit ins Polizeipräsidium zu kommen hätten. Doch das hier war ungleich komplizierter. Er musste verdeckt und auf eine sehr ungewöhnliche Weise ermitteln. Wer war Alttäter, wer betrieb das schmutzige Geschäft heute noch? Die Teilnehmer würden in den nächsten Tagen Fehler machen, dessen war er sich sicher. Kindes-Missbrauchstäter hatten eine hohe kriminelle Energie in ihrem schmutzigen Geschäft. Ansonsten waren sie strafrechtlich meistens unbescholten.

Herbert von Bellheim sah interessiert in die Runde. Das ganze Projekt war unter seinem Niveau. In der Firma hätte er längst die Initiative ergriffen. Trotzdem war es gut so. Mit dem Aussteigen aus dem Dienst-Maybach und dem Überziehen des Rucksackes hatte er bewusst seine neue Rolle angenommen. Er war nun ein Wanderer ohne irgendeinen Status. Jemand, der sich um sein Bett, seine Wäsche, um Mahlzeiten und jeden nächsten Tag selbst kümmern musste. Doch er fühlte auch Erleichterung, denn er war zum ersten Mal nur für sich selbst verantwortlich. Irgendetwas in ihm sagte, dass Demut die unabdingbare Voraussetzung sei, um besser zu sich selbst zu finden. Das hatte er, neben der Aufklärung dieser Erpressung durch eine unbekannte Person, nun vor.

Gottfried Stein hatte sich abgewandt und schaute unter Missachtung aller auf die Straße hinaus. Er dachte an den problemlosen Flug nach Lourdes, wo er sein Flugzeug abgestellt hatte, aber vor allem an die erfolgreiche Abwehr eines Hackerangriffes des Bundeskriminalamtes. Seine menschliche Firewall hatte perfekt funktioniert. Die zwei Bitcoins als Belohnung waren Peanuts. Diese Pilgertour hier erschien ihm eher lästig, aber sie war, das war jetzt kristallklar, zwingend notwendig. Seine Antennen signalisierten: *Viel zu viele unbekannte Leute – Gefahr!*
Er sah unauffällig zu Piotr hinüber, der ihm wie befürchtet, erste Sorgen bereitete. Piotr war noch nicht richtig angekommen, da machte der bereits eine Frau an. Gottfried wünschte sich, dass sein Adlatus die Klappe hielt, doch der sagte jetzt aufdringlich in die Stille hinein: »Wann geht der Mist hier endlich los?«

In diesem Moment trat ein Mann in einem langen, braunen Pilgergewand mit einer um die Hüfte gebundenen weißen Kordel ein. Die Gruppe wandte sich ihm sofort zu. Er blieb in der Tür stehen, hob einladend beide Hände und sagte: »Liebe Pilgerinnen und Pilger, Buenos días! Gott segne euch! Ich bin Pater Domingo, euer Reiseführer für die Wanderung nach Burgos. Eine Frage vorweg. Sprechen wir alle Deutsch?« Alle Teilnehmer nickten, kein Widerspruch.

Hunter blickte den Mann, den er auf etwa vierzig Jahre schätzte, interessiert an. »Welch eine Überraschung – unser Spiritus Sanctus«, dachte er. »Nicht unsympathisch ...«

»Ich möchte gleich zum Punkt kommen«, fuhr Pater Domingo fort. »Vor zwei Wochen habe ich eine Einladung bekommen, diese Gruppe nach Burgos zu führen. Ich kenne euch nicht und auch nicht eure persönliche Geschichte. Aber mein Auftraggeber, der sich ‚Servatius‘ nennt, schreibt, dass jeder von euch eine schwere Last tragen würde, über die auf dem Pilgerweg nach Burgos reflektiert werden soll.«

»Reflektieren«, dachte Hartmann. »Das soll alles sein?« Er wollte es wissen.

»Servatius«, sagte er. »Also ein Eisheiliger, der heute am 13. Mai seinen Namenstag hat, sehr originell. Was ist der Lohn der Strapaze, lieber Pater Domingo?«

Selbst Pater, würde er sich diesen Kollegen sehr bald vornehmen. Nur wenige Informationen und dessen Vergangenheit wäre geklärt. Er fühlte, wie seine Schwester ihm kurz und fest die Hand drückte und ihn damit wohl vor Fehlern warnen wollte.

»Das will ich dir gern mitteilen. Mein Auftraggeber wird auf uns in Burgos warten. Jeder, der die Kathedrale erreicht, wird von seiner Schuld befreit und von ihm persönlich das belastende Material vollumfänglich erhalten.«

Die versammelten Missbrauchstäter von *Maria Hilf* schauten ihn ungläubig an.

»Ihr werdet euch jetzt fragen: Können wir das glauben? Ich sage euch: Glaubt und vertraut. Wer das nicht kann oder möchte, möge jetzt seines eigenen Weges gehen. Er oder sie möge aufstehen und gehen ... und sich über die Konsequenzen im Klaren sein. Jeder hat die Wahl.«

Hartmann nickte Domingo zufrieden zu. Er war hier, um das belastende Material zu kassieren.

»Das klingt vernünftig«, flüsterte er zu seiner Schwester Christiane.

Stein hatte jedes Wort von Pater Domingo aufmerksam verfolgt und glaubte erst einmal nichts. Aber er war froh, dass ein Reiseleiter für diese seltsame Pilgergruppe verfügbar war. Unwillkürlich dachte er an den Film *Lohn der Angst*.

Hanna sinnierte über den Namen *Servatius*. »Was will der Einladende mit der Wahl dieses Namens sagen oder hieß er tatsächlich so?« Die acht avisierten Menschen waren tatsächlich erschienen, allesamt, davon war auszugehen, sexuelle Gewalttäter an Kindern und jetzt voller Angst. Alle wollten das Video haben, alle wollten die Vergangenheit auslöschen. Alle nahmen das Risiko durch einen Mitpilger identifiziert zu werden billigend in Kauf. Oder kannten sie sich gar? Dieser Start-up mit dem hübschen Pater überstieg ihre Erwartungen· Sie sah im Geiste, wie die Story über die Pilgerwanderung von Verbrechern unter der Führung eines Kirchenmannes eine vollkommen neue, geradezu dramatische Wendung bekam. Ihr Herz klopfte schnell, sie sog die Atmosphäre auf und schielte erneut zu Hunter hinüber.

Der überlegte: »Egal wie Mr. X sich nennt ... Ich will eine stichhaltige Beweislage und spätestens in Burgos am besten alle acht in Handschellen sehen ...« Er blickte in die Runde, niemand sagte ein Wort. Die mit Angst durchsetzte Spannung im Raum ließ keine Fragen zu. Die Wanderer übergaben das Momentum an Pater Domingo, der sich als Führer positioniert hatte und den sie gedanklich umkreisten wie ein Rudel

Wölfe auf der Suche nach Beute. »Wer greift als erster an?«, dachte Hunter. »Niemand … denn die Beute ist zugleich der Leitwolf.«

Das Schweigen schien kein Ende zu nehmen. Pater Domingo entnahm seiner Tasche einen Reiseführer und sagte in gewinnendem Ton:

»Damit wir uns besser kennenlernen, schlage ich vor, dass wir uns vorstellen. Seid ihr damit einverstanden?« Er bemerkte, wie die meisten zusammenzuckten, aber sich auch keiner gegen seinen Vorschlag wehrte. Seine Vorgehensweise und Autorität schienen zudem zu gebieten, dass man sich duzte, er aber als Pater Domingo angeredet werden wollte.

»Dann bitte ich jeden von euch, sich zu erheben, sich vorzustellen und euren Mitpilgern die Hand mit einem *Buen Camino* zu reichen. Wer mag, möge sagen, was er sich von diesem Weg wünscht. Wir werden miteinander viel erleben und sehr aufeinander angewiesen sein.«

Er trat als erster den kleinen Rundgang an. »Ihr wisst nun, wie ich heiße. Ich wünsche mir, dass jeder von euch seinen Frieden findet.«

Doch er reichte nicht die Hand, sondern legte sie mit einem *Buen Camino* auf den Kopf jedes Einzelnen, so als würde er jeden segnen. Er ging durch die Reihe und gelangte bei Hanna an. Sie spürte eine zunehmende Veränderung im Raum. War es Ergriffenheit?

Piotr erhob sich als Nächster: »Mein Name ist Piotr, Pilger Piotr. Mehr gibt's von mir nicht.« Er gab jedem unwirsch die Hand und gelangte zu Hunter, der in diesem Augenblick ein Porträtfoto von jenem Piotr auf seine versteckte Videokamera im Kragen seiner Wanderjacke bekam, wie von allen anderen danach. »Acht Verbrecher auf einem Mal direkt in die Datenbank des BKA«, dachte er.

Die Installation der Kamera war nicht uneigennützig. Mit zunehmendem Alter ertappte er sich dabei, Namen zu vergessen, den Ort der abgelegten Brille und seiner Schlüssel sowieso – aber nie Gesichter. Wenn er im Stress war, wurde allerdings dieser kleine Gedächtnisverlust deutlicher. Nur ganz wenige, wie Heike, wussten das und umspielten es empathisch. Er hatte sich angewöhnt, jeden Namen mit einem Bild zu verbinden, das half. Vorsichtshalber hatte sich Hunter noch schnell B-12-Tabletten beim Discounter besorgt, die sollten angeblich Wunder wirken.

Vor ihm stand jetzt ein schmächtiger, kleiner Mann, der sich „Louis" nannte und ihm *äußerst* nervös erschien.

Louis' Gedanken rasten. Nichts würde er über seine Erwartungshaltung sagen. Nur ein falsches Wort und man würde ihn als Louis Peeters, den Produktionschef und IT-Manager einer belgischen Brauerei erkennen. Sein Gesicht gab es dutzendweise im Internet. Er lief schnell von einem zum anderen. Spießrutenlaufen. Aber er hatte keine Wahl. Das verdammte Video musste aus der Welt geschafft werden.

Hunter registrierte, dass es auch der Nächste sehr eilig hatte. Der stellte sich als „Paul" vor. Seine Kamera fing einen Zwei-Meter-Mann ein, volles, graues Haar und charmant lächelnd. Hunter unterstellte ihm, dass der auf allen sexuellen Spielwiesen unterwegs war. Hunter hatte Paul und Louis beobachtet, die zusammensaßen, aber sich etwas zu demonstrativ voneinander abwandten. Körpersprache lügt nicht. Ihm war klar, dass die beiden sich kannten.

»Ich bin Tom«, sagte der Nächste und war sich offensichtlich seiner dominanten Wirkung vollkommen bewusst. Der große durchtrainierte Mann musste nicht sagen, dass er ein ehemaliger Soldat der Bundeswehr war. Der Bürstenhaarschnitt, das enge, schwarze T-Shirt mit einem Totenkopf und die Figur eines Kampfsportlers erzählten genug. Auch ging es keinen etwas an, dass er als Kind missbraucht worden war, unehrenhaft den Dienst quittieren musste und von Beruf männlicher Escort war. Diese Runde der überwiegend dicklichen Männer widerte ihn an. Er fragte sich, warum er sich auf die Vorstellungsrunde überhaupt eingelassen hatte. Bei Hanna stoppte er, fixierte sie und meinte: »Ich schlafe in meinem Zelt, du bist jederzeit herzlich eingeladen.«

»Das Zelten habe ich bereits mit der Pubertätsphase abgelegt«, antwortete Hanna ohne irgendeine Überheblichkeit. In der Gruppe *ROSE* erstes Lachen. Tom grinste sie an. Er mochte starke Frauen.

Bei Hunter war der Typ sofort als „Major Tom" frei nach dem gleichnamigen Song eingebrannt.

Der Nächste in der Runde erhob sich· »Ich bin Gottfried, guten Abend allerseits, ich freue mich auf die Herausforderung.«

Als Berater kannte er seine Wirkung, immer sympathisch und verbindlich. Auf dem Weg würde er für die anderen der nette Mitwanderer sein. Niemand würde auch nur ahnen, dass er einer der größten Drahtzieher im Darknet war. Er stand vor dem, der sich „Gerd" nannte und gab ihm freundlich die Hand. Gottfried schaute auf den kleinen, bärtigen, frohgesichtigen Typen herunter und fand augenblicklich, dass der das perfekte Bild eines Kinderschänders abgab. »Du hast eine Menge zu verbergen«, dachte er. Blitzschnell entschloss er sich, diesen Gerd genauer zu beobachten. Seine Bunker-Datenbank hatte er in „First-Class-Kunden", „Main-Stream-Kunden" und „Verdächtige Kunden" eingeteilt. Sein Bauch sagte ihm, dass er diesen Gerd eher in der zweiten oder dritten Rubrik suchen müsste. Hunter, alias Gerd, ging bei dieser Begrüßung etwas zurück. Er wollte sicher sein, dass die Kamera das Gesicht einfing.

»Ich bin Maria«, sagte Hanna. »Wenn ich an die kommende Tortur denke, habe ich jetzt schon Blasen.« Erneutes verhaltenes Lachen. Als sie dem Pater die Hand reichte, sagte der: »*Buen Camino*, Maria. Gott schütze dich!« Sie war einen Augenblick irritiert, denn in dieser Geste, fand sie, lag etwas sehr Persönliches.

Domingo nickte dem Nächsten zu. »Ich bin Herbert. Guten Abend. Ja … was wünsche ich mir … Ich wünsche mir, dass mir mein Sohn und meine Frau einmal verzeihen können.« Auch Pater Domingo schien über diese erste wirkliche Offenbarung in der Gruppe überrascht, nickte ihm ermunternd zu und sagte: »Vertraue auf den, der dich führt.«
Hunter hingegen dachte: »Der Züricher hat also eine Familie …«

Die Hartmanns stellten sich mit ihrem vollen Namen vor. Das schien keine Überraschung zu sein, denn die meisten nickten mit finsterem Gesicht. Als Pater Dr. Johannes Hartmann durch die Reihe seiner mutmaßlichen Maria-Hilf-Gäste ging, gaben die ihm nur widerwillig die Hand. Der Vorwurf hing wie ein Fallbeil über ihm. Dieser falsche Hartmann war dafür verantwortlich, dass Videomaterial nach außen gedrungen war und sie nach zwanzig Jahren alle ans Licht der Öffentlichkeit gezogen werden sollten. Er hatte ein eisernes Gesetz gebrochen und einige bis heute unbescholtene Leute in größte Schwierigkeiten gebracht. Sie musterten ihn feindselig, obwohl er ein körperliches Wrack war.
»Ich habe eine schwere Krankheit«, sagte Hartmann. »Deswegen wird mir meine liebe Schwester Christiane zur Seite stehen. Diesen Weg gehe ich auch, um Abbitte zu leisten. Möge Gott mir und euch allen helfen.«
In der Gruppe gingen die Blicke jetzt hin und her, das Wegschauen war vorbei. Nach der Erklärung stand der Verdacht

im Raum, dass Hartmann „Servatius" sein könnte. Das Motiv, seine Gäste von damals erpresserisch in den Beichtstuhl zu zwingen, um seine eigene Haut vor Gott dem Allmächtigen zu retten, war zu offensichtlich. Hanna bemerkte, wie Toms Hand sich zu einer Faust krallte.

Pater Domingo hatte die Selbstdarstellung der Anwesenden mit ernstem Gesicht verfolgt.

»Ich möchte euch einige wichtige logistische Dinge mitteilen. Wir müssen nicht als Gruppe wandern. Sucht euch euren eigenen Weg, aber kommt nicht vom Camino ab. Das kann in den Bergen bei schlechter Sicht schnell passieren. Auch ich wandere am liebsten allein. Ich gebe euch lediglich das Tagesziel vor. Wer sein Übernachtungsgepäck nicht tragen möchte, möge es einem Dienstleister geben, der es transportieren wird.«

Er las eine Telefonnummer vor, die sich alle eiligst notierten. Niemand wollte sich die Chance der Gepäckerleichterung entgehen lassen.

Lediglich Tom, der Ex-Soldat, verzichtete auf diese Unterstützung. Er war darauf vorbereitet, seine zwanzig Kilogramm schwere Ausrüstung selbst zu tragen. Ein harmloser Marscheinsatz, bei dem er so wenig wie möglich mit den anderen zu tun haben wollte. Sein alleiniges Ziel war es, Servatius zu stellen, das Problem zu lösen und dann zu verschwinden. Dafür würde er die Waffe nutzen, deren Silhouette auf allen Schildern der US-Bundesbehörden abgebildet war, die in amerikanischen Flughäfen Feuerwaffen verboten, die Silhouette einer Glock. In seinem Halfter ruhte eine Glock 17, vierte Generation mit Schalldämpfer. Es gab auch andere gute Handfeuerwaffen. Aber er wollte genau das, was Kevin Costner, Bruce Willis, Harrison Ford und Arnold Schwarzenegger im Film nutzen, wenn sie – wie er – Probleme lösten. Grundsätzlich unterstellte er jedem der hier Anwesenden,

„Servatius" zu sein, aber Hartmann stand ganz oben auf seiner Abschussliste.

Die Hartmanns begannen in erster aufkommender Hektik, das Gepäck aufzuteilen. Pater Domingo empfahl der Gruppe, es jeweils bis morgens um 08:00 Uhr mit Namen und Ziel gekennzeichnet an die Rezeption zu stellen. Für die Bezahlung aller Leistungen sei jeder selbst verantwortlich.
»Wie viele Etappen erwarten uns bis Burgos, Pater?«, fragte Christiane Hartmann mit besorgtem Blick auf ihren Bruder.
»Es werden etwa zehn Etappen sein, alle zwischen 20 und 28 Kilometer lang. Die schwerste wird leider die erste, morgen, sein.«
Niemand schien darüber überrascht. Kein Camino-Reiseführer, der nicht vor den Strapazen der Überquerung der Pyrenäen eindringlich warnte.
Der Pater legte einen Stapel Dokumente auf den Tisch. »Der Pilgerpass ist mein kleines Geschenk an euch, nehmt ihn, wenn ihr noch keinen besitzt. Der tägliche Stempel eines Gasthofes oder einer Kirche im Pilgerpass ist euer Nachweis für den gelaufenen Weg.«
Bis auf die Hartmanns und Hunter nahm jeder dankend das Dokument an.
»Wenn jemand ein Problem hat, möge er mich anrufen, dieses ist meine Nummer.« Er reichte einen Zettel mit einer spanischen Nummer herum.
»Kennst du diesen Weg, Pater Domingo?«, fragte Hanna, alias Maria Feldmann.
»Ja, ich kenne ihn, Maria.«
»Woher? Bist du eine Art Reiseführer auf dem *Camino Francés*?«, wollte Hunter wissen.
Alle warteten gespannt auf die Antwort des Paters.
»Der Herr ist der Reiseführer meines Lebens.«

»Du sprichst Deutsch und Spanisch«, hakte Pater Johannes Hartmann nach, der mehr über Domingos kirchlichen Werdegang herausfinden wollte. »Bist du nun das eine oder das andere?«

»Ich bin beides, Bruder Johannes. Doch suche nicht, ich bin nur ein Dienstleister und vollkommen unwichtig. Konzentriert euch auf euch selbst. Ihr werdet alle Kraft brauchen, um die anstehende Prüfung zu bestehen. Das Wetter morgen wird ein Mix aus Regen und Sonne sein. Der Pass ist offen, aber die Wege sind oben noch schneebedeckt. Ihr werdet Kleidung gegen die Nässe brauchen.«

Die Gruppe wurde unruhig. Pater Domingo spürte, dass es Fragen zum Weg und zu den Herbergen gab. Doch die Angst, durch eine falsche Bemerkung die eigene Identität zu verraten, war offensichtlich die größte. So nahmen sie schweigend zur Kenntnis, was er zur Strecke sagte. »Ihr verlasst Saint-Jean-Pied-de-Port auf der *Route Napoleon*. Die Strecke ist rot-weiß gekennzeichnet. Ab Spanien sind es gelbe Pfeile mit oder ohne Muschel. An vielen Stellen seht ihr eine Kilometerbezeichnung, das sind die Restkilometer nach Santiago de Compostela.«

»Wo beginnt der Weg?«, fragte die besorgte Christiane Hartmann, »hier am Hotel?«

»Es ist ganz einfach. Ihr geht die *Rue de la Citadelle* hinunter zum Stadttor und über den Fluss Nive. Dann folgt dem rotweißen Hinweisschild *Chemin de St. Jaques* und nehmt die steil ansteigende *Rué de Maréchal Harispe*. Das ist wichtig, sonst gelangt ihr auf die alternative und weniger schöne Schlechtwetterstrecke über Valcarlos.«

Er sah einige fragende Blicke, die signalisierten: »Lauf doch vorneweg, Domingo!«

Er lächelte mit der ihm eigenen warmen Ausstrahlung.

»Ich werde gegen 07:30 Uhr aufbrechen. Am besten folgt ihr dem Pilgerstrom. Letztes Jahr war der Weg wegen

Covid-19 sieben Monate gesperrt. Jetzt wird er überfüllt sein. Trotzdem werdet ihr euch auf den 27 Kilometern oft einsam fühlen. Geht bitte bewusst mit euren Kräften um. Der Höhenunterschied beträgt immerhin knapp 1300 Meter. Dafür werdet ihr mit spektakulären Ausblicken belohnt. Wenn ihr die *Herberge Orisson* erreicht habt, wandert ihr sodann steil bergab. Das ist für viele der anstrengendste Teil der Pyrenäenüberquerung. Ohne Stock kann das schwierig werden, sehr schwierig.«

Davon hatten sie alle gehört. Es gab niemanden, der nicht bereits mit einem oder zwei Stöcken vorgesorgt hatte, außer Tom. Der verließ sich auf seine Trittsicherheit. Für den Ex-Soldaten war das hier eine Gruppe von Fußkranken, die er verachtete und denen er misstraute.

Pater Domingo blickte ermutigend in die Pilgerrunde. »Wenn niemand mehr eine Frage hat, möchte ich euch jetzt mit einer kleinen Geschichte in den Abend schicken. Wir gehen ab morgen den Jakobsweg. In alttestamentlicher Zeit war es Sitte, dass ein Vater kurz vor seinem Tod dem erstgeborenen Sohn den Segen spendet. Jakob gaukelt seinem fast blinden Vater Isaak vor, dass er der erstgeborene Sohn Esau sei, er wollte sich so den väterlichen Segen erschleichen. Jakob verlässt daraufhin seine Heimat und kehrt zwanzig Jahre später zurück.«

Hunter und Hanna schauten sich unmerklich an. Sie dachten beide dasselbe: »Zwanzig Jahre, Zufall oder Botschaft?«

»Doch er fürchtet die Vergeltung durch seinen Bruder Esau. In der Nacht kommt es am Grenzfluss zum Kampf zwischen Jakob und einem Unbekannten. Es ist Gott: ein Kampf um Leben und Tod. Jakob gibt nicht auf, hält seinen Gegner fest und sagt: ‚Ich lasse dich nicht los, wenn du mich nicht segnest.‘ Jakob ahnte also, wer sein Gegner war. Und ihm war klar, dass er ohne Gottes Segen keine Kraft finden würde, sich der Begegnung mit seinem Bruder zu stellen und diesen um Verzeihung zu bitten.«

Domingo faltete seine Hände: »Der Herr möge euch Kraft auf diesem schweren Weg geben und jeden eurer Schritte mit seiner unendlichen Liebe begleiten. Es segne und behüte euch der allmächtige und barmherzige Gott, der Vater, der Sohn und der Heilige Geist. Amen.«

»Amen«, wiederholten von Bellheim, Piotr, Hunter und die Hartmanns leise, aber hörbar. Auch Hanna, die nicht glauben wollte, was hier in der Missbrauchsgruppe *ROSE* gerade geschah.

Pater Dr. Johannes Hartmann hatte sehr genau verfolgt, wie professionell Bruder Domingo den Trinitarischen Segen, den Segen der Dreifaltigkeit, sprach. Natürlich kannte er die Geschichte von Jakobs Kampf am Jabbok aus dem Buch Genesis, Kapitel 32. Doch nie war ihm Jakob aus der Bibel so nah, wie hier angesichts des Jakobsweges.

Die Gruppe bereitete sich für die erste gemeinsame Nacht in einer Herberge vor.

Hunter griff sich die neu erworbene Trennbox für Hundefutter und Wasser, füllte sie auf und ging zum Empfang, wo Camino ihn freudig begrüßte, besonders, als er seine Abendmahlzeit entdeckte. Das Essen war in weniger als einer Minute verschlungen.

»Du sollst genießen, nicht schlingen«, meinte Hunter kopfschüttelnd.

»Ein Straßenhund kann nicht anders«, sagte lachend der Portier. »Für ihn ist jeder Tag ein Überlebenskampf, das liegt in den Genen.«

Hunter nahm Camino an die Leine, beide lernten Gassi zu gehen. Camino zog wie wild, bis Hunter schließlich aufgab. Der Hund blieb auch ohne Leinenzwang in seiner Nähe. Autos wartete er ab oder wich ihnen geschickt aus.

An einem öffentlichen Platz setzte sich Hunter auf eine Bank, wo *Pelote*, eine Mischung aus Tennis und Squash, gespielt wurde. Er übermittelte die bisherigen Videoaufzeichnungen an Heike und war zuversichtlich, dass es schon bald erste Treffer geben würde.

Zurück im Hotel wartete er vor dem Waschraum. Es gab zu wenig Waschbecken, geduldiges Warten vor den Duschen war angesagt. Als der kleine, rundliche Piotr herauskam, sah Hunter eine große, eingravierte Rose auf dessen Rücken. Piotr machte aus seiner Tätowierung, dem Zeichen der auserwählten Besucher und der *ROSE*-Jungen, keinen Hehl. Für ihn schien klar zu sein, dass jeder hier *ROSE* war.

Sofort fiel Hunter die Szene auf dem Video ein, wie ein Mann mit dieser Statur und einer Rose auf dem Rücken einen Jungen vergewaltigte. Die Szene war nur für den Bruchteil einer Sekunde sichtbar, aber für einen Vergleich mit dem Original würde es reichen. Doch was würde das strafrechtlich bringen?

Hunter rechnete. Der Kleine, den man im Internat *Jakob* nannte, war damals kaum vierzehn Jahr alt gewesen. Vor zwanzig Jahren hatten noch das Tatzeitrecht und eine Verjährungsfrist von zehn Jahren gegolten. Der Russe Piotr – oder wie immer der in Wirklichkeit heißen mochte – hatte also juristisch nichts mehr zu befürchten, zumal nach Aussagen der örtlichen Polizei insgesamt vier Jungen zu Tode gekommen waren. In zwei Fällen wurde ein Suizid nicht ausgeschlossen. Die mögliche Tat war zwar verjährt, aber aus Erfahrung wusste Hunter, der Trieb war keineswegs verschwunden. Hunter würde sich überlegen, wie man diesem Piotr eine Falle stellen könnte. Dass der noch aktiv unterwegs war, bezweifelte er nach diesem Erstkontakt keine Sekunde.

Auch Louis Peeters und Paul Schmitts nahmen die mächtige, farbige Tätowierung wahr und sahen sich an. Der ebenfalls anwesende Pater Domingo wandte sich ab und verließ den Waschraum.

Um 22:00 Uhr lagen alle bis auf Tom Rex in ihren Betten, der zeltete am Nive-Fluss.

Von Bellheim hatte noch von Zürich aus – allerdings vergeblich – versucht, ein Einzelzimmer in der Stadt zu bekommen. Die wenigen Hotels waren bis im Umkreis von dreißig Kilometern komplett ausgebucht. Inzwischen war es ihm egal. Er empfand es als Teil seiner Prüfung.

Piotrs Handy vibrierte, Message vom Boss. »Du wirst ab sofort deine Klappe halten und dich zurückhalten, sonst passiert etwas! Verstanden?«

»Da, da, Chef«, schickte er zurück.

Gottfried starrte in seinem Bett an die Decke. Er konnte mit dem Tag zufrieden sein. Drei neue Top-Kunden hatten sich registriert. Für die hatte er ein höchst effektives Verfahren eingeführt, das sie durchlaufen mussten. Er nannte es *Tarnkappenservice* verbunden mit einem absoluten Schutz gegen staatliche Überwachung. Und weil dieser Schutz auch sozusagen kugelsicher war, verkaufte er diesen als *Bulletproof-Host* – eine kugelsichere Heimat für kinderpornografische Geschäfte getarnt als Food Shop. Die Teilnehmer mussten eine Postadresse angeben, an der sie ein Päckchen Pralinen erhalten würden. Darin lag der Zugangscode nach vorhergehender Bezahlung des Jahresbeitrages. Die Postadresse war natürlich fingiert oder der DHL-Zulieferer wurde vom Empfänger vor dem Objekt abgefangen, was bei dem stundengenauen Tracking-Service nun wirklich kein Problem war. Glaubte er, einen verdächtigen Neukunden im Visier zu haben, gab es einen Fake-Zugangscode und die Aushändigung wurde überwacht. Der vermutliche Ermittler war in die Falle gelaufen.

Gottfried versuchte abzuschalten und zu schlafen. Doch als die ersten um ihn herum zu schnarchen begannen, steckte er sich EarPods ins Ohr, wählte BR-Klassik und versank gleich wieder in seine Firma.

Er war immer wieder verblüfft, wie oft die Polizei professionell startete, um dann in der letzten Phase ihr eigenes Werk zu zerstören. So wie bei dem Pralinenversand an die übermittelte Adresse: *Herr P. Jonas, Groner Landstraße 51, 37081 Göttingen.* Es war die Adresse der örtlichen Polizeidirektion. Den Jahresbeitrag hatte *Zeus* unter *Einnahmen ohne Leistung* gebucht. Da er auch in das Netzwerk der Göttinger Polizeibehörde eingedrungen war, hatte er, genüsslich eine Praline lutschend, verfolgt, wie dort ein Betrag über zwölftausend Euro unter *Operative Ausgaben ohne Nachweis* deklariert wurde. Was für Dilettanten! Er mutmaßte, dass die Karriere des Herrn Jonas oder dessen Auftraggebers mit der *Operation Praline* beendet war.

In Wiesbaden sah das Back-Office über das GPS-Modul, dass sich Hunter und Hanna etwa zwanzig Meter auseinander im selben Hotel befanden.

Hunter morste an Hanna ein: *Schlaf gut.* Hanna versuchte sich zu sammeln. Sie hatte, wie die verschlossene und ziemlich ängstliche Hartmann, ein Bett abseits der Männer am Fenster zugewiesen bekommen.

Der Beginn dieser Pilgerwanderung erschien Hanna surreal. Eine Gruppe von Verbrechern um einen Pater, der offensichtlich an eine Vergebung aller Sünden glaubte, auch an die der schlimmsten. Dieser gepflegte Mann um die vierzig hatte durch seine einfühlsame und spirituelle Art von Anfang an eine besondere Wirkung auf sie ausgeübt. Seine Vita interessierte sie brennend.

Sie rief die Gesichter der Gruppe *ROSE* auf. Die beiden Hartmanns, der angsteinflößende Tom, der kleine, dicke, vorlaute Piotr, der schmächtige Louis mit französischem Akzent, dieser große, offensichtlich gebildete Paul mit dem vollen, grauen Haar, Gottfried mit dem Aussehen eines Journalisten in leitender Stellung und schließlich dieser Herbert, Typ sympathischer Manager und offensichtlich psychisch angeschlagen. Sie verdrängte es kurz, ihn zu mögen, denn er wäre nicht anwesend, wenn auch er nicht diese andere dunkle Seite hätte. So unterschiedlich alle auftraten, so sehr verband sie ihre gemeinsame Angst, entlarvt zu werden. Hanna war sich sicher, dass es nicht so diszipliniert weitergehen würde. Es würden Dinge passieren, Geschichten aufbrechen, die sie dokumentieren wollte, denn sie war hier nicht im Urlaub, sondern auf einer Recherchereise, vor der sie nach Pater Domingos warnenden Hinweisen noch mehr Sorge hatte als zuvor.

In dieser Nacht träumte sie von einem mehrköpfigen Hund unter weißen Gesichtsmasken, der jedem der Gruppe genüsslich Valium verabreichte, ihn dann von Herberge zu Herberge führte und mit Amphetaminen vollspritzte, um sich anschließend in Burgos unter dem Mikroskop anzuschauen, wie sich seine Opfer aufbäumten und wanden.
Sie schlief unruhig und schlecht.

Ultreïa - Vorwärts, geh über dich hinaus.
(Alter Pilgergruß)

10.

DIE PILGERWANDERUNG

ETAPPE 1: RONCESVALLES

– Der Eisheilige –

Stadtauswärts, an der *Porte d'Espagne,* stoppte der Pater. Weit vor ihm eilte Tom in die *Chemin de St. Jacques*, die anderen folgten im losen Abstand. Der Himmel war bedeckt, und laut Wetterbericht war mit vereinzelten Regenschauern zu rechnen. Aber die Temperatur lag bei angenehmen 21 Grad Celsius. So entschieden sich alle für die *Route Napoleon* durch die Pyrenäen.

Camino schien den Weg zu kennen, er lief Hunter voraus und wählte wie selbstverständlich den Steilaufstieg und nicht die Valcarlos-Route. Hunter hatte sein Tagesgepäck um Hundefutter und Wasser erweitert und erlebte, wie sein Hund sich immer wieder nach ihm umschaute, als wollte er ihm mitteilen: *Dich gebe ich nicht mehr her.*

Die Pilger von Saint-Jean-Pied-de-Port verließen gegen 08:30 Uhr in Scharen die Herberge. Sie wollten noch vor Einbruch der Dunkelheit das 27 Kilometer entfernte Roncesvalles erreichen. Unter normalen Umständen wäre das in knapp neun Stunden zu bewältigen, meinte das Pilgerbüro ... wenn das Wetter mitspielte.

Pater Domingo sah, dass alle Mitglieder seiner Gruppe zu schnell wanderten. Der typische Fehler für Anfänger, die ihre Kräfte noch nicht einzuteilen wussten. Schon nach wenigen Kilometern würde sich zeigen, wer nicht über genügend Kondition verfügte, bei wem das Schuhwerk oder die Schultergurte drückten.

Johannes Hartmann wanderte, zur Verwunderung seiner Schwester Christiane, erstaunlich zügig und sicher mit seinen zwei Trekkingstöcken.

Piotr fluchte schon nach kurzer Zeit. Für ihn, den Busfahrer aus Leidenschaft, war Wandern eine Qual. Er fand seinen Rhythmus nicht. »Wenn ich schon nicht mit meinem Boss laufen darf, dann muss die hübsche Maria daran glauben ...«, dachte er.

»Wie läuft es an?«, fragte er sie, von der er unbedingt herausfinden wollte, ob man sich auch bei *Maria Hilf* schon getroffen hatte. Immerhin waren dort gelegentlich auch Frauen in Hartmanns Runde gewesen, die oft viel brutaler und konsequenter ihr Geschäft durchführten als manche Männer. Er glaubte in Marias dunklen Augen eine derartige Lust zu erkennen, allein der Gedanke erregte ihn.

»Danke, Piotr, ich komme gut voran. Wenn du willst, können wir gemeinsam laufen.« Hunter hatte ihr empfohlen, Kontakte zuzulassen. In dieser ersten Phase ginge es um maximale Informationsgewinnung ohne ein besonderes Ziel. Die Erkenntnisse hier vor Ort und der ständige Datenaustausch mit Heike in Wiesbaden würden bald zu ersten Fährten führen.

»Ich glaube Maria, wir haben ein unterschiedliches Lauftempo«, meinte der keuchende Piotr. »Geh du weiter, ich mache eine Verschnaufpause.«

»Verstehe, Piotr, dann Buen Camino!« Er sah ihr frustriert nach.

Die Gruppe hatte sich bereits hinter der Stadt verloren. Jeder war auf sich allein gestellt. Regen setzte ein. Hunter, der als einer der ersten das Stadttor passiert hatte, zog sich den Poncho über und suchte rückblickend Hanna. Doch die Sicht betrug nur noch wenige Meter. Bedenklicher noch, der Regen verwandelte sich in nassen Schnee, der jeden Tritt zur alpinen Rutschpartie werden ließ. Camino blieb ohne Anweisung eng bei ihm, als spürte er die Gefahr in den Bergen.

Herbert von Bellheim quälte sich die lange Steigung zum Ibañeta-Pass hoch, gefolgt von Peeters und Schmitts. Er erreichte einen schmalen Asphaltweg, der sich malerisch durch das Grün der Berge schlängelte. Doch er nahm es wie auch die am Wegesrand weidenden Manechschafe und Pferde kaum wahr, er kämpfte gegen die aufkommende Erschöpfung. Radfahrer überholten ihn mit einem lauten *Buen Camino*, das sie wohl als höflicher empfanden als das Klingeln. Der geteerte Weg ging in einen Erdweg über. Herbert keuchte und blickte besorgt in den dunkel werdenden Himmel. Von der Gruppe war niemand mehr zu sehen. Der Wettereinbruch erfolgte in Minuten. Starkregen verwandelte den bisher trockenen Weg in eine Schlammstraße. Nach einer halben Stunde vorsichtigen Vorwärtstastens stoppte Herbert von Bellheim. Zwar schützte ihn der sehr gute Anorak vor dem Unwetter, aber nun, ohne Orientierung, war er sich nicht mehr sicher, ob er noch den richtigen Weg lief. Nebenwege führten ohne Beschriftung ab. Er zog sein Smartphone aus der Tasche, um über die Jakobsweg-App seinen Standort zu ermitteln. Doch das Wasser auf seinen Fingern verhinderte jede Eingabe. Die plötzliche Kälte veranlasste ihn, seine Hände schnell wieder in die Tasche zu stecken. Er war perfekt ausgerüstet, aber an Handschuhe hatte er nicht gedacht.

Wohin jetzt laufen? Er sah sich in genau der Situation, vor der Pater Domingo gewarnt hatte.

Herbert strengte sich an, in der Stille eine menschliche Stimme zu hören. Doch mit der plötzlichen Wetterwand war nicht nur die noch eben sommerhafte, grüne Bergwelt der Pyrenäen verschwunden, sondern auch alle Menschen. Er suchte angestrengt nach einer rotweißen Markierung für den Fernwanderweg GR 65 und überlegte, zurückzugehen. In zwei Stunden würde er wieder in Saint-Jean-Pied-de-Port sein, falls er es überhaupt finden würde. Er ging in die Hocke, schützte sich so gut es ging vor dem Regen und wartete auf einen Pilger, der ihm helfen könnte. Die Zeit verging, niemand war in der Nähe. Schließlich entschloss er sich wie ein verirrter Bergwanderer zu handeln. »Hallo, hallo ist dort jemand in der Nähe?«

Er rief erneut.

Eine Hand legte sich auf seine Schulter. Herbert fuhr herum und sah einen Pilger unter einer Kapuze. Pater Domingo blickte ihn freundlich an.

»Du bist auf dem richtigen Weg, Herbert, wir sind in wenigen Minuten am Weiler Honto, bist du okay?«

Herbert von Bellheim atmete auf. »Jetzt ja, ich bin heilfroh, dass Sie hier sind, Pater. Ich war gerade dabei, aufzugeben und zurückzukehren. Der Eisheilige Servatius nimmt es offensichtlich genau mit seinem Wetter.«

Sie schüttelten sich den Schnee von der Kleidung. Herbert war froh, dass er nicht mehr allein war. Zugleich schämte er sich angesichts seiner Schwäche und dem plötzlichen Verlangen, aufzugeben – und das bereits zu Beginn der ersten Etappe. Er tröstete sich damit, dass es die schwerste überhaupt war, auf der die meisten Abbruchentscheidungen getroffen wurden.

»Wie ist die Spielregel, wenn jemand abbricht, Pater?«

»Dann werden wir ihn wieder auf den Weg bringen, so wenigstens lautet mein Auftrag.«

Herbert nickte. Diese Haltung forderte er auch in seinem Versicherungskonzern, aber jetzt war er selbst derartig erschöpft, dass er kaum hätte Vorbild sein können.

»Wie weit ist es bis zur Refuge Orisson? Ich denke, ich brauche dort eine Pause.«

»Normalerweise eine Stunde, doch wenn das Wetter so bleibt, können es auch zwei oder drei sein. Hast du Schmerzen?«

»Ja, in beiden Knien, noch geht es.«

»Es gibt auf dieser Strecke nur zwei Arten von Pilgern«, meinte Domingo tröstend. »Der eine hat bereits bis Orisson Blessuren, der andere wird sie in Roncesvalles haben.«

»Ich gehöre zweifellos zur ersten Kategorie«, stöhnte von Bellheim, der verfluchte, dass er nicht schon morgens die Kniebandagen angelegt und prophylaktisch eine Ibuprofen 600 genommen hatte.

Sie marschierten gemeinsam weiter.

So wie die Wetterwand gekommen war, war sie mit einem Schlag verschwunden. Die Wolken teilten den Himmel in tiefblaue Löcher, die Sicht schien plötzlich unendlich. Von Bellheim glaubte in einem anderen Film zu sein, denn die bisher satte, grüne Landschaft lag nun unter einer Schneedecke begraben. Der Blick über die weiten, sanften, weißen Hügel war atemberaubend. Zwar war der Weg gefährlich matschig, aber nun wenigstens einsehbar.

»Was bedeutet dieser Steinhaufen hier?«, fragte von Bellheim.

»Es sind die Wünsche, Träume oder auch der Dank von Pilgern, die sie hier in Steinen ablegen. Manche mit Aufschriften, andere mit Fotos oder Zettel, wie du hier siehst.«

Pater Domingo bemerkte, wie sein Mitpilger innehielt.

»Möchtest du allein hier verweilen?«

»Nein, bleiben Sie gern hier, es dauert nur einen Moment.«
Er zog mit seinen klammen, zittrigen Fingern seine Geldbörse
und daraus ein Foto hervor. »Das hier, das ist mein Sohn
Holger. Ich habe ihm großes Unrecht zugefügt.«
Von Bellheim legte das Foto auf den Hügel und sicherte es
mit einem Stein. Zweifellos würde es bald vom Nass durch-
tränkt sein und wegfliegen. Aber dieser eine Moment war
ihm wichtig.
Sie schwiegen.
»Dein Sohn Holger sieht dir sehr ähnlich.«
»Ja, das habe ich mir kürzlich in Salem auch gedacht. Er ist
dort auf dem Internat.«
»Möchtest du reden?«
Von Bellheim spürte, wie ihn der Blick des schwarzbärtigen
Paters durchdrang. Er war erschöpft, kurz davor zu sprechen
und damit seine Identität preiszugeben.
»Lassen Sie uns weitergehen.«
Schritt für Schritt suchten sie sich einen möglichst sicheren
Tritt. Herbert konnte aber nicht verhindern, dass der knöchel-
hohe Schlamm sich langsam in seinen Schuhen verteilte. Er
versuchte, beim Gehen den Widerstand in den verschlamm-
ten Schuhen auszugleichen, vergeblich.
»Geht es noch?«, fragte der Pater und reichte ihm Wasser.
Herbert nahm es dankbar an. Auch er führte Wasser am
Rucksack bei sich, aber war zu erschöpft, um danach zu grei-
fen.
»In Orisson gibt es eine gute Gelegenheit, die Füße zu pflegen«, meinte Pater Domingo.
Er erwähnte nicht, dass unerfahrene Pilger dort die Pyrenäenüberquerung gern mit einer Übernachtung unterbrachen.
Er würde als Reiseleiter jeden Einzelnen dieser kranken See-
len über sein persönliches Limit fordern. Denn nur durch
Überwindung der eigenen physischen Schmerzgrenze konnte
das wahre Innere frei werden, davon war er fest überzeugt.

Louis, Paul und Gottfried schritten im gleichen Tempo, mal hintereinander, mal nebeneinander. Bei diesem Wetter fühlten sie sich zusammen erheblich sicherer. Louis Peeters hatte sich schon am ersten Abend vorgenommen, den Kontakt mit diesem fistelnden Gottfried zu suchen. Der Mann interessierte ihn als möglicher vielversprechender Kontakt, denn der strahlte Managerniveau aus. Er würde ihm die Mohrrübe reichen und sehen, ob das Kaninchen hineinbeißt. Die Wetterwand war überwunden, und Orisson würde bald erreicht sein.

Der schmächtige Louis Peeters hing nur noch mechanisch an den Fersen seines Bekannten Paul. Er hatte das Gefühl, dass alle seine Knochen gegeneinander arbeiteten. Wenn er die Gurte entlasten wollte, schmerzte die Bewegung in beiden Schultergelenken. Sport hatte der Mitte 50-Jährige, verheiratete und kinderlose Belgier das letzte Mal an der Universität in Antwerpen betrieben. Inzwischen war er zu einem Kettenraucher geworden.

Sein flaches Schuhwerk empfand er als einen klaren Fehlkauf. Nach einem Umknicken auf dem matschigen Weg spürte er einen heftigen Schmerz und fürchtete einen Bänderriss oder sogar eine Verletzung des Sprunggelenkes. Ein kurzes Abtasten bestätigte, dass der Fuß deutlich angeschwollen war. Bei nächster Gelegenheit würde er sich mit Salbe und Schmerztabletten versorgen, später vielleicht mit einer Bandage. Jetzt aber ging es erst einmal nur um das Ankommen, genauer gesagt um das Überleben. So fühlte sich das zumindest gerade an.

Mit Mühe war er für diese vierzehn Tage der Brauerei entkommen, zum Ärger des CEO, denn der wichtige Besuch aus den USA am operativen Standort in Löwen sollte durch ihn, den Produktionsmanager wahrgenommen werden. Doch einmal musste es auch nach seinen Bedürfnissen gehen. Weg vom Job und von der Hölle seiner Ehe mit einer Frau, die ihn unterdrückte. Der sexuelle Kontakt mit Jungen war sein einziger Lebensinhalt, der ihm noch etwas bedeutete. Wenn gerade keiner zur Verfügung stand, verschwand er in seinen Keller, aus dem heraus er eine der wahrscheinlich größten kinderpornografischen Bildergalerien Europas im Netz betrieb.

»Verdammter Dreck«, schimpfte Louis laut zu den beiden. »Warum tue ich mir diese unglaubliche Sauerei an? Ich könnte mir wahrlich bessere Dinge vorstellen.«

»Welche?«, fragte Gottfried spontan.

»Na, weißt du doch, dich habe ich auch in *Maria Hilf* gesehen.«

Gottfried zuckte zusammen aber tat teilnahmslos. »Ein *Maria Hilf* kenne ich nicht, da musst du etwas verwechseln.«

Paul Schmitts lachte und meinte: »Schlecht gelogen. Jeder von uns ist ein *Maria-Hilf*-Pilger. Mein Freund Louis weiß nicht nur alles, sondern sieht auch alles.«

»Das werdet ihr mir sicherlich erläutern.«

Louis blickte zu Paul, dem ehemaligen EU-Abgeordneten und Vertrauten.

»Sag' du es ihm, Paul.«

»Louis nimmt alles mit der Kamera auf, seitdem er denken kann, immer und überall.«

»Interessant«, erwiderte Gottfried.

»Ihr habt doch in Deutschland diese Sendung mit der versteckten Kamera? Mein Freund Louis ist eine wandelnde versteckte Kamera«, meinte Paul.

Louis grinste: »Auch jetzt ...« Er zeigte dabei auf seinen rechten Schultergurt und setzte nach: »Spionage ist heutzutage ein Kinderspiel.«

Gottfried Stein gefror innerlich. *Dieser kleine Mistkerl, eine wandelnde Videothek ... Er hat also den gestrigen Abend aufgenommen ... möglicherweise jeden Jour Fixe im Internat ...*

»Jetzt verschlägt es dir die Sprache, nicht wahr, Gottfried? Du möchtest gern wissen, was ich habe, ich sage es dir besser nicht. Europol würde mir die Füße küssen, wenn ...«

»... wenn, was ...?«

»Wenn ich auspacken würde. Aber keine Sorge, Gottfried, ich werde nicht, ganz im Gegenteil.«

Dabei zeigte der kleine, schmächtige Belgier grinsend seine ziemlich querstehenden Zähne und schlug Gottfried jovial an den Arm.

»Du kommst doch aus Deutschland, Gottfried, richtig?«, fragte Louis.

Gottfried nickte bestätigend. Eine Muttersprache war kaum zu verleugnen.

»Und ihr beiden?«

»Meine Wenigkeit aus Belgien, mein Freund aus Luxemburg«, erwiderte Louis.

»Dann kennen wir jetzt immerhin unsere Nationalitäten«, meinte Gottfried. »Und bald noch mehr«, setzte Louis nach.

»Was soll das heißen, Louis – und bald noch mehr?«

Der sah ihn plötzlich scharf an, so wie jemand, der wusste, worauf er sich hier einließ.

»Ich möchte mit dir ein Geschäft machen, Gottfried ... heute Abend in der Herberge.«

»Wenn wir dann noch leben«, meinte Paul, der an sein schmerzendes rechtes Knie fasste.

Gottfried schaute kritisch auf den kleinen Belgier Louis hinunter, als wollte er ihn durchleuchten. Er hatte sich vorgenommen, jeden Kontakt zu vermeiden, aber dieser hier musste sein. Der Mann bedeutete höchste Gefahrenzone!

Louis fühlte sich wie von einem Ganzkörperscanner erfasst. Er hob beide Arme hoch, was allerdings furchtbar schmerzte.

»Ich habe weder Waffen noch Sprengstoff bei mir. Mein Kapital sind mein Kopf und viele, viele Terrabytes.«

Gottfried lachte gespielt. »Einverstanden mit einem Erfahrungsaustausch, Louis. Ich denke, wir spielen in der gleichen Liga. Wenn es für euch okay ist, lege ich jetzt einen Gang zu, wir sehen uns! Also, *Buen Camino*!«

»Buen Camino«, erwiderten die beiden und sahen sich vielsagend an.

Gottfried intensivierte seinen Marschtritt. Bisher hatte er überhaupt keine körperlichen Probleme und fühlte sich in seiner Ausrüstung bestätigt.

Er dachte über das eben Gehörte nach. Was ging hier vor? Was wussten diese beiden? Er sah über den langen, sich durch die Schneelandschaft windenden Weg und glaubte weit voraus seinen Kumpanen Piotr zusammen mit dieser Maria zu sehen. Stein hatte ein ungutes Gefühl. Piotr konnte man hier keine Stunde allein lassen, ohne dass man ihn bremsen musste. Keiner wusste, dass er und Piotr ein Team waren. Das sollte und musste auch so bleiben, denn für Piotr stand Arbeit an.

Hunter stampfte sich stöhnend durch das Geröll und den Schlamm. Das war kein Pilgerweg, wie er ihn sich erhofft hatte. Die malerische Schneelandschaft interessierte ihn überhaupt nicht. Er, der so großen Wert auf die richtigen Wandersocken gelegt hatte, presste bei jedem Schritt die Lippen zusammen, denn die Blasen an beiden Füßen schmerzten unerträglich. Sein Vorsprung schmolz dahin. Fremde erschöpfte Pilger zogen an ihm zumeist nur nickend vorbei. Auch Camino sah nicht gut aus. Sein kurzes, braunes Fell triefte vor Nässe. Trotz seiner ziemlich langen Beine war sein Unterleib vollkommen verschmutzt. Zum ersten Mal schien es Hunter, dass er ihn hilfesuchend anschaute.

Er hockte sich hin, öffnete seinen Rucksack und trocknete Camino mit einem Handtuch ab. Er gab ihm Leckerli, streichelte und wärmte ihn in seinem Arm. Er überlegte, ob er Camino, den er auf acht bis zehn Kilogramm Gewicht schätzte, eine Weile tragen sollte.

Ein Pilger mit einer roten Mütze, den er schon im Hotel bemerkt hatte, grüßte die beiden lächelnd und sprach mit einem klar erkennbaren holländischen Akzent: »Ein schönes Bild, Herrchen und sein Hund auf dem Jakobsweg.«
Hunter nickte. Mit dem Mann wollte er nichts zu tun haben, ihm reichte die Gruppe. Doch der mit der roten Mütze fragte weiter: »Wie weit geht euer Weg? ... so weit?« Er wies auf die Muschel und den gelben Pfeil mit der Aufschrift *Santiago 785 km.*
»Wenn mein Hund mich mitnimmt«, antwortete Hunter. Die Antwort sagte alles und nichts. Der Holländer lachte und schritt weiter.
»785 Kilometer ... Nicht mit mir. Ich werde diesen verdammten Fall bis Burgos lösen ... Und wenn ich bis dahin mit dem Taxi fahre«, knurrte Hunter in sich hinein und legte sich hinter einem Steinwall zur Ruhe. Er schloss die Augen und interessierte sich nicht einmal mehr für die Stimmen auf dem Weg. Er zwang sich, nicht einzuschlafen, sondern überlegte, was er ändern müsste, um die Strecke zu packen. Dabei fielen ihm die Augen zu. Er hörte Camino bellen, sah auf die Uhr, erkannte, dass er über eine halbe Stunde verloren hatte und raffte sich sofort wieder auf.
Als er in der Herberge von Orisson eintraf, bemerkte er die anderen Teilnehmer der Gruppe *ROSE*. Fast alle schienen physische Probleme zu haben. Sie hatten ihre Schuhe abgestellt und behandelten sich mit Pflastern und Salben. Der Pater versorgte die Füße von Herbert.
Der Luxemburger Paul sah sich besorgt den inzwischen heftig geschwollenen Fuß seines belgischen Freundes Louis an. Piotr ließ nicht von Hanna ab, die diese Nähe nicht mehr schätzte. Hunter spürte das und war kurz versucht, sich zu

den beiden zu setzen. Doch er entschied sich für einen anderen Platz, von dem gerade ein Pilger aufstand und sich schon wieder auf den Weg nach Roncesvalles machte. Die Beziehung zu Hanna musste unbedingt verdeckt bleiben.

Hanna begriff und sah bedauernd zu Hunter hinüber, wie der vorsichtig die nassen Socken auszog und kritisch seine Füße begutachtete. Er überlegte, ob er die drei größten Blasen aufstechen oder mit Blasenpflaster pflegen sollte. Er entschied sich für das Pflaster.

Piotr meinte zu Hanna: »Alles Weicheier!« Dabei wagte er es nicht, seine eigenen Schuhe auszuziehen, denn er ahnte Schlimmes.

Gottfried Stein saß abseits der Gruppe und überdachte die schockierenden Informationen dieses Louis, der angedeutet hatte, eine Videothek über Steins schmutziges Leben zu haben. Allein bei dem Gedanken fühlte er sich gefilmt und wandte sich ab. Konnte es sein, dass dieser Typ jener Servatius war? Aber warum war er hier auf dem Jakobsweg? Es wäre so einfach, mit guten Bildern Geld zu erpressen. Stein nahm sich vor, ihm heute Abend mit einem Angebot auf den Zahn zu fühlen. Ein Angebot, das er nicht ausschlagen konnte. Die Chancen standen gut, denn dieser Louis war offensichtlich vollkommen triebgesteuert und auch risikobereit, die schlimmste Sünde im Geschäft mit der Kinderware.

Hunter ging zur Bar und bestellte sich ein Brötchen, alles andere war bereits vergriffen.

»Da bist du ja wieder!«, rief der Wirt der Herberge – doch nicht zu Hunter, sondern eindeutig zu Camino.

»Du kennst ihn?«, fragte Hunter.

»*Oui, Monsieur*, er war vor einigen Tagen hier, kam wohl aus Spanien herüber. Du hast ihn gefunden?«

»Ja, er heißt *Camino* und gehört jetzt mir.«

Der Wirt schaute den kleinen, verschmutzten Pilger an. Ihm gefielen das bärtige Gesicht und der verschmitzte Blick unter der beschlagenen Nickelbrille.

»Du bist ein guter Mensch, Pilger, der heilige Jakobus wird dich lieben … und dich auch, Camino.«

Aus der Brötchen-Bestellung hatte der Wirt in kurzer Zeit ein Pamboli mit Serrano-Käse, Schinken, zerriebener Tomate, dekorierter Paprika und ein paar Oliven gezaubert.

Hunter sah ihn erstaunt an.

»Ein Geschenk von Jakobus«, meinte der Wirt verschmitzt.

Seine Frau brachte Camino eine Schale Wasser, die den allerdings weniger interessierte als das Pamboli. Hunter hatte angesichts dieser überraschenden Hundefreundlichkeit seine Blasen an der Ferse vergessen. Camino sprang plötzlich mit den Vorderpfoten auf Hunters Knie und schaute gierig auf das Pamboli. Hunter griff ihn am Halsband und befahl energisch: »Sitz!« Er war verärgert, dass der Hund an die Waffe unter der Hose geraten war.

Hunter begann, das köstliche Pamboli zu essen, befand, dass er zu hart mit Camino umgegangen sei und gab ihm ein Stück von dem Schinken. Zwischendurch las er Heikes Nachricht aus Wiesbaden:

Herbert von Bellheim, deutsch, Vorstandsvorsitzender Helvetia Re, Zürich, 65 Jahre, verschiedene Posten und Mandate in Firmen und sozialen Einrichtungen, verheiratet mit Iris v. B., Sohn Holger, 17 Jahre. H.v.B. keine Vorstrafen, unauffällig. Keine Hinweise zu Kinderpornografie oder sexuellem Missbrauch. Schweizer Behörden sehen keinen Grund, in die Datenbank einzudringen, sei rechtlich nicht durchsetzbar.

Hunter blickte zu diesem von Bellheim hinüber. Der Name weckte in ihm eine gleichnamige Filmerinnerung. Er beobachtete, wie der große Bellheim gerade seine Knie einrieb, sie mit einer Bandage versorgte und dann mit seinem Smartphone beschäftigt war.

»Also ein angesehener, unbescholtener Züricher Versicherungsmanager ... Wo war die Verbindung zu Maria Hilf? ... Hatte sich Servatius vertan? ... War Herbert von Bellheim eine Verwechslung oder vielleicht doch nur ein Alttäter, der jetzt mit Mitte sechzig zur Ruhe gekommen war?«

Herbert von Bellheim drückte auf *Senden*. Wenig später summte es bei seiner Frau in Zürich. Sie griff über ihren Geliebten hinweg zum Handy, ließ sich damit in ihr Kopfkissen zurückfallen und las:

Ich bin auf dem Weg, er ist sehr fordernd. Ich weiß nicht einmal, ob ich es physisch überstehe. Aber ich will, ich will in zwei Wochen gereinigt nach Hause kommen. Es ist mir wichtiger denn je. Bitte, Iris, glaube an mich.

»Ich nehme an, eine Nachricht von ihm?«, fragte ihr Liebhaber.

»Ja, er will wohl sein altes Leben hinter sich lassen ... wieder einmal ... und bis zum nächsten Mal. Ich mag's nicht mehr hören, entschuldige ...«

Sie schaltete das Handy aus und beugte sich über ihn.

Auch bei Piotr summte es. Kurz darauf traf er Gottfried Stein hinter dem Haus.

»Du machst mir zu viel mit dieser Maria herum! Wer ist sie?«

»Ich bin noch nicht sicher, aber die ist heiß auf Frischfleisch – so wie wir, das spüre ich, Chef!«

»Sei vorsichtig, Piotr, die war nicht auf dem kurzen Video, das wir alle bekommen haben, zumindest konnte ich sie nicht ausmachen, das macht mir Sorge. Aber das haben wir bald. Ich sehe vielleicht heute noch ein viel besseres Video.« Er berichtete ihm von dem Video-Exhibitionismus jenes Louis, und sie vereinbarten, sich noch nach dem Treffen auszutauschen.

»Also Vorsicht, Piotr, kein Wodka, keine Weiber! Wir sind von Sprengfallen umgeben! Ein Fehler – und wir beide sind in Handschellen! Hast du das verstanden?«

Piotr war nicht überzeugt. Die bisher angenehme Gesellschaft mit Maria, oder sollte er sagen Seelenverwandtschaft, die Berge, diese ganz andere Welt – warum sollte das gefährlich sein? Aber wahrscheinlich hatte *Zeus* mit seinem siebten Sinn wieder einmal recht.

Gottfried beobachtete Maria kritisch, die gerade aufstand und sich für den Weitermarsch vorbereitete.

»Lass sie allein laufen, Piotr! Die nehmen wir uns vielleicht später vor. Mach' dich diskret an den Paul heran, der ist mit dem Louis befreundet.«

Gottfried ging in das Lokal zurück, das nach einem Gemisch aus frischem Kaffee und verschwitzter Kleidung roch, in dem Pilger ihre Blessuren pflegten und Statusmeldungen nach Hause durchgaben. Es war leicht zu erkennen, wer pausierte und wer blieb. Die Letzteren saßen bereits entspannt vor einem Bier.

Es zogen wieder Wolken auf. Plötzlich waren die Pilger in Eile. »Ich werde die nächsten achtzehn Kilometer nicht in der Dunkelheit riskieren«, dachte Gottfried. »Weg hier!«

Er zog seinen Rucksack über und verließ die Station.

Hartmanns Schwester Christiane sprach besorgt mit Pater Domingo und wies dabei auf ihren Bruder, der vollkommen erschöpft und mit fast geschlossenen Augen mehr im Stuhl hing als saß.

»Wir brechen hier in Orisson ab, Pater Domingo! Morgen versuchen wir es noch einmal, aber jetzt ist hier Schluss!«

Domingo schwieg, allerdings war ihm angesichts des jämmerlichen Bildes klar, dass Hartmann heute keinen Meter mehr zu Fuß schaffen würde. Sie eilte zu einem Taxi, das hier offensichtlich regelmäßig auf kranke Pilger und einen guten Verdienst wartete. Der Taxifahrer erläuterte ihr, dass er für die 35 Kilometer lange Strecke einhundert Euro haben wollte. Man könne bei diesem Wetter froh sein, wenn

137

man überhaupt bis Roncesvalles durchkäme. Froh über diese Transportmöglichkeit gab sie ihm den verlangten Betrag und avisierte weitere fünfzig bei Ankunft. Sie ging zu ihrem Bruder, um ihm zu helfen. Doch sie war selbst so geschwächt, dass sie nicht einmal beide Gepäckstücke tragen und schon gar nicht ihren Bruder stützen konnte.

»Moment, das bekommen wir hin«, meinte Tom. »Ich begleite euch und helfe beim Einchecken in der Abtei.«

Hartmann sah ihn erleichtert an. »Das ist sehr freundlich von Ihnen, Tom, in der Abtei werde ich mich heute Nachmittag gewiss erholen und mich bei Ihnen zu bedanken wissen.«

Hunter staunte über die plötzliche Nähe dieser drei so unterschiedlichen Personen und beobachtete deren Abfahrt.

Der Taxifahrer fuhr im Schritttempo ein Stück der Strecke nach Saint-Jean-Pied-de-Port zurück, um dann die N 135 nach Roncesvalles zu erreichen. Dort verwandelte sich die abschüssige Straße in eine Rutschpartie. Schon nach zwei Kilometern rutschte der PKW ab und saß seitlich der Straße im Schlamm fest.

»*Me cago en la puta*! Verdammte Scheiße!«, fluchte er.

Er trat mehrmals auf das Gaspedal, doch der Wagen bohrte sich nur noch tiefer in den Schlamm. Der Fahrer schüttelte resignierend den Kopf und griff zum Telefon. Er fluchte erneut, offensichtlich hatte er keinen Empfang. Er stieg aus und blickte ratlos in die wolkenverhangenen Berge. Die Hartmanns sahen hilfesuchend zu Tom. Der schüttelte über das amateurhafte Fahrverhalten den Kopf.

»Also gut, alle raus, Herrschaften!«, sagte Tom in einer Art Befehlston. Er nahm eine kleine Schaufel aus seinem Zeltgepäck und legte in einer Viertelstunde die Reifen frei, während die Hartmanns vor Kälte zitternd danebenstanden. Er wies den Fahrer an, die Bodenmatten aus dem Fahrzeug zu nehmen, was der bereitwillig tat, und legte sie unter die Hinterreifen. Tom erklärte ihm in einem Sprachmix aus Spanisch,

Englisch und Deutsch, wie er das Gaspedal zu bedienen habe und dass es nur einen Versuch gebe. Dann holte er Christiane zum Anschieben dazu.

»Jetzt!«, rief er. Die Reifen drehten kurz durch, fassten, und zu zweit schafften sie es, den Wagen wieder auf die Straße zu bringen. Der Fahrer bedankte sich überschwänglich bei den beiden Helfern.

»Ich kann dir gar nicht genug danken«, sagte Johannes Hartmann zu dem neben ihm sitzenden völlig verdreckten Tom. »Du bist offensichtlich gut bei Kräften und noch besser ausgerüstet.«

Tom Rex, der Ex-Soldat und männliche Escort schwieg. Er fuhr hier nicht aus Kameradschaft mit. Als hätte der Internatsleiter und Pater, Dr. Johannes Hartmann, seine Gedanken geahnt, fragte er unvermittelt: »Du suchst bestimmt auch den großen Unbekannten, der uns all dieses zumutet, nicht wahr?«

»Das kann man so sagen.«

»Und was würdest du machen, wenn du ihn kennen würdest?«

»Ich würde ihn töten.«

Christiane Hartmann auf dem Beifahrersitz hielt die Luft an. Das Taxi hatte den Abzweig zur Hauptstraße erreicht, doch dieser war, wie sich für die Insassen schnell zeigte, ein bergab führender, gefährlicher Serpentinenweg. Immerhin fiel kein Niederschlag mehr, und die Mittagssonne schmolz den restlichen Schnee von der verschmutzten Straße, die wie Hartmann dachte, kein normaler Mensch befahren würde.

»Du denkst, weil ich der Internatsleiter bin, sei ich Servatius, richtig?«

»Volltreffer, Pater! Du musst mir nur noch sagen, woher die Videos sind – und wo sie sind.«

»Nun mal langsam, Pilger Tom, ich bin natürlich nicht Servatius. Warum sollte ich mich hier selber schikanieren?«

»Weil du am Ende bist, Pater und jetzt deine Gäste von damals in den Beichtstuhl zwingen willst. Dein Gott hat dir doch geflüstert, dass du mit diesem Ablass sündenfrei wirst – oder?«

»Alles deine Fantasien, Tom, nichts davon ist wahr.«

»Mich haben schon viele Menschen im Angesicht des Todes belogen. Ist nur eine Frage der Überzeugung, bis die kleine Wahrheit zur vollen Wahrheit wird.«

Hartmann sah plötzlich, wie in Toms Hand eine Pistole ruhte, die er liebevoll streichelte.

»Warum sollte ich das glauben, Pater?«, sagte er leise. »Das Video stammt doch eindeutig aus dem Internat. Du hast uns reingelegt, ist es nicht so? Nur zu, sprich, Pater Dr. Johannes Hartmann. Noch hast du eine Chance, Roncesvalles lebend zu erreichen.«

Christiane hörte das, drehte sich um und sah jetzt die Pistole.

»Tom, das ist nicht wahr. Wir haben wirklich keine Ahnung, woher die Videos kommen!«

»Meine Schwester sagt die Wahrheit, jetzt nimm die Waffe weg, du bedrohst den Falschen.«

Der Fahrer – inzwischen durch die erregte Diskussion misstrauisch geworden – drehte den Rückspiegel so, dass er die beiden Männer hinten besser sehen konnte.

Tom ließ die Waffe in die Hose gleiten. Hier war das Ziel nicht zu erreichen, aber er hatte sein Wild markiert und es in Panik versetzt.

»Wir beide werden uns darüber noch intensiver austauschen, Schätzchen«, sagte er zu Christiane. »Ich habe ein ganz sicheres Mittel, wie du deinem Bruder zur vollen Wahrheit verhilfst.«

Christiane spürte, wie er ihren großen Busen fixierte und schloss die Augen. Vor einer derartigen Bedrohungssituation hatte sie ihren Bruder im Internat gewarnt, doch der musste unbedingt diese unmögliche Pilgerreise mitmachen.

Das Taxi fuhr an der Abtei vor.

Tom fasste sein großes Gepäck, zielte mit zwei Fingern und einem ausgestreckten erhobenen Daumen auf die beiden und verschwand.

In den Bergen bei Orisson merkte Hunter, wie gut ihm die Pause und die kleine medizinische Selbstversorgung getan hatte. Auch Caminos Fell war wieder trocken, und der Hund wies ihm den Weg. Der Wirt hatte beim Abschied erwähnt, dass er den Hund zuvor als eher menschenscheu empfunden habe, der sei wohl nach Saint Jean gelaufen, um seinen deutschen Pilger abzuholen. An derartige Märchen mochte Hunter nicht glauben. Er spürte nur, dass dieser Hund dabei war, sein Leben positiv zu verändern.

Nach einer guten Stunde erblickte Hunter auf einigen schroffen Felsen die Marienstatue *Vierge de Biakorri.* Die von Blumen und Botschaften der Pilger umsäumte Statue in ihrem weiß-blauen Gewand und dem Christuskind auf dem Arm sah mit gesenktem Blick erhaben von ihrem Felsen über die wolkenumhüllten Berge hinaus. Der Anblick beruhigte ihn, denn dadurch wusste er, dass er sich auf dem richtigen Weg befand, zumal ihn die zahlreichen Abzweigungen verwirrten. Außerdem waren die gelben Richtungspfeile häufig an den Bäumen verblasst. Zusätzlich hatte ihn eine Gruppe irritiert, die ihm entgegengekommen war. Sollte er sich so verlaufen haben und wieder in Richtung Saint Jean marschieren? Doch wie sich herausstellte, waren es Franzosen, die mit dem Auto nach Roncesvalles angereist und auf dem Wanderweg als Rückwärtspilger nach Saint Jean unterwegs waren.

Hunter verzichtete auf eine weitere Pause, zumal auch Camino zum Pass drängte und mit ihm zahlreiche andere Pilger. Mit den versorgten Blasen lief es sich deutlich besser, er hatte seinen Rhythmus gefunden.

Hunter passierte den Rolandsbrunnen und wenig später zeigte ein Stein an, dass er nun die spanische Navarra betreten würde.

Am späten Nachmittag erreichte er am Ibañetapass die moderne Kapelle San Salvador, die den Anfangspunkt des Camino Francés markiert. Bei schlechter Sicht, hatte er in Orisson gehört, hätten früher die Mönche des Klosters Roncesvalles den Pilgern durch Läuten den richtigen Weg gewiesen. Heute ersetzten zahlreiche Apps diese Funktion. Er erkannte Hanna. Sie winkte ihm zu.

»Heilige Maria«, rief er zu ihr. »Endlich sehe ich dich einmal ohne deinen ständigen Begleiter.«

»Ich glaube, ich war ihm zu schnell! Wie geht es deinen Paddeln?«, fragte die Hamburgerin.

»Alle sechs Paddel okay!«, lachte er, auf sich und Camino zeigend.

»Dann sind wir besser dran als seinerzeit Hape Kerkeling.«

»Wieso, Frau Feldmann?«

»Nun, der war halb verdurstet am Rolandsbrunnen angekommen und fand ihn trocken vor, nicht ein Tropfen kam aus der Leitung. Die zufällig anwesende Feuerwehr pumpte mit einem Schlauch extra für ihn Wasser aus der Quelle, um ihn dann frustriert und vollkommen erschöpft im tiefsten Nebel zurückzulassen.«

»Und dann?«

»Hape träumte nur noch von seinem Bett zu Hause, doch er hielt mit ein paar kleinen Mogeleien durch.«

»Na gut, der hat's geschafft, und du?«, fragte Hunter. »Wie geht es dir?«

»Ich gebe natürlich nicht kurz vor dem Ziel auf. Sieh da unten! Dort siehst du bereits die Abtei von Roncesvalles, keine vier Kilometer! Ich hoffe, die Hartmanns haben uns ein Bett freigehalten.«

Louis Peeters und Paul Schmitts standen vor der Wahl: Entweder einen gut begehbaren Umweg über den Ibañetapass nehmen oder den direkten, steilen *Camino de fuertes pendientes* hinunter zur Abtei. Für den Brauereimanager Louis Peeters gab es die Alternative faktisch nicht. Denn seine Knöchelschmerzen waren inzwischen so stark, dass er jeden unnützen Kilometer vermeiden wollte. So entschied er sich für die Option, vor der in allen Reiseführern und zuletzt auch in Orisson gewarnt wurde. Zu viele müde Pilger waren hier im Anblick der Abtei gestürzt.

Die beiden stocherten mit ihren Stöcken im aufgeweichten Boden. Jeder Schritt war für Louis eine Herausforderung. Er setzte den Fuß im Steilhang so, dass er möglichst wenig schmerzte. Sein Freund Paul Schmitts, der ehemalige EU-Abgeordnete, ging an den schwierigen Passagen vor und reichte ihm stützend die Hand.

Dieses Mal verfehlte Louis die Hand seines Freundes, der matschige Boden glitt unter ihm weg, er stürzte mit einem Schrei den Abhang hinunter, wo er nach einigen Metern regungslos im dichten Gebüsch hängen blieb.

»Louis, Louis, bist du verletzt?«, schrie Paul hm zu.

Er bekam keine Antwort.

»Louis, antworte!«

Der kniekranke Paul drehte sich hilfesuchend um.

Gottfried Stein hatte den Sturz gesehen und auch den Schrei gehört.

Er legte seinen Rucksack ab, beugte sich über den Hang und ließ sich zum Belgier gleiten.

»Bist du okay?«

»Ich glaube, ja ... aber mein Knöchel, den hat es jetzt erwischt.«

Gottfried schaute nach oben. Paul war keine Hilfe. Allein würde er Louis nicht hochbekommen. »Ich brauche den noch heute Abend, der darf mir nicht abhandenkommen«, dachte er.

»Ich komm' zu dir runter«, hörte er den Holländer mit der roten Mütze rufen.

Es dauerte einige Zeit, bis die beiden Louis wieder auf den Hohlweg gehievt hatten. Sie halfen ihm auf die Beine.

»Danke an euch zwei Lebensretter! Das vergesse ich euch nicht!« Er tastete vorsichtig seinen Knöchel ab.

»Schaffst du das?«, fragte Paul.

»Welche Alternative hätte ich?«, antwortete Louis.

Gemeinsam schafften die vier den restlichen Steilabstieg mehr rutschend als wandernd durch den Buchenwald.

Gegen 19:00 Uhr trafen alle Pilger in der Abtei ein. Herbert von Bellheim sah den humpelnden Louis gestützt von Paul die Abtei betreten. Er war froh, dass er nicht auch den Steilabstieg gewählt hatte, denn wie befürchtet, brannten seine beiden Knie höllisch. Es grauste ihn, wenn er an den nächsten Tag dachte. Die Überquerung der Pyrenäen war schlimmer, als er es sich vorgestellt hatte. Drei Mal hatte er seine innere Stimme überwunden, die ihm soufflierte: *Hör auf – Kehre um!* Aber er hatte nicht aufgegeben, das erfüllte ihn mit Stolz. Am liebsten hätte er es an seinen Sohn geschrieben.

Hanna betrat das Abteigelände – und war beeindruckt. Das ehemalige Augustinerkloster und nun ein Pilgerhotel, bot 184 Menschen in drei großen Schlafsälen Platz. Intimsphäre würde es hier nicht geben, aber wahrscheinlich Fußpilze aller Nationen und ein Schnarchkonzert, das Tote erwecken würde. Sie schüttelte sich angewidert bei dem Gedanken und war glücklich über ihren High-Tech-Bett-Überzug, in den sie in dieser Nacht hineinschlüpfen würde.

Ohne dass es abgesprochen war, sammelte sich die Gruppe *ROSE* bei Pater Domingo.

Er fragte nach dem allgemeinen Befinden, dabei erfuhr man vom glimpflich abgelaufenen Sturz des Belgiers Louis. Der bedankte sich bei Paul und Gottfried für die Hilfeleistung und wollte das auch dem Holländer sagen, doch der schien nicht in der Herberge zu sein.

»Um 20:00 Uhr findet in der Kirche von Roncesvalles eine Pilgermesse mit anschließender Segnung der Pilger statt. Wer mag, möge gehen.« Pater Domingo ergänzte mit einem entschuldigenden Blick, dass die Teilnahme von Nichtkatholiken und Geschiedenen unerwünscht sei.

»Sehr rigoros«, meinte Herbert. »Aber die Kriterien erfülle ich.«

Pater Domingo ergänzte, dass das morgige Ziel Zubiri sei, er habe dort Betten in der *Öffentlichen Herberge* reserviert.

Danach wünschte er einen schönen Abend und ging zusammen mit den Hartmanns und Herbert zur Pilgermesse.

Die Pilger der Gruppe *ROSE* hatten Tickets der Abtei für das *Restaurant La Posada* erhalten. Hunter registrierte belustigt, dass alle weiterhin versuchten, die Anonymität zu wahren, obwohl die Gruppendynamik des ersten, so anstrengenden Tages zu einem spürbaren Wunsch nach Nähe geführt hatte. Hanna drängte es zu Hunter, Piotr zu Hanna. Paul Schmitts saß bei Louis Peeters, dem es wieder besser ging. Man war erleichtert und stolz, die nachgewiesen schwierigste Etappe auf dem *Camino Francés* nach Santiago de Compostela überwunden zu haben.

Tom fehlte, er hatte auf einer Wiese vor dem Kloster sein Zelt aufgeschlagen und sich aus einem Bundeswehr-Ein-Mann-Paket serbische Bohnensuppe auf einem Esbit-Trockenbrennstoff-Kocher zubereitet. Er war zufrieden mit dem Tag. Sein Wild würde er erlegen. Die Frage war nicht wie, sondern wann.

Louis und Gottfried trafen sich in einer kaum besetzten Bar des Ortes. Gottfried meinte: »Bevor wir anfangen, Louis – Video Off!«

Louis beruhigte ihn, dass er heute nicht auf *Recording* sei. Außerdem sei er ihm wegen seiner spontanen Hilfe heute zu großem Dank verpflichtet und wolle offen mit ihm sprechen. Er zeigte ihm ein Video aus *Maria Hilf*. Gottfried erkannte sofort, dass es nicht das zugespielte Video war.

»Kannst du dich an den Kleinen erinnern … den hier? Der hieß Jakob. Und der hier, der gerade an ihm dran ist, den kennst du auch. Das ist der kleine Dicke in unserer Gruppe, der sich Piotr nennt.«

Gottfried blieb vollkommen ruhig. »Woraus schließt du das?«, fragte er.

Louis zeigte ihm Vergleichsbilder von Menschen ohne Maske. »Tja, und das bist du, mein lieber Gottfried – oder wie immer du heißt.«

Gottfried Stein sah sich über den Parkplatz gehen, eine Maske greifen und überziehen. Das Video war offensichtlich aus einem Auto aufgenommen worden.

Gottfried Stein hatte sich für diesen Fall der Enttarnung schon vorab entschieden. Er musste die Initiative ergreifen. Durch einen Treffer in seinem Netz hatte er Louis bereits in Orisson identifiziert. Der Mann war schlichtweg unvorsichtig, nicht seine Ebene. Es war ihm im Augenblick auch egal, ob Louis der geheimnisvolle Servatius war oder nicht, Louis hatte äußerst gefährliches Material gegen ihn in der Hand. Wie er jetzt im Gespräch eher nebenbei erfuhr, besaß auch sein Freund Paul die Aufzeichnungen.

»Also gut, Louis Peeters, kommen wir zum Geschäft.« Gottfried genoss den Schreck seines Gegenübers, als der seinen vollen Namen hörte, und holte weiter aus: »Louis Peeters in einem hübschen Managerjob auf stetiger Jagd nach Großkunden und als fette Kellermaus im Netz nach kleinen Jungen.«

Louis Peeters erhob sich halb und beugte sich zu Gottfried. »Bist du ein Bulle? Sag sofort, dass du ein Bulle bist!«

»Nein, Louis«, sagte Gottfried, beruhigend die Hände hebend. »Dann wäre das hier deine erste und letzte Etappe gewesen.«

Er zog seinen Personalausweis hervor und gab ihn Peeters. Der studierte ihn intensiv und setzte sich wieder.

»Gottfried Stein ... aha, und du wohnst ... wo ist das Kaff?«

»Bei Hannover.«

»Und dein Name ist echt?«

»So echt und wahr wie du Louis Peeters heißt und in Lüttich wohnst.«

Louis war über diese Zusatzinformation nicht mehr geschockt. Der Deutsche wusste vermutlich noch viel mehr. Louis gab ihm den Ausweis nervös zurück. Stein versuchte ihn zu beruhigen.

»Wir arbeiten beide in der gleichen Branche, Louis, du sollst wissen, dass ich in Deutschland ganz große Strippen ziehe.«

Peeters blieb misstrauisch. »Welche?«

»Ich betreibe ein Portal, in dem ich Frischfleisch anbiete – rund um die Uhr.«

Louis trank einen großen Schluck *San-Miguel*-Bier. »Bei mir zu Hause schmeckt das Bier besser.«

Gottfried Stein grinste: »Du stellst es ja auch selbst her.«

Der Produktionschef und IT-Manager einer der weltweit größten Brauereien wunderte sich über nichts mehr. »Du machst mich neugierig, sehr neugierig, Pilger Gottfried Stein.«

»Den habe ich ja gut an der Angel«, dachte Gottfried, aber er ließ sich seinen Erfolg nicht anmerken.

»Also dann dein Angebot, Gottfried.«

»Ich habe einen Ring aufgebaut, in dem schwangere Frauen Kinder im Auftrag von pädophilen Männern gebären.«

»Das ist ja mal eine ganz neue Variante. Was sind das für Frauen?«

»Gekaufte Frauen aller Art und jeglicher Herkunft. Ich habe auch Männer, die gezielt ihr eigenes Kind im Ausland zeugen, um es dann anzubieten. Es gibt sogar Leihmütter in der Kartei. Alles ist möglich, lieber Louis, Hauptsache das Produkt stimmt am Ende.«

»Wo bekommst du die Weiber her?«

»Aus Osteuropa, zunehmend aus Afrika und neuerdings von Schlepperorganisationen. Die Mädels tun alles, um in die Festung Europa zu kommen.«

»Das ist ja unfassbar!«

»Richtig, Louis, aber gerecht. Diese Frauen können nur gewinnen. Zu Hause werden sie vergewaltigt und mit dem Kind chancenlos gelassen. Bei uns werden sie im Asyl liebevoll zur Mutter gemacht und bezahlt. Viele Frauen sind ganz verrückt danach und wollen das Geschäft mehrmals machen.«

»Das ist ja zu schön um wahr zu sein. Wer hat die Rechte in diesem Markt?«

»Nach der Geburt verzichtet die Mutter auf alle Rechte, der Vater oder Erwerber gibt die Rechte an die Organisation ab. Er erhält für diesen Deal einen Ausgleich und für die Versorgung des Kindes Unterhalt. Dem Mann steht selbst das Kind zur freien Verfügung ... du weißt schon wofür.«

»Eine echte Win-Win-Situation«, meinte Louis beeindruckt. Er hatte alle vorstellbaren Varianten der Kinderprostitution erlebt, aber das Modell einer gesicherten Bereitstellung von Nachwuchs, ohne ständig selbst auf die Suche gehen zu müssen, klang verlockend.

»Wie viele Kids hast du am Laufen?«

»Fünfundzwanzig«, log Stein fistelnd. »Beginnend ab drei Monaten.«

»Und wieviel schwangere Frauen?«

»Aktuell einhundertzehn. Das Interesse im internationalen Markt ist gewaltig. Der einzige Verzögerungsgrund ist die neunmonatige Schwangerschaft.«

Der Belgier war sprachlos, er war sich sicher, dass der Deutsche einer der ganz Großen im Geschäft war.

»Hast du eine Kostprobe dabei?«

Stein dreht sich nach unerwünschten Beobachtern um und zeigte ihm über den Tisch reichend zwei kleine Videos. Eines von einer Leihmutter aus Zypern und ihrem Geborenen, das zweite von einem jungen Mann, dem biologischen Vater, der sein Baby vergewaltigte. Stein verschwieg, dass der erste Clip aus einem Prozess vor dem Landgericht Berlin aus dem Vorjahr stammte, mit dem er nichts zu tun hatte, der zweite war eine alte Datei, die längst verbrannt war.

Stein zog die Hand mit dem Handy wieder zurück. Louis stöhnte, zulange war er schon auf Entzug.

»Ich bin beeindruckt, Pilger Gottfried. Also, wie kommen wir zusammen?«

»Auf hoher Ebene, Louis, auf sehr hoher Ebene, so wie es deinem Stand entspricht.«

»Bitte konkreter.«

»Mein Angebot: Du wirst ein Fünfzig-Prozent-Partner bei mir für einen Einstand von zehn Bitcoins. In nur einem Jahr werden deine Einnahmen verzehnfacht sein. Ich mache jedes Jahr zwei Millionen Euro … steuerfrei«, grinste er.

»Und die erwünschte Gegenleistung?«, fragte Louis.

»Die kennst du, Kollege.«

»Du möchtest das dich belastende Material haben und die Garantie, dass es keine weiteren Kopien gibt.«

»Ich hätte es nicht besser sagen können.«

Louis war von der Vision längst so angetan, dass er weitere Vorsichtsmaßnahmen außer Acht ließ, obwohl der Deutsche zu viel über ihn wusste. Aber er ebenso. Sie hatten sich gegenseitig in der Hand, eine typische Patt-Situation. Der

Einstand von zehn Bitcoins war kein Thema, die sportliche Gewinnerwartung eher. Doch Geld war für ihn gemessen am gesicherten und gefahrlosen Zugang zu frischen Jungen nachrangig.

Gottfried sah hinter der Stirn seines Gegenübers, wie dessen Geilheit überhandnahm.

»Gut, Gottfried, ich trete ein. Die Einzahlung ist kein Thema … wenn es soweit ist.«

»Okay, Partner Louis, wie läuft das mit der anderen Gegenleistung?«

Louis zog bedeutungsvoll einen USB-Stick hervor. »Das ist eine Kostprobe meiner Dokumentation, die volle Ladung bekommst du mit deiner ersten Lieferung. Zug um Zug, Partner!«

Er würde eine Kopie der Videoaufnahmen als Sicherheit behalten, was seinem neuen deutschen Partner natürlich klar sein musste. Im schmutzigen Netz gab es kein Vertrauen.

Gottfried nickte, er hatte ihn fest an der Leine.

Sie vereinbarten den nächsten Kontakt nach Rückkehr von der Pilgerwanderung in Brüssel und diskutierten über jene unbekannte Person, die sich *Servatius* nannte, über deren mögliches Motiv und Absicht. Eine Lösung fanden sie nicht. Sie waren sich jedoch einig, dass sie wohl bis Burgos durchhalten mussten, um das herauszubekommen.

Kriminalkommissarin Heike Rauch informierte Hunter an diesem Abend über neue Dossiers. Peeters und Schmitts seien unauffällig, aber einen Treffer hätte es bei *Tom* ergeben, der Tom Rex heiße. Er sei wegen rechtsextremen Verhaltens und Munitionsdiebstahl aus der Bundeswehr entlassen worden, hätte eine Vorstrafe wegen sexualisierter Gewalt gegen Kinder und sei als impulsiv gesteuert eingestuft, sie mögen sich vor ihm unbedingt in Acht nehmen. An den anderen Personen werde noch gearbeitet, an Johannes Hartmann ohnehin.

Hunter hatte keine Ahnung, in welchem der großen Schlaf-säle Hanna heute ihr Bett gefunden hatte. Sollte sie ein Pro-blem bekommen, würde sie ihn alarmieren.

Bevor er todmüde ins Bett fiel, besuchte er noch einmal seinen kleinen Freund Camino im Innenhof, der so einge-packt lag, wie er ihn verlassen hatte. Er streichelte ihn und wünschte ihm *Buenas noches*. Camino blickte ihn mit einem Auge unter der Decke an und schloss es wieder.

ETAPPE 2: ZUBIRI

– Pax Christi –

Während in Roncesvalles etwa einhundertachtzig Pilger ihr Frühstück einnahmen, betrat Heike Rauch in Wiesbaden den BKA-Cybergrooming-Raum, in den ein Kollege sie gebeten hatte.

»Hi, Heike, Servus, komm, setz dich. Wie geht es dem Pilger und seiner attraktiven Begleitung?«

»Trotz Blasen an den Füßen offensichtlich gut. Sie frühstücken gerade, ihre Identität ist den anderen nicht bekannt, und die beiden wurden bisher auch nicht als Team erkannt, so glaubt Hunter jedenfalls. Also alles nach Plan.«

»Ich nehme an, Heike, du wartest dringend auf die Anmeldeliste aus dem Hotel?«

»In der Tat, aber ich rechne damit erst in einigen Tagen. Bis unsere Anforderung über Paris in das kleine Hotel geht und zurückkommt, wird es dauern.«

»Wir sind vielleicht schneller, Heike. Da unten hat sich doch einer von denen als *Gottfried* vorgestellt, und Hunter hat uns freundlicherweise ein Bild von dem geschickt.«

»So ist es«, bestätigte Heike.

»Der Name *Gottfried* kommt in Deutschland so oft nicht vor, etwa zehntausend Mal. Wir haben in unserer Datenbank acht Einträge mit dem Vornamen Gottfried, die vorbelastet sind. Keiner von denen kommt infrage. Die acht bösen Gottfrieds sitzen entweder ein oder halten sich in Deutschland auf. Auf jeden Fall ist aktuell keiner von denen in Saint-Jean-Pied-de-Port oder in Roncesvalles.«

»Dennoch hast du eine Spur, sonst würdest du mich nicht mit meinem Kaffee in deine heiligen Hallen bestellen«, meinte Heike.

»Richtig, Kollegin. Du erinnerst dich doch an die Panne in der Polizeidirektion Göttingen, wo wir reingelegt wurden.«

»Na, klar, ich erinnere mich sehr gut. Das verlorene Geld in der *Operation Praline* zahlt jetzt der Steuerzahler.«

»Wohl wahr«, meinte der Kollege. »Mich interessiert jedoch mehr, was danach passierte. Es gab einen Hackerangriff auf das Netz der Polizeidirektion, jemand von außen las in der *Operation Praline* mit, von Anfang bis Ende.«

»Wie peinlich ist das denn!«, sagte Heike kopfschüttelnd. »Erst legt er uns rein, und dann erfreut er sich auch noch an unserem Misserfolg.«

»Leider ja, doch dieses Mal machte unser Gegner einen Fehler, nur einen ganz kleinen, unsere Computer waren schneller als er. Der Hacker ist ein Gottfried, Gottfried Stein. Schau hier, dieselbe Person, die Hunter mit Video aufgezeichnet hat. Der Typ ist IT-Berater, polizeilich komplett sauber, was nichts heißen muss. Ihr solltet diesen Gottfried in eurer *Camino Task Force* genau unter die Lupe nehmen.«

»Davon kannst du ausgehen«, erwiderte Heike hocherfreut über diesen ersten Ermittlungserfolg.

»Glaubst du, dass der Betreiber von *Operation Praline* und der Hacker ein und dieselbe Person sind?«

»Bewiesen ist das noch nicht, Heike, aber es riecht gewaltig danach. Gottfried Stein musste außerdem sehr gute Gründe gehabt haben, die Einladung zum Pilgern anzunehmen, was ebenfalls dafürspricht, dass er so richtig Dreck am Stecken hat.«

»Tolle Entwicklung, nach zwei Tagen!«, meinte Heike, »Dann könnte unser Wunsch aufgehen, dass wir es bei Stein nicht nur mit einem *Cold-Case* aus *Maria-Hilf*-Zeiten zu tun haben, sondern vielleicht mit einem heißen.«

»Das wünsche ich euch, Heike, schnappt den Kerl oder besser die ganze Bande! Also, wie sagt man da unten? *Buen Camino*!«

Während Heike wieder in ihr Büro ging, dachte sie an den ständigen Erfolgsdruck in der kriminalpolizeilichen Arbeit, besonders wenn die Zeit davonlief. Jeder ihrer Kollegen litt, wenn ein heißer Fall nach einem Jahr erfolgloser Ermittlungen zu einem kalten wurde, alle Mühe vergebens. Die Beweislage reichte nicht aus, der potentielle Täter kam frei. Manche Kollegen schleppten den Frust mit nach Hause. Die Akte war geschlossen, aber der Kopf arbeitete weiter. Von diesen ungeklärten Fällen der Schwerkriminalität gab es Hunderte, vielleicht Tausende. *Maria Hilf* war ein solcher abgelegter *Cold-Case*. Heike dachte dabei an die missbrauchten und in der Internatszeit verstorbenen Kinder. »Wartet ... euer Fall ist nicht vergessen ... Wir sind zurück!«

Heike trommelte die Task Force zusammen und informierte das Team auf dem Jakobsweg über die neuesten Entwicklungen.

Hunter las die Nachricht beim gemeinsamen Pilgerfrühstück. Für ihn änderte sich erst einmal gar nichts, außer, dass er nun wusste, dass Gottfried Stein mehr als ein unbescholtener IT-Berater war. Die Steinchen im Mosaik der Missbrauchsgruppe *ROSE* bekamen zunehmend ein Gesicht, und das Steinchen Gottfried war gerade zu einem ziemlich großen Stein mutiert.

Camino war außer sich vor Freude, als Herrchen mit dem Napf erschien. Die anderen Pilger nahmen von den beiden kaum Notiz, sie waren in Eile. Wanderstöcke klapperten im riesigen Innenhof, Pilgergruppen liefen hinter einem Schild her, einige sangen christliche Lieder.

Hunter hatte Mühe, Hanna ausfindig zu machen. »Camino und ich sind bereits auf dem Weg«, schrieb er ihr. Der Reiseführer veranschlagte für die Strecke nach Zubiri etwa viereinhalb Stunden. Hunter war sicher, dass die Gruppe *ROSE* nach dem ersten anstrengenden Tag mehr Zeit benötigen würde, zumal der Regen der Nacht die unbefestigten Wege bereits wieder unter Wasser gesetzt hatte. Die Schuhe waren in der Nacht kaum trocken geworden, das aber war jetzt auch egal, es gab keine Alternative.

Hunter und Camino verließen Roncesvalles auf einem Waldweg. Ein paar hundert Meter weiter passierte er ein mittelalterliches Pilgerkreuz und sah die beiden Hartmanns vor sich. Sie liefen erstaunlicherweise nicht zusammen, die beiden hatten offensichtlich ein internes Problem. Hunter überholte beide und konnte sich gut vorstellen, was in Hartmanns Kopf vor sich ging.

Der Pater, Leiter eines Eliteinternates, Missbrauchstäter, Missbrauchsorganisator und jetzt ein von seiner eigenen Vergangenheit Gehetzter, war nun am dritten Tag mit ihm unterwegs, von dem der nur wusste, dass er Gerd hieß. Schon gar nicht konnte ihm bewusst sein, dass der unbekannte Gerd dabei war, ihn zu durchleuchten und besonders an seiner jüngsten Vergangenheit interessiert war.

Hunter kannte alle Verbrechen dieser Welt, doch keines ging ihm persönlich so unter die Haut wie der sexuelle Missbrauch eines Kindes, der nach seiner Schätzung in Deutschland einhundert Mal erfolgte – am Tag. Unter diesem Aspekt sah er jeden dieser Achterbande. Wenn auch nur einer der anderen fremden Pilger ahnen würde, in welch abartiger Gruppe er hier auf dem Jakobsweg lief, er würde entsetzt davonlaufen. Der übliche Pilger suchte hier irgendwo und irgendwie sein Ich oder wenigstens etwas davon. Er, Hunter, suchte von Etappe zu Etappe den menschlichen Abschaum. Acht fragwürdige Gestalten in zehn Etappen bis Burgos waren das Ermittlungsszenario. Jeder Tag konnte neue Erkenntnis bringen. Würde es ein Schweigemarsch werden oder würde die Dynamik ihre Ventile suchen, wie er hoffte? Im BKA standen die Namen mit Fotos und den ersten Beziehungsgeflechten an der Wand. Rechts daneben gab es die Spalte „Motiv". Noch war sie leer. Am liebsten würde er sich jeden einzelnen Täter proaktiv vorknöpfen. Doch Geduld war angesagt. Seine Gedanken verliefen sich allmählich bei dem Blick in die Landschaft, mit dem Gelb und Weiß der Felder, den Schäfchenwolken am blauen Himmel und verloren sich im Gezwitscher der Vögel auf den Bäumen, die tunnelartig den Jakobsweg umschmiegten. Hunter lief und lief, als wollte er dadurch seinem Ziel schneller näherkommen. Eine Karte benötigte er hier nicht, die gut sichtbaren gelben Pfeile auf den Steinen und Baumrinden wiesen die Richtung.

Er war so in Gedanken vertieft, dass er Gottfried Stein beinah übersah, der sogleich das Gespräch suchte.
»Wollen wir zusammen wandern, Gerd?«
»Meinetwegen, aber ich sage dir gleich, ich bin heute nicht sehr gesprächig.«
»Ich finde den Jakobsweg hier wunderschön«, meinte Gottfried nach einer Weile.
»In der Tat«, antwortete Gerd knapp.
Sie erreichten ohne ein weiteres Gespräch den menschenleeren Ort Burguete. Gottfried sah auf die weiß verputzten, klobigen Steinhäuser mit den zumeist roten oder grünen Fensterläden und den ziegelgedeckten Walmdächern. Die beiden schweigsamen Wanderer passierten das bekannte *Hostal Burguete*.
»Hierhin soll sich übrigens Ernest Hemingway gelegentlich zurückgezogen haben, wenn es ihm in Pamplona zu laut wurde«, versuchte Gottfried das Gespräch noch einmal in Gang zu bringen.
»Aha«, meinte Gerd.
Über die dicken Mauern des Hostal hinweg breitete sich der Duft von Eintopf aus.

»Die Lieblingsspeise des Dichters«, meinte Gottfried. »Heiß servierter Gemüseeintopf sowie eine mit Speck umwickelte Forelle.«

Sein Mitwanderer blieb weiterhin stumm.

Der unbefestigte, matschige und bergige Weg hinter Burguete verlangte nun die ganze Aufmerksamkeit der beiden. In der Ortschaft Espinal gab Gottfried schließlich den Versuch auf, diesen Gerd zu analysieren. Er entdeckte Paul an einer Bar, jedoch dieses Mal ohne seinen ständigen Begleiter Louis.

»Ich mache eine Pause, also dann, *Buen Camino*, Gerd.«

»Ebenso«, antwortete sein Mitläufer.

Hunter war davon überzeugt, dass er diesen Stein durch den gemeinsamen Schweigemarsch nur noch neugieriger gemacht hatte. Der würde irgendwann unvorsichtig werden. Die Neugierde, wusste er, war für viele Menschen nicht auszuhalten.

Am Ende des Ortes sah er weitere Mitglieder der Gruppe *ROSE* an einer Bar sitzen. Herbert, von dem er nun wusste, dass er Herbert von Bellheim hieß, rieb seine Knie ein. Pater Domingo saß am nahegelegenen Brunnen und sprach mit dem Holländer, der wieder seine rote Mütze als sein unübersehbares Markenzeichen trug.

Hunter entschloss sich, nach den bewältigten sieben Kilometern ebenfalls eine kurze Pause zu machen – aber ohne irgendeine Begleitung. Er spürte, dass dies ein Tag der Meditation für ihn werden würde.

Vor der Kirche mit einem langen Kreuz auf dem hohen, weißen Giebel setzte er sich auf eine Stufe und band seine Schuhe fester, die allmählich trocken wurden. Er gab dem Hund Wasser und wies ihn an vor der Tür zu bleiben. Er betrat die Kirche, in der zwei Pilger für einen Tagesstempel anstanden. Hunter reihte sich ein und bekam nach Saint-Jean-Pied-de-Port und Roncesvalles nun seinen dritten Stempel für den Pass seiner Enkeltochter Marta und für Camino. Er setzte sich auf eine Kirchenbank und blickte auf einen modern gestalteten Altar mit einer Reihe von Figuren – Jesus inmitten seiner Jünger.

Die Dorfkirche von Espinal war dem Apostel Bartholomäus geweiht, doch das interessierte Hunter weniger. Sein Blick blieb an einem Jungen haften, der seitlich vor ihm in der äußersten Ecke saß und seinen Kopf in beiden Händen vergraben hatte. Hunter überlegte, was in ihm, den er auf dreizehn Jahre schätzte, vorgehen könnte. Der kleine Mann hatte offenbar Kummer, was für einen Kummer? Vielleicht war auch hier Missbrauch im Spiel? Hunter empfand sich für einen Moment als paranoid, dass er inzwischen jede Begegnung auf dem Jakobsweg mit Missbrauch assoziierte. Und doch konnte er nicht verhindern, dass er den Jungen vor sich mit jenem kleinen Jakob verglich, von dem in den Berichten immer wieder die Rede war. Er sah auf den schwarzen Wuschelkopf und sprach leise zu dem Kreuz: »Du verlogene christliche Kirche, die du immer noch die schützende Hand über den Missbrauchstäter hältst. Du, die du nur unwillig nach und nach unter dem gesellschaftlichen Druck nachgeben kannst … Du hast mit meinem liebenden Gott nichts, aber auch gar nichts zu tun … Du predigst Wasser und trinkst selbst Wein …« Mit einem kurzen Blick auf den Jungen verließ er die Kirche und den Ort Espinal.

Inzwischen hatte er seinen Begleiter Camino schon viel besser kennengelernt. Der Hund war klug und selbstbewusst und angesichts der fehlenden Erziehung erstaunlich leicht zu führen. Wenn andere Hunde am Straßenrand bellten, bellte er zurück. Wenn jedoch ein Hund auf die Straße sprang und ihn angriff, das geschah seit Roncesvalles häufig, ergriff Camino die Flucht und war dankbar, dass Herrchen ihn mit dem Wanderstock verteidigte.

Auch Hanna genoss es, allein zu wandern, es reichte ihr, einige Menschen in den Dörfern zu sehen, die die Wanderer nicht beachteten. Sie lief endlich über einen gut begehbaren Weg, der sich durch eine karge Landschaft schlängelte, hörte die Glocken der Ziegen, das Zwitschern der Vögel, roch den Rauch aus den Kaminen einer nahen Ortschaft und fühlte den weichen Wind der Navarra im Gesicht. Hanna spürte, dass der Weg zunehmend zu einer Reise durch ihr Leben wurde. Ihre behütete Kindheit, der erste Kuss, die Geburt der Tochter, ihre erste investigative Reportage im renommierten Nachrichtenmagazin, die Enttäuschung über Kurt, der das Abenteuer der Familie vorgezogen hatte. Wie würde es weitergehen? Allein bleiben im Alter von 45 Jahren? Nein, sie sehnte sich nach Anlehnung und Verlässlichkeit, nach jemandem, mit dem man zusammen alt werden konnte.

Vor ihren Augen wirbelte ein Schmetterling. Überhaupt, wo sie ging, flogen Schmetterlinge. Wenn sie den Weg kurz verließ, waren sie verschwunden. Sobald sie zu den gelben Pfeilen zurückkam, waren die kleinen, bunten Falter wieder da. Sie wurde von Schmetterlingen über den Jakobsweg geführt. Hanna blieb stehen, weil sie glaubte, ein Schmetterling habe kurz ihr Lid gestreift, aber es waren Tränen. Das Weinen ging in ein Schluchzen über. Sie ließ die letzte Barriere fallen und heulte hemmungslos. Sie wusste nicht warum, sie spürte nur, dass die Magie des Jakobsweges sie vollkommen eingefangen hatte und ihr das investigative Mandat auf diesem Weg vollkommen gleichgültig war. Sie erlebte sich nah, wie lange nicht mehr.

Hunter erreichte die Passhöhe von Erro und konzentrierte sich auf den ansteigenden, wieder schwierigen Weg, denn es begann leicht zu regnen. Er dachte an seine Frau, die er bis zum Tode gepflegt hatte, an die große Erleichterung, als das dreizehnjährige Enkelkind Marta bei ihm für ein Jahr einzog. Seine Tochter hatte ihn für die Dauer ihres Studienjahres in China darum gebeten. Er stapfte durch den Regen, der ihn zu seiner Überraschung überhaupt nicht mehr störte.

Der aufgeweichte Weg nach Zubiri hinunter wurde steiler und noch rutschiger. Plötzlich rannte Camino los, verschwand, um sich dann bellend zu melden. Hunter ahnte, dass der Hund etwas gefunden haben musste. »Vermutlich ein totes Tier«, dachte Hunter. Er beugte sich über die Böschung und sah in etwa fünf bis sechs Metern einen Menschen regungslos in Sträuchern hängen. Der Rucksack hing noch an seinem Rücken. Camino sprang hinunter und bellte den Verunglückten aufgeregt an, doch der rührte sich nicht. Hunter stockte der Atem, er erkannte den kleinen, schmächtigen Mann aus der Gruppe *ROSE*. »Louis ... voller Blut ... das sieht gar nicht gut aus ...«, dachte er.

Er blickte sich nach Hilfe um, niemand war in der Nähe. Es schien, als hätte der einsetzende Nebel alle Pilger verschluckt. Hunter hangelte sich hinunter, prüfte den Puls von Louis, zog dessen Augenlid hoch, um Gewissheit zu haben: Louis war tot! »Das gibt es doch nicht. Wie ist das bei der geringen Falltiefe möglich?«

Automatisch behandelte er die Unfallstelle wie einen Tatort. Er durchsuchte die Taschen des Toten, fand dessen Ausweis mit dem Namen *Louis Peeters*, fotografierte ihn und ein paar andere Dokumente und steckte sie wieder in dessen Tasche. Am Kragen der Jacke fiel ihm eine kleine Kugel auf. »Der läuft wie ich mit einer Kamera herum!«

In der Hose des Toten steckte dessen Handy, kurzentschlossen nahm er es an sich. Er blickte nach oben. Auf dem Jakobsweg blieb es ruhig.

Nun betrachtete er den Unfallort eingehender. Der Pilgerstock lag neben dem Toten. Natürlich war es möglich, auszurutschen, zu stolpern, um dann hier zu landen, zumal der geschwächte Louis bereits einen Tag vorher schon einmal in den Büschen gelegen hatte. »Der muss früh aufgestanden sein, um mit seinem verletzten Knöchel so weit zu kommen«, dachte er.

Hunter schaute sich den Toten genauer an. Wer abstürzt, sichert sich intuitiv mit den Händen. Louis Hände waren aber vollkommen sauber, kein Schmutz. Aber der Hinterkopf sah schlimm aus, teilweise zertrümmert. Hunter durchsuchte den Hang. Steine, die die Verletzung hätten bewirken können, sah er nicht. Merkwürdigerweise war nicht ein einziger Zweig umgeknickt. Hätte er sich festgehalten, wären die Hände mindestens verschrammt gewesen. Louis konnte also nicht abgerutscht, sondern musste in einem hohen Bogen hier unten aufgeknallt sein.

»Woher kommt dieser Salto Mortale? Selbstmord? Nein. Das hier ist kein Ort für einen erfolgreichen Suizid.«

Hunter stand grübelnd vor dem Toten und suchte nach weiteren Hinweisen. Es war eindeutig, dass hier eine zweite Person im Spiel gewesen sein musste. Totschlag oder Mord. Alles andere wäre unlogisch. Er trat einige Schritte zur Seite und stieß dabei auf etwas Hartes, ein Stück Holz. »Ein Pilgerstock, ein zweiter Pilgerstock! Interessant! Zufall oder eine Tatwaffe?«

Der Kriminalhauptkommissar umwickelte den zweiten Pilgerstock mit einem Taschentuch und hob ihn vorsichtig hoch. Er war dem Pilgerstock des Opfers sehr ähnlich, kein üblicher Trekking-Stock, sondern ein touristischer Holzstock, wie man ihn in den Läden entlang des Jakobsweges kaufen konnte. Der Knauf war mit Blut und Haaren versetzt. »Das ist es! Also wurde Louis Peeters mit diesem Stock vom Leben in den Tod befördert.«

Hunter drehte den Knauf und sah ein graviertes *P*. *P* wie Peeters.

»Kann es sein, dass dieser zweite Pilgerstab doch zu Peeters gehörte? Lief der eventuell mit zwei Stöcken?«

Hunter verwarf den Gedanken angesichts des Blutes und der verklebten Haare am Knauf. Er nahm eine Haarprobe von Peeters an sich, fotografierte den Tatort und hörte plötzlich Stimmen. Schnell steckte er die mutmaßliche Tatwaffe unter seinen Poncho und kletterte begleitet vom bellenden Camino nach oben.

»Was ist denn da passiert?«, rief jemand. Hunter erkannte die Stimme mit dem holländischen Akzent und sah den Mann mit der roten Mütze hinunterschauen. Hinter ihm hockte Pater Domingo.

»Warte, ich helfe dir hoch«, rief der Holländer.

»Ich komm' schon klar, danke!« Hunter brauchte eine Hand, um die Tatwaffe unter seinem Poncho zu sichern. Der Holländer sah nach unten. »Haben wir den nicht schon gestern einmal aus den Büschen gezogen?«

»Stimmt, der Mann dort unten ist Louis«, erwiderte Hunter.

»Mein Gott, Louis? Bist du sicher?«, fragte der Pater.

»Ja, sehr sicher.«

»Dann müssen wir einen Notarzt alarmieren, für Unfälle auf dem Jakobsweg steht ein Rettungshubschrauber bereit!«

»Eine Rettung ist nicht mehr nötig, Pater, ich denke, Louis ist tot.«

Pater Domingo schlug entsetzt die Hände vor das Gesicht und bekreuzigte sich.

Andere Pilger kamen hinzu. Sie wiesen aufgeregt nach unten, fotografierten die Absturzstelle, und in wenigen Minuten ging das Bild von einem verunfallten, toten Pilger durch die sozialen Netze. Nach und nach trafen auch andere Mitglieder der Gruppe ROSE am Unfallort ein.

»Wer ist es?«, rief Paul Schmitts ahnungsvoll.

Hunter nickte bedauernd und überließ es dem Holländer, den kollabierenden Paul aufzufangen.

»Ich habe ihm nach dem Unfall gestern gesagt, er möge heute nicht laufen, aber er wollte es unbedingt – und dann auch noch allein«, stammelte Paul.

»Mein Gott«, meinte Johannes Hartmann, »das ist ja entsetzlich. Ich muss hinuntergehen und ihm den letzten Segen geben.«

Doch Pater Domingo war längst auf dem Weg nach unten, während der Holländer die neugierigen Pilger klar und unmissverständlich anwies, weiterzugehen. Hunter fragte sich erneut, wer dieser Mann sei. Das würde er im Anschluss klären.

Während der Pater den Toten mit leisen Segensworten verabschiedete, schaute sich Hunter um. Von der Gruppe fehlten nur zwei, Tom und Piotr. Das hieß erst einmal gar nichts, der Mörder konnte auch in der Nähe gewesen sein.

»Vielleicht hatte ihm die Zeit gefehlt, die Tatwaffe heraufzuholen, vielleicht bin ich ihm auch dazwischengekommen«, dachte er. »Wie auch immer. Wir haben einen Mord in der Gruppe *ROSE*. Irgendjemand hat ein riesiges Problem mit Louis oder der mit ihm ...«

Da hier unmöglich ein Leichenwagen vorfahren konnte, blieb der Hubschrauber die einzige Option für den Abtransport. Pater Domingo bot an, bis zur Ankunft des Hubschraubers bei dem Toten zu bleiben, auch wolle er Paul Schmitts Beistand leisten, der neben seinem Freund hockte und sich in einem schockähnlichen Zustand befand.

Der Hubschrauber traf wenig später ein, mit ihm zwei Polizeibeamte. Hinzugekommene Pilger fotografierten die Bergung und den Abtransport. Hunter sah, dass hier nichts mehr zu tun war. In Deutschland hätte er den Tatort abgesperrt und Personalien aufgenommen. Korrekterweise müsste er nun der spanischen Polizei seine Erkenntnisse mitteilen und ihr die wahrscheinliche Tatwaffe aushändigen. Aber zu diesem

Zeitpunkt verzichtete er darauf. Der Mann war tot, und es ging in dieser abartigen Gruppe um noch viel mehr, als um diesen möglichen Mord.

Er nahm dabei billigend in Kauf, dass er sich bei seinen privaten Ermittlungen nicht auf deutschem Boden befand. Der Tote war zudem ein Belgier. Die Sache ging ihn allenfalls als Zeuge etwas an, nicht aber als deutscher ermittelnder Beamter. Wahrscheinlich würde die örtliche Polizei erst einmal auf einen Unfall tippen. Bis die spanische Polizei nach dem Notarztbefund kriminalpolizeiliche Ermittlungen aufnehmen würde, verginge wertvolle Zeit und der Mörder wäre gewarnt. So kam es ihm sehr gelegen, dass hier alles wie ein Unfall aussah und seine privaten Ermittlungen nicht gestört wurden.

Er zog seinen Rucksack über, schaute erfolglos nach dem Holländer und wanderte nach Zubiri hinunter. Hanna folgte ihm. Niemand von der Gruppe war in der Nähe, eine gute Gelegenheit für einen Informationsaustausch mit der Kollegin.

»Mord?«, fragte sie.

»Definitiv.«

»Wow! Wer ist es deiner Meinung nach?«

Er schaute sie verschmitzt über seine Nickelbrille an.

»Auf wen würdest du tippen, Kommissarin Maria?«

Sie überlegte. »Sein Freund, Paul Schmitts? Schwer zu sagen. Ich kenne die beiden nicht. Nur ungewöhnlich, dass die heute nicht zusammen wanderten.«

»Guter Punkt.«

»Bellheim, nein, der sieht nicht wie ein Mörder aus, der macht so etwas nicht.«

»Auch sanft aussehende Pädophile können gewalttätig sein«, meinte Hunter.

»Dann Tom Rex, ja, dem brutalen Typ traue ich das zu. Aber warum erschlägt er Louis Peeters?«

»Womit wir bei der Erkenntnis wären, dass es nicht auf das Aussehen ankommt, sondern auf das Motiv. Und weiter, liebe Kollegin?«

»Gottfried Stein? Kann sein. Aber das ist auch so ein Sanftmütiger. Ich hatte nicht den Eindruck, dass die beiden sich kannten.«

»Kann ich bestätigen. Wen haben wir noch?«

»Meine Klette, ebenfalls nicht einzuschätzen.«

»Denke ich auch. Interessanterweise waren dieser Russe ...«

»... Piotr ...«

»Ja, der Piotr und auch Major Tom nicht am Tatort, als wir alle dort zusammenkamen.«

»Habe ich gar nicht mitbekommen, wirklich merkwürdig.«

»Da muss einer gezielt ausgeholt haben, Hanna, und zwar nicht im Zweikampf, sondern überraschend aus dem Hinterhalt.«

»Dann haben wir noch die Hartmanns«, folgerte sie weiter »Aber die pilgerten definitiv hinter mir und hatten ihre eigenen Probleme, sie hat permanent auf ihren Bruder eingeredet.«

»Hattest du mal mit diesem Holländer Kontakt, Hanna? Du weißt, der mit der roten Mütze. Der Typ ist immer da, wenn es brennt.«

»Nicht wirklich, aber ich kann ihn gern einmal antesten.« Sie sah ihn an. »Glaubst du, dass er ebenfalls einen Brief bekommen hat und sich vielleicht nicht zeigen will?«

»Alles ist möglich, Hanna. Da gibt es noch andere Ideen ...«

»Wen hast du von unserer Gruppe im Auge? Du bist doch der Profi.«

»Wo warst du eigentlich, Maria?«, fragte er, sie prüfend anschauend.

»Du machst Witze, Hunter! Unterlass' diesen Unsinn. Ich erwarte bitte mehr Ernst und Professionalität.«

»Nun gut. Am Tatort habe ich einen zweiten Pilgerstab gefunden. Mit dem ist der kleine Louis erschlagen und in den Abgrund geschleudert worden. Der Hinterkopf ist zertrümmert. Folgerung, der Täter war auf einen einzigen tödlichen Schlag aus. Das ist Mord, Hanna, klassischer Mord gemäß § 211 Strafgesetzbuch, sofern der Täter ein Deutscher war. Offensichtlich hat der Mörder dann den Halt verloren, und sein Pilgerstab flog ihm aus der Hand.«

»Wo ist dieser Stock? Das musst du alles der spanischen Polizei sagen.«

Er zog vorsichtig unter Zuhilfenahme eines Tuches die mutmaßliche Tatwaffe hervor. Sie schüttelte fassungslos den Kopf.

»Du unterdrückst gerade ein Beweismittel, das steht unter Strafe, Herr Kriminalhauptkommissar.«

»Stimmt, Hanna, aber das StGB § 295b muss warten. Es geht um ein höheres Ziel. Schau, hier oben ist ein *P* eingraviert.«

Sie sah angewidert auf den Knauf mit den Haar- und Hautfetzen.

»Also, welche Ps haben wir in der Gruppe außer P wie Peeters?«

»Paul und Piotr«, meinte sie spontan.

»Ja, aber durch den Strich vom *P* ist zusätzlich ein *X* gezogen.«

»Pax Christi«, ergänzte sie. »Also ein Christogramm. Die ersten beiden Buchstaben *x* und *p* im griechischen Wort stehen symbolisch für *Jesus Christus*. Es ist eines der ältesten christlichen Symbole.«

»Wer das hier auf dem Pilgerweg mit sich führt, ist also ein bekennender Christ … womit wir bei den beiden Padres sind, nicht wahr Kollegin?«

»Ich weiß nicht, Hunter. Pater Hartmann läuft mit modernen Trekking-Stöcken. Pater Domingo … ja, ich meine, der hat so einen Stab … aber dem etwas anzulasten, fällt mir mehr als schwer.«

»Mir ehrlich gesagt auch. Gleichwohl, bei Mord zählt nicht, was wir glauben, auch nicht, wenn ein Pater involviert ist, es zählen nur eindeutige Beweise. Ich hoffe, dass Wiesbaden mit der Tatwaffe weiterkommt. Auf jeden Fall haben Peeters und sein Mörder ein gemeinsames Thema, das wir nicht kennen. Da wir im Bereich des sexuellen Kindermissbrauches recherchieren, liegt doch auf der Hand, dass Peeters etwas wusste, was für den Täter äußerst gefährlich werden könnte. Was kann das sein, Hanna? Was geht hier in der Gruppe vor? Wir müssen Louis Peeters noch einmal durchleuchten, um zu seinem Mörder zu gelangen.«

»Moment, Hunter, bei der Stocktheorie gibt es noch eine andere Variante. Vielleicht ist der zweite Stock doch nicht der des Täters, sondern der vom toten Louis. Sein Mörder hat ihn mit seinem eigenen Stock erschlagen.«

»Möglich, Hanna, darüber habe ich auch nachgedacht. Aber wie kommt dann der Stock des Täters nach dort unten? Der Täter wird ihn kaum hinterhergeworfen haben. Nein, das macht keinen Sinn. Wie auch immer, die Fingerabdrücke und dann werden es hoffentlich ans Licht bringen.«

Er schaute in Richtung der Herberge. »Wir sollten uns jetzt trennen. Bis später, liebe Kollegin! Komm Camino, es geht weiter!«

Hanna sah den beiden hinterher und spürte, wie sehr sie dieser Mord schockte. In der nächsten Herberge würde sie wieder diese schlimme Aura von Missbrauch, Misstrauen, Lügen und Angst umhüllen. Gott sei Dank, dass sie hier nicht allein in der Gruppe war, sondern auch Hunter eingeladen worden war. Ohne ihn wäre der Zeitpunkt erreicht, abzubrechen. Er gab ihr mit seiner überlegten und ruhigen Art Sicherheit. Trotzdem, solange nicht geklärt war, wer hier warum mordete, musste sie auf der Hut sein, besonders, wenn Hunter nicht in der Nähe war.

Während Hunter zur gebuchten *Öffentlichen Herberge* wanderte, hielt sie auf der Brücke inne, die den Beinamen *Tollwutbrücke* trug und blickte auf das kleine Zubiri, in dem vermutlich täglich mehr Pilger eintrafen, als es Einwohner hatte. Unten an der Brücke stand ein kleines Zelt, jemand grillte Fische. Der Mann schaute hoch und winkte sie einladend an. Es war Tom Rex, der, wie sie von Hunter wusste, ein vorbestrafter Kinderschänder und gefährlicher Gewalttäter war. Ein kalter Schauer kroch von ihrer Schulter den Nacken bis in die letzten Haarspitzen hoch. Sie schüttelte sich, wandte sich ruckartig ab und eilte in die Herberge.

Die *Öffentliche Herberge* war mit ihren fünfzig Liegen in vier Räumen vollkommen ausgebucht. In dem einzigen großen Essraum gab es nur das eine Thema: Tödlicher Unfall am Erro-Pass! Jeder wollte wissen, ob jemand den Pilger kannte, dessen Leiche einige gesehen hatten, bevor sie aufgefordert worden waren, weiterzugehen. Sie sahen gebannt zu dem Pater, der sich mit einer kleinen Gruppe in eine Ecke des Gemeinschaftsraums zurückgezogen hatte.

Die Hartmanns hielten sich an den Händen, Schmitts versteckte sein Gesicht vor zwei geballten Fäusten, Piotr schüttelte fassungslos den Kopf, Herbert von Bellheim starrte auf das dunkle Display seines Smartphones, Hanna saß zwischen Stein und dem inzwischen eingetroffenen Rex, der sie unverfroren angrinste.

Als Pater Domingo eine Kerze auf den Tisch stellte, wurde es im Raum still. Er betete leise für den Pilger Louis, aber die meisten Wörter waren im Raum gleichwohl zu verstehen.

»Louis war einer von uns … Gott nahm ihn, wir wissen nicht warum … Jeder plötzliche Tod ist für uns ein Rätsel … Besonders in diesen schmerzhaften Augenblicken erkennen wir unsere Machtlosigkeit … Möge er bei unserem Herrn seinen Frieden finden …«

Hunter saß neben dem Pater und spürte dessen große persönliche Betroffenheit. Tränen liefen in Pater Domingos Bart. Aus so vielen Begegnungen mit Menschen in Ausnahmesituationen wusste Hunter, dass diese Trauer nicht gespielt war.

Mit dem leisen *Amen* des Paters brach eine aufgeregte Diskussion im Raum über die Ursachen des Absturzes los. Man sprach über die offensichtlich kirchlich geführte Wandergruppe, über das Wetter, die richtigen Schuhe und über die Sinnhaftigkeit von ein oder zwei Wanderstöcken. In Facebook sei berichtet worden, der Verunglückte wäre ein Pater aus Neuseeland, während in Instagram bereits Bilder von Pater Domingo erschienen, der vor einer Kerze betete.

»Wie konnte das passieren?«, fragte Gottfried, seinen Nachbarn Gerd fixierend. »Du warst doch ganz dicht dabei.«

»Ist doch klar«, funkte Tom dazwischen. »Da hat jemand nachgeholfen!«

Er richtete seinen Blick so unmissverständlich auf Pater Johannes Hartmann, dass seine Schwester Christiane Tom scharf anfuhr:»Unterlass' das sofort! Wenn ich einem Menschen den Mord an dem armen Louis zutraue, dann dir!«

Die Menschen an den anderen Tischen hörten das und blickten fassungslos zu der Gruppe.

»Mord?«, flüsterten einige. »Habt ihr das gehört? Kein Unfall …«

Der baumlange Tom erhob sich langsam in Richtung Christiane Hartmann, die ihn mit ihren kalten Augen in einer Mischung aus Verachtung und Angst ansah. Für einen Augenblick sah es so aus, als würde er sie vom Stuhl fegen.

»Setz dich hin, Tom!«, zischte Gottfried ihn an. »Jeder hat doch gesehen, dass die Hartmanns als Letzte zum Unfallort kamen.«

Das wirkte. Tom drehte wieder ab, doch nicht, weil er überzeugt war, sondern wegen der ungewünschten Aufmerksamkeit im Raum.

Doch die Menschen im Raum tuschelten weiter.

»Aber du, Gerd«, hakte Gottfried leise in einem scharfen Unterton nach. »Du hast meine Frage noch nicht beantwortet, also, was war da am Pass los?«

Er hätte auch fragen können: *Warum hast du ihn ins Jenseits befördert?*

Hunter fiel auf diese Provokation nicht herein.

»Nun, ich denke, Louis hätte gar nicht mehr laufen dürfen, nachdem wir ihn gestern bereits einmal auf den Weg gezogen hatten. Dieses Mal muss er ganz unglücklich aufgeschlagen sein.«

»Das sehe ich auch so«, meinte Christiane Hartmann.

»Vielleicht«, meinte Gottfried. »Vielleicht auch nicht.«

Die fremden Pilger redeten weiter über das seltsame Ereignis, während sie den Frühstücksraum verließen und den Platz für Neuankömmlinge freigaben. Auch Tom Rex stand auf, griff zu seinem Gepäck und verließ grußlos den Tisch.

»Dein Tablett!«, rief Gottfried ihm hinterher.

»Passt schon, übernehme ich«, meinte Hunter.

»Danke«, erwiderte Tom.

Hunter versuchte, den Holländer mit der roten Mütze im Raum auszumachen, erfolglos. Vielleicht übernachtete der gar nicht hier. Es würde sich eine Gelegenheit finden.

Hanna hatte das Bedürfnis, den Arm um den schluchzenden Schmitts zu legen, aber in dieser Monstergruppe ließ man sich am besten auch in Ausnahmesituationen in Ruhe.

»Da ist noch etwas«, meinte Hunter eher belanglos.

»Komischerweise lag neben Louis noch ein zweiter Pilgerstock. Ich frage mich wirklich, wie der wohl dahin gelangt ist.«

Für diesen Moment hatte Hunter seine Kamera aktiviert.

Später würde er die Reaktion in den Gesichtern prüfen.

Hanna fragte in schauspielerischer Höchstleistung:»Was war das für ein Stab, Gerd, so einer wie ich ihn habe?« Sie zeigte dabei auf ihren Trekkingstock.

»Nein«, erwiderte Gerd. »Das war ein richtiger Pilgerstock mit einem eingravierten Pax-Christi-Zeichen.«

Pater Domingo beugte sich zurück und griff zu seinem Stock. »Du meinst, wie der hier, wie mein Pilgerstab aus dem Pilgerbüro Saint-Jean-Pied-de-Port?«

»Genau der, Pater Domingo!«

Er sah sich den Stock eingehend an.

»Das ist ja interessant! P und X, ein Stab für wahre Christen. Ja, so einer war das.«

»Wieso *war*?«, fragte Gottfried Stein.

»Die Polizei wollte ihn haben«, log Hunter. »Aber das hat nichts zu sagen, der Stab hat vielleicht schon da unten gelegen, reiner Zufall. Die Polizei meinte übrigens, dass dieses bereits der zweite tödliche Unfall in diesem Jahr auf dem Jakobsweg in Navarra sei.«

»Und wenn das doch kein tragischer Unfall war?«, fragte Pater Hartmann.

»Dann gibt es in unseren Reihen mit hoher Wahrscheinlichkeit einen Mörder«, sagte Stein, der mit dem Thema noch nicht abgeschlossen hatte.

»Es sei denn, Louis fiel einem Raubüberfall zum Opfer«, erwiderte Piotr.

»Möglich aber unwahrscheinlich. Viel mehr als Kreditkarten und etwas Bargeld haben Pilger nicht am Mann, nein, ich neige zu einem tragischen Unfalltod«, meinte Hunter.

Pater Domingo legte sein Besteck auf das Tablett.

»Wenn es auch nur den geringsten Hinweis für eine Gewalttat in unserer Gruppe gibt, dann ist unsere Wanderung zu Ende«, sagte er.

Hanna sah seinen drohenden Blick und blickte in die Runde. Niemand schien die Wanderung abbrechen zu wollen. Aber die kalte Angst der Lebensgefahr kroch geradezu sichtbar durch die Gruppe *ROSE*. Wie wollten diese Leute jetzt noch ruhig schlafen und weiter pilgern können? Der Stress angesichts der erhofften, aber überhaupt nicht gesicherten Auflösung in Burgos war für diese Missbrauchstäter ohnehin kaum erträglich.

Sie aßen schweigend zu Ende. Hunter stapelte sein Geschirr und das von Rex auf dem Tablett. »Komm, ich nehme dein Geschirr auch mit«, sagte er zu Piotr, der seine Schnürsenkel band, ... noch jemand?«

Vor der Küche griff er sich die Gabeln und Esslöffel von Piotr und Rex und ließ sie in der Jacke verschwinden. Die potentiellen Spurenträger würde er zusammen mit dem zweiten Pilgerstab und dem Handy von Louis für die Spurenanalyse durch das BKA zurücklegen. Er hoffte insgeheim, dass die Kamera des Toten den Mörder aufgezeichnet hatte. Aber wer lief schon mit einer Kamera im Dauer-Recording über den Jakobsweg? Er selbst auf jeden Fall nicht. Die Chance für einen Beweis durch Bildmaterial war vermutlich gleich Null.

Hanna griff sich ihren Stock und beobachtete, wie die anderen ebenfalls an ihren Stöcken herumhantierten, so als wollte man die eigene Unschuld demonstrieren. Sie sah, dass kein Stock fehlte.

Paul Schmitts und Johannes Hartmann waren die Einzigen mit zwei Stöcken. Hanna schaute auf den Stock von Piotr und konnte sich aber nicht daran erinnern, ob der mit dem bisher gelaufen war.

Sie dachte daran, wie sich für ihren polizeilichen Freund dieser Fall plötzlich von einer Recherche in einem Cold Case zu einem aktuellen Mordfall entwickelt hatte. Die Wahrscheinlichkeit erschien ihr hoch, dass das eine mit dem anderen zusammenhing, ein Mord mit einem Missbrauchshintergrund. Ihre Story für das Nachrichtenmagazin bekam eine ganz neue Dynamik. Doch sie spürte, wie sehr sie durch eine schleichende Angst blockiert war. Die wachsende Angst, dass man sie bereits erkannt hatte und sie die nächste sein könnte.

»Wer ist der Mörder von Louis? Was hat er vor?« Hanna schaute zum Ausgang, durch den sich Tom gerade bewegte.

Hunter legte sich auf sein Bett und schrieb an das BKA.

»Wir haben einen Toten, vermutlich Mord. Plan B aktivieren.« Plan B war die sofortige Inmarschsetzung eines Beamten, der die Gruppe diskret begleiten würde. Sollte die Situation weiter eskalieren, gäbe es einen Plan C. Der war in dem Einsatzpapier stereotyp mit den Worten definiert: *Abwendung einer unmittelbaren Gefahr für das BKA-Team auf dem Jakobsweg und/oder Festnahme einer oder mehrerer Personen durch weitere Beamte der Bundespolizei.*

Das Erfordernis erschien ihm zwar aktuell unwahrscheinlich, aber auch nicht ausgeschlossen, denn in dieser Gruppe gab es eine hohe kriminelle Energie. Er schrieb weiter: *Für ein neues umfangreiches Dossier* über Louis Peeters *umgehend Europol und die belgischen Kollegen einschalten.*

Paul lag im Etagenbett über Piotr. Der stieß ihn von unten an. »Hör endlich auf zu zittern da oben, morgen ist ein neuer Tag. Dein Freund hat es doch gut, der braucht weder Blasen noch den Servatius in Burgos zu fürchten.«

Paul beugte sich hinunter: »Ich steige aus, Piotr, morgen bin ich weg.«

Piotr erhob sich langsam aus seinem Bett und legte seine Hand auf Pauls Schulter.

»Hör mal, Brüderchen Paul, was geschehen ist, ist geschehen. Wir können es nicht mehr rückgängig machen, leider. Wenn du aussteigst, dann gibt Servatius dein Video an die Medien und an die Polizei, die dich direkt am Flughafen abholt. Jetzt schlaf erst mal, Paulchen. Morgen in Pamplona gehst du mit Pilger Piotr einen trinken und wir begießen unseren Schreck.«

Paul Schmitts wollte nicht an einen Mord glauben. Wer sollte der Mörder sein? Louis hatte seit Beginn nur mit ihm Kontakt gehabt, abgesehen von dem Gespräch gestern mit Gottfried, mit dem Louis in Zukunft kooperieren wollte. Warum war Louis allein aufgebrochen? Wollte er wegen seiner Fußverletzung gewinnen? Er musste unbedingt Gottfried zu dem Unglück befragen. Doch was nützte es? Piotr hatte recht, es ging jetzt um die eigene Haut.

Paul Schmitts dachte an sein Herrenhaus in der *Winston Churchill Avenue* in Brüssel, das er nach seinem Austritt aus dem EU-Parlament beibehalten hatte und wo er international bestens vernetzt war. Seine Frau und seine Tochter hatten natürlich mitbekommen, wenn er mit anderen Frauen und Männern unterwegs war. Sie hatten Brüssel verlassen und waren in ihre Heimatstadt Luxemburg zurückgekehrt. Über den Auszug der Familie war er nicht unglücklich, denn so konnte er ungehindert seinen Knabengeschichten nachgehen. Auch sein Freund Louis kannte das Herrenhaus, in dem es laut Brüsseler einschlägigen Kreisen sexuell nichts gab, was nicht vorstellbar war. Paul schluchzte erneut auf. Sie waren ein perfektes Team gewesen. Er, der in Brüssel allseits bekannte Kontakter, sein Freund Louis der Internetfreak. Seit *Maria Hilf* waren sie unzertrennlich. Er wischte sich die Tränen ab. »Ich muss aufpassen, dass mir die ganze Sache nicht um die Ohren fliegt. Was ist, wenn die Polizei in Louis' Computeranlage die Verbindung zu mir entdeckt, obwohl dessen Server hoch verschlüsselt und der Zugang ohne Passwort vollkommen ausgeschlossen war?« Auch er kannte das Passwort nicht. Sollte er abreisen und die Veröffentlichung des Servatius-Videos riskieren oder weiterlaufen und Ruhe bewahren?

Aus ähnlichen Fällen wusste er, dass die Beamten bei der Aufdeckung eines Kinderpornografie-Netzes Tausende Spuren aufklären mussten und dabei häufig an ihren mangelnden Kenntnissen und an fehlendem Personal scheiterten.

Oft brauchte es Jahre bis zu einem Erfolg. Doch die Polizei lernte schnell und kaufte Beratungsleistungen von IT-Entschlüsselungs-Spezialisten ein. Das zeigte inzwischen Wirkung. In Deutschland, dem europäischen Spitzenreiter in der Missbrauchsstatistik, flog gerade ein Ring nach dem anderen auf. Die Bevölkerung dort wurde informiert, dass jeden Tag 43 Kinder missbraucht würden. Der *Deutsche Kinderverein* sprach von einem Dunkelfeld, das fünfmal so hoch sei, und forderte eine Verankerung von Kinderrechten im Grundgesetz und dass sexualisierte Gewalt gegen Kinder nicht verjähren dürfe. Paul graute es, denn es war abzusehen, dass andere Länder in der EU nachziehen würden. Sobald er wieder in Brüssel wäre, musste er bei sich zu Hause digital Großreinemachen.

Er nahm eine Valium-Tablette und versuchte zu schlafen, während Piotr unter ihm eine verschlüsselte Message von Gottfried las.

* * *

Fernab der Gruppe legte Servatius nach dem Anruf das Handy zur Seite. Die Pilgerwanderung entwickelte sich anders als erwartet. Er nahm den Zettel mit den Namen der Teilnehmer und ging jeden einzelnen durch. Niemand der Täter von damals schien auch nur den Hauch einer Reue zu zeigen. Im Gegenteil, einige waren offensichtlich aktiver denn je.

Servatius zündete eine Kerze an, klappte das Amulett auf und betrachtete wie jeden Tag das eingelegte Bild mit den sechs Jungen und sprach sie mit ihrem Namen an.

Guido, Wolfram, Jan, Lutz, Elias, Jakob.

Zwei hatten sich im Internat oder in den Jahren danach umgebracht. Die anderen litten bis heute unter Depressionen und waren unfähig, an einem normalen gesellschaftlichen Leben teilzunehmen.

Servatius strich den Namen *Louis Peeters* durch.

ETAPPE 3 – PAMPLONA

– Hemingways Bar –

Am nächsten Morgen schien Christiane Hartmann wie ausgewechselt.

»Wollen wir nicht ein Gruppenfoto machen?«

Die Gruppe *ROSE* sah sie entsetzt an, als hätte die Schwester des Paters jeden Verstand verloren. Sie wusste doch von ihrem Bruder, warum man sich hier gezwungenermaßen und anonym bewegte. Schon jetzt hatte man mit dem Tod von Louis Peeters viel zu viel Aufmerksamkeit erregt.

Doch als Pater Domingo meinte, dass er nichts dagegen habe, griff wieder die Gruppendynamik und die Missbrauchstäter stellten sich zögernd auf. Der Pater bat jedoch einen anderen Pilger zu fotografieren, damit auch Christiane Hartmann auf dem Bild zu sehen wäre. Den Fotografen kannten die meisten bereits, es war der seltsame Holländer, der Schatten der Gruppe. Entsprechend finster war der Gesichtsausdruck der meisten auf dem Bild.

Hunter nahm sich vor, diesen Mann heute anzusprechen, aber so wie es aussah, vermied der das gezielt und war auf dem steilen Anstieg hinter Zubiri auch schon nicht mehr einzuholen. Vielleicht würde es später eine Chance in der nächsten Herberge in Pamplona, der *Casa Paderborn,* geben. Doch die 21 Kilometer bis dorthin mussten erst einmal geschafft werden.

Hunters Telefon vibrierte. Als er die Nummer auf dem Display sah, steckte er die EarPods ins Ohr und setzte sich einige Meter von der Gruppe ab.

»Guten Morgen, Heike, bin sprechbereit.«

176

»Prima, Hunter, der Verbindungsbeamte ist auf dem Weg, er wird mit dir Kontakt aufnehmen.«

»Gut, wie heißt der noch?«

»Jens, Jens Hoppe«, lachte sie.

»Ach der, richtig ja. Das Material liegt für Jens bereit, ein Handy, ein Pilgerstock und Essbestecke. Sorgt bitte für schnelle Ergebnisse.«

»Wird gemacht. Neuigkeiten zu deinem Toten Louis Peeters. Die belgischen Kollegen hatten ihn bereits auf dem Radar. Er war einer der ganz großen in der Kindermissbrauchsszene und hochaktiv. In seinem Haus fand man über 500 Terrabyte verschlüsseltes Material. Ein Teil der Technik sei in Zwischendecken verborgen. Die Server wurden durch eine Klimatechnik geschützt. Die Security und der technische Aufwand entsprächen dem eines Hochsicherheitstraktes. Zwanzig Beamte stellen derzeit das Beweismaterial sicher. Auf meine Frage, ob es Spuren zu einem Paul Schmitts gebe, haben die den Bestand noch einmal durchsucht. Es gibt einen Datenträger, der mit P.S. markiert, aber noch nicht eingesehen worden ist.«

»Das ist sehr wichtig, Heike. Die Kollegen möchten auch nach eventuellen Verbindungen zu den anderen Pilgern der Gruppe *ROSE* suchen. Vielleicht war Peeters der Servatius, und möglicherweise finden wir belastendes Material eher in Brüssel als hier auf dem Jakobsweg.«

»Ich befürchte nein, Hunter. Die sind in Brüssel personell noch schlechter aufgestellt als wir im BKA. Du wirst diesen Fall mit deiner Spürnase eher an der Pilgerfront lösen müssen, da bin ich mir jedenfalls sicher.«

Sie hatte gut reden, so einfach war das nicht. Während er sonst vom Schreibtisch aus die Fälle koordinierte, stampfte er, die sogenannte Cyber-Crime-Aufklärungskoryphäe des BKA durch den aufgeweichten Boden des Jakobsweges, lief einem malerischen Regenbogen Richtung Pamplona entgegen und wartete auf Dinge, die sich hoffentlich ergeben würden. Hoffentlich.

Er musste sich eingestehen, dass er jetzt – am Tag vier der Spurensuche – noch nicht wesentlich weitergekommen war. Zwar gab es durch den Mord an Peeters erste Hypothesen, aber von seinem Ermittlungsziel, einen Kindermissbrauchs-Darknetbetreiber oder gar Missbrauchstäter zu fassen, war er noch weit entfernt. Auch war für ihn die Erfahrung neu, Undercover inmitten potentieller Täter zu operieren und sich dabei auch körperlich vollkommen zu verausgaben. Zusätzlich musste er auf Hanna aufpassen, die zwar hoch engagiert und kooperativ war, aber noch mehr als er im unbekannten Terrain operierte. Zu allem Überfluss hatte er, der ohne jede Hundeerfahrung war, Camino adoptiert. Der machte es ihm allerdings denkbar einfach.

Hunter sah ihm liebevoll nach. Camino lief ohne Leine, drehte sich regelmäßig nach ihm um, ob Herrchen noch folgte und suchte sich selbstständig aus Pfützen und Bächen etwas zu trinken. Er hatte ihm *Sitz* und *Bleib* beigebracht, aber das *Hier* fand statt, wenn Camino es wollte und nicht sein Chef. Also lernte Hunter, Camino mit Leckerli zu überzeugen.

Hanna passierte bei Ilarratz eine langgezogene Fabrik, die den bisher schönen Jakobsweg verunstaltete und die man schnell hinter sich lassen wollte. Ihr Körper machte heute, am dritten Tag der Wanderung, weniger Schwierigkeiten, als sie befürchtet hatte. Vielleicht lag es auch daran, dass sie morgens eine Magnesiumtablette einnahm und zwischendurch Powersnacks aß. Doch in Larrasoana, nach einem guten Drittel der Strecke, benötigte sie eine Pause. Der Weg war mit den ständigen Steigungen mühsamer, als sie geglaubt hatte.

»Dürfen wir uns dazusetzen?«, fragte Christiane Hartmann mit ihrem Bruder an ihrer Seite, der wieder einen erschöpften Eindruck machte und die Rast nutzte, um sofort einige Tabletten einzunehmen.

»Mein Bruder ist sehr krank«, meinte Christiane erklärend.

»Ich hoffe jeden Morgen, dass ich die nächste Etappe überstehe«, sagte er.

»Warum tun Sie sich das an, Pater Hartmann?«, fragte Hanna.

Er fixierte Hanna, alias Maria, mit einem durchdringenden Blick. »Das müsstest du doch selbst gut beantworten können. Obwohl, ich kann mich gar nicht erinnern, jemals deine Stimme in *Maria Hilf* gehört zu haben.«

Bei Hanna schrillten alle Alarmglocken. Glücklicherweise hatte sie sich in die Örtlichkeiten der Anlage dank Hunters Recherchen gut eingelesen. »Sie meinen im *Raum der Ergebenheit* oder bei der Zimmereinweisung?«

Pater Hartmann schwieg und meinte in einem schneidenden Ton: »Es gab nie eine Zimmereinweisung, das müsstest du doch wissen, Maria.«

Hanna konterte verbindlich: »Der sympathische Hausmeister Sergey Michailow war immer sehr hilfreich, wenn ich wieder dabei war, mich zu verlaufen.«

Jetzt hatte der Internatsleiter und Chef einer Missbrauchsgruppe ein Problem, denn je mehr er dieser unbekannten Maria auf den Zahn fühlte, umso mehr gab er gleichzeitig Interna preis. Er hatte alle Teilnehmer dieser Pilgerwanderung aufgrund verschiedener Indizien als Besucher von *Maria Hilf* einordnen können, außer dieser Frau und dem, der sich *Gerd* nannte. Er kannte auch die Stimmen der wenigen weiblichen Besucher. Es war zu offensichtlich, dass diese Frau log.

Spontan sagte Hanna: »Es sieht so aus, als ob ein Teil des Videos aus der Höhe des Kreuzes gemacht wurde. Wie habt ihr das angestellt? Wurden wir permanent gefilmt?«

Sie bemerkte, wie erschrocken die beiden reagierten.

»Wir haben keine Ahnung, Maria, das hat uns genauso kalt erwischt wie dich«, sagte der Pater.

»Das muss ich jetzt aber nicht glauben, Pater Hartmann, oder?« Das Gesicht von Hanna wurde kühl, die Sprache scharf. »Kann es nicht sein, dass Sie, Pater Hartmann, uns alle hier vorführen, damit wir Sünder zu Kreuze kriechen und Sie dadurch glauben, sich noch schnell reinzuwaschen, bevor Sie abtreten? Vielleicht hat Pilger Tom doch recht.«

Hartmann war angesichts Marias Detailkenntnissen verunsichert: »Es gibt überhaupt keinen Anlass, mich reinzuwaschen. Sämtliche Ermittlungen von damals liefen ins Leere. Darüber solltest du doch als unsere Besucherin sehr froh sein.«

Er erhob sich.

»Komm, Christiane, wir müssen weiter. *Buen Camino*, Maria ... übrigens ein sehr bedeutungsvoller Name, den deine Eltern sich ausgedacht haben, missbrauche ihn nicht.«

»Ganz im Gegenteil, Pater. Sie sollten sich in Ihrer Doppelzüngigkeit hüten, sonst könnte es sein, dass meine Schutzpatronin Sie in Burgos heimsucht.«

»Rede keinen Unsinn!«

»Im Gegenteil, es macht alles Sinn. Die Kathedrale ist der Heiligen Jungfrau Maria gewidmet. Da schließt sich doch der Kreis zum Internat *Maria Hilf* oder? Buen Camino, Pater Direktor Hartmann!«

Hanna sah den beiden nach, wie sie auf dem Weg davoneilten, ohne sich noch einmal umzudrehen.

Sie überlegte, warum sie gerade so aggressiv geworden war. Wahrscheinlich lag es daran, dass Hunter ihr neue Informationen über den Internatsleiter gegeben hatte. Es war kaum noch auszuhalten, mit wem sie da unterwegs war und eine gute Miene zeigen musste, nein, noch schlimmer, schauspielern musste, dass sie eine der ihren sei.

Als nächster stapfte Herbert von Bellheim an Hanna vorbei, der nicht ahnen konnte, dass sie auch seine Vita kannte. Er ging nicht gut, konzentrierte sich auf den Weg und bemerkte sie gar nicht.

Piotr stand vor ihr und strahlte sie an: »Darf ich mich zu dir setzen, Pilgerin Maria? Ich habe ein Geschenk für dich!« Hanna empfand es als geradezu gruselig, dass er schon wieder auftauchte und wollte aufbrechen. Aber Piotr hatte eine Pilgermuschel in der Hand und überreichte sie ihr mit den Worten: »Dreh sie bitte um.«

Sie las: *Pilger Peter & Maria.*

Sie schloss die Augen. Hunter hatte ihr gesagt, sie solle jede Chance wahrnehmen, diesen Piotr zu durchleuchten. Daran dachte sie jetzt, als sie hocherfreut antwortete: »Was für ein schönes Geschenk, Pilger Peter! Ich werde es in Ehren halten und mit nach Hause nehmen. Danke!«

Sie überwand sich und streichelte kurz über seine dicke, fleischige Hand.

Piotr strahlte sie an.

Pater Domingo traf ein, vor dem Piotr ein großes Unbehagen hatte, denn er war keiner von ihnen. Piotr warf seiner Maria eine Kusshand zu, was den Pater irritierte, und setzte sich ab.

Hanna hatte zu viel Zeit verloren, vor ihr lagen noch vier bis fünf Stunden Marsch.

»Darf ich dich begleiten, Maria?«, fragte Pater Domingo.

»Nichts lieber als das. Geben Sie mir bitte einen Augenblick.« Sie legte die Regenkleidung ab und spürte die angenehme Wärme der Sonne auf ihrer Haut. Sie cremte sich das Gesicht und die Arme ein, tat so, als würde sie den Blick des Paters nicht bemerken, als sie ihre schwarzen Haare unter ihrer Mütze knotete und das dunkelgrüne T-Shirt straffzog und nach dem Rucksack griff. Aber er hatte ihn schon in der Hand.

Sie passierten Akerreta und folgten einem von Bäumen umhüllten Wanderweg zur Ortschaft Zuriain.

»Warum pilgern Menschen, Pater Domingo?«

Er erzählte, dass das Wort *Pilger* von Peregrinus komme, also von jemandem, der über den Acker ginge, um in der Fremde zu sein. Hauptmotiv sei damals der Sündenablass gewesen.

»Und heute?«, fragte Hanna nachdenklich.

»Viele mögen in der Tat gerade in diesem Jahr nach Santiago strömen, weil der Geburtstag des Heiligen Jakobus auf einen Sonntag fällt und damit 2021 ein Heiliges Jahr ist. Aber bei den meisten sehe ich nicht das kirchliche Motiv. Vielleicht ist es für viele eher ein körperlicher Test, vielleicht will man sich in der Symbiose der körperlichen Anstrengung und der Entbehrungen selbst mit all seinen Gefühlen erleben. Vielleicht ist es für viele auch eine Art Neuorientierung.«

Sie liefen weiter, ohne zu sprechen. Es war angenehm, mit ihm zu wandern, beide hatten sie den gleichen Laufrhythmus. Einmal verlor sie ihren Stock. Er bückte sich, ihre Hände berührten sich kurz. An seinem Finger sah sie einen Pax-Christi-Ring mit einer stilisierten Rose – Zufall oder nicht? Sie fragte nicht. Sie wollte nicht insistieren, obwohl sie sich brennend für seine Vita interessierte. Sie musste sich eingestehen, dass es dafür nicht nur inhaltliche Gründe gab, sondern auch persönliche. Domingo strahlte für sie eine ambivalente Aura der tiefen Verschlossenheit und großen Sehnsucht aus. Er schien souverän und zugleich ein Suchender zu sein.

Die Strecke wurde mit den roten Mohnblumen, den Schafen auf den Wiesen, den wenigen alten Steinhäusern und den kleinen Bächen geradezu malerisch schön. Sie gingen bergauf und bergab, zumeist an Hängen entlang und überquerten den Fluss Ulzama über einer mittelalterlichen Brücke. Er sprach über die wichtige Rolle der Brücken auf dem Jakobsweg, von denen einige schon aus der Römerzeit stammten und dass es kaum eine Brücke gäbe, um die sich keine Legende rankte.

Sie merkte, wie gern er mit ihr lief.

Die beiden erreichten die *Casa Paderborn* in Pamplona. Pater Domingo sprach mit dem Herbergsvater über die

Bettenzuweisung. Die Gruppe *ROSE* wurde in dem einzigen Acht-Betten-Zimmer untergebracht: Herbert, Paul, Gottfried, Piotr, Gerd, Maria und das Geschwisterpaar Hartmann. Tom zeltete in der Nähe am Rio Arga. Der Pater hatte als Treffpunkt das *Café Iruña* an der *Plaza del Castillo* benannt, ein Café, in dem sich, wie er meinte, Ernest Hemingway oft während der Stierfeste aufgehalten habe. »Falls jemand kommen möchte«, ergänzte er.

Sie wollten alle erscheinen, außer Tom, der in seinem Zelt lieber Videos schaute und dabei seine Waffe putzte. Die Waffe war für Rex jedoch nur die letzte Wahl. Davor gab es ein Kampfmesser aus seiner Bundeswehr-Zeit. Noch besser wäre ein inszenierter Unfall, wie es dem Peeters passiert war. Er überlegte, wie er Hartmann zum Sprechen bringen könnte. Die Pistole am Kopf, das Messer am Hals oder den Abgrund vor Augen ... Der verräterische Pater musste sprechen, bevor er diskret vom Leben in den Tod geschickt wurde.
Das Video geilte ihn auf. Plötzlich hatte er die zündende Idee, die Pater Hartmann zu Fall bringen würde. Sie hatte schon lange in ihm gearbeitet, doch jetzt hatte sie Gestalt angenommen.
Herbert von Bellheim genoss es, ohne Rucksack durch die Altstadt von Pamplona zu laufen. Die kranken Knie blieben ein latentes Problem, aber jeden Morgen schienen sie wieder bereit für die nächste Etappe zu sein, bis nach etwa zehn Kilometern wieder der stechende Schmerz auf der Innenseite des linken Knies eintrat. Mit der morgendlichen medizinischen Versorgung überstand er inzwischen den Tag recht gut. Allerdings fehlte ihm zunehmend der Kontakt mit den Menschen. Er wanderte in einer ungewohnten Sprachlosigkeit. Auch die freundlichen Grüße anderer Pilger konnten dieses nicht ersetzen. Das Gedränge in den Tapas-Bars, der Trubel in den engen Gassen, die Fröhlichkeit der jungen Men-

schen – all dieses erreichte ihn nicht. Er realisierte, dass er in seiner Entscheidungsfindung nicht einen einzigen Meter vorangekommen war. Sein Wille, sich seiner Pädophilie durch strenge, selbst auferlegte Regeln zu widersetzen, brach regelmäßig in sich zusammen, wenn er an die unbändige Lust des Geschehens dachte. Er wusste längst, dass eine wesentliche Voraussetzung für das Unterlassen fehlte: der Glaube seiner Familie an ihn. Gleichzeitig war ihm klar, dass die Reihenfolge nicht stimmte. Erst musste er nachhaltig überzeugen, dann würde vielleicht Vertrauen in seine Abstinenz hergestellt werden. Nie war ihm eine SMS von Iris so wichtig gewesen wie jetzt. Er schaute stündlich auf das Display. Doch seine Nachricht zu Beginn der Pilgerwanderung hatte seine Frau nicht beantwortet. Kein Zuspruch, kein Gedanke an ihn und seine Strapazen – nichts, er war ihr offensichtlich vollkommen egal.

Herbert von Bellheim stand am Treffpunkt auf der pulsierenden *Plaza del Castillo*, schaute erneut auf sein Smartphone und fühlte sich unendlich einsam.

Der Pater hatte im *Café Iruña* einen Tisch reserviert. Die Mitglieder der Gruppe trafen nach und nach ein. Hanna ließ es sich nicht nehmen, durch das Café zu schlendern, das als das größte und schönste Pamplonas galt und mit seinem luxuriösen Interieur, den Decken und Kronleuchtern das Gefühl vermittelte, als wäre man ins 19. Jahrhundert versetzt worden. Sie erinnerte sich, dass Hemingway das *Café Iruña* in seinem Roman „Fiesta" mehrfach erwähnte. Hier trank er während der langen Nachmittage Rotwein, gönnte sich eine Siesta, bevor er an den Stierläufen der *Fiesta San Fermin* teilnahm. Sie schritt zu dem Barbereich „El Rincón de Hemingway", in dem sich der Schriftsteller als lebensgroße Bronzestatue über die Bar lehnte. Am liebsten wäre sie mit Hunter allein hier, aber der saß neben Pater Domingo bei den anderen.

Christiane Hartmann las ihrem Bruder aus einem Reiseführer vor. Johannes Hartmann schaute sich dabei immer wieder nervös um, ob möglicherweise dieser aggressive Tom doch noch erscheinen würde, vor dem er sich inzwischen permanent fürchtete.

Gottfried Stein saß neben Hunter, dessen Gespräch er erneut suchte, aber bei ihm wieder auf Ablehnung stieß. Man blickte interessiert durch das Café und tat alles, um nur nicht das Thema Louis anzusprechen.

Paul meinte plötzlich unvermittelt: »Ich reise ab.«

Gottfried reagierte sofort. »Nun mal langsam, Paul. Ist das nicht etwas übereilt?«

»Nein, für mich war es das.«

Gottfried legte seine Hand auf Pauls Arm. »Paul, wir sind alle tief betroffen. Jeder fragt sich, was wir uns hier zumuten. Aber eine Abreise bringt überhaupt nichts, bevor wir diesen Servatius nicht getroffen haben. Wir haben doch schon ein Drittel der Strecke geschafft!«

Paul schüttelte den Kopf. »Nein, Gottfried, ich habe ohnehin gesundheitliche Probleme mit dieser Tortur auf dem Jakobsweg, Bluthochdruck und Herzprobleme. Mein Arzt hätte mir von diesem Wahnsinn strikt abgeraten.« Er wischte sich den Schweiß von der Stirn.

»Bist du sicher?«, fragte Pater Domingo. »Wenn es dir zu viel wird, dann finden sich gewiss Möglichkeiten.«

»Du kannst gern mit uns laufen«, sagte Hartmann, »wir sind nicht schnell und können uns gegenseitig Mut zusprechen.«

»Wir möchten dich nicht gern verlieren«, sagte seine Schwester.

»Ich auch nicht«, ergänzte Hanna.

»Ich ebenfalls nicht«, meinte Hunter. »Überleg' dir das. Du weißt, was wir meinen … alle für einen, einer für alle.«

Paul schien etwas verunsichert, aber nicht überzeugt.

»Komm, Paul«, meinte Piotr. »Wir trinken ein Gläschen bei Hemingway, das hat dem immer in traurigen Momenten geholfen, und dir wird es auch guttun.«

Paul erhob sich eher widerwillig, aber dieser Piotr verbreitete Optimismus, und den brauchte er. Trotzdem nahm er sich vor, heute die letzte Nacht in einer Herberge zu verbringen. In Pamplona gab es einen Regionalflughafen, es war höchste Zeit, zu Hause nach dem Rechten zu sehen. Schwer atmend stand er auf.

Hunter schaute den beiden hinterher, wie sie an Hemingways Bar Platz nahmen.

»Wie kommst du mit dem Wandern zurecht?«, fragte Gottfried die gegenübersitzende Maria. Man sprach über Vor- und Nachteile von halbhohen und hohen Wanderschuhen, über Wandersocken, den richtigen Rucksack und über andere Pilger. Domingo sah sich den Schwierigkeitsgrad der Route für den nächsten Tag an und machte Hartmann Mut. Pilger steckten neugierig ihre Köpfe durch die Tür und bestaunten das berühmte Restaurant. Draußen ertönte ein Martinshorn, bis es im Geläut der Kirchenglocken erstarb.

»Wie macht sich dein neuer Hund, Gerd?«, fragte der Pater und streichelte dabei Camino, der neben ihm unter dem Tisch lauerte und darauf wartete, dass etwas Essbares herunterfallen würde. Hunter wollte gerade antworten, als Piotr und Paul zurückkamen. Irgendetwas stimmte nicht. Piotr stützte Paul, der nicht gut aussah. Er schwankte, entglitt Piotr plötzlich und stürzte, mit dem Kopf an einen Tisch krachend, auf den Boden. Die Gruppe sprang auf, Menschen drehten sich erschrocken zu dem Gestürzten um. Gottfried Stein drückte den entsetzten und hilflos wirkenden Piotr weg, drehte Paul in die Seitenlage und fühlte den Puls. Aus einer Stirnwunde floss Blut und bildete eine Lache auf dem Boden. Gottfried hielt sein Gesicht an Pauls offenen Mund, wiederholte das, erhob sich und schüttelte den Kopf. Ein Mann am anderen Ende des Cafés eilte hinzu. »Moment, ich bin Arzt!« Während er versuchte zu reanimieren, rief er der Bedienung zu, den Rettungswagen zu alarmieren.

Die Gruppe *ROSE* stand um den Arzt herum, sah, wie dieser versuchte, den Gestürzten wiederzubeleben.

»Wie heißt der Mann?«, fragte er ruhig in die Runde.

»Paul«, antwortete Piotr. »Er ist herzkrank!«

Der Arzt sprach den Patienten während der Reanimation wieder und wieder mit seinem Namen an. Er kämpfte um ihn. Aber Paul reagierte nicht.

Die Bedienung eilte mit einem Defibrillator herbei. Der Arzt versuchte, mithilfe von elektrischen Impulsen einen normalen Herzrhythmus herzustellen.

Paul blieb stumm.

Der Arzt kämpfte einen einsamen und verzweifelten Kampf – bis nach einer gefühlten Ewigkeit zwei Rettungssanitäter der *Ambulancia* herbeieilten und Paul nach kurzer Einweisung durch den Arzt in den Rettungswagen verbrachten. Der völlig aufgelöste Piotr wollte zu ihm, aber ihm wurde der Einlass verwehrt.

Hunter hatte bemerkt, wie der spanische Arzt Pauls verdrehte Augen und den Rachen untersucht und danach irritiert den Kopf geschüttelt hatte.

Während die Gruppe und andere Gäste aufgeregt diskutierten, erhob sich Hunter und begab sich zu Hemingways Bar. Tom, den er bisher im Restaurant nicht bemerkt hatte, kam ihm entgegen und ging grußlos nach draußen. Hunter sah in der Bar nichts Auffälliges, lediglich zwei nicht ganz ausgetrunkene Gläser. Er ließ sie in seine kleine Hundeversorgungstasche gleiten und ging zur Gruppe zurück, wo der Arzt gerade bedauernd sagte: »Es tut mir sehr leid, euer Freund Paul ist tot.«

Pater Domingo bekreuzigte sich und sprach ein leises Gebet.

Pater Johannes Hartmann senkte den Blick, er fand keine Worte. Christiane und Herbert starrten fassungslos auf die Blutlache am Boden. Hanna sah Hunter erschrocken an, der gab ihr ein verstecktes Zeichen für ein späteres Treffen. Piotr ging, sich an Stühlen abstützend, an die Bar, orderte ein großes Glas Wodka und stürzte es mit einem Zug herunter. Er schien es nicht fassen zu können, eben noch hatte er mit seinem Paulchen zusammengesessen. Gottfried trat zu ihm und zog ihn zu der Gruppe zurück, bevor Piotr ein zweites und drittes Glas bestellen konnte.

Nach den kurzen Bemerkungen des Arztes war unzweifelhaft, dass der kranke Paul einen plötzlichen Herztod erlitten hatte. Ein Rettungssanitäter fragte nach den Personalien des Verstorbenen. Pater Domingo sagte, er kenne sie nicht, Paul sei ein Pilger, aber die Polizei würde die persönlichen Daten sicherlich in der *Casa Paderborn* erfahren.

»Wenigstens musste er nicht leiden«, flüsterte Hanna.

Nachdem der Wagen mit der Leiche verschwunden war, normalisierte sich allmählich auch das Leben im *Café Iruña*. Nicht bei der Gruppe *ROSE*.

Zwar kannte niemand Peeters oder Schmitts genauer, aber die Tatsache, dass es nach drei Tagen zwei Tote gab, erst durch einen mutmaßlichen Unfall und jetzt durch einen plötzlichen Herztod, lag wie ein großer, schwerer Schatten über der Gruppe. Es war unfassbar.

Pater Domingo bot an, dass er für jeden ein Ohr habe, wenn ein Gespräch gewünscht sei. Doch niemand nahm das Angebot an. Alle wollten nur noch zurück in die Herberge und sich auf den 23-Kilometer-Marsch nach Puente La Reina vorbereiten. Keiner wollte aufgeben, zu groß war die Angst, die Belohnung in Burgos zu verpassen, dann hätte man gleich zu Hause bleiben können.

Hunter und Hanna trafen sich wie verabredet im Park *La Taconera*.

»*Buenas noches*, ihr beiden, man hört, dass ihr eine Blutspur hinter euch herzieht«, sagte der bereits wartende BKA-Verbindungsbeamte Jens Hoppe.

Hunter lachte. »Grüß dich, Jens – meine Kollegin Hanna.«

»Hallo, Hanna.«

Sie schüttelten sich die Hand. Hanna war plötzlich froh, dass Verstärkung eingetroffen war. Hunter offensichtlich auch, denn er brauchte jetzt nach dem zweiten Todesfall dringend Verstärkung.

»Gut, dass du hier bist, Jens, dann lass uns gleich starten. Hat es mit den Beweisstücken aus Zubiri geklappt?«

»Sind bereits auf dem Weg. Aber sag', Hunter, was ist eigentlich bei Hemingway passiert?«

»Es könnte ein natürlicher Tod sein, der Mann war krank und hätte nie den Jakobsweg laufen dürfen. Aber ich schließe nicht aus, dass jemand nachgeholfen hat.«

»Du meinst, Piotr?«, fragte Hanna.

»Ja, oder Tom, der gerade auftauchte und verschwand. Vielleicht auch beide. Egal wer.

Hier, Jens, sind zwei Gläser. Dieses gehört Piotr, das dem Paul Schmitts.«

Er hielt ihm das Glas von Paul dicht unter die Nase.

»Riech doch bitte.«

»Ich rieche nichts«, meinte Jens Hoppe.

»Ich habe auch nichts gerochen … und du, Hanna? Versuche es bitte auch einmal.«

Hanna schnupperte, überlegte, roch noch einmal.

»Das könnten Bittermandeln sein, ja, Bittermandelgeruch.«

»Bittermandeln … das wäre ja äußerst interessant«, erwiderte Hunter. »Wirklich interessant. Dann könnte es eine Cyanid-Vergiftung gewesen sein.«

»Könnte«, sagte Jens. »Eher unwahrscheinlich. Soviel ich weiß, können die meisten Menschen Kaliumzyanid gar nicht riechen.«

»Vielleicht gehört Hanna zu denen, die es können. Wiesbaden wird es herausfinden«, meinte Hunter. »Bis dahin gehen wir von einer natürlichen Todesursache aus.«

»Was sagt dein Bauch bis dahin?«, fragte Hanna.

»Dass ich Hunger auf eine Paella habe«, meinte er.

Hanna ließ nicht locker.

»Und wenn Piotr der Mörder von Peeters und Schmitts sein sollte, wie geht das dann hier mit uns weiter?«, fragte sie.

»Ich habe keine Lust, mit Mördern zu pilgern und schon gar nicht, mit denen in einem Raum zu schlafen.«

Hunter nickte. Er konnte ihre Sorge nur zu gut verstehen. Peeters tot und nun Schmitts. Für ihn war allerdings erst jemand ein überführter Mörder, wenn es mindestens einen stichhaltigen Beweis gab, am besten eine Beweiskette, hier gab es bisher nur Theorien.

»Schau, Hanna«, sagte er. »Da kämpfen Missbrauchstäter möglicherweise untereinander und gegeneinander· Das ist eine Angelegenheit unter Insidern. Ich sehe für uns beide keine akute Gefahr. Wir werden beobachtet, aber stehen nicht im Fokus.«

»Das kann sich aber schnell ändern, Hunter! Den Test von Hartmann habe ich nur sehr knapp bestanden. Auch du bist unter scharfer Beobachtung von Gottfried Stein, der wittert etwas.«

»Stimmt, Kollegin. Die wittern hier alle etwas, weil sie Angst haben. Das ist für die hier reine Nervensache.«

»Für mich inzwischen auch, Hunter.«

Er sah Jens an, der besorgt Hanna betrachtete und meinte einfühlsam:

»Wenn du Angst hast, Hanna, und aussteigen möchtest, dann solltest du das auch tun, ich hätte dafür volles Verständnis.«

»Ich könnte dich auch gut verstehen«, sagte Jens. »Du musst dir den Stress nicht antun, obwohl ich dich aktuell auch nicht in Gefahr sehe.«

»Und wenn ich nicht aussteige, wenn ich bleibe?«
Hunter nahm einen tiefen Zug an der Zigarette. »Dann ergreifen wir die Initiative, wir drehen das Ganze um.«
»Also doch Festnahme und Verhöre«, sagte sie.
»Ganz im Gegenteil, Hanna. Piotr soll singen und zwar freiwillig. Er verehrt dich geradezu. Ich würde dich gern als eine Art Lockvogel einsetzen.«
Hanna und Jens sahen ihn überrascht an.
»Wie stellst du dir das vor?«
»Ganz langsam, nichts überstürzen, Hanna, so eine Beziehung muss wachsen.«
»Du bist total verrückt. Du willst mich geradewegs ins Unglück stürzen, der Typ ist grauenhaft und gefährlich!«
»Grauenhaft ja, aber gefährlich? Wenn ich nur den geringsten Ansatz von Gefahr erkennen würde, würde ich diesen Vorschlag überhaupt nicht machen. Der Mann macht dir eine Liebeserklärung auf einer Pilgermuschel und will dich für sich haben. Ich sehe keine andere Motivation.«
»Das fehlt noch«, sagte sie. »Der Typ ist widerlich und stinkt. Was willst du von dem eigentlich, wenn der so ungefährlich ist? Was ist dein Ziel?«
»Das Ziel heißt Stein. Die beiden Verbrecher gehören wahrscheinlich zusammen. Das aber finden wir nur über eine Falle heraus.«
»Und du glaubst, ich könnte die Fallenstellerin sein?«
»Davon bin ich überzeugt, du musst es nur wollen.«
Während Hanna darüber nachdachte, wandte sich Hunter an Jens: »Du kannst an Wiesbaden durchgeben, dass Plan C realistisch wird.«
Hanna wusste, dass Plan C die Unterstützung durch Spezialkräfte bedeutete, das beruhigte sie enorm. Es waren laut Hunter Leute von der GSG 9. Man stufte also die Gruppe ROSE inzwischen als gefährlich ein, und sie war mittendrin. Im Grunde reizte es sie, einen Fall nicht nur durch Recherche

zu lösen, sondern auch einmal aktiv daran mitzuarbeiten. Sie war nicht ängstlich. Wer von der Redaktion durfte schon einmal so eine Erfahrung machen? Sie befand, dass sie mit Hunter, Jens und der GSG 9 keine Angst um ihr Leben haben müsse. An ihren anstehenden Piotr-Auftrag mochte sie jetzt noch nicht denken.

»Okay, Männer, dann packen wir es an! Diese Wanderung wurde ja auch ziemlich eintönig.«

* * *

Servatius verarbeitete die Informationen dieses Tages. Die Polizei würde zwischen dem Wanderunfall und dem vermutlichen Herztod keinen Zusammenhang sehen. Die Gruppe stand nicht im Fokus, noch nicht. Das Ziel Burgos musste unbedingt erreicht werden.

Servatius strich mit *Paul Schmitts* den zweiten Namen von der Liste. Dann setzte er ein Ausrufungszeichen hinter den Namen Joe Jaeger, der sich *Gerd Ballhaus* nannte, und Hanna Dohn, die sich als *Maria Feldmann* eingetragen hatte.

ETAPPE 4 - PUENTE LA REINA

– Die Beichte –

»Guten Tag, gnädige Frau! Trautmann, Internatsleitung Schloss Salem, spreche ich mit Iris von Bellheim?«

»Grüezi, Herr Trautmann, das ist ja eine seltene Überraschung, ich hoffe, es gibt keine schlechten Nachrichten.«

»Nein, gnädige Frau, mit Holger ist alles in Ordnung. Ich wollte Sie nur der guten Ordnung halber informieren, dass Ihr Gatte vor vier Tagen Ihren Sohn entgegen der Absprache besucht hat.«

»Wie bitte? Das mag ich nicht glauben! Wir hatten doch vereinbart, dass er keinen Zugang bekommen sollte, Herr Trautmann!«

»Das ist richtig, aber es war nicht zu verhindern, gnädige Frau. Ich war die ganze Woche bis gestern Abend auf einer Konferenz. Meinen Vertreter hatte ich in diese sensible Angelegenheit leider nicht eingewiesen. Nach den vielen Jahren wäre ich nie auf die Idee gekommen, dass Ihr Gatte hier einfach so erscheinen würde. Zudem war Holger spontan mit diesem Überraschungsbesuch einverstanden, es tut mir aufrichtig leid, dass das schiefgelaufen ist. Der Besuch hat auch keine halbe Stunde gedauert. Vielleicht möchten Sie Ihren Sohn sprechen? Er ist bei mir.«

»Ja, bitte – und danke, dass Sie mich informiert haben. Ich werde das Problem familienintern klären.«

»Das wäre zu begrüßen, danke für Ihr Verständnis, Frau von Bellheim, ich übergebe.«

»Hallo, Mom.«

»Hallo, mein Junge. Vater hat dich also überfallen.«

»Na ja, er stand plötzlich auf dem Hof. Was sollte ich machen ...«

»Magst du mir sagen, was er wollte?«

»Schwer zu sagen. Er wollte mich sehen, bevor er auf diesen Jakobsweg geht. Er war auch anders, nicht so cool wie sonst.«

»Wie anders?«

Holger zögerte einen Augenblick. »Er war ziemlich durcheinander.«

»Wie meinst du das?«

»Er wollte wissen, ob er mir jemals zu nahegekommen sei. Ich habe das verneint.«

»Aber was wollte er von dir in Salem?«

»Ich weiß nicht, Mom, er hat gesagt, dass wir uns sehr ähnlich sähen und ... dass er mich liebt ... er hat geweint. Ich konnte das schwer aushalten und bin gegangen.«

Iris war sich vollkommen sicher, dass Herbert versucht hatte, den Jungen mit seinen üblichen Tricks für sich zu gewinnen. Ihre gesamte Abschottungsstrategie über all die Jahre war mit diesem einen Besuch gekippt.

»Und wie geht es dir damit, mein Junge?«

»Ich weiß nicht, was ich denken soll. Aber ich weiß sicher, dass ich Dad bald wiedersehen möchte ... am besten in Zürich, wenn er wieder zurück ist.«

»Hältst du das wirklich für eine gute Idee? Es ging doch bisher auch ohne diese Nähe.«

»Ich bin älter geworden, Mom, Verachtung allein ist keine Lösung mehr.«

»Ich verstehe das, mein Junge, aber die Wirklichkeit ist schlimmer, als du dir vielleicht vorstellen magst.«

»Ich bin nicht so wirklichkeitsfremd, wie du denkst.«

»Die widerliche Welt deines Vaters möchtest du nicht kennen, Holger. Konzentriere dich voll auf deine Schule. Darum bitte ich dich.«

»Etwas anderes ist in Salem auch nicht möglich. Trotzdem beschäftigt mich die Sache sehr. Pädophilie wird hier im Unterricht leider ausgeklammert.«

»Kann ich irgendetwas für dich tun, mein Junge?«

»Nein, danke, alles okay hier.«

»Du weißt, wenn du etwas brauchst, ich bin immer für dich da.«

»Ich weiß, Mom.«

»Also mach's gut, Holger.«

»Servus, Mom, und sei nicht zu hart zu Dad, gib ihm bitte eine Chance, er ist in Not.«

Das Gespräch hatte sie zutiefst erregt. Plötzlich sah sie ihre Entscheidung, Holger vom Vater zu trennen in Gefahr. Der Junge hatte keine Ahnung, was sein Vater über alle diese Jahre getrieben hatte, vermutlich auch jetzt auf seiner sogenannten Pilgertour. Dieser Jakobsweg war der Höhepunkt der Lügerei. Wer war dieser Mann an ihrer Seite wirklich? Herberts Notebook lag tonnenschwer in ihrer Hand, als sie langsam hinunter zum Bootshaus am See ging. Sollte sie sich das wirklich antun? Reichten nicht die Bilder im Kopf? Nein, sie war es Holger schuldig, der offensichtlich dabei war, seinen Vater zu verklären. Zugleich spürte sie Wut. Der Vertrauensbruch setzte ihr stärker zu, als sie sich selbst eingestehen wollte.

Sie schaute auf das vertraute Alpenpanorama. Wie in einem Film liefen die Jahre ab, schöne erste Jahre im wunderbaren Haus, seine Karriere, das gesellschaftliche Leben in Zürich, die Geburt des Sohnes. Dann die Ernüchterung. Sie kam schleichend und wurde zur schrecklichen Gewissheit: Sie war mit einem Pädophilen verheiratet! So oft hatte sie sich vorgenommen, sorgfältiger hinzuschauen – und hatte es doch nie getan. Aber jetzt nach seinem Besuch bei Holger war es soweit, sie wollte wissen, mit wem sie wirklich eine

Ehe führte. Womöglich suchte er bei Holger Absolution oder wollte abklären, ob der vielleicht auch seine Neigungen hatte. Sie öffnete den Computer, der wie erwartet ein Passwort verlangte. Sie wusste, dass er, im Gegensatz zu ihr, mit Computern weder besonders wissend noch kreativ war, dafür hatte er seine EDV-Abteilung. Vermutlich hatte er ein Passwort gewählt, das alles andere als sicher war. Herbert war der Typ, der Begriffe aus seinem Leben verwenden würde. *Helvetia Re, Golf, Bootshaus, Holger, Salem, Iris …* Sie wechselte Groß- und Kleinschreibung. Aber ohne Erfolg. Schließlich tippte sie nur noch Kombinationen auf Verdacht ein. Keine Chance. Immerhin wurde der Computer nach den vielen erfolglosen Versuchen nicht gesperrt.

Es musste eine Lösung geben! Sie wusste, dass es Passwort-Knacker gab, aber vielleicht war das gar nicht notwendig. Sie versetzte sich in seine Mentalität. Herbert war vergesslich in Dingen, die ihn nicht interessierten, dann arbeitete er gern mit kleinen Zetteln. Zettel!

Sie drehte das Gerät herum. Vielleicht hatte er das Passwort auf die Rückseite geklebt? Fehlanzeige! Sie strich über die Rückseite des Notebooks, fand das Fach für den Akku, schob eher erwartungslos die Entriegelung zur Seite, entnahm den Akku – und sah einen Zettel mit der Aufschrift:

#Holgerschatz

Mit leicht zittrigen Fingern setzte sie den Akku wieder ein und aktivierte das System mit dem gefundenen Passwort.

Incorrect Password.

Sie fluchte innerlich, der Erfolg war so greifbar gewesen. Herbert hatte das Passwort nachträglich geändert und die Änderung wahrscheinlich allein in seinem Kopf behalten, sonst hätte er den Zettel ausgewechselt. Es musste also etwas ganz Einfaches sein. Sie schrieb das Wort in Kleinbuchstaben.

#holgerschatz – Fehlversuch.

Sie ergänzte das geschriebene Wort lediglich mit einer zweiten Raute.

#Holgerschatz# – Wieder Fehlversuch.

Sie machte einen Unterstrich zwischen den beiden Wörtern.

#Holger_schatz – Fehlversuch.

Sie beließ es bei dem alten Passwort und ergänzte es mit Holgers Geburtsjahr.

#Holgerschatz2003.

Bingo!

Der Explorer öffnete sich!

Sie atmete tief durch, als ahnte sie, dass sie jetzt an einer Weichenstellung ihres Lebens stand. Noch konnte sie stoppen, das Notebook zuklappen und ihr bisheriges luxuriöses Leben mit einem Geliebten fortführen. Alles in ihr drängte jedoch nach Gewissheit. Sie entschied sich für die längst überfällige vollständige Aufklärung. Vielleicht würde sie auch gar nicht im Notebook finden, was sie befürchtete.

Unter *Persönliches* sah sie das gemeinsame Testament, Lebensversicherungen, Hausangelegenheiten, eine Fotogalerie – und einen Ordner ICH.

Der Ordner war verschlüsselt.

»Ich habe ihn unterschätzt«, dachte sie und gab eher mechanisch das letzte erfolgreiche Passwort ein.

Sie war drin!

Eine Bildergalerie öffnete sich. Iris hielt den Atem an.

Serien mit ihm und Jungen, nicht ein und demselben, immer verschiedene. Liebkosungen, Streicheln, Lachen. Er nackt, die Jungen sowieso. Szenen in einem Internat mit dem Namen *Maria Hilf*. Die Aufnahmen mussten älter sein, denn Herbert war dort mindestens zwanzig Jahre jünger. Ihre Gefühle überschlugen sich. Entsetzt hielt sie die Hände vor das Gesicht.

Weiter!

Andere Schulen, andere Internate. Dokumentationen säuberlich nach Jahren geordnet. Erigierter Penis, Kindergesichter,

Bilder des Schreckens und des Grauens. Eine neue Datei mit dem Namen: *Lieblingsvideos*. Als sie sah, wie ihr Mann einen Jungen penetrierte, wurde es zu viel. Sie rannte aus dem Gartenhaus heraus und übergab sich.

Es dauerte, bis sie wieder bei Kräften war. Sie hielt sich am Gartenhaus fest, säuberte ihr Gesicht, riss sich zusammen und sah sich die letzte Szene noch einmal an. Das Video zeigte, wie derselbe Junge ihren Mann Herbert befriedigte. Die Szene war ungewöhnlich kurz, eher wie ein Ausschnitt aus einem Film. Herbert schien in einer Kapelle zu sein. Sie stoppte den Film und las den Dateinamen: *Jakob 1998 – 2000*. Erstaunlicherweise war die Datei erst drei Wochen alt. Zwanzig Jahre zwischen der Aufnahme und der Speicherung auf diesem Computer. Wie konnte das sein?

Sie schaltete ab und wischte sich den kalten Schweiß von der Stirn. Ihre Knie zitterten. Sie hatte immer geahnt, was ihr Mann trieb, aber was sie gerade gesehen hatte, war viel entsetzlicher, widerlicher und unvorstellbarer, als sie es jemals gedacht hatte. Das hatte mit Menschsein nichts mehr zu tun. Ihr Mann war Abschaum.

Das Passwort für diesen Abschaum war der Name ihres Sohnes, den er besucht hatte. Was würde als Nächstes passieren? Hass und Wut brachen heraus. Mit diesen widerlichen Bildern wusste sie jetzt, dass es endgültig vorbei war. Sie wollte ohne diesen Druck und diese Schmach leben. Er musste aus ihrem und Holgers Leben verschwinden – jetzt.

»Dieses Monster darf nie wieder durch diese Tür kommen ... Ich werde ihn direkt vom Jakobsweg ins Gefängnis schicken ...«

Sie versuchte, ihre Emotionen zu verdrängen und überdachte die wirtschaftlichen Folgen. Laut Ehevertrag gehörte ihr die Hälfte von allem, einschließlich Haus und Grundbesitz. Um erst einmal liquide zu sein, würde sie Aktien und die erheblichen Goldreserven veräußern. Damit war ihr Leben mit ihrem Geliebten wirtschaftlich gesichert, zumal der nur über bescheidene Einkünfte verfügte. Endlich frei!

Iris ging zurück in die Villa, duschte sich, zog sich um und schrieb:

An den Leitenden Oberstaatsanwalt des Kantons Zürich
Herrn Andreas Bremmer
Stauffacherstrasse 55, 8004 Zürich

Sehr geehrter Herr Oberstaatsanwalt Bremmer,
ich stelle Strafanzeige gegen meinen Mann, Herbert von Bellheim wegen schweren sexuellen Missbrauches an Kindern über einen Zeitraum von mindestens zwanzig Jahren. Beweise USB-Stick (beigelegt).
Mit freundlichen Grüßen
Iris von Bellheim.

Danach schrieb sie an den Aufsichtsrat der Helvetia Re, dass ihr Mann aus gesundheitlichen Gründen bis auf Weiteres dienstunfähig sei und sich melden werde.

Iris wusste, dass sich die Verhaftung wie ein Lauffeuer verbreiten würde und sie damit erst einmal gesellschaftlich erledigt war. Das aber war ihr auf einmal egal. Es war der Preis für Herberts Vernichtung. Selbst, wenn er als Pädokrimineller nur wenige Jahre hinter Gitter käme, er war in der Wirtschaft und der Gesellschaft für immer erledigt.

Sie frischte ihr Make-up auf, kämmte ihr Haar, sprühte sich ihr Lieblingsparfüm in den Nacken, schloss die Tür hinter sich, setzte sich in ihren Jaguar Coupé und fuhr zu dem, den sie liebte und dem sie vertraute.

»Mein neues Leben hat gerade begonnen, und Holger bekommst du nie!«

* * *

Im Schloss Salem bereiteten sich die Schüler auf das Wochenende vor. Holger wäre am liebsten nach Zürich gefahren, zumal Mutter dort allein war. Aber gerade deswegen verwarf
er das Vorhaben. Der Besuch des Vaters hatte bei ihm den
Wunsch nach neuer Nähe, nach Offenheit und Vertrautheit
ausgelöst.

Mehrmals ertappte er sich dabei, ihn anrufen zu wollen, aber
was sollte er ihm sagen, außer einigen Belanglosigkeiten. Was
er in sich trug, war alles andere als belanglos. Er setzte sich
an seinen kleinen Schreibtisch und schrieb:

Lieber Dad,

*Dein Besuch war ein Fehler, dachte ich. Nein, er war es nicht!
Als Du gingst, war ich nicht mehr der, den Du begrüßtest. Wir
mögen nur wenig gesprochen haben, aber haben uns mehr
gesagt als in dem ganzen Leben zuvor. Ich habe gespürt, wie
sehr ich Dich vermisst habe, wie sehr ich Dich liebe.*

*Nachdem Du gegangen warst, habe ich mich mit dem Prob-
lem der Päderastie auseinandergesetzt. Du bist nicht allein
mit deinem Problem. Die Knabenliebe war im antiken Grie-
chenland gesellschaftlich anerkannt, sogar ein Statussymbol.
Heute ist es ein Vergehen oder gar ein Verbrechen. Es muss
für Dich ein Horror sein, dieses Verlangen in Dir zu tragen,
auch, wenn es so alt ist wie die Menschheit. Ich möchte Dir
sagen, dass ich trotzdem an Dich glaube. Dass ich darauf
vertraue, dass Dein Jakobsweg Dir helfen wird, Dein Problem zu beherrschen. Du wirst das schaffen, ich weiß das. Ich
glaube an Dich.*

Du wirst immer mein geliebter Vater sein, egal was passiert.

Dein Sohn Holger

Er tütete den Brief ein und adressierte ihn PERSÖNLICH an
seinen Vater nach Zürich.

* * *

Hunter verließ die *Casa Paderborn*, um Camino das Frühstück zu bringen. Üblicherweise sprang der ihm gleich entgegen, doch Camino ließ sich nicht blicken. Besorgt schaute Hunter auf den dichten Verkehr der *Playa de Caparroso* direkt vor der Herberge. Er rief den Hund, ging sodann um den kastenförmigen Bau herum, in der Hoffnung, Camino dort zu finden. Camino blieb verschwunden.

»Wahrscheinlich hatte der wieder etwas Fressbares gefunden«, dachte Hunter und ging in den kleinen Garten, in dem zu dieser Zeit Pilger an der kleinen Sitzgruppe verweilten und sich auf den Tag vorbereiteten. Die Chance ihn dort zu finden war groß. Camino war ein besonders menschenorientierter Hund. Zudem kannten viele Pilger Camino bereits von der bisherigen Wanderung. Er und Camino waren Gesprächsthema, denn es gab kaum andere Pilger mit einem begleitenden Hund.

»Hat jemand Camino gesehen?«, fragte Hunter.

»Nein, sorry, nicht in der letzten halben Stunde.«

Er ging zu seinem 4-Bett-Zimmer.

»Camino, komm zu Herrchen!«

Er suchte die anderen Zimmer ab. Da es in der Casa Paderborn keinen großen Schlafsaal gab, ging er durch jedes der kleinen Zimmer. Auch hier blieben die Rufe erfolglos.

Die verschiedensten Szenarien blitzten durch Hunters Kopf. Da war plötzlich die Angst, dass Camino etwas passiert sein könnte.

»*Überfahren ... entführt ...* vergiftet ...?«

Schlagartig wurde ihm bewusst, wie sehr Camino ihm inzwischen ans Herz gewachsen war. Er ging wieder vor die Casa Paderborn.

Pater Domingo kam hinzu, hörte die Rufe und sah Hunters leicht panischen Blick.

»Keine Sorge, Camino kann nicht weit sein, er gehört zu dir, weil er dich mehr liebt als sich selbst.«

»Aber irgendetwas liebt er mehr als sein Herrchen«, murmelte Hunter nunmehr ziemlich sauer.

Er ging an die Rückseite der Herberge und rief nunmehr den Namen seines Hundes bis zum nahen Fluss Arga hinunter.

»Der ist hier bei mir!«, hörte Hunter Toms Stimme. Der packte gerade sein Zelt zusammen, während Camino an einem Knochen kaute und keine Notiz von Herrchen nahm. Immerhin wedelte sein Schweif.

»Ich war wohl mit dem Frühstück schneller als du, keine Chance!«, lachte Tom.

So erleichtert Hunter war, jetzt wollte er es wissen. Er blieb etwa zwanzig Meter vor dem Hund stehen.

»Camino, hier!«

Camino dachte nicht daran, zu kommen. Er lag auf dem Boden, den Knochen zwischen beiden Pfoten.

»Das wird interessant«, grinste Tom.

»Camino, hier!«

»Keine Chance, Gerd! Straßenhunde vergessen alles, wenn etwas Essbares in Sichtweite ist.«

Hunter rief noch einmal – und resignierte. Er tat, was alle frustrierten Besitzer nicht erzogener Hunde machen, er ging zum Hund und leinte ihn an.

»Wo ich dich gerade hier habe«, meinte Tom. »Wer bist du wirklich, Gerd? Wie ein Polizist siehst du auf jeden Fall nicht aus.«

»Stimmt, im Gegensatz zu dir, *Major Tom,* in deinem permanenten Kriegszustand«, konterte Hunter. »Oder gehörst du vielleicht zu irgendwelchen Spezialkräften? Wer ist der Feind in diesem Kampfeinsatz?«

»Servatius ist mein Feind, so wie deiner. Der will unser Leben zerstören, auch deines. Vielleicht wirst du mir noch sehr dankbar sein.«

202

»Gewiss nicht! Und ein Rat, Tom: Halte dich besser zurück, wir haben auf dem Camino schon zu viel Aufsehen mit der Gruppe! Es fehlt nur noch, dass wir die Medien im Schlepptau haben. Trotzdem, danke noch einmal für die Versorgung von Camino.«

Damit ließ er den laut Akte vorbestraften Kinderschänder, Möchtegern-Einzelkämpfer und männlichen Escort allein. Auch ihn würde sich das BKA noch vorknöpfen.

Hunter verließ Pamplona über die *Plaza de Navarreria* und folgte dem Jakobsweg in Richtung Cizur Menor. Er sprach ernsthafte Worte zu Camino, dass er nicht heimlich verschwinden könne, schließlich habe er sein Herrchen ausgesucht, nicht umgekehrt. Da Camino an diesem Gespräch kein Interesse zeigte, sondern wie wild an der ungeliebten Leine zog, beschloss Hunter bei nächster Gelegenheit einen Anhänger für Caminos Halsband zu kaufen, auf dem eine Kontaktnummer dokumentiert sein würde.

Er überholte zwei schwerbepackte Pilger.

»Wie gut, dass der parallele Gepäcktransport reibungslos funktioniert«, dachte er. Inzwischen trug er keine vier Kilogramm mehr auf dem Rücken. Selbst den Getränketransport für den Tag hatte er reduziert. Brunnen und Shops gab es genug, zu viele Shops.

Es war unübersehbar, dass sich der *Camino Francés* im Laufe der Jahre zu einem mächtigen Wirtschaftsfaktor entwickelt hatte. Ihn nervte, dass die schmalen Wege an einigen Stellen so mit Pilgern überfüllt waren, dass man oft lange hintereinander wandern musste. Die Toiletten der Gaststätten konnten dem nicht mehr Herr werden und sahen entsprechend aus. Hunter registrierte mit Abscheu das am Wegesrand benutzte Toilettenpapier und den achtlos zurückgelassenen Plastikmüll. Dieses war die unschöne Seite des bekanntesten aller Jakobswege. Von Wiederholungspilgern hatte er gehört, dass sich das Problem auf den letzten einhundert Kilometern der „Rennstrecke" von Sarria nach Santiago de Compostela, noch verstärken würde. Sollte er noch einmal auf dem Jakobsweg pilgern, das wollte er nicht ausschließen, würde er den weniger belaufenen Küstenweg oder den portugiesischen Jakobsweg wählen.

Vor ihm lief Hanna mit ihrem Verehrer. Sie verlangsamten beide ihren Schritt und blieben stehen. Hunter lächelte, denn er konnte sich vorstellen, was sie ihm gerade auf ihrem Handy zeigte, er hatte sie mit übelsten Missbrauchsfotos versorgt. Das war ein Teil der Strategie, Piotrs uneingeschränktes Vertrauen zu erwirken. Piotr schien begeistert, sah sie bewundernd an und drehte sich vorsichtig um, als wollte er die Gegend nach Gefahren absuchen.

Hunter setzte sich auf einen Baumstamm, um wieder eine Distanz zu den beiden herzustellen. Außerdem war der steile Aufstieg zur Passhöhe *Puerto del Perdón* mühsam. Ein guter Zeitpunkt für eine Bestandsaufnahme.

Das Projekt lief jeden Tag mehr auf einen Punkt zu, konkret auf Hanna, alias Maria. Er war in der Rolle des Gestalters, Maria am Tag X in der Rolle des Akteurs. Bisher war ihre Legende perfekt aufgegangen. Oder gab es inzwischen vielleicht doch jemanden, der ihn und Hanna identifiziert und gar als Duo erkannt hatte? Falls ja, von welcher Person drohte eine mögliche Gefahr? Nach den beiden mutmaßlichen Morden ging sie allenfalls von Tom Rex, Gottfried Stein oder Piotr aus. Pater Hartmann schätzte er diesbezüglich als ungefährlich ein, der hatte genug damit zu tun, den täglichen Weg zu schaffen. Ohne seine Schwester wäre der längst wieder zu Hause. Von Bellheim war schwer einzuschätzen. Der würde nie selbst Hand anlegen, eher Aufträge vergeben, und wo wäre dessen Motiv?

Interessant war, dass auch der sympathische Pater Domingo seine wahre Herkunft verschwieg, wie sie alle. Auch Domingo würde seine Gründe haben. Er hatte den Pater kurz vorher in dem Ort Zariquiegui an der Kirche San Andrés im Gespräch mit dem Holländer gesehen, dem Schatten der Gruppe. »Der Holländer ... könnte er dieser Servatius sein? Reine Spekulation.«

Logisch erschien, dass der Briefabsender und Servatius ein und dieselbe Person waren und dass diese um Hunters und Hannas Identität wusste, sowie deren gemeinsamen Bezug zu *Maria Hilf*.

»Mich gibt es schon lange nicht mehr«, hatte der anonyme Briefschreiber geschrieben. Die Person hatte sich also sozusagen von der eigenen Vergangenheit gelöst und war zu Servatius mutiert. Es war höchst unwahrscheinlich, dass diese geheimnisvolle Person in der Gruppe mitlief. »Spätestens als die Pilgerwanderung durch die beiden Todesfälle aus dem Ruder lief, hätte man einen mitlaufenden Servatius erkannt«, folgerte Hunter.

Während sich die Pilger die Passhöhe hochquälten, überlegte der pausierende Hunter, was Servatius von ihnen beiden erwartete. Er musste wissen, dass seine beiden „Gäste" Ergebnisse brauchten, um zu Hause tätig zu werden, er strafrechtlich, sie als Journalistin. Was würde Servatius ihnen in Burgos bieten, was sie nicht schon selbst herausgefunden hatten? Je mehr er darüber nachdachte, umso mehr reifte die Erkenntnis, dass möglicherweise nicht das Ziel Burgos die alles erklärende Auflösung brachte, sondern der Weg selbst.

Für Hunter hatte die Gruppe *ROSE* das Bild kippender Dominosteine angenommen. Die mutmaßlichen Morde an Peeters und Schmitts eröffneten mit Sicherheit wichtige neue Zusammenhänge. Das BKA in Wiesbaden und er an der Pilgerfront arbeiteten intensiv daran, die anderen Dominosteine zu kassieren, bevor sie weiter von selbst kippten. Doch die Zeit drängte. Denn die kriminelle Eigendynamik der Missbrauchs-täter entwickelte sich schneller als die Voraussetzungen zum polizeilichen Zugriff. Wenn es das war, was Servatius plante, war diese Gestalt hinter dem Vorhang ein großer Stratege. Selbstjustiz als Strategie. Ein Polizist, der aufnahm, und eine Journalistin, die berichtete. Doch welcher Dominostein könnte als nächster kippen? Vielleicht Gottfried Stein, der fistelnde, äußerst vorsichtige und hochintelligente IT-Berater? Der Türöffner zu Stein war zweifellos Pilger Piotr. Zwar versuchten beide, ihre Verbindung zu verbergen, aber besonders die Körpersprache von Piotr zeigte Hunter die eindeutige Nähe der beiden. Wiesbaden suchte weiter mit Hochdruck nach Erkenntnissen über das Duo, bisher erfolglos. Egal, Hanna würde hoffentlich schon sehr bald über die vorsichtig eingefädelte Beziehung zu Piotr Fakten schaffen. Wenn Wiesbaden nicht digital zufassen konnte, dann eben er an der Front, mit der alten, bewährten Methode.

Immer wieder gingen die Gedanken zu Hanna. Er wusste, was er ihr zumuten würde und bekam eine Gänsehaut, wenn er nur daran dachte. Würde sie es durchhalten? Noch kannte sie seinen Plan nicht, der selbst für ihn Neuland war und ihn nachts aufschrecken ließ.

Hastig zog er eine Zigarette heraus und starrte in die Landschaft. In der Ferne erblickte er zunächst einen riesigen Windpark und dann die metallene Skulptur eines Pilgerzuges. Der Aufstieg auf den Puerto del Perdón hatte sich wahrlich gelohnt, die grandiose Fernsicht über die Hügellandschaft mit gelben Blumenwiesen war atemberaubend.

Er sah eine Pilgergruppe auf der Bergspitze vor einer metallenen, langgezogenen Pilgerkarawanenskulptur stehen, die Gruppe ROSE. In der Mitte seine konspirative Investigativ-Journalistin Hanna Dohn, als Maria unterwegs. Sie hatte sich inzwischen durch ihre ungezwungene Art die Sympathie aller erworben. Sie war eine von ihnen, aber galt den anderen als ungefährlich. Unmöglich konnte diese Frau jemandem etwas antun oder gar Servatius sein, nur darum ging es.

Maria las aus einem Reiseführer, dass Jakobswegfreunde diese Pilgerkarawanenskulptur 1996 errichtet hatten. Unterhalb des Passes würde eine Quelle entspringen, aus der, so die Sage, der Teufel durstigen Pilgern Wasser angeboten habe, wenn sie Gott, die Heilige Jungfrau Maria oder wenigstens den Heiligen Jakob verleugneten, was die Pilger selbstredend abgelehnt hatten.
Die vorlesende Maria meinte, wenn jemand Wasser brauche, sie habe Vorrat dabei. Pater Hartmann nahm es dankbar an, zumal Maria darauf hinwies, dass in Kürze ein steiler und nicht ungefährlicher, steiniger Abstieg anstehe, bei dem es bereits Abstürze gegeben hätte. Es war das erste Mal, dass jeder der Gruppe *ROSE* spontan entschied, nicht allein zu wandern, sondern in der Gemeinschaft. Zu sehr lief die Angst vor einer möglichen Gefahr mit. Pater Domingo, der eindeutig schnellste Wanderer, verlangsamte sein Tempo dementsprechend. Jeder konzentrierte sich darauf, auf den noch regennassen, glatten Steinen nicht auszurutschen.

»Unsere hundert Betten sind mit euch jetzt alle belegt«, sagte der Herbergsvater der *Kirchlichen Herberge* in Puente la Reina zu Pater Domingo.
»Ich bin froh, dass wir überhaupt noch einen Platz bekommen haben«, erwiderte der dankend und sah, dass alle Wanderer der Gruppe *ROSE* auf die neun Schlafräume verteilt waren.
An einem der hohen Rundbögen, die den Eingangsbereich der Herberge säumten, erkannte er Herbert auf dem Boden hockend, sein Kopf ruhte auf den Knien.
»Geht es dir nicht gut, Herbert?«
Der Pater blickte in ein vollkommen verstörtes Gesicht.

»Was um Gottes willen ist passiert?«

»Nichts«, sagte der. »Außer, dass es so nicht mehr weitergeht!«

»Möchtest du reden? Ich hatte dir das schon einmal angeboten.«

Herbert schwieg, Domingo erwartete wieder eine Absage.

»Nein, Pater, nicht reden, es ist Zeit zu beichten.«

Jetzt schwieg der Pater. Herbert sah ihn fragend an.

»Ich kann dir die Beichte nicht abnehmen.«

»Aber Sie sind doch ein Pater, warum nicht? Müssen Sie es nicht, wenn ein Sünder Sie darum bittet?«

Pater Domingo zögerte mit der Antwort. Sie würde einen Teil seiner Vita preisgeben. In der Gruppe war vereinbart, dieses nicht zu tun, daran fühlte auch er sich gebunden. Aber angesichts der Not von Herbert entschied er, die wahre Antwort zu geben.

»Ich bin kein Priester, ich bin ein Diakon. Ein Diakon darf fast alle priesterlichen Aufgaben vollziehen. Du kannst auch bei mir beichten. Aber eine sakramentale Lossprechung von den Sünden, wie du es wohl wünschst, ist mir als Diakon nicht möglich, so gern ich dir helfen möchte.«

Herbert sah ihn erstaunt an. »Warum nennen Sie sich dann Pater und nicht Diakon?«

»In der romanischen Sprache sind wir Padres, das macht keinen Unterschied.«

Herberts Kopf sank erneut auf die Knie.

Pater Domingo überlegte. Der Mann wollte unbedingt Absolution.

»Vielleicht magst du Pater Hartmann ansprechen, der darf das.«

Die Kirche *Iglesia del Crucifijo* gegenüber der Herberge war nahezu leer. Herbert von Bellheim nahm das nicht wahr, wohl aber Pater Dr. Johannes Hartmann, der vor dem bekannten

Kruzifix in Y-Form aus dem 14. Jahrhundert betete. Als er Herberts Schritte hörte, wies er ohne eine weitere Bemerkung zu einem Beichtstuhl.

Herbert von Bellheim begann:

»Im Namen des Vaters und des Sohnes und des Heiligen Geistes. Amen.«

Pater Hartmann hinter dem Holzgitter antwortete stereotyp: »Gott schenke dir wahre Erkenntnis deiner Sünden und seiner Barmherzigkeit. Bekenne nun deine Sünden.«

Herbert zögerte. Nicht, weil es ihm schwerfiel, zu beichten, sondern wissend, wer dort auf der anderen Seite saß, der Internatsleiter von *Maria Hilf* und Cheforganisator der Gruppe *ROSE.* Der Kirchenmann, der als einer der Ersten mit Bitcoins im Darknet zahlen ließ. Er, Bellheim, war mit den Jungen immer liebevoll umgegangen, aber dieser Pater hatte nie einen Hehl daraus gemacht, dass die Jungen für ihn Instrumente waren. Doch das war jetzt nachrangig, er hatte sich zur Beichte entschlossen. Auch durfte er bei diesem Priester auf Verständnis hoffen, denn beide teilten die gleiche sexuelle Obsession. Er mochte diesen Hartmann nicht, aber in dieser Stunde war der ein Medium zu Gott, dem Barmherzigen, von dem er Absolution erhoffte.

Hartmann wiederum hatte das Beichtgespräch angenommen, weil er sich Erkenntnisse über diesen Herbert versprach. Der priesterliche Auftrag war hier für ihn nebensächlich. Schon mit den ersten Sätzen erfuhr er, wen er vor sich hatte. Dass Herbert von Bellheim nach Einstellung seiner Besuche in *Maria Hilf* weiterhin Jungen missbrauchte und erfolglos versucht hatte, seine Pädophilie zu überwinden. Dass er nicht nur nach Servatius suchte, sondern auch pilgerte, um eine Lösung für sich zu finden.

»Ich bitte Gott um die Vergebung meiner Sünden.«

»Vertraue auf die Barmherzigkeit Gottes, mein Sohn.«

»Ich brauche keine Barmherzigkeit, ich brauche eine Lösung. Du, Hartmann, weißt genau, welche das ist!«

Der Priester zuckte zusammen.

»Meine Person spielt hier keine Rolle«, kam es scharf durch das Gitter. »Ich bin nur ein kleiner, unwichtiger Diener des Herrn.«

»Aber einer, der genauso weiß wie ich, dass dir am Ende deiner erfolglosen Bemühungen nur eine Kastration helfen kann. Würdest du dich kastrieren lassen, Johannes Hartmann? Hilf mir mit deiner ehrlichen Aussage.«

Hartmann wollte abbrechen, denn der Beichtende hielt die Regeln nicht ein. Doch er besann sich.

»Hör zu, Herbert von Bellheim, ich bin ein alter, kranker Mann. Meine Tage sind gezählt. Sexualität ist schon lange kein Thema mehr für mich, seitdem ich erlebe, welche Strafe mir Gott auferlegt hat. Du aber bist gesund, du bist handlungsfähig, suche deinen Weg. Wenn du dich wirklich bemühst, wird es gelingen. Sprich mit deiner Frau, sprich mit deinem Sohn.«

Er machte eine Pause und flüstert dann durch das Gitter: »Aber mach nicht den Fehler, mit der Polizei zu reden.«

»Wer spricht da gerade, der Priester oder der Kinderschänder Hartmann?«

Hartmann zuckte erneut zusammen.

»Ein Freund spricht zu dir. Was ist ein bisschen einvernehmliche Spielerei, die Gott dir nachsieht, angesichts des Grauens auf dieser Welt? Du würdest mit deiner weltlichen Öffnung deine Mitpilger vernichten. Deine Schuld würde unverzeihbar werden – auch vor Gott, unserem Herrn.«

»Und diesen Unsinn sagst du mir im Beichtstuhl als Diener Gottes?«

»Beruhige dich, Herbert, denke nach, du bist ein kluger und frommer Mann. Gott liebt auch dich. Aber wisse, deine Verschwiegenheit ist der Schlüssel für die Lossprechung deiner Sünden. Wirst du das versprechen?«

Herbert ließ sich zurückfallen, es war zu offensichtlich, unglaublich. Dieser Priester war auch im Beichtstuhl ein Falschspieler, der versuchte, seine eigene Haut zu retten. Vielleicht war er sogar Servatius, der die Gruppe, wie Tom es sagte, aus Eigeninteresse im Beichtstuhl sehen und disziplinieren wollte. Vielleicht war die ganze Pilgerreise ein einziges Hartmann-Theater. Widerlich! Herbert hörte kaum noch hin, als der Priester murmelte:

»So spreche ich dich los von deinen Sünden. Im Namen des Vaters und des Sohnes und des Heiligen Geistes. Amen.«

Doch das „Beichtgespräch" hatte zumindest eines bewirkt: Er würde auf jegliche Therapien verzichten und sich direkt nach Rückkehr kastrieren lassen. Herbert wusste, dass er dadurch die Libido verlieren oder mindern würde, aber nicht die sexuelle Orientierung. Und er würde mögliche schwere körperliche und psychische Folgen in Kauf nehmen. Vielleicht würde er sogar arbeitsunfähig werden. Aber Kastration war das letzte Mittel, den Trieb zu bändigen, alles andere hatte versagt. Er wollte die Veränderung.

Zum ersten Mal gab es Hoffnung.

* * *

Servatius zog aus einem Notizblock einen eng gefalteten, verknitterten, zwanzig Jahre alten Brief. Er hatte ihn unzählige Male gelesen, kannte jedes Wort und las den Text erneut.

An Jesus Christus, den einzig wahren Judas.
Einen jeden Tag habe ich zu dir gebetet, doch als ich dich brauchte, warst du nicht da. Du hast bei jedem Missbrauch von deinem Kreuz geschaut, selbstverliebt in dein Leid, unse-

res hat dich nicht interessiert. Du bist einmal getötet worden und durftest gehen. Wir wurden alle vier Wochen ermordet. Wenn ich nun zu dir komme, werde ich dich fragen, warum du uns im Raum der Ergebenheit verraten hast. Du wusstest, dass auch Elias sich umbringen würde, wenn es wieder passiert.

Du selbst bist der schlimmste Judas unter deinen Jüngern.

Jakob

ETAPPE 5: ESTELLA

– Schicksalsbrücke –

»Guten Morgen, Gerd, du bist offensichtlich ein Frühaufsteher wie ich.« Der Pater war sichtlich erfreut, ihn zu sehen. Er mochte diesen kleinen, fröhlichen Mann, hielt sich aber mit Sympathiebezeugungen in der Gruppe konsequent zurück.
»Guten Morgen, Pater Domingo, richtig, der frühe Vogel fängt bekanntlich den Wurm.«
Pater Domingo wollte gerade nach Hunters Wurm fragen, als eine Textnachricht eintraf. Hunter sah, wie der Pater bleich und nervös wurde.
»Hast du Herbert heute Morgen schon gesehen, Gerd?«
»Nein, haben wir ein Problem?«
»Tom hat mir eine seltsame Nachricht geschickt, hör' zu:
»Acht kleine Negerknaben, die gingen und stahlen Rüben. Den einen schlug der Bauer tot, da blieben nur noch sieben.«
Hunter begriff sofort.
»Wo ist das Bett von Herbert, Pater?«
Pater Domingo schaute hastig auf den Zettel mit der Bettzuteilung. Wenig später standen sie vor Herberts Lager. Er war nicht anwesend, aber sein Rucksack und seine Jacke lagen auf dem Bett und auch sein Handy. Der Pater atmete erleichtert tief durch.
»Na also, er wird noch beim Frühstück sein, ich schaue mal nach, Gerd!«

Es waren die Momente, in denen der Kriminalhauptkommissar ein ganz bestimmtes Gefühl bekam, das Gefühl, wenn alles plötzlich auf einen Punkt hinausläuft. Dieser Tom hatte eine spezielle Art zu kommunizieren, zynisch, aber inhaltlich eben auf den Punkt. Seine Botschaft war absolut ernst zu nehmen.

... da blieben nur noch sieben ...

Die persönlichen Sachen auf dem Bett schienen beruhigend, aber in Verbindung mit der Nachricht des Verfassers bedeuteten sie das krasse Gegenteil. Was hatte Herbert von Bellheim, der prominente Vorstandsvorsitzende aus Zürich, vor? Was war zwischen gestern Abend und heute Morgen passiert? Kurzentschlossen griff er zu dessen Handy. Der Bildschirm öffnete sich ohne irgendeine Sicherung mit einer Textnachricht von 01:12 Uhr.

Du hast gegen unsere Absprache Holger besucht. Ich habe deinen Computer eingesehen und weiß jetzt, wer du wirklich bist: eine widerliche Bestie, die kleine Jungen vernichtet! Ich habe dich bei der Oberstaatsanwaltschaft angezeigt, die Helvetia Re informiert und die Codierung für das Haus geändert. Die Scheidung ist eingereicht. Fahr zur Hölle! Iris.

»Er ist nicht im Speiseraum, Gerd, niemand hat ihn gesehen, aber Tom schreibt, wir sollen zur Brücke kommen, wo er zeltet.«

Puente la Reina, die Brücke der Königin, zeigte an diesem sonnigen Morgen keine Besonderheiten, außer dass einige Menschen an ihrer höchsten Stelle auf den Fluss Arga blickten, der, wie Hunter fand, mit seinem braunen Wasser wenig einladend wirkte. Das störte die Pilger dort oben wohl nicht. Die Brücke zählte zu den größten Sehenswürdigkeiten auf dem Jakobsweg, also war anzunehmen, dass die Pilger den Fluss und das dreitausend Einwohner zählende Städtchen fotografierten.

Pater Domingo ging plötzlich so schnell, dass Hunter mit dem angeleinten Camino kaum nachkam. Pilger beugten sich über den Brückenrand, einige riefen und wiesen aufgeregt nach unten. Ein menschlicher Körper hing etwa zwei Meter unterhalb des steinernen Brückengeländers.

Der Pater und Hunter rannten mit dem bellenden Camino zur Brücke. Pater Domingo beugte sich über die Seitenmauer·

»Er ist es, Gerd! Mein Gott, er ist es!«

Hunter sah sich den Erhängten an.

»Ja, eindeutig, das ist Herbert.« Er biss sich auf die Zunge, beinah hätte er *von Bellheim* nachgesetzt.

»Warum, Gerd, warum bringt er sich um?«

Hunter schwieg, er kannte die wahre Antwort.

Die Menschen wichen zur Seite, als Pater Domingo zum Ort des Geschehens eilte. Er blickte an dem Seil entlang auf den unbewegten Körper. Der Kopf hing schräg zur Seite, das Gesicht leicht nach unten.

Hunter sah sich die Szene eingehend an. Klarer Selbstmord, wie er in Deutschland zehntausend Mal im Jahr geschah, mehr als Verkehrs- und Drogentote zusammen. Der arme Herbert gehörte zu den fünfzig Prozent, die den Strick wählten. Den Kriminalhauptkommissar schreckten derartige Anblicke nicht mehr. Eher, dass unten am Fluss dieser gestörte Rex stand und ein Daumen-Hoch-Signal gab. Hunter bahnte sich einen Weg durch die Neugierigen, die nur widerwillig den besten Platz für das Foto des Tages hergaben. Am liebsten hätte er seine Dienstmarke gezogen und die Menschen fortgeschickt. Er überlegte, wie er Herbert am besten hochhieven konnte. Der hatte das Seil durch den brüchigen Mauerrand geführt, dreifach verknotet und musste wohl mit der Schlinge um den Hals gesprungen sein.

»Haben wir noch eine Chance, Gerd?«, fragte der Pater.

»Was weiß der Pater über mich, dass er mich so fragt«, dachte Hunter.

»Nein, ausgeschlossen. Die Bewusstlosigkeit tritt spätestens nach einer halben Minute ein, nach etwa vier Minuten ist das Gehirn unwiderruflich geschädigt, kurz darauf tritt der Tod ein. Durchaus möglich, dass bei der Fallhöhe von etwa zwei Metern das Genick gebrochen wurde, dann war er sofort tot. Vielleicht war das seine Absicht, es gerade hier zu machen ... er musste jedenfalls nicht leiden.«

Hunter beugte sich über die Mauer und begann zu ziehen. Doch der schwere Körper bewegte sich kaum.

»Moment, ich helfe«, sprach jemand mit holländischem Akzent.

»Du schon wieder!«, erwiderte Hunter zu der roten Mütze.

»Danke, wenn wir hier fertig sind, sollten wir uns einmal unterhalten.«

Sie zogen den Körper gemeinsam nach oben. Während Hunter das Seil hielt, griff der Holländer unter die Arme des Toten und sagte keuchend:

»Wir werden später einmal reden, in der Zwischenzeit pass gut auf dich auf!«

Hunter sah erstaunt zu ihm hinüber· Er wusste nicht, ob das eine Sorge oder Drohung war. Sie legten den Körper auf die Straße.

Die Pilger wichen zur Seite, als die Guardia Civil mit drei Fahrzeugen und einem Ambulanzwagen eintraf.

Hanna, Piotr, Gottfried und die Hartmanns eilten herbei. Pater Domingos Blick traf Pater Johannes Hartmann wie ein Messer.

»Wie konnte das passieren? Was weißt du, was ich nicht weiß? Was war bei euch im Beichtstuhl los?«

Hanna sah zu Hunter hinüber, der den Blickkontakt vermied. Piotr sprach sie an: »Kanntest du ihn, Maria? Was geht hier vor? Warum sterben bei uns dauernd Menschen?«

Hanna dachte an Hunters Auftrag, liebenswürdig zu sein. »Ich weiß es nicht, Piotr, aber es macht mir Angst.«

»Du brauchst keine Angst zu haben, Pilger Piotr wird dich beschützen.«

Gottfried hörte das mit Missbilligung und ging zu Hunter.

»Morgen, Gerd.«

»Morgen.«

»Irgendeine Idee?«

»Keine Ahnung, ich bin ratlos und traurig, er war einer von uns.«

Gottfried sah ihn an. Was meinte er? »Einer von uns Pilgern oder einer von uns Maria-Hilf-Akteuren?«

»Vielleicht weiß Tom mehr«, sagte Hunter und zeigte zum Zelt hinunter.

Tom beobachtete von unten mit vergnügtem Interesse das Treiben auf der Brücke und fotografierte mit seiner digitalen Spiegelreflexkamera. Er sah sich seine Bilder an. Das Beste war zweifellos die am Brückengeländer baumelnde Leiche – eine Serie gezoomt, die andere mit Weitwinkel. Er setzte eine E-Mail an eine Hamburger Illustrierte auf:

Deutscher Pilger erhängt sich an der Brücke Puente La Reina. *Ich biete Exklusiv-Fotos gegen Honorar. Bitte Vorschlag.*

Er hängte ein Bild anbei und unterzeichnete mit einem falschen Namen.

»Sehr bedauerlich, dass die Leiche nicht Johannes Hartmann heißt«, dachte er.

Hunter blickte sich nach dem Holländer um, der war verschwunden, wieder einmal. Was meinte der mit der Bemerkung, dass er auf sich aufpassen solle?

Er sah Domingo mit Hartmann reden, der zuckte nur hilflos mit den Schultern.

Während die Leiche abtransportiert wurde, fragte der Polizist der Guardia Civil:

»Wer kennt den Toten?«

Die Gruppe *ROSE* schwieg, doch Pater Domingo informierte die Beamten, dass die persönlichen Gegenstände des Toten in der *Kirchlichen Herberge* zu finden seien.

»Und wie geht das jetzt hier weiter?«, fragte Gottfried. »Wie wäre es, wenn wir diesen makabren Pilgerausflug abbrechen?«

»Wieso?«, sagte der inzwischen hinzugekommene Tom. »Jeder hat das Recht, sich aufzuhängen, was hat das mit uns zu tun?«

Hanna und Christiane sahen ihn entsetzt an.

»Kann ich den beiden Damen helfen?«, fragte er galant. »Ihr müsst keine Angst haben. Unser schweigsamer Herbert starb ohne Fremdeinwirkung aus freiem, eigenem Entschluss. Der hatte keine Lust, Servatius zu sehen, ganz im Gegensatz zu mir. Ich gehe weiter. Wer sich ebenfalls umbringen will, möge es mir vorher sagen, ich berate kostenlos.«

Hunter reichte es. »Vielleicht hältst du jetzt mal deine Klappe. Hier ist gerade ein Mensch gestorben! Jemand, der in großer Not war und keinen Ausweg mehr wusste. Wir sind auf deine dämlichen Kommentare nicht scharf.«

»Pass du auf deine Worte auf, kleiner Wichser – und auf deinen Hund!«, zischte Rex zurück. »Ich könnte sonst meine Zielrichtung ändern.«

Gottfried fragte sich, wie Gerd angesichts dieser Drohung reagieren würde, doch der blieb gelassen und sagte: »Ich sehe, Pater Domingo möchte etwas sagen.«

Pater Domingo nahm einen Zettel und einen Bleistift zur Hand. Er schrieb:

Gottes Liebe ist größer als unser Herz.

Er reichte den Zettel in die Gruppe weiter.

Johannes Hartmanns schrieb: *Der Herr nehme Dich in sein Reich auf.*

Christiane: *Warum, Herbert?*

Hunter: *Mögest Du jetzt frei sein.*

218

Hanna: *Gute Reise, Herbert.*
Piotr auf russisch: *Uvidimsya – Auf Wiedersehen.*
Gottfried: *Guten Flug.*
Tom: *Danke für das Honorar.* Pater Domingo legte den Zettel auf den Brückenrand, beschwerte ihn mit einem Stein und sprach ein Gebet.
Die Leiche wurde abtransportiert, die Brücke war wieder frei. Aus der nahen Kirche schlugen die Glocken 08:30 Uhr. Weitere Pilger liefen vorbei, nicht ahnend, welche Tragödie sich hier abgespielt hatte.
Pater Domingo blickte nachdenklich in den Fluss, zur Herberge zurück und in Richtung Jakobsweg. Sie spürten, dass der Reiseleiter vor einer Entscheidung stand. Dann sah er mit energischem Ausdruck in die Gruppe, zog seine Pilgertasche über die Schulter und seine Kordel fest.
»Wir haben 22 Kilometer vor uns. Die Unterkunft in Estella heißt *Städtische Herberge*. Auf geht's!«
Die sieben verbliebenen Teilnehmer der Gruppe *ROSE*, Christiane, Johannes, Piotr, Gottfried, Maria, Gerd und Tom, nahmen ebenfalls das Gepäck auf und verließen die *Puente La Reina* in einem steilen Aufstieg Richtung Mañeru. Tom Rex fixierte Gerd wie durch ein Zielfernrohr und heftete sich an dessen Fersen.

* * *

In Zürich hatte sich Iris nach einem ausgiebigen Frühstück die Haare gerichtet und wollte gerade den Morgenmantel ausziehen, als es an der Haustür klingelte. Auf dem Monitor sah sie zwei Polizisten in Uniform, sie erschrak.
»Die wollen Herbert holen ... das ging aber schnell ... Es ist also soweit.«
In diesem Augenblick fühlte sie, dass jetzt die Zeitenwende eintreten würde, über die sie die ganze letzte Nacht gegrübelt

und sich zwischendurch auch gefragt hatte, ob ihre Anzeige gegen ihren Mann vielleicht doch übereilt gewesen war.

»Frau von Bellheim, Polizei Zürich.«

Sie entsperrte die Tür.

»Bitte entschuldigen Sie, meine Herren, ich wollte mich gerade umziehen. Sie sind wahrscheinlich wegen der Anzeige hier?«

»Nein, Frau von Bellheim. Dürfen wir reinkommen?«

»Ja, gerne.«

Sie betraten das riesige Wohn- und Esszimmer.

»Bitte, nehmen Sie Platz.«

Aus einem anderen Raum hörten die Beamten ein elektrisches Rasiergeräusch. Die beiden sahen sich kurz um, auf dem Esstisch war für zwei Personen gedeckt.

»Frau von Bellheim, wir haben leider eine schlechte Nachricht für Sie.«

Sie wurde fahl im Gesicht.

»Schlechte Nachricht? Mein Sohn, ist meinem Sohn etwas passiert?«

»Nein, es geht um Ihren Mann.«

»Was ist mit ihm?«

»Er ist tot.«

Iris stand einen Moment wie erstarrt, dann ließ sie sich in den Sessel fallen.

»Tot, um Himmels willen, nein, das kann nicht sein ... Er ist in Spanien auf dem Jakobsweg.«

»Ja, das wissen wir.«

»Wie ist das möglich? Hatte er einen Unfall?«

Nebenan im Raum war plötzlich Stille.

»Unsere spanischen Kollegen haben uns informiert, dass sich Ihr Mann letzte Nacht das Leben genommen hat.«

Den Rest hörte sie wie durch einen Filter.

»Aufgehängt ... an einer Brücke namens Puente La Reina ... kein Abschiedsbrief ... die persönlichen Sachen bei der Polizei in Pamplona … die Staatsanwaltschaft hat die Leiche schon freigegeben … die Anzeige damit hinfällig …«

»Hier sind die Kontaktdaten, Frau von Bellheim. Der örtliche Bestatter möchte wissen, wie Sie verfahren wollen.«

Sie sagte nichts.

»Frau von Bellheim, haben Sie uns verstanden?«

Sie legte ihren Kopf zwischen die Hände.

»Wann ist es geschehen?«

»Der Todeszeitpunkt ist nicht genau bekannt, aber die Polizei geht von etwa 03:00 Uhr aus, gefunden wurde er gegen 07:30 Uhr.«

Ihre Gedanken überschlugen sich: »Es war meine Textnachricht … Er hat sie gelesen und sich umgebracht … Ich bin an seinem Tod schuld …«

»Leider können wir Ihnen nicht mehr sagen, aber wir wollten bei Ihnen sein, bevor die Medien Sie überfallen.«

»Danke, das ist sehr freundlich«, antwortete sie leise.

Die Beamten erhoben sich.

»Unser aufrichtiges Beileid. Möchten Sie vielleicht die Unterstützung eines Seelsorgers haben?«

Sie überlegte kurz.

»Nein danke, im Augenblick nicht, ich muss jetzt erst meinen Sohn informieren.«

Sie führte die Beamten zur Tür, verabschiedete sich und sah erst jetzt, dass am Zaun zwei Männer standen, von denen einer die Szene mit einem Teleobjektiv fotografierte. Der andere rief:

»Frau von Bellheim, können Sie uns etwas zum Selbstmord Ihres Mannes sagen? Ist das richtig, dass er Kinder missbraucht hat?«

Sie warf die Tür ins Schloss und hörte noch:

»Können Sie das bestätigen, Frau von Bellheim?«

In ihrem Kopf drehte sich alles, sie kippte nach hinten. Jemand hinter ihr fing sie gerade noch rechtzeitig auf.

* * *

Hanna hatte das dringende Bedürfnis, mit Hunter zu sprechen, denn die Nachrichten zum Selbstmord eines Jakobsweg-Pilgers überschlugen sich. Eine deutsche Illustrierte veröffentlichte professionell gemachte Fotos vom Schauplatz und schrieb von schwerem Kindesmissbrauch als möglichem Motiv. Die *Neue Zürcher Zeitung* war bereits mit einem Hintergrundbericht über Herbert von Bellheim und dessen pädophiler Vergangenheit online und berief sich dabei auf Informationen aus verlässlicher Quelle. Im Schweizer Radio und Fernsehen (SRF) wurde eine Sondersendung zur sexualisierten Gewalt gegen Kinder und über Pädophilie angekündigt. Die Boulevardmedien zeichneten das Bild eines Monsters: Reicher, pädophiler Familienvater, der seine Frau und den Sohn mit seinem Sprung von der berühmten Brücke ins Unglück stürzt. Der Missbrauchstäter wurde von ihnen medial seziert.

Hanna stellte erleichtert fest, dass kein Bezug zur Pilgergruppe *ROSE* und den zwei vorhergehenden Todesfällen genommen wurde. Der spektakuläre Freitod des bekannten Vorstandsvorsitzenden an einem Hot Spot des Jakobsweges wurde als Einzelfall behandelt.

Noch, dachte sie.

Hanna schrieb: »Wo bist Du, Hunter? Ich werde von Presseberichten geflutet!«

Sofort kam die Antwort:

»Wir dürfen nicht zusammen wandern, jetzt keine Fehler machen. Du bist unser einziger Joker. Schick' mir alles, was Du hast. Bleib wachsam! Bis später!«

Hunter hatte kein Auge für das Pilgerkreuz in Mañeru und die ersten Weinberge auf dem Weg nach Cirauqui. Dieser Selbstmord, so tragisch und unerwartet er war, eröffnete jetzt die Möglichkeit, von anderer Seite in das Netz der Gruppe *ROSE* einzudringen. Er griff zum Telefon.

»Bist du in der Nähe, Jens?«

»Bin schon mit dem Wagen in Estella.«

»Du hast vom Suizid Bellheims gehört?«

»War nicht zu vermeiden, ist in allen Medien.«

»Das BKA soll noch einmal die Fühler zu den Schweizer Kollegen ausstrecken. Wir müssen wissen, ob und wo Bellheim in Deutschland aktiv war.«

»Heike ist schon dran. Wo kommen die Brückenfotos her?«

»Vermutlich von Tom Rex, der hat den öffentlichen Rummel damit so richtig angeheizt. Jetzt fehlt uns noch, dass wir die Medien im Tross haben. Läuft übrigens die Überwachung seines Telefons, Jens?«

»Ja, seit gestern haben wir den richterlichen Beschluss.«

»Dann wissen wir ja auch bald, was der Dreckskerl dafür kassiert hat.«

Camino sah Pater Domingo und rannte auf ihn zu. Der blieb stehen und wartete auf Gerd.

»Danke, für deine Hilfe eben, Gerd.«

»Leider war da nichts mehr zu machen. Er hat es so gestaltet, dass niemand ihn stören konnte.«

»Leider, Gerd. Der Tod dieses Mannes ist ein Schock. Alle drei Tode sind für mich unfassbar. Die Gruppe zerstört sich selbst.«

Sie sprachen über Herbert und dessen Entscheidung für den Freitod.

Hunter hielt sich dazu zurück, er konnte den Reiseleiter Domingo noch nicht einschätzen, der durch die Todesfälle in der Gruppe sichtlich aufgewühlt schien.

»Eine gute Phase, ihn anzutesten«, dachte Hunter. Doch erst musste er diese fürchterliche, rumplige Straße schaffen, die er im Leben nicht in Deutschland und zudem mit einem Rucksack auf dem Rücken laufen würde. Außerdem war er wegen der Tragödie auf der Brücke schon wieder fünf Stunden auf den Beinen und spürte aufkommende Müdigkeit.

»Wo sind wir hier, Pater?«

»Der Ort hinter uns war Cirauqui. Wir laufen auf einer alten Römerstraße hinunter zur Römerbrücke. Pass' etwas auf, hier sind schon einige Knöchel zu Bruch gegangen.«

»Das fehlt mir noch, wie heißt der nächste Ort?«

»Lorca, dreißig Minuten bergauf. An unserem heutigen Ziel, Estella, haben wir 110 Kilometer geschafft.«

»Also noch knapp 170 Kilometer.«

»Ja, Gerd, in weiteren sechs Tagestouren, dann sind wir in Burgos. Aber sieh' die Landschaft, der Jakobsweg von seiner schönsten Seite.«

Sie blieben beide stehen und blickten über die braunen, mit Olivenbäumen bepflanzten Felder und die grünen Weinberge hinweg, deren schnurgeraden Rebstöcke sich bis zu der Ortschaft Lorca hinzogen, während Camino unter dem blauen Himmel einem Kaninchen nachjagte.

»Ich würde Sie gern näher kennenlernen, Pater Domingo, zumal ich schon etwas mehr weiß, als Sie von sich selbst gesagt haben.«

Domingo schwieg. Dann fragte er nach:

»Was meinst du denn zu wissen, Gerd?«, fragte der Pater, scheinbar ohne besonderes Interesse.

»Nun, es war nicht schwer zu googeln, dass Sie als Coach im Erzbistum Köln arbeiten und sexuell missbrauchte Jugendliche betreuen.«

Der Pater lächelte, er schien nicht überrascht.

»Dann weißt du auch, dass ich Rainer Maria Domingo heiße?«

»Ja, und dass Sie Diakon sind, kein Priester.«

»Das ist richtig«, sagte Domingo ruhig. »Ich habe nur beschränkte priesterlichen Rechte, aber dafür mehr Freiheit, und die bedeutet mir alles.«

Hunter entnahm daraus, dass der Pater vielleicht in einer Beziehung lebte oder sogar verheiratet sein könnte, was einem Diakon, der kein Keuschheitsgelübde abgelegt hatte, auch nicht verwehrt war.

Sie gingen schweigend weiter und unterquerten eine Autobahn.

»Was glauben Sie, Pater Domingo, für welche Art von Gruppe Sie die Reiseleitung übernommen haben?«

»Nun, spätestens seit der aktuellen Berichterstattung über Herbert von Bellheim ist uns das allen schmerzlich klar … dir sicherlich besonders.«

Mit dem Nachsatz hatte Hunter nicht gerechnet. Er nahm den Ball auf.

»Wen glauben Sie, neben sich zu haben, Pater?«

Der lächelte ihn erneut an und meinte:

»Da vorne die Brücke, siehst du sie? Sie geht über den Rio Salado, den salzigen Fluss. Es heißt, das Wasser tötet jedes Pferd auf der Stelle.«

»Der Jakobsweg und seine Brücken«, meinte Hunter. »Die sind offensichtlich alle mit dem Thema Krankheit und Tod belegt.«

Sie überquerten die zweibogige, mittelalterliche Brücke.

»Ich möchte deiner Frage nicht ausweichen, Gerd, aber es dann auch gern dabei belassen. Ja, ich weiß, dass du nicht zum Kern dieser Missbrauchsgruppe gehörst und Maria auch nicht. Ihr beide habt so etwas wie einen Beobachterstatus.«

Er blieb stehen und legte seine beiden Hände auf Hunters Schultern.

»Gerd, ich bitte euch von Herzen, aufzupassen. Wir gehen zwar den Weg des heiligen Jakobs, aber dessen Weg ist für diese Gruppe ganz offensichtlich vermint. Ich werde Gott danken, wenn mein entsetzlicher Auftrag in Burgos beendet ist. Denke an meine Worte und nun, bleib' behütet.« Er legte seine Hand auf Hunters Stirn und machte ein schnelles Kreuzzeichen.

Hunter blickte Domingo hinterher und auf den Rio Salado hinunter. Der Pater wusste offensichtlich mehr über ihn und

Hanna, als sie ahnten. Nach dem Holländer war dies heute schon die zweite Warnung an ihn.

Er schaute in den Himmel, die Sonne brannte zum ersten Mal unerträglich. Er blickte auf den hechelnden Camino, gab ihm etwas zu trinken, zog seinen Anorak aus und bedauerte, dass er keine kurzen Hosen tragen konnte. Aber die Waffe am Bein war ihm wichtiger denn je.

Trotz der Hitze und der anfänglichen Müdigkeit wunderte er sich, wie gut es sich am fünften Wandertag lief. Abends taten die Knochen weh, aber morgens war er wieder fit. Merkwürdigerweise brauchte er auch keine Tricks mehr, sich Namen zu merken. Auch nicht für Piotr, von dem er inzwischen wusste, dass er Ruskow hieß, Busfahrer war und einen ukrainischen und deutschen Pass hatte. Nicht einmal B 12-Tabletten hatte er eingenommen. Wahrscheinlich war sein schreibtischgewohntes Gehirn jetzt so durchblutet wie lange nicht mehr, eine gute Erfahrung.

Überhaupt, was für eine Grenzerfahrung! Pilgern mit einem kleinen Hund bis zur Erschöpfung, verdeckt beobachten, Fäden ziehen, Tag und Nacht wachsam sein, der Feind konnte schließlich überall lauern. Er war mit Sicherheit der erste Polizist, der auf dem Jakobsweg Täter jagte, nicht einen, sondern gleich eine ganze Gruppe. Die geplante Falle musste irgendwann zuschnappen, das hoffte er zumindest. Alles würde von Hanna abhängen, sofern zwischendurch nicht wieder eine Mine hochging. Der Pater hatte mit der Bezeichnung *Minenfeld* recht. Welche Story würde Hanna später schreiben? *BKA fasst Missbrauchstäter auf dem Jakobsweg?* Es war ihm nicht wichtig, noch nicht, er brauchte jetzt Geduld. In der Zwischenzeit konnte er viel über diesen wunderbaren Camino Francés und sich selbst lernen.

Er putzte seine runde Nickelbrille, sah die Weinberge und weiten Blumenfelder mit neuem, nun ungetrübten Blick, rieb sich energiegeladen die Hände und rief:

»Aquí vamos, Camino, los geht's!«

Er war so euphorisch, dass er beinah den heranrasenden Pilgerradfahrer auf seinem E-Bike nicht bemerkte, der zudem noch der Führer einer langen Fahrradgruppe war, die entschuldigend *Buen Camino* riefen und Gott sei Dank seinen Hund nicht überfuhren. Hunter fluchte kurz, aber war dann wieder ganz bei sich, als er eine Rollstuhlfahrerin erreichte, an deren Rollstuhl ein Schild mit der Aufschrift hing:

Es gibt auf dieser Welt einen einzigen Weg, den nur du allein gehen kannst. Wohin er führt? Frag nicht, geh' ihn – Ultreïa!

»Buen día, Peregrino, von wo kommst du?«, fragte Hunter die junge Rollstuhlfahrerin.

»Von Saint-Jean-Pied-de-Port.«

»Wie bitte? Mit dem Rollstuhl über die Pyrenäen?«

»Ja«, lachte sie. »Mit der Kraft meiner Arme.«

»Unglaublich. Du wirst doch nicht noch die siebenhundert Kilometer bis Compostela pilgern?«

»Darüber hinaus, mein Ziel ist das Kap Finisterre, das Ende der Welt.«

»Unfassbar! Ich ziehe meinen Hut vor dir. Wie lange wird deine Pilgerreise dauern?«

»Solange Gott mir die Kraft gibt«, lachte sie erneut. Sie schien auch zu strahlen, wenn sie nicht lachte.

»Du machst mir wirklich Mut. Was heißt eigentlich *Ultreïa*?«

»Das ist ein alter Pilgergruß: *Vorwärts, geh über dich hinaus.* Sage ich mir jeden Tag hundertmal.«

Hunter war von dieser so positiven Erscheinung fasziniert. Fast jeder klagte über irgendwelche Gebrechen. Diese Frau war ein Leuchtturm.

Sie sah interessiert auf den Hund. »Es muss schön sein, mit einem Hund zu pilgern. Wie heißt er?«

»Camino, mein Hund heißt Camino.«

»Ich wünschte, ich hätte einen Hund wie Camino bei mir, aber es wäre dann doch zu viel der Verantwortung.«

Er kniete sich zu ihr nieder.

»Und ich wünschte, ich hätte deinen starken Willen.«

»Dann sind wir beide ja durch unsere Wünsche vereint«, erwiderte sie, zog ihn unvermittelt zu sich heran und umarmte ihn.

»*Buen Camino*, Fremder! Ihr beiden seid ein tolles Team.«

»*Ultreïa*, auch dir! Du wirst es schaffen, das fühle ich.«

Hunter stapfte weiter und wischte sich kurz über die nassen Augen.

»Was war das gerade?«

Plötzlich wusste er es. Es war wie damals, als er seine todkranke Frau gepflegt hatte. Das Gefühl der Demut und der Liebe.

* * *

Christiane Hartmann war froh, allein zu sein. Ihr Bruder hatte sich in Lorca in ein Taxi gesetzt und war nach Estella in die *Städtische Herberge* gefahren. Sie hatte ihre Wasserflaschen mit dem Brunnenwasser am Dorfplatz aufgefüllt und lag nun zwischen den Bäumen am Jakobsweg.

Zum ersten Mal fühlte sie keinen Druck. Sie roch den Duft des Mooses, sah den blauen Himmel durch die Spitzen der Laubbäume, hörte die Glocken der Schafe und in der Ferne einen Hund bellen. Sie streckte die Arme weit aus und sog langsam und tief die warme Luft ein.

»Worauf habe ich mich nur eingelassen?«, dachte sie. Die Wanderung mit ihrem kranken Bruder war bisher ein einziger Stress – wie erwartet. Sie schloss die Augen.

Vom Jakobsweg drangen Wortfetzen vorbeiziehender Pilger herüber, sie hörte Kinderstimmen und sah plötzlich ihr Zuhause, das Haus mit dem Kreuz im Speisezimmer, hörte das gemeinsame Gebet mit ihrem Bruder Johannes und den Eltern. Sie aßen fröhlich zu viert. Vater dankte dem Herrn und winkte sie zu sich, als er zum Schlafzimmer ging. Sie sah lächelnd zu Johannes, alles war ihr vertraut. Auch für Johannes, wenn die Mutter ihn zu sich holte. Manches Mal waren sie auch zu viert. Es wäre vollkommen normal, hatten die Eltern den Kindern gesagt, sie wären eine wunderbare Familie.

»Buen Camino!«, hörte sie leise vom Jakobsweg. Die Menschen hier waren so gut und lieb miteinander wie damals Vater und Mutter.

An jedem ersten Samstag im Monat feierten sie zu viert ihr Schweigeversprechen. Es gab Geschenke in einem Ritual aus Gesang und Musik, auf das sie sich freuten. Andere bekamen nur zu Weihnachten Geschenke, sie zwölf Mal im Jahr. Sie liebten ihre Eltern dafür.

»Ihr dürft mit niemandem darüber sprechen, sonst kommen wir ins Gefängnis und ihr zu fremden Eltern. Das wollt ihr doch nicht?«

»Nein, Papa, bitte nicht.« Sie floh in seine Arme.

Er streichelte sie. »Du bist eine wunderbare Tochter.«

Christiane öffnete die Augen, auf ihrer Hand kribbelte etwas, ein Marienkäfer. Sie führte die Hand langsam zum Mund und pustete ihn vorsichtig weg.

Sie schloss die Augen.

»Ihr seid jetzt fünfzehn Jahre alt. Wir können nicht mehr miteinander spielen.«

Die Gesichter der Eltern verschwanden.

Ihr Bruder Johannes nahm sie in die Arme. »Sei nicht traurig, wir beide bleiben immer zusammen.«

Christiane wandte ihren Kopf zur Seite. Eine Spinne zog ihr Netz im Gestrüpp.

Wieder schloss sie die Augen.

Das strenge Internat, allein in einer fremden Welt. Sie vertrauten einander. Neue Bilder glitten vorbei.

Johannes sagte: »Sie haben mich wieder bestraft.«

»Warum?«

»Weil ich mit fünfzehn Jahren immer noch in die Hosen mache.«

»Das ist doch nicht schlimm, Johannes, das geht vorbei.«

»Aber ich bin doch nicht normal.«

»Du bist völlig normal.«

»Nein, Christiane, das bin ich nicht. Ich muss mich mehrmals am Tag befriedigen. Ich bin krank.«

Sie streichelte und küsste ihn.

Er sah sie dankbar an.

»Ich verstehe meinen Körper auch nicht, Johannes. Die anderen Mädchen schneiden mich, die Jungen lachten über mich. Schau, ich schneide mich auch ...«

Sie hatte sich die Arme aufgeritzt. Das Blut kroch in einem Rinnsal auf das Laken herunter.

Sie schreckte auf, um es abzuwischen. Sie fühlte Gras. Nur ein Traum.

Eine Kirchenglocke schlug in der Ferne, helles, schnelles Läuten. Wieder schloss sie die Augen.

»Ich gehe in den Kirchendienst, Christiane. Bleibe du hier in der Internatsverwaltung, bis ich dich nach *Maria Hilf* hole. Wir werden ein Team sein, wie damals zu Hause, wir gehören uns nur noch selbst, für immer.«

Sie war wieder glücklich, strich über ihren Mund, um seinen Kuss nicht loszulassen.

Als sie die Augen öffnete, grinste sie ein Gesicht an. Sie wollte schreien, aber Toms Hand lag bleischwer auf ihren Lippen. Er legte den Zeigefinger auf seinen Mund. Die andere Hand packte ihren Busen, verharrte dort, glitt nach unten und öffnete ihre Hose. Sie schwieg, fügte sich und sah regungslos durch die Spitzen der Laubbäume in den schwarzen, schwankenden Himmel.

* * *

»Mir sind zu viele Menschen hier in Lorca«, sagte Hanna zu Pater Domingo mit Blick auf den Dorfplatz und die kleinen Geschäfte.

»Kein Wunder, Halbzeit bis Estella, ich marschiere auch weiter.«

»Darf ich Sie ein Stück begleiten?«

»Sehr gern, Maria. Ich bin die letzten Kilometer allein gegangen und freue mich wirklich, dass du hier bist. Aber du sagst mir bitte, wenn ich zu schnell werde. Die Strecke parallel zur Autobahn möchte ich immer zügig hinter mich bringen. Der Weg wird erst ab Villatuerta wieder schön.«

»So gut kennen Sie die Gegend?«

»Ja, einmal im Jahr gehe ich mit meiner Jugendgruppe einen Teil des Jakobsweges.«

»Gerd sagte mir, dass Sie sich im Erzbistum Köln sexuell missbrauchter Kinder annehmen.«

»Und er sagte mir, dass du bei diesem Verbrechen vom *Mord an der Seele* sprichst. Besser könnte ich es angesichts des Leids gar nicht ausdrücken.«

»Ich bin mir da gar nicht so sicher, Pater, denn Mord bedeutet das endgültige Aus. Wer möchte schon seine Seele für immer verlieren.«

»Das würde ich nicht überbewerten, Maria. Es braucht solche Begriffe, um die Menschen wachzurütteln.«

Hanna konnte nicht einschätzen, was er sonst noch von ihr wusste, nicht einmal, ob er ihren richtigen Namen kannte.

»Was ist der Grund, Pater Domingo, dass das tabuisierte Thema eine solche Präsenz bekommen hat? Sind es mehr Fälle als früher?«

»Ich glaube nicht, es wird nur mehr aufgedeckt. Auch ich sehe immer mehr Opfer.«

»Sind die Folgen bei allen gleich?«

»Unterschiedlich. Was ich in der Beratung erlebe, ist erschreckend, furchtbar, entsetzlich. Kannst du dir vorstellen, dass jedes Jahr in Deutschland nachweislich vierzehntausend Kinder Opfer sexueller Gewalt werden? Die Dunkelzifferforschung spricht von einhunderttausend. Kannst du dir vorstellen, Maria, dass jeden dritten Tag ein Kind an Misshandlung stirbt? Je mehr die Polizei in den Netzwerken gräbt, je tiefer wird der Sumpf.«

»Und die Täter kommen auf Bewährung frei, die Opfer aber befreien sich nie«, sagte sie nachdenklich.

»Das kann man so pauschal nicht sagen. Du interessierst dich für das Thema sehr, nicht wahr, Maria?«

»Ja, ich verfolge es schon lange.«

Beinahe wäre ihr der Name ihres Arbeitgebers herausgerutscht.

»Aber es ist frustrierend, Pater. Jedes Mal, wenn ein neuer Fall ans Licht kommt, sieht man kurzes öffentliches Entsetzen, dann schließt die Gesellschaft wieder die Augen. Vielleicht ist die persönliche Überforderung der Grund dafür, dass das Thema regelrecht tabuisiert wird.«

»Ja, Maria, der Mensch mag sich den Kindesmissbrauch in all der Brutalität und Unmenschlichkeit in den Wohnwagen, Zimmern und Kellern nicht vorstellen, also wird es schnell verdrängt.«

»Wir müssen unsere Kinder einfach noch mehr vor diesen Tätern schützen, vor allem im Netz.«

»Richtig, aber nicht nur im Internet, sondern an erster Stelle in den Familien, wo der Missbrauch am meisten erfolgt.«

»Sie wissen, Pater, dass wir eine steigende Tendenz im Corona-Jahr hatten, als Kinder in den Wohnungen eingesperrt waren?«

»Ja, das weiß ich, diese Kinder sind jetzt bei mir. Aber ich erlebe auch, dass der Missbrauch auch außerhalb der eigenen vier Wände stattfindet, besonders in KITAS, Schulen, Sportvereinen und – man mag es nicht glauben – sogar in Kliniken ...«

»… und in kirchliche Einrichtungen«, ergänzte sie.

Er blieb stehen und wartete, bis mehrere Pilger sie passiert hatten.

»Der sexuelle Missbrauch in kirchlichen Einrichtungen ist eines der furchtbarsten Themen unserer Zeit, Maria. Nicht nur, weil er so häufig vorkommt, sondern weil er eben unter dem Dach der christlichen Kirchen stattfindet, die doch beide die Menschlichkeit lehren. Ich bin vollkommen frustriert, dass mein eigenes Bistum in Köln die Aufklärungsergebnisse zurückhält.«

Sie spürte die Verbitterung und auch Wut bei ihm, aber beließ es bei seiner Bemerkung.

»Was müssen wir Ihrer Meinung nach machen, um die Morde an den Kinderseelen einzudämmen?«

»Das Zauberwort heißt Bewusstseinsänderung auf allen Ebenen der Gesellschaft, auf der politischen und der operativen Ebene. Dort sehe ich Jugendämter, die personell und qualitativ bei diesem Thema vollkommen überfordert sind. Aber es geht weit darüber hinaus. Bei sexualisiertem Missbrauch von Kindern versagt auch unser föderalistisches System. Jedes Land arbeitet und urteilt anders. Wir benötigen dringend bundeseinheitliche Standards, um Missbrauch zu erkennen und effektiv zu handeln. Außerdem muss die Verjährungsfrist für diese Verbrechen wegfallen. Die sollten ein Leben lang Angst vor Entlarvung und Bestrafung haben!«

Er hatte sich in Rage geredet, sah sie an. »Du siehst das anders?«

»Ganz und gar nicht. Aber sagen Sie, Pater, hätten wir eine adäquate strafrechtliche Ahndung, wäre dann vielleicht auch diese Pilgerwanderung gar nicht nötig gewesen?«

Pater Domingo schwieg und meinte dann kurz: »Das weiß wohl nur Servatius.«

Sie wanderten weiter.

»Pater, ich komme immer noch nicht über den Freitod von Herbert hinweg. In welch einer Not muss er sich befunden haben. Er war der Stillste von allen, vielleicht haben wir zu wenig aufgepasst.«

»Vielleicht, Maria, aber hätten wir es wirklich verhindern können?«

»Wir hätten es zumindest versuchen können, ich hätte es versuchen können. Es gibt immer einen Weg nach vorn, man muss ihn nur sehen wollen.«

Sie hatten Villatuerta erreicht. Hanna sah in einem Straßencafé den IT-Freak Gottfried Stein und den Holländer mit der roten Mütze in einem Gespräch vertieft. Welches Thema brachte die beiden zusammen? Sie würde das gleich Hunter mitteilen, der auf der Suche nach diesem Holländer war. Die Schwester des Internatsleiters, Christiane Hartmann, verließ das Straßencafé, als sie den Pater und Maria kommen sah.

»Darf ich dich zu einem Café einladen, Maria?«, fragte Domingo.

Sie nahm das dankend an, auch weil Piotr ihr wieder folgte und eindeutig auf eine Gelegenheit lauerte, mit ihr zusammen zu sein. Es graute ihr, wenn sie nur an das Szenario dachte, das Hunter ihr noch erörtern wollte. So empfand sie Pater Domingo in diesem Augenblick wie einen Schutzengel.

Rainer Maria Domingo liebte diesen Ort. Estella, *die Schöne,* war im 13. Jahrhundert neben Burgos die bedeutendste Stadt am Jakobsweg gewesen, bevor ihr Reichtum dann während des Unabhängigkeitskrieges im 19. Jahrhundert unterging. Noch heute war die Stadt voller religiöser Prachtbauten in romanischer Bauweise. Doch keiner war ihm so vertraut wie die Kirche *San Pedro de la Rúa*, deren Turmfassade er schon von Weitem sah, nachdem er die *Städtische Herberge* verlassen hatte. Es war aber nicht die Kirche selbst, mit dem Portal am Ende der monumentalen Treppe und dem dreischiffigen Innenraum, die jeweils in einer eigenen Apsis mündeten. Es zog ihn zum Kreuzgang und dort zu einem besonderen Kapitell, das den Kindermord in Bethlehem in erstaunlich guter Qualität darstellte.

Er setzte sich auf eine Mauer und versuchte die Ereignisse des Tages zu verarbeiten. Nach dem Selbstmord von Herbert hatte er noch auf der Brücke überlegt, abzubrechen. Aber ein Abbruch war nicht Teil des Vertrages. Er hatte die Gruppe nach Burgos zu führen. Von *leicht* war nie die Rede, aber von *so schwer* auch nicht. Diese sogenannten Pilger waren jeder für sich ein Horror. Und doch waren auch sie, diese Täter, Menschen. Gottes Gnade erreicht auch den schlimmsten Sünder, hatte er gelernt. Aber konnte Gott diesem menschlichen Abschaum auch vergeben? Wo waren Gottes Grenzen? Domingo schaute auf das Relief. Hatte Gott auch König Herodes vergeben, der alle männlichen Kleinkinder in Bethlehem ermorden ließ, falls die Geschichte überhaupt stimmte? Wo ist dann Gottes Gerechtigkeit in dieser Pilgergruppe? Den Tätern wird vergeben, die misshandelten Kinder werden jedoch nie vergessen können.

Domingo dachte über das Gespräch mit Maria nach. Er war unendlich froh, sie in der Gruppe zu haben.

Sein Handy vibrierte und zeigte eine Social-Media-Textnachricht:

ich möchte mich bedanken, dass es dich gibt, einen menschen, der sich für uns in köln einsetzt. mit 6 jahren habe ich nicht verstanden, was alles zuhause passiert ist. ich habe nicht begriffen, das einsperren, hungern und gewalt verboten ist. es war für mich normal. ich konnte auf einmal nicht mehr lachen und hatte immer angst. meine oma und mein onkel haben alles versucht, aber keiner, auch kein jugendamt hat mir geholfen. über drei jahre ging es mir ganz schlecht. du weißt das, auch wie ich befreit wurde. danach konnte ich nicht mehr sprechen, ich habe mir in die Hosen gemacht, geschrien. vorher war es normal, danach furchtbar. bei meinen neuen eltern und durch dich habe ich wieder gelernt zu leben und ein kind zu sein. ich habe langsam gelernt, wieder zu weinen und zu lachen. wenn es dich nicht gegeben hätte, gäbe es mich nicht mehr. inzwischen habe ich den mut, nach draußen zu gehen, in eine welt, die mir immer noch fremd ist, aber nach der ich mich so sehr sehne. wenn ich stolpere, darf ich wieder zu dir kommen, hast du mir versprochen. ich bete jeden abend für dich und alle kinder, die nicht so viel glück hatten wie ich. dich hat gott zu mir geschickt, in liebe, martin.

Rainer Maria Domingo steckte zitternd das Handy ein.
Der Mann mit der roten Mütze sah Pater Domingo vor dem Relief auf die Knie sinken und beten.
Es war soweit.

ETAPPE 6: LOS ARCOS

– Der Sohn –

»Guten Morgen, gibt es hier einen Pater Domingo?«, fragte der junge Mann.
»Guten Morgen«, erwiderte der Herbergsleiter. »Ja, ich habe ihn gerade noch beim Frühstück gesehen.«
Er erkannte schnell, dass der junge Mann kein Pilger und sehr angespannt war. Pater Domingo zu finden, war ihm wohl sehr wichtig.
»Komm, ich führe dich zu ihm, er frühstückt mit seiner Gruppe.«
Sie gingen in den großen Essensraum, der mit einem internationalen Sprachgewirr erfüllt war. Der Herbergsleiter führte ihn an den Tischen vorbei, an denen viele in ihr Handy sahen, den Weg studierten oder sich Fotos zeigten. Eine junge Frau schrie auf, als eine Kaffeetasse umgeworfen wurde und sich der Kaffee über ihr Handy ergoss.
»Dort drüben, das ist Pater Domingo.«
Der junge Mann blieb einen kurzen Augenblick stehen, dann gab er sich einen Ruck und ging geradewegs auf den Mann mit dem freundlichen, bärtigen Gesicht in der braunen Kutte zu.
»Entschuldigen Sie, sind Sie Pater Domingo?«
Domingo blickte erstaunt hoch.
»Ja, der bin ich, was kann ich für dich tun?«
»Mein Name ist Holger, Holger von Bellheim. Gott sei Dank, ich habe Sie gefunden.«
Sofort realisierte der Pater, dass es der junge Mann auf Herberts Foto war, Herberts Sohn! Die Gruppe stoppte au-

genblicklich mit dem Essen und sah zu dem blassen, jungen Mann hoch, dem die Fassungslosigkeit des Schicksalsschlages im Gesicht geschrieben stand. Der Pater erhob sich, reichte Holger seine Hände und wollte gerade sein Beileid aussprechen, doch Holger fiel ihm unvermittelt in die Arme. So standen sie einen Augenblick zusammen.

»Entschuldigung, Pater Domingo, es war ein bisschen viel, die Nachricht, die Fahrt vom Bodensee, alles.«

Sie setzten sich.

Pater Domingo sagte: »Wir sind alle entsetzt, Holger, unser aufrichtiges Beileid. Das sind Gerd, Maria, Johannes, Christiane, Gottfried, Piotr und Tom.«

Die Gruppe nickte Holger schweigend zu.

»Möchtest du mit uns frühstücken?«, fragte Pater Domingo.

»Ja, sehr gern, und ich möchte mit euch wandern, wenn ihr es erlaubt.«

Sie sahen ihn fragend an. So sehr sie den Wunsch zu verstehen versuchten. Ahnte der junge Mann überhaupt, in welcher Gruppe er laufen würde, worauf er sich einließ?

Gottfried Stein sah das eher analytisch und dachte: »Wir suchen Servatius, er sucht seinen Vater. Zwei verschiedene Ziele. Aber einer mehr in der Gruppe stört nicht. Er ist immerhin keine Gefahr.«

Christiane brachte ein Tablett mit Brot und Aufschnitt. »Jetzt iss erst einmal, Holger, ich freue mich, dass du bei uns bist.«

Tom Rex verfolgte sie dabei mit den Augen. Sie hatte einen Pullover wie einen Schutz um ihre Hüfte gebunden, ihr kurzes, dunkles Haar mit einem Kopftuch bedeckt und versuchte alles, um seinem stechenden Blick auszuweichen.

Hunter betrachtete Holger, der das Ebenbild seines Vaters war. Der Junge kannte vermutlich den wahrscheinlichen Auslöser des Selbstmordes. Er musste einiges hinter sich haben. Hunter fragte sich, ob auch seine Mutter auftauchen würde.

»Du warst schon bei deinem Vater, Holger?«, fragte der Pater ihn vorsichtig.

»Nein, das Institut hat noch nicht geöffnet.« Holger zögerte, bevor er fortsetzte.

»Wäre es möglich, dass Sie mich begleiten? Ich kenne mich damit nicht aus.«

Pater Domingo überlegte kurz. Was hier angefragt wurde, ging weit über seinen Auftrag als Reiseleiter hinaus. Durch die Vorfälle fühlte er sich schon längst in die Konflikte der Gruppe viel zu weit hineingezogen. Doch das hier war ein christlicher Auftrag, den er nicht ablehnen konnte und wollte.

»Natürlich, Holger, das sind wir deinem Vater schuldig.«

Er sah auf die Uhr und sprach zur Gruppe: »Bis nach Los Arcos sind das nur 22 Kilometer, die Herberge heißt *Isaak Santiago*. Ich komme dann mit Holger nach.«

»Danke Pater Domingo, danke Ihnen allen.«

Holger spürte etwas an seinem Bein. Er bückte sich, ein Hund blickte ihn an, leckte seine Hand.

»Das kann doch nicht wahr sein«, schimpfte Hunter. »Camino ist in der Verbotszone! Er gehört zu mir und wollte dich begrüßen.«

»Hallo, Camino«, sagte Holger leise und streichelte seinen Kopf.

* * *

Das Taxi hielt vor dem Institut in Estella. Der Beerdigungsunternehmer führte Domingo und Holger zum Verabschiedungsraum.

»Ich habe noch nie einen Toten gesehen«, sagte Holger leise zu Pater Domingo. Domingo wusste nicht, wie der Tote aussah, er hoffte, der Anblick möge für Holger zumutbar sein.

»Stell dir einfach vor, dass es nur noch eine Hülle ist, seine Seele ist längst nicht mehr bei ihm.«

Holger ging langsam durch die Tür. Der Vater lag nur ein paar Meter entfernt aufgebahrt. Der Körper war bis zum Kinn bedeckt, die Augen geschlossen. Pater Domingo war froh, dass der Bestatter vor der beginnenden Leichenstarre dafür gesorgt hatte, dass der Mund des Toten geschlossen blieb. So sah Holger ein friedliches Gesicht. Domingo erkannte die Totenflecken, ein sicheres Zeichen, dass die Auflösung des Organismus begonnen hatte.

Holger nahm das nicht wahr, auch nicht den leicht süßlichen Geruch, als er vorsichtig seine Hand auf des Vaters Stirn legte. Er erschrak über die Kälte der Haut. Er streichelte das Gesicht und wischte eine Fliege fort.

Holger sah seinen Vater mit all seinen Fragen an, wieder und wieder. Er konnte keinen Zugang zu ihm finden. Er konnte ihm nicht einmal sagen, dass er ihn liebte und wie sehr er ihm fehlte.

Er wollte wieder gehen, aber durfte man das nach so kurzer Zeit?

»Können Sie bitte einen Segen sprechen, Pater?«

Holger vernahm nur Wortfetzen von Domingos Abschiedssegen:

»Herbert ... Du konntest den Jakobsweg nicht zu Ende ... wissen nicht warum ... Gott liebt auch dich durch seinen Sohn ... Der Herr segne deinen Ausgang und deinen Eingang ... bis in alle Ewigkeit ... Amen.«

Holgers gebrochener Schrei brach unvermittelt heraus. *N E I N !*

Die Ereignisse rasten durch seinen Kopf. Der Schock nach Mutters Anruf, ihr Geständnis, dass sie ihren Mann angezeigt habe, ihre Erklärung, dass Vater verbrannt werden solle, dass die Urne nach Zürich geschickt werden solle, ihre Warnung, er solle sich die Fahrt zum Vater nicht antun, Vater habe die Familie schon längst vorher verlassen.

Holger nahm den noch nicht abgeschickten Brief an seinen Vater und legte ihn auf dessen Brust.

* * *

Pater Domingo lächelte, als er den jungen Mann mit Herberts Rucksack und Stöcken sah. Ihm war klar, dass Holger mit jedem Schritt seinem verlorenen Vater näherkommen wollte. Natürlich würde er ihm helfen, denn Holger war noch weit von der Akzeptanz und erst recht von der Trauer entfernt. Er wanderte neben ihm durch die Ortschaft Estella wie in einer Trance. Holger lief, stöhnte etwas und schwieg. Sie passierten Ayegul.

»Siehst du die Leute dort, Holger? Die Weinkellerei *Bodegas Irache* ist eine Attraktion auf dem Jakobsweg. Hier können die Pilger Wasser oder Wein aus dem Hahn zapfen.«

»Sicherlich mehr eine Touristenattraktion ...«, ergänzte Holger.

»Ja, manche Pilger übertreiben es hier mit dem Weingenuss und schaffen es dann nicht einmal mehr bis Los Arcos.«

Sie passierten die Zapfstelle.

»Haben die Menschen in Ihrer Reisegruppe alle das gleiche Problem wie mein Vater?«

»Ich denke ja, Holger, mehr oder weniger.«

»Und was ist der Sinn dieser gemeinsamen Pilgerwanderung?«

»Sie wurden zusammengerufen, um nach Burgos zu gehen.«

»Was erwartet sie dort?«

»Ich nehme an eine Erkenntnis, wie das so oft auf dem Jakobsweg passiert.«

»Und Sie, Pater Domingo, haben Sie auch so eine Vergangenheit wie mein Vater?«

»Ich kenne die Vergangenheit deines Vaters mit Sicherheit nicht so gut wie du.«

»Da irren Sie. Ich kenne das zweite Leben meines Vaters auch nicht – aber meine Mutter. Sie hat ihm vorgestern Nacht eine SMS geschickt, danach hat er sich den Strick genommen.«

»Ich verstehe, du glaubst also, sie sei schuld.«

»Ja, zu einhundert Prozent, meine Mutter hat meinen Vater in den Selbstmord getrieben.«

»So einfach ist das mit dem Selbstmord nicht, Holger, das ist ein weites Feld.«

»Wieso das? Mein Vater hat in der Aussichtslosigkeit konsequent entschieden – wie immer in seinem Leben.«

»Nun, ich kenne kaum einen Selbstmord, dem nicht irgendeine Art von Depression vorausgegangen ist, man geht nicht einfach so aus dem Leben.«

»Mein Vater war liebevoll, menschenfreundlich, fröhlich, aber nie depressiv.«

»Vielleicht gab es doch etwas Depressives in ihm, was man nicht weiß, Holger. Vielleicht hat er über die Jahre eine Bilanz gezogen oder es ist tatsächlich spontan passiert. Vielleicht gab es auch eine Vermischung von beidem. Ich habe gefühlt, dass er schon vorher unter einem starken Leidensdruck stand.«

Holger fuhr sich mit der Hand durchs Gesicht und wischte aufkommende Tränen fort. »Ja, das stimmt, das habe ich vor ein paar Tagen in Salem bei seinem Besuch auch gespürt.«

Sie kamen nach Villamayor und stoppten an einem Brunnen. Holger zog seine Schuhe und Strümpfe aus, beide Fersen sahen nicht gut aus.

»Kein Problem«, meinte Pater Domingo und gab ihm zwei Pflaster. »Auf dieser Rennstrecke bist du nicht der Erste mit Blasen.«

»Wie hat es mein Vater geschafft? Ich weiß, dass er Knieprobleme hat ... ich meine hatte.«

»Soweit ich gesehen habe, hat er gekämpft und seine Schmerzen in den Griff bekommen.«

Holger versorgte seine Füße.

»Nimm etwas Wasser mit, Holger, letzte Möglichkeit für die nächsten zwölf Kilometer.«

Sie machten sich wieder auf den Weg. Von der Gruppe war nichts zu sehen. Der Pater rechnete nach. Wahrscheinlich wanderten die anderen zwei bis drei Stunden vor ihnen.

»Ich muss noch einmal nachfragen, Pater Domingo. Passiert es oft, dass Menschen sich spontan zum Selbstmord entscheiden?«

»Statistisch passiert der spontane Suizid selten. Er kommt vor, wenn der Selbstmörder aus einer emotional sehr intensiven Situation heraus beschließt, sich das Leben zu nehmen. Überlegungen erfolgen dann kaum. Bei dem spontanen Suizid handelt es sich eher um eine irrationale Kurzschlusshandlung.«

»Sage ich doch, Vater würde leben, wenn meine Mutter ihn nicht vernichtet hätte. Ich hasse sie!«

»Trotzdem, Holger, es war, wie du richtig sagtest, seine überlegte Entscheidung. Er ist nicht im Affekt vor einen Zug gesprungen, sondern hat den Tod an der Brücke mit dem Seil genau geplant. Das heißt, dein Vater ist diesen finalen Schritt sehr bewusst gegangen.«

»Ich kann das einfach nicht verstehen, Pater. Warum wirft man sein Leben fort?«

»Es ist auch schwer zu verstehen, dass die Würde des geliebten Menschen auch dessen Entscheidung zum Freitod einschließt. Wir müssen es respektieren, so schwer es uns fällt.«

»Aber warum wählte er diesen Schauplatz? Die halbe Welt schreibt über uns!«

»Ich weiß es nicht, Holger, es gibt viele Deutungen. Selbstmörder setzen durch die Art ihres Freitodes oft ein Zeichen. Vielleicht wollte er öffentlich zeigen, dass es bei seinem Verlangen nach Kindern nicht nur Opfer, sondern auch einen verzweifelten Täter gibt, der keinen anderen Ausweg findet. Es fällt mir sehr schwer, das zu sagen, denn ich betreue im Kirchenamt missbrauchte Kinder. Aber wir dürfen auch die Täter nicht über einen Kamm scheren, denkst du nicht auch?«

Holger stoppte und richtete das auf dem Rücken schmerzende Gepäck.

»Das Furchtbare ist, Pater Domingo, dass mein Vater den Jakobsweg als einen Wendepunkt für sein Leben verstanden hatte. Er war kurz davor, aus dem Missbrauch auszusteigen. Doch mit der Vernichtungsstrategie meiner Mutter hatte er keine Chance.«

Pater Domingo legte den Arm um Holgers Schultern. »Wie lange wirst du bei uns bleiben, Holger?«

»So lange wie mein Vater gegangen wäre. Ich werde viel mit ihm sprechen. Es ist meine Art, von ihm Abschied zu nehmen. Meine Mutter soll machen, was sie will.«

* * *

Kriminalhauptkommissar Joe Jaeger, alias Gerd, lief heute in Trekking-Shorts. Seine Waffe hatte er im Schulterholster platziert. Er blickte seinem Hund Camino nach, der auf der endlos langen Straße nach Los Arcos wieder einmal in den grünen Wiesen verschwunden war, um diese dann aufgeregt zu verlassen und sich prüfend nach seinem Herrchen umzusehen. »Wird der nie müde?«, dachte Hunter und wunderte sich über die Schüsse von Jägern in der Umgebung, denn die Jagdsaison hatte noch nicht begonnen.

Hunter reflektierte die Ereignisse des Tages. Diese sechste Etappe war durch Holgers Ankunft gekennzeichnet, der sich am Morgen zusammen mit Pater Domingo von seinem Vater verabschiedet hatte. Die anderen brachen zu unterschiedlichen Zeiten auf.

Tom Rex war schon nach dem Frühstück verschwunden. Dagegen sah er Gottfried Stein und Piotr Ruskow zum ersten Mal zusammen wandern. Er überlegte, sich anzuschließen, doch verwarf den Gedanken. Hunter zwang sich zu mehr Geduld. Die Dinge würden sich von ganz allein entwickeln. Christiane Hartmann schien verängstigt. Sie drängte Gerd geradezu, dass er mit ihr und ihrem Bruder gemeinsam lief. Das funktionierte auch eine Viertelstunde, doch ihr Wandertempo war so unterschiedlich, dass die Geschwister Hartmann das Vorhaben schnell aufgaben. Hunter verabschiedete sich freundlich und war froh, dass er sie abhängen konnte. Hanna hatte ihm signalisiert, dass sie heute später aufbrechen würde. Sie hatte ihr Vorbereitungsritual noch nicht vollzogen: Blasenpflaster prüfen, Füße einölen, Knie eincremen, Magnesiumtablette, Trinkflasche, Powersnack in den Tagesrucksack und den Trolley für den Dienstleister bereitstellen, Tagesroute anschauen, Stempel in den Pilgerpass und los. Er hätte am liebsten auf sie gewartet, aber sie achteten beide weiterhin strikt darauf, dass sie nie zusammen gesehen wurden. Sie kannten sich offiziell nur inmitten der Gruppe, dort schauspielerten sie bisher offensichtlich überzeugend. Hunter schaute sich um. Unter den vereinzelten Pilgern erkannte er niemanden aus der Gruppe. Gut so, denn Jens Hoppe, der Verbindungsbeamte vom BKA, wollte heute die Strecke ebenfalls laufen. Als Treffpunkt für eine „Dienstbesprechung" hatten sie das kleine Pinienwäldchen hinter dem Bach Rio Cardiel ausgemacht, nur eine dreiviertel Stunde Fußweg vom Ziel Los Arcos entfernt. Hunter betrat das Wäldchen, Jens war noch nicht eingetroffen. Eine gute Gelegenheit, sich zu stärken. Er kniete und öffnete die Schuhe. Den Arm über sich sah er erst im letzten Augenblick. Zu spät.

* * *

Hanna saß auf der *Plaza de Santa Maria* in Los Arcos und versuchte sich zu sammeln. Ihr Mann Kurt hatte angerufen und gesagt, er sei in dreißig Minuten bei ihr. Sie hatte kühl reagiert, war einfach nur wütend. Er hatte sich letztes Mal kurz vor ihrer Abreise gemeldet. Das Gespräch war wie immer. Wo er sei? Im Nahen Osten, er habe einen Einsatz für die *New York Times* als Kriegsreporter. Wie es ihnen in Hamburg gehe. Danke gut. Wie schön. Okay, dann also bis zum nächsten Mal.

Das war ihr Mann. Was um alles in der Welt wollte der hier? Sie sah ihn schon von Weitem kommen. In einer Art Khaki-Kleidung, Rucksack über der Schulter, vor der Brust baumelte eine Kamera mit langem Objektiv. Er sah ausgemergelt aus, aber sonnengebräunt und schien bester Laune zu sein.

»Hi, Hanna, schön dich wiederzusehen!«

»Das beruht nicht auf Gegenseitigkeit. Habe ich etwas verpasst? Haben wir Krieg in der Provinz Navarra?«

»Ist ja mal eine nette Begrüßung, ich hatte mir schon eingebildet, du freust dich.«

»Wie sollte ich mich über jemanden freuen, der sich als Ehemann vor drei Jahren aus dem Staub gemacht hat, seinen Verpflichtungen als Vater nicht nachgekommen ist und jetzt hier auf dem Jakobsweg auftaucht. Woher weißt du, dass ich gerade hier bin?«

»Nun, du hattest es angekündigt und unsere Tochter gab mir deine Koordinaten. Sie ist übrigens wesentlich freundlicher zu mir als du.«

Er setzte sich, winkte den Ober heran und bestellte sich einen doppelten Cognac.

»Also gut, Kurt, wenn du schon hier bist, was möchtest du?«

Er sah sie an, zündete sich einen Zigarillo an, strich langsam durch seinen Drei-Tage-Bart und sagte: »Ich möchte dich auf dem Jakobsweg begleiten.«

Sie hatte mit allem gerechnet, dass er krank sei, dass er Geld brauche oder eine neue Beziehung habe. Aber gemeinsam den Jakobsweg gehen? Sie wollte das gerade kommentieren, als jemand winkte. Piotr!

»Hallo, Maria!«

»Entschuldige, Kurt, ich bin gleich wieder da.«

Sie fing Piotr ab und flüsterte: »Es passt gerade gar nicht. Ich muss jemanden abwimmeln. Aber ich würde mich riesig freuen, wenn wir morgen ein Stück zusammen gehen, ich habe übrigens neue Bilder.« Sie sah ihn augenzwinkernd an und ließ es geschehen, dass er sie in den Arm nahm und einen Kuss auf die Wange gab.

Sie ging zurück zu ihrem Mann und setzte sich. Er sah sie belustigt an.

»Maria nennt man dich also hier, wie heilig. Dein Geschmack hat allerdings ziemlich gelitten, meine Liebe ...«

Sie biss sich auf die Lippen. Er hatte vollkommen recht, doch das hier war ihre Story, nicht seine.

»So, und jetzt reden wir vernünftig, Kurt. Abgesehen davon, dass ich derartige Überfälle nicht ausstehen kann, kommt es überhaupt nicht infrage, dass wir zusammen pilgern. Du schneist hier rein wie Clint Eastwood und glaubst, das wäre so eine Art Safari. Wie kommst du überhaupt auf diese Idee, mit mir zu wandern?«

Er betrachtete sie mit einem breiten Grinsen, zog an seinem Zigarillo und meinte: »Ich dachte, wir bringen auf dem Jakobsweg unsere Ehe wieder in Ordnung.«

Hanna starrte ihn an. Sie konnte nicht glauben, was sie da hörte. Dann lachte sie lauthals. »So viele Pilgerstempel gibt es gar nicht, die unsere Ehe wieder in Ordnung bringen könnten. Nein, Kurt, das wird nichts. Ich habe hier viel nachgedacht und bin zu einem Entschluss gekommen.« Sie trank einen Schluck.

»Und der wäre?«

»Dass wir beide für immer unsere eigenen Wege gehen. Ich möchte die Scheidung.«

Er lehnte sich zurück und betrachtete seine Frau. Sie schien von der Wanderung erschöpft, aber sah schön aus wie nie. Er konnte sich nicht erinnern, sie so entspannt gesehen zu haben. Selbst ihre Falte zwischen den Augenbrauen war verschwunden. Sie sagte etwas, was er insgeheim einkalkuliert hatte. Trotzdem verspürte er jetzt eine leichte Panik. Um eine endgültige Trennung zu verhindern, war er hergekommen.

»Ich könnte versuchen, wieder sesshaft zu werden.«

»Das ist es nicht, Kurt.«

»Was ist es dann, Hanna, Maria oder wie immer du hier heißt?«

»Ich liebe dich nicht mehr, Kurt, es ist vorbei. Ich gehe gerade in ein neues Leben.«

Ihr Mann schloss kurz die Augen. Das saß. Sie sprach nicht von einer verständlichen Entfremdung, sondern von dem Verlust ihrer Gefühle und von einem neuen Leben.

»Mit dem da?« Er wies zu Piotr hinüber.

Sie lächelte.

»Nein, Kurt, mit mir. Ich habe Sehnsucht nach Wärme, nach Anlehnung und Zuverlässigkeit. Du bist immer eine Touch-and-go-Beziehung gewesen. Ich suche eine Landung fürs Leben. Und wenn ich Glück habe, gibt es für mich ältere Dame vielleicht auch wieder Schmetterlinge im Bauch.«

»So kenne ich dich gar nicht, du bist doch sonst so realistisch. Bist du in den Wechseljahren?«

Jetzt lachte sie laut. »Ja, ich wechsele gerade täglich meine Socken, ich wechsele von Sterne-Essen auf Herbergsessen, von einem Boxspring-Bett auf eine Pritsche. Ich wechsele von Parfüm auf Schweiß, von teurer Schminke auf ehrliche Tränen, von ganz schnell auf ganz langsam und immer einem Pfeil folgend. Einem gelben Pfeil auf Steinen, auf Mauern und auf Baumrinden, manches Mal sichtbar, oft nur zu ahnen.

248

Das ist mein Jakobsweg, und ich habe noch nicht einmal die Hälfte der Tour geschafft.«

Allmählich begriff er. Es ging um sie allein. Das war schlimmer als eine Affäre. Hanna hatte sich von ihm gelöst, nicht vorübergehend, sondern für immer. Denn seine Frau fällte nie halbherzige Entscheidungen.

»Also bin ich umsonst gekommen?«

Sie fasste seine Hand. »Ja, Kurt, es sieht so aus. Du hättest dir das sparen können. Wir hatten nie eine Chance, gemeinsam alt zu werden. Ich habe es genauso verbockt wie du … aber es ist zu spät.«

Er nickte, hatte verstanden. Sein Lächeln war verschwunden. Er tat ihr leid, wie er die Maske des strahlenden Kriegsreporters innerhalb weniger Minuten verloren hatte. Nach ewigen Zeiten erlebte sie ihn wieder authentisch, ausgerechnet jetzt. Doch es berührte sie nicht mehr.

»Können wir wenigstens noch den Abend zusammen verbringen?«

Sie schüttelte verneinend den Kopf.

»Nimm es mir nicht übel, Kurt, ich bin todmüde und gleich auf der Matratze. Wenn wir für unsere Tochter noch etwas Gutes tun können, dann einen klaren Schnitt zwischen uns und ein respektvolles Miteinander. Du wirst als Vater noch viel gebraucht.«

Sie griff ihr Gepäck und stand auf. Er drückte den Zigarillo aus und erhob sich.

»Danke, dass du meinen Jakobsweg respektierst, Kurt. Alles Weitere in Hamburg, machen wir's so?«

Er nickte.

Sie umarmte ihn, gab ihm einen flüchtigen Kuss, zog ihren Rucksack über und verließ die Plaza de Santa Maria, ohne sich noch einmal umzudrehen.

* * *

Hunter schnellte herum, nicht schnell genug, der heftige Schlag traf seinen Rücken, er griff zur Pistole, rollte zur Seite und schoss auf die flüchtende Gestalt. Benommen raffte er sich auf, wollte den Täter verfolgen, doch schon nach wenigen Metern brach er zusammen. Mit dem Rücken auf dem Boden und der Hand an der Waffe wartete er, ob der Angreifer wiederkehren würde.

Es war vollkommen still. Plötzlich knackten Zweige.

Er hörte langsame Schritte.

Hunter zielte in die Richtung.

Die Schritte kamen näher. Er konnte kaum sehen, die Brille lag irgendwo am Boden. Verschwommen sah Hunter die Gestalt wieder auf sich zukommen. Er richtete die Waffe auf sie, den Finger auf dem Abzugsbügel.

»Stopp!«, rief der andere.

»Ich bin es, Jens! Was ist passiert? Bist du verletzt, Hunter?«

Hunter stöhnte erleichtert auf und ließ die Waffe sinken.

»Ich wurde angegriffen, bin nur etwas benommen, sonst okay.«

Er drehte sich suchend um.

»Meine Brille liegt hier irgendwo hinter mir.«

»Ich sehe sie, hier ist sie!« Jens reichte sie ihm.

Camino sprang vom Jakobsweg zu den beiden und bellte laut.

Hunter schüttelte den Kopf.

»Als Wachhund hast du gerade versagt, während Herrchen um sein Leben kämpft, jagst du Kaninchen. Das werden wir ändern!«

Camino bedankte sich mit einem weiteren fröhlichen Bellen.

»Wirklich alles okay, Hunter?«

»Ja, ich bin in Ordnung.«

Er steckte die Pistole zurück und trank einen Schluck Wasser.

»Hast du den Angreifer erkannt?«

»Rein gar nichts, außer, dass er eine schwarze Sturmhaube übergezogen hatte.«

Jens prüfte mit einem Rundumblick die Umgebung.

»Ich habe auch niemanden gesehen. Mann oh Mann, das fehlte uns noch! Was war das – Mordabsicht oder Warnung?«

»Da fragst du mich was, er hätte mich tatsächlich leicht umlegen können.«

»Und jetzt, Hunter? Polizei, Spurensicherung, das ganze Programm?«

Hunter band die Schuhe zu und richtete sich mühsam wieder auf.

»Nein, Jens, das bleibt unter uns beiden. Aber wir haben jetzt eine neue Lage. Der andere weiß nun, dass ich kein harmloser Wanderer bin, sondern ein bewaffneter, das ist in aller Regel ein Polizist, ich bin also enttarnt.«

»Wenn du das nicht schon vorher warst.«

»Das ist durchaus möglich.«

Er klopfte den Schmutz von der Kleidung.

»So ein Mist, dass ich meine kleine Videoanlage nicht am Mann habe.«

»Auf wen tippst du, Hunter?«

»Es bleiben nur Tom Rex, Piotr Ruskow und Gottfried Stein.«

»Johannes Hartmann?«

»Nein, der würde sich schon verheben, wenn er zum Schlag ausholt. Seine Schwester war es auch nicht, das war definitiv keine Frauengestalt.«

»Dann hätten wir noch Domingo.«

»Möglich, aber er kann es schon deswegen nicht gewesen sein, weil er mit Holger weit hinter uns ist, vermute ich zumindest, Augenblick – mein Telefon will etwas von mir.«

»Hallo, Heike!«

»Hunter, grüß' dich, Neues aus der Schweiz. Bellheim war im Kinderpornonetz unterwegs, aber nur in der Schweiz und auch nur als Einzeltäter, keine Hinweise zu einem Ring.«

»Aha, also auch keine Spuren zu Personen aus der Gruppe hier?«

»Nein, keine einzige.«

»Das überrascht mich nicht. Sein Sohn Holger ist übrigens hier, er läuft mit dem Rucksack seines Vaters in der Gruppe.«

»Der Sohn? Wie tragisch, erinnert mich an den Film ... wie heißt der noch? *Dein Weg* ... mit Martin Sheen.«

»Stimmt, nur ist die Story umgekehrt zu meiner. Im Film kommt der Sohn auf dem Jakobsweg ums Leben, und der Vater geht mit der Asche des Sohnes den Weg zu Ende.«

»Ja, ein unglaublich emotionaler Film.«

»Mein Pilgerabenteuer inzwischen auch. Bei von Bellheim habe ich zum ersten Mal Mitleid mit einem Täter gehabt, der Mann war auf dem Weg. Ich hätte ihm wirklich die Chance zur Veränderung gegönnt.«

»Wie verhält sich die Gruppe nach den drei Todesfällen?«

»Schwer zu sagen, da ist große Angst, dass man der Nächste sein könnte. Domingo kann sie kaum noch zusammenhalten, aber es wird.«

»Davon sind wir hier überzeugt, Hunter. Die Hamburger Illustrierte hat Tom Rex übrigens zweitausend Euro überwiesen.«

»Diese perverse Ratte.«

»Da sagst du etwas. Ich soll dich zum Chef durchstellen, bist du bereit?«

»Auch das noch, ja bin ich, Heike, danke dir und Adios!«

»Guten Tag, Hunter, Mönch hier.«

»Buen día, Herr Mönch. Jens Hoppe und ich ruhen uns gerade in einem Pinienwald etwas aus.«

Er grinste Jens an und strich dabei über seine schmerzende Schulter.

»Was ist bei euch los, Hunter? Zwei ungeklärte Tote und ein Suizid. Meinen Sie nicht, es wird Zeit, die Kollegen von der spanischen Bundespolizei einzuschalten? Wir könnten eine Menge Ärger bekommen.«

»Das sehe ich nicht. Es ist unverändert eine Pilgerwanderung, in der ein deutscher Polizist hofft, Kindermissbrauchstäter zu überführen. Zwei ausländische Täter sind ums Leben gekommen, wie, wird von der spanischen Polizei aufgeklärt. Der Suizid spielt polizeilich keine weitere Rolle.«

»Aber Sie haben mit Sicherheit ermittlungsdienstliche Hinweise, die den spanischen Kollegen sehr helfen könnten.«

»Das ist richtig, Herr Mönch, die habe ich, aber wenn wir jetzt das große Rad drehen, bricht die gesamte Strategie zusammen, dann können wir gleich nach Hause fahren.«

»Welche Strategie?«

»Ich bin sicher, dass wir mit Stein einen ganz großen Fisch an der Angel haben. An den komme ich nur über seinen Adlatus Piotr Ruskow heran. Ich bereite das hier vor. Hanna Dohn wird der Lockvogel sein.«

»Sie wollen Frau Dohn doch wohl nicht in eine Romeo-Falle führen?«

Hunter wusste, was der Chef meinte. Mönch dachte an die Bezeichnung für eine nachrichtendienstliche Sexspionage-Operation aus DDR-Zeiten, bei der ein männlicher DDR-Agent eine Liebesbeziehung zu einer BRD-Zielperson anknüpfte.

»Eher nein, Herr Mönch, es wird andersherum, eine Venusfalle.«

»Hunter, Hunter, na gut, Ihre Entscheidung. Ich teile übrigens Ihre Meinung zur Gefahreneinschätzung von Gottfried Stein. Er ist nicht nur der Mann hinter der *Operation Praline*, er ist vermutlich *Zeus*, der aktuell meistgesuchte Mann im Missbrauchs-Netz.«

»Das überrascht mich nicht, Herr Mönch. Aber es gibt noch keinen schlagenden Beweis, richtig?«

»Richtig, Hunter, wenn Sie den bringen, dann wäre das ein Riesenerfolg für uns.«

»Und mir zeigt es, dass ich mit meiner Strategie konsequent weitermachen muss. Es kann nur noch eine Frage von Tagen sein, dann haben wir ihn.«

»Ja, aber ich werde Sie dort nicht allein lassen. Für den Zugriff kommen die spanischen Kollegen.«

Hunter war auf diesen Vorschlag, der den Dienstvorschriften entsprach, vorbereitet.

»Halte ich für keine gute Idee, Herr Mönch. Nein, wir müssen auf Überraschung setzen und zwar mit eigenen Kräften.«

»Sie haben doch Jens Hoppe für die Koordination.«

»Den benötige ich für andere Dinge, Herr Mönch.« Er wollte nicht direkt sagen: »als Bodyguard.«

»Sie wollen also Plan C, den Einsatz von GSG-9-Beamten?«

»Die wären für den Zugriff von *Zeus* und den Abtransport nach Deutschland genau richtig. Möglicherweise fliegen wir die gesamte Bande nach Hause. Es gibt genug Anhaltspunkte für kriminelle Verstrickungen.«

Hunter übertrieb, aber gerechtfertigt wäre eine vorläufige Festnahme der restlichen Gruppe *ROSE* allemal.

»Was glauben Sie, was mein spanischer Kollege mit mir macht, wenn ein Hubschrauber der Bundespolizei am Jakobsweg ohne internationale Absprache landet?«

»Stimmt, deswegen auch nicht mit einem Hubschrauber von uns.«

Mönch stutzte.

»Sie meinen doch nicht etwa vom Kommando Spezialkräfte aus Calw? Kommt nicht infrage! Das ist keine Geiselbefreiung, sondern ein klassischer polizeilicher Einsatz.«

»Nein, Herr Mönch, KSK meine ich nicht, sondern den ADAC, ist ja so eine Art Krankenrücktransport.«

Jens Hoppe wandte sich lachend ab.

»ADAC mit GSG 9? Sehr fantasievoll, Hunter. Das bekomme ich in Berlin nie verkauft, vollkommen unmöglich!«

Hunter gab nicht auf.

»Was das BKA auf dem Jakobsweg macht, ist genauso unmöglich. Flexibilität zeichnet uns eben aus, ist es nicht so?«

Mönch dachte nach. Hunters Erfolge waren vor allem seiner Kreativität geschuldet.

»Das stellen Sie sich aber sehr einfach vor.«

»Ist auch einfach, Chef. Die Kollegen der GSG 9 am Flugplatz Bonn-Hangelar gehen ein paar Hundert Meter Richtung Turm und steigen beim ADAC ein, in Zivil und mit ein paar schwarzen Taschen dabei.«

»Sehr kreativ – und landen dann wo?«

»Ich denke, dass ich in Santo Domingo soweit bin, spätestens aber in Burgos.«

Jens sah den Kollegen sprachlos an, den Plan kannte auch er noch nicht.

Mönch hatte sich bei den letzten Sätzen entschieden. Er war mit dem Innenminister nicht nur befreundet, sondern hatte bei ihm auch noch etwas gut.

»Kann ich mich darauf verlassen, dass die Angelegenheit diskret abgewickelt wird?«

»So diskret, wie wir jetzt hier operieren.«

»Okay, wir bereiten das vor, rechnen Sie mit einem ADAC-Hubschrauber. Sollte für Sie, Jens Hoppe und Hanna Dohn in der Zwischenzeit eine persönliche Gefahrenlage eintreten, sind sofort die Kollegen in Spanien im Spiel, und Sie sind draußen. Ist das verstanden?«

»Verstanden, Herr Mönch. Danke für die Unterstützung. Ich halte Sie auf dem Laufenden.«

»Prima, Gruß an die Mitstreiter, also *Buen Camino*, Hunter!«

Der BKA-Chef legte auf. Die Sache war politisch riskant. Falls dort unten am Jakobsweg etwas schieflaufen würde, hätte er trotz aller guten Verbindungen mit Berlin und Madrid ein ziemliches Problem. Mönch setzte jedoch auf das professionelle Kalkül von Kriminalhauptkommissar Joe Jaeger. Der Erfolg würde die Mittel rechtfertigen und die anschließende Pressekonferenz eventuelle Kritiker verstummen lassen.

»Bist du lauffähig, Hunter?«, fragte Jens.

»Passt schon, nur noch eine Stunde bis zur Herberge. Am besten trennen wir uns jetzt wieder, aber bleib bitte in Sichtweite.«

* * *

Die Herberge *Isaac Santiago*, ein ehemaliges Schulgebäude, war nicht ansprechend, aber sie erschien Hanna gepflegt. Sie checkte ein, bekam ihren Pilgerstempel und ging durch den großen Innenhof in den Garten. Dort campierten Pilger. Als sie plötzlich das Zelt von Tom Rex erkannte, drehte sie sofort um, doch er stand schon neben ihr.

»Maria, entschuldige, dass ich dich bisher so unflätig angemacht habe. Ich möchte das wiedergutmachen. Darf ich dich vor meinem Zelt auf ein Bier einladen?«

»Tut mir leid, Tom, heute nicht, ich bin von dem Marsch fix und fertig. Aber deine Entschuldigung nehme ich gern an. Schönen Abend, Tom.«

»Dir auch, Maria.«

Sie eilte in den großen, muffigen Schlafraum, ließ sich auf ihr Bett fallen und merkte, wie erschöpft sie war. Der Überraschungsbesuch ihres Mannes hatte zu einer Klarheit geführt, die ihr zuvor nicht bewusst gewesen war. Es war gut so. Er suchte über ein bisschen gemeinsames Wandern eine aufgewärmte Ehebeziehung, sie eine neue Sinnhaftigkeit für ihr Leben. Sie griff zum Telefon und sprach mit ihrer Tochter. Danach las sie die Message von Hunter:

Du bist hoffentlich okay. Ich liege vier Betten von dir entfernt auf der anderen Seite, pass auf dich auf. Schlaf gut, bis morgen.

Hunter sah, wie sie ihm einen Daumen hoch gab. Er würde ihr erst morgen von der geplanten *Operation Zeus* in Santo Domingo und vom heutigen Überfall erzählen. Sie sollte ruhig schlafen, er würde auf sie aufpassen. Er hatte registriert, dass Stein im selben Raum schlief, die anderen waren in der Herberge verteilt, bis auf Tom Rex, der draußen campierte. Hunter legte seine Pistole griffbereit und behielt Hanna im Auge. Unter seinem Bett lag Camino, der sich vollkommen still verhielt, so als hätte er verstanden, dass er nicht hier sein durfte.

Hunter versuchte, wach zu bleiben. Ab und zu tastete sich ein Pilger zur Toilette durch.

Ab Mitternacht war es ruhig, von den vielen Geräuschen der Mitbewohner abgesehen. Damit ging Hunter verständnisvoll um, denn bevor ihm seine Gebissschiene verordnet worden war, war er ein nicht auszuhaltender Schnarcher gewesen. Das Geräusch hatte sich durch die Schiene in ein gleichmäßiges Röcheln verwandelt. Er setzte sich seine kleinen Kopfhörer auf und sah sich eine Schmonzette mit einem Drehort in Schottland an. Das war seine andere Seite. Nach einem schweren Tag brauchte er das Seichte.

Gegen zwei Uhr nachts fielen ihm wiederholt die Augen zu. Er riss sich zusammen und blickte zu ihr. Bei Hanna war alles in Ordnung.

Die Person kam leise und ohne Licht. Sie schlich an ihm vorbei zu Hannas Bett. Langsam beugte sie sich hinunter. Camino knurrte, bellte plötzlich freudig und rannte zu der Person, die versuchte, den Hund abzuwehren. Hunter wachte auf. Bevor er aus dem Bett war, verschwand die Person aus dem Raum. Hunter lief mit Camino auf dem Arm und der Gebissschiene in der Hand hinterher.

Der Gang war leer. Die anderen sieben Schlafräume mit den schlafenden Pilgern wollte er nicht aufsuchen. Er eilte in den Garten. Auch am Zelt von Tom Rex war alles ruhig.

Hunter ging wieder zurück zu seinem Bett.

»War da jemand?«, fragte Hanna.

»Alles in Ordnung, Camino war etwas laut. Schlaf schön«, flüsterte er und schaute zu Stein hinüber, der sich in diesem Moment auf die andere Seite drehte.

Hunter verfluchte sich, dass er eingeschlafen war und dankte Camino mit einem liebevollen Streicheln.

»Du bist ein feiner Wachhund!«

Hunter ließ es zu, dass Camino ihm blitzschnell über die Hand leckte. Er nahm Camino ins Bett unter die Decke. Der schien begeistert und rollte sich bei ihm ein.

Immerhin konnte man davon ausgehen, dass Hanna für diese Nacht sicher war. Der nächtliche Besuch und der gestrige Angriff auf ihn steckte ihm doch schwerer in den Knochen, als er sich eingestehen wollte.

Im Traum vermischten sich die Bilder des Überfalls im Pinienwald mit der widerlichen Szene im Internat *Maria Hilf,* als der nackte Missbrauchstäter vor dem kleinen Jakob stand. Das Bild des Täters verwischte mit dem Gesicht von Piotr. Hunter schreckte hoch, öffnete die Augen. Er wusste längst, dass der Albtraum Wirklichkeit war. Piotr Ruskow war einer der Vergewaltiger des kleinen Jakob. Warum konnte das damals nicht bewiesen werden? Warum musste *Maria Hilf* ein *Cold Case* werden? Doch die Schlinge um die Köpfe der gesamten Bande war vorbereitet. Sobald er Zeus und dessen Adlatus festgesetzt hatte, waren die anderen dran. Dieses Mal musste es klappen. Hunter schaute zu Hanna. Sie atmete tief und fest.

ETAPPE 7 – LOGROÑO

– Die Schuld –

Die Nacht im Zelt war nass, die Kleidung unangenehm feucht. Tom hatte den duftenden Kaffee der Herberge seinem Instantkaffee vom Esbitkocher vorgezogen. Außerdem war es wichtig, das Ohr am Geschehen und auch Christiane Hermann unter Kontrolle zu halten. Sie hatte sich bei dem Sex am Jakobsweg wie eine leblose Puppe verhalten, was ihn, der doch zu Hause ein begehrter männlicher Escort war, jetzt noch verärgerte.

Als er den Frühstücksraum in seiner paramilitärischen Kleidung, mit dem überdimensionalen Rucksack und untergeschnallter Isomatte betrat, schlug ihm der Lärm der vielen Menschen, die Wärme und der erwartete angenehme Kaffeegeruch entgegen. Die meisten Pilger dachten wegen des Wetters noch nicht daran aufzubrechen. Er sah die Hartmanns, Piotr, Gottfried Stein, Gerd und Maria zusammensitzen und setzte sich grußlos dazu, von Camino sofort schwanzwedelnd begrüßt. Tom Rex belohnte das mit einigen Hartkeksen aus seiner militärischen Überlebensbevorratung.

Hunter unterbrach die Fütterung mit einem *Das reicht jetzt!* Er wünschte sich, dass Camino ihm sagen könnte, wer sich letzte Nacht an Hannas Bett geschlichen hatte.

Pater Domingo blickte in die Frühstücksrunde: »Ich möchte euch etwas zum heutigen Tag sagen.«

Sie rückten näher, um sicher zu sein, dass sie bei dem hohen Lärmpegel alles verstehen konnten.

»Es wird keine leichte Wanderung werden. Wenn man zügig läuft und eine Mittagspause einkalkuliert, schafft man die

28 Kilometer in acht Stunden. Es wird außerdem ziemlich hoch und runter gehen.«

Christiane Hartmann sah ihren Bruder Johannes prüfend an.

Der zuckte hilflos mit den Schultern.

Gottfried schien ebenfalls erbost über die erneute Schinderei. Die Fragen standen förmlich im Raum: »Warum tun wir uns diesen ganzen Quatsch immer noch an? Wir sind alle fertig. Jeder hat irgendeine Blessur. Drei Menschen sind tot. Was passiert als Nächstes?«

»Ich sehe eure frustrierten Gesichter«, meinte Pater Domingo. »Dann möchte ich euch Folgendes sagen, es gibt eine neue Nachricht von Servatius.«

Er las vor.

Jeder, der die Kathedrale in Burgos über den Jakobsweg zu Fuß erreicht, wird von seiner Schuld befreit. Das belastende Material wird vollumfänglich übergeben und mein eigenes vernichtet. Niemand wird polizeilich oder öffentlich belastet. Ich bin entsetzt über die Vorkommnisse in der Gruppe. Selbstjustiz und Selbstmord sind nicht die Lösung. Haltet durch! Buen Camino!

Tom kommentierte sofort: »Der Eisheilige hat uns ganz schön an der Angel, aber das wird sich ändern. Kriege werden nur gewonnen, wenn man die Initiative zurückgewinnt.«

»Aha, wir haben also einen Clausewitz unter uns«, sagte Gottfried und setzte nach: »Dann weißt du auch, dass der sagte, *Krieg kennt keinen Sieger, jeder militärische Triumph erweist sich in Wahrheit als Niederlage aller Beteiligten.*'«

»Da irrt Herr Clausewitz aber gewaltig«, konterte Tom. »In Burgos wird es einen einzigen Verlierer geben. Da er hier am Tisch sitzt, sollte er sich ganz warm anziehen.«

»Hört auf mit diesen Spitzen«, sagte Hanna. »Was ist die Alternative? Abbruch auf halber Strecke – und dann? Nein, ich ziehe das durch. Außerdem soll es ein paar nette Orte geben, auf die ich mich echt freue.«

»Das stimmt«, meinte Pater Domingo. »Wir passieren den Ort Sansol, dann das Dörfchen Torres del Rio mit der schönen Heiliggrabkirche. Viana hat eine wunderbare Altstadt, da sollte man eine erholsame Pause machen und die Cuajada probieren.«

»Aha. Was ist das?«, fragte Christiane Hartmann mäßig interessiert.

»Ein joghurtähnliches Dessert aus Schafsmilch. Auch das Ziel Logroño, die Hauptstadt der Region Rioja, ist attraktiv. Sie ist nicht nur eine Stadt des Weines, sondern wirklich voller schöner Baudenkmäler. Wer heute Abend noch fit ist, sollte sich also Logroño nicht entgehen lassen.«

»Wie heißt die nächste Unterkunft?«, fragte Johannes Hartmann.

»Wir übernachten im Hostel *Entresueños*, eine gepflegte, moderne Herberge mit 110 Betten und 13 Schlafräumen. Auch diese Herberge ist vollkommen ausgebucht.«

Er sah in die Runde.

»Ich kann also mit allen rechnen?«

Sie bestätigten.

»Gut, ich mache mich auf den Weg. Vergesst euren Gepäcktransport und eure Pilgerstempel nicht.«

Sie standen auf. Piotr nickte Maria zu. Sie tat so, also ob sie sich freute.

Hunter fing Pater Domingo vor der Herberge ab.

»Ich sorge mich um Maria. Da war letzte Nacht jemand an ihrem Bett, dank Camino ist nichts passiert.«

»Auch das noch! Du weißt nicht, wer das war?«

»Nein, keine Ahnung.«

Domingo schien zutiefst beunruhigt.

»Ich hatte dich gewarnt. Möchtet ihr abbrechen, Gerd? Eure Sicherheit geht vor, es gibt nichts, aber auch gar nichts, was wichtiger wäre.«

»Warten wir ab, Pater. Doch von nun an muss ich unbedingt bei ihr im Schlafraum übernachten, darin möglichst nicht mehr als vier Personen – und keiner von der Gruppe.«
Domingo sah sich den Herbergsplan für den Abend an.
»Das sollte sich arrangieren lassen, ich spreche mit dem Herbergsvater.«
»Außerdem habe ich auch Sorge um meinen Hund, den kann ich nicht mehr draußen allein schlafen lassen.«
Domingo schüttelte bedenklich mit dem Kopf.
»Das wird nicht einfach sein. Hunde sind in Spanien ein Thema für sich und in den Herbergen generell verboten. Ich werde sehen, was ich heute Abend in Logroño und morgen in Nájera machen kann. Übermorgen in Santo Domingo sollte es kein Problem geben, wir übernachten dort in verschiedenen Pensionen und Hotels, die Herbergen sind ausgebucht. Jeder erhält seine eigene Unterkunft. Ich gebe heute Abend die Liste bekannt.«
»Perfekt«, dachte Hunter. »Das macht die Operation Zeus deutlich einfacher.«

Der Kriminalhauptkommissar hatte von Domingo bekommen, was er erhoffte. Heute Abend würde er mit Hanna offen über die Sicherheitslage sprechen. Sie sollte für sich allein und unbeeinflusst entscheiden, so war es abgemacht.
Er nahm Kontakt mit dem BKA-Verbindungsbeamten Jens Hoppe auf. Sie vereinbarten, dass Jens sich mit dem Wagen auf der N 111 nach Logroño aufhalten solle, die parallel zum Jakobsweg verlief. Er wollte ihn ab sofort immer in der Nähe haben. Hunter zog die Kapuze über, der Regen war lästig aber erträglich, vor allem fühlte er sich fit. Er stellte auch befriedigt fest, dass seine Namensvergesslichkeit wie weggeblasen war.
Er nahm Camino an die Leine und marschierte los.

* * *

Heiner Mönch, Chef des BKA, verfolgte im Cybergrooming-Raum, wie die Spezialisten in den Tiefen des Darknets versuchten, die Verbindung zwischen Gottfried Stein und *Zeus* herzustellen. So sehr sie auch in dem digitalen Schmutz suchten, sie drangen zu *Zeus* nicht durch. Die Bilder waren unerträglich, Mönch drehte sich angewidert ab. Er fragte sich erneut, wie man das Screening der Missbrauch-Plattformen jemals verarbeiten könnte. Fast alle machten inzwischen im Supervisions-Programm mit. Trotzdem hatte das BKA gerade zwei Beamte durch Dienstunfähigkeit verloren, beide waren in psychiatrischer Behandlung. Mönch hatte den internen Bericht mit Grauen gelesen:

„Pädophile Väter machen anderen Pädophilen Mut, das eigene angebotene Kind zu missbrauchen und geben dazu dezidierte Anleitungen. Unsere Mitarbeiter werden nicht nur durch die demonstrativen Penetrationsszenen der Väter, sondern zusätzlich durch die Normalität geschockt, wie dieses Geschäft – zum Teil unterstützt von Müttern – im Netz mit Bitcoins als Zahlungsoption angepriesen wird. Dieses hat bei den zwei ermittelnden Beamten, die zugleich Väter von kleinen Kindern sind, schwerste psychische Schäden hinterlassen, die zu Schlaflosigkeit, Angststörungen und Herzproblemen führten. Sie sind nicht mehr in der Lage, irgendeinen Computer zu bedienen."

Der BKA-Chef hatte um Amtshilfe bei der Cybercrime-Zentralstelle in NRW gebeten. Doch die verzeichneten noch schlimmere Personalprobleme, seitdem sie mit einer Sonderkommission an der Aufklärung von 30.000 Fällen beschäftigt waren, wofür selbst 130 Ermittler nicht ausreichten. Die Beamten dort wussten, dass sie mit diesem Personalstamm und trotz der investierten dreißig Millionen Euro in modernste Technik höchstens drei von hundert Tätern schnappen würden. Trotzdem gaben sie nicht auf.

»Ich fürchte, Herr Mönch, wir brauchen Monate, wenn nicht Jahre, um bei *Zeus* im digitalen Wohnzimmer zu landen, es sei denn, er macht den Mund auf«, meinte der Teamleiter. »Das wird er nicht. Diese Leute reden nicht freiwillig, die geben die Eintrittskarte nicht preis, sie kennen ihr wertvolles Kapital«, antwortete der BKA-Chef. »Das war schon bei den Entführungen von Oetker und Reemtsma so und ist auch heute im Bitcoin-Geschäft des Deep Web und Darknet nicht anders. Immerhin ist unser Kollege Hunter hoffnungsvoll, den Fall *Zeus* mit konventionellen Mitteln auf dem Jakobsweg zu lösen.«

»Zuzutrauen wäre es ihm«, meinte der Teamleiter.

»Wissen Sie, was das Schlimmste ist?«, sagte Mönch. »Wenn wir nach einem Erfolg in der Öffentlichkeit darstellen, dass die sexualisierte Gewalt gegen Kinder inmitten der deutschen Gesellschaft stattfindet. Was passiert dann? Dann schaut diese Gesellschaft angewidert weg, sie will damit nichts zu tun haben. Was für eine unverzeihbare Respektlosigkeit vor den Opfern! Diese Wegduckhaltung ist auch ein Grund dafür, dass in den sozialpädagogischen Einrichtungen, in der Politik und in der Justiz viel zu lange die Augen verschlossen waren und heute noch sind.«

»Wundert Sie das, Herr Mönch? Wir wissen doch selber, dass das Wegschauen eine menschliche Eigenschaft ist. Auf der Straße kann ich das noch verstehen, hier sieht aber eine ganze Gesellschaft weg! Es wäre doch das Mindeste, wenn man uns Ermittlern die Daten der Provider überließe. Dieser Staat setzt den Datenschutz der Bürger auf infame Weise vor den Schutz dieser Kinder. Entschuldigung, Chef, mich kotzt das inzwischen an!«

Heiner Mönch nickte und verließ den Cybergrooming-Raum.

* * *

Während am frühen Morgen Hunter und Camino in Richtung Logroño pilgerten, bestiegen fünf junge Männer am Flugplatz in Bonn-Hangelar einen ADAC-Hubschrauber vom Typ H 145. Der Kommandeur der GSG 9 der Bundespolizei beaufsichtigte den Einsatz höchstpersönlich. Zusammen mit dem BKA-Chef hatte er es geschafft, dass der ADAC das neuste Prunkstück auf dem kleinen Dienstweg an die Bundespolizei auslieh. Der junge, drahtige Kommandeur in Jeans und Polohemd war in seinem Element. Tarnen und Täuschen liebte er, vor allen Dingen, wie heute, mit amtlicher Rückendeckung. Auf dem gelben Hubschrauber stand zwar *Notarzt*, aber nicht einmal das Personal im Turm und an der Tankstelle von Deutschlands ältestem Flughafen wusste, dass gerade Spezialisten der GSG 9 mit Waffen in ihren schwarzen Taschen für einen geheimen polizeilichen Zugriff im Ausland abhoben.

Die beiden Piloten der Bundespolizei kannten sich mit dem Fluggerät bestens aus. Ungewohnt für sie war allerdings, dass sie sich nicht mit dem Rufzeichen der Bundespolizei „Pirol" meldeten, sondern mit „Christoph Westfalen".

Die Flugstrecke in den Norden von Spanien nach Santo Domingo betrug 1200 Kilometer. Bei einer Reichweite von 650 Kilometern und 220 km/h könnten sie mit Zwischenlandung bereits abends zum Auftanken dort landen. Aber der Plan war, dass sie auf einem kleinen Flugplatz mit dem Namen Itxassou südöstlich von Biarritz warteten, bis der BKA-Verbindungsbeamte Jens Hoppe sie für den Einsatz abrufen würde, denn die Stehzeit in Santo Domingo sollte so kurz wie möglich sein. »Zugriff und weg«, hatte der Kommandeur befohlen. Der sah zufrieden, wie *Christoph Westfalen* über die Nordbrücke von Bonn mit Kurs Süd verschwand. Der Kommandeur hatte von Kriminalhauptkommissar Hunter und seiner außergewöhnlichen Mission auf dem Jakobsweg gehört und würde ihn nach Abschluss dieser Operation zur Weiterbildung seiner Eliteeinheit einladen.

Er wollte gerade zur Einheit zurückgehen, als er bei *Tant' Tinchen* auf der Terrasse einen ehemaligen Kollegen erkannte. In dem Fliegerrestaurant sollte es angeblich den besten Kuchen und Cappuccino am Platz geben. Warum nicht? An diesem Tag war ohnehin alles anders.

* * *

»Du versuchst, von dieser Maria etwas herauszubekommen«, flüsterte Gottfried unbemerkt Piotr zu. »Stelle ihr Fragen zu *Maria Hilf* und über ihren Job in Deutschland. Aber übertreib es nicht mit ihr.«

Piotr konnte nichts Besseres passieren, als einen Wanderauftrag vom Chef mit Maria zu bekommen.

Sie hatte mit ihm als Treffpunkt die Bar *El Portillo* in Viana ausgemacht.

Hanna schnürte ihre Wanderschuhe. Sie würde mit Piotr nur die letzten zehn Kilometer nach Logroño laufen, die zwei Stunden dafür waren schon zu viel. Ihr graute es, wenn sie ihm die neuen Bilder zeigen würde, die ihr Hunter über einen Code zugänglich gemacht hatte.

Hinter Torres del Rio passierte sie Steinmännchen mit all den motivierenden Botschaften, die es sogar in einige Reiseführer geschafft hatten. Sie erreichte die Kapelle Virgin del Poyo, von der die Legende sagt, dass die dort ausgestellte Marienfigur mehrmals nach Viana gebracht worden sei, aber jedes Mal zurückgekehrt war, bis man sie dort schließlich belassen hatte.

»Clever«, dachte sie. »Die Kirche lässt wirklich kein Marketing-Tool aus, um die Marienverehrung durch Legenden noch weiter anzuspornen ... wohl auch nötig, bei der Maria-Inflation am Jakobsweg ... und ich heiße auch noch Maria ... Halleluja ...«

Piotr hatte längst bemerkt, dass Maria wesentlich besser unterwegs war als er, und verfluchte, dass er nicht früher aufgebrochen war. Alle Knochen taten ihm heute weh. Als er die Steinmännchen passierte, sah er sich um, ob der Chef in der Nähe war. Er legte den Rucksack ab und nahm einen ordentlichen Schluck aus der Wodkaflasche. Der Weg war schlimmer als von Pater Domingo vorhergesagt. Zwar regnete es nicht mehr, aber den steilen Anstieg in die Altstadt von Viana schaffte er nur mit letzter Kraft. Als er Maria an der Bar El Portillo fröhlich winken sah, machte er sich nicht einmal die Mühe, seine totale Erschöpfung zu verbergen.

»Guten Tag, Pilgerin Maria.«

Er ließ den Rucksack von der Schulter gleiten, fiel in den Stuhl und sah sie bewundernd an.

»Du läufst ja wie eine Rennkatze.«

Er blickte auf ihren Teller – Schweinebraten, Paprika und Spargel.

Sie sah sein Verlangen, legte Fleisch auf ein Brot und reichte es ihm. »Lokale Küche, komm stärk' dich, Piotr. Das Essen hier dauert, bis es kommt.«

»Danke, Maria, du bist lieb.«

Er zog seine Flasche Wodka hervor.

»Du auch?«

»Niet, danke nein, Piotr, das ist noch zu früh für mich. Aber gleich gern ein Schlückchen Rotwein, wir sind schließlich im Rioja-Land.«

Er lachte sie mit seinen gelben Zähnen an und bestellte das gleiche Gericht sowie eine Flasche Rotwein.

»Der Riesenkasten dort, welche Kirche ist das?«, fragte er mit vollem Mund.

»Iglesia Santa Maria, soll ich sie dir zeigen?«

»Nein, nein, du wolltest mir doch etwas anderes zeigen ... aber warte bitte noch, ich muss mal eben für kleine Piotrs.«

»Kurze Frage noch, Piotr, weißt du vielleicht, wer heute Nacht an meinem Bett war?«
Er strich lächelnd über ihr Haar und flüsterte ihr etwas ins Ohr, bevor er verschwand.

Sitze mit Piotr in Viana, Cafeteria El Portillo (Ruinas de San Pedro). Er war der Typ in der letzten Nacht an meinem Bett, liebestrunken, sagt er. Hier alles okay, meldete sie an Hunter. *Danke, habe deine Positionen fortlaufend von Heike erhalten, war immer kurz hinter dir. Sitze mit Jens in deiner Nähe an der Kathedrale. Sag Bescheid, wann ihr aufbrecht.*

Mit jedem Bissen ging es Piotr besser. Er blickte sie an und sagte unverblümt: »Du bist garantiert auch eine Rennkatze im Bettchen.«
Maria lachte. »Ich glaube, Pilgerchen Piotr muss erst zu Kräften kommen, sonst bringt die Rennkatze ihn noch um.«
»Was ich inzwischen ohnehin mit diesem Ferkel machen möchte«, dachte sie. »Aber meine Stunde kommt noch, Freundchen.«
»Wie schätzt du Gerd ein?«, fragte er unvermittelt.
Hanna ließ sich ihre Überraschung nicht anmerken. »Gerd ... zu dem kann ich dir so gut wie nichts sagen, ich kenne ihn nur aus den Herbergen.«
»Glaubst du, dass er einer von uns ist?«
Sie tat überrascht. »Wieso? Glaubst du das etwa nicht?«
»Ich finde schon, dass er zu uns passt, aber am liebsten würde mein Chef ...«, er hustete plötzlich. »Am liebsten würde ich von dem einen Keuschheitsbeweis sehen.«
Sie lachte. »Dann frag den Gerd doch!«
Sie zog ihr Smartphone aus der Tasche.
»Darf ich dir denn jetzt endlich mal meinen Keuschheitsbeweis zeigen?«

Er rückte erwartungsvoll zu ihr herüber, sah, wie sie ins Darknet hineinsurfte, blitzschnell über ihren Fingerprint-Sensor eine Kinderpornoseite aufrief und sofort Szenen zeigte, bei denen er zu essen vergaß und mit offenem, fleischgefülltem Mund auf das Smartphone starrte. Doch sie war noch nicht am Ziel angelangt.

Hanna war nach dem Briefing bei Hunter in Wiesbaden zur Expertin im schmutzigen Internet geworden. In dem befand sie sich mittels des Tor-Browser gerade. Ihre Finger flogen über die Tasten auf eine ganz spezielle, schmutzige Seite.

»Maria, Maria ...«

Sie drehte sich vorsichtig um, ob jemand Einsicht nehmen konnte.

»Was für Bilder ... mehr ... und den Ton, bitte, Maria.«

Die nächsten Gäste saßen nur zwei Tische weiter, das Lustgestöhne im Video brauchte hier niemand.

»Geht nicht, Schätzchen, zu gefährlich, holen wir nach.«

Piotr bestellte eine zweite Flasche Rotwein, die erste hatte er fast allein geleert.

Als der Nachtisch, eine Crema Catalana, serviert wurde, unterbrachen sie die Videoshow. Sie schob seine immer wiederkehrende Hand von ihrem Oberschenkel zurück. »Nicht hier, Piotr.«

Er gähnte. Der Alkohol und die körperliche Erschöpfung zeigten zu ihrer Erleichterung deutliche Spuren. Sie verließ das Darknet.

»Glaubst du, dass du die zwei Stunden bis Logroño noch schaffst, mein Schatz?« Hanna staunte über sich selbst, wie leicht ihr dieses Wort über die Lippen kam.

Er sah sie glasig an. »Ich würde am liebsten die blöde Schinderei abbrechen, aber das gibt Ärger mit ...« Er stockte.

»Mit wem?«

»... mit dem Eisheiligen.«

»Was hältst du von einem Vorschlag, mein Pilgerchen. Ich gehe allein weiter, du bleibst noch ein Stündchen hier und machst es dir gemütlich. Dann nimmst du dir ein Taxi und lässt dich vor Logroño an der Brücke absetzen. Einverstanden?«

Er nickte, aber sie war nicht sicher, ob er alles verstanden hatte und wiederholte: »Logroño, vor der Brücke über den Ebro, den letzten Kilometer pilgerst du zur Herberge Hostal Entresueños, und alles wird gut.«

Er streichelte ihr die Wange.

Plötzlich hielt er sie am Kinn fest, drehte ihren Kopf zu sich und sagte mit ganz anderer Stimme:

»Ich habe dich nie in *Maria Hilf* auf der Stube gesehen, wo es passierte.«

Sie nahm seine Hand von ihrem Kinn und erwiderte:

»Du, mit der Hand, das mag ich nicht, klar?«

Er ließ ihr Kinn los.

»Und zu deiner Frage, es passierte auch nicht auf der Stube, sondern nur im *Raum der Ergebenheit*. Kennst du die Kapelle überhaupt?«

»Und wie ich sie kenne! Ein wunderbarer Raum. Meine Nummer Eins war dieser kleine Jakob. Maria, der hatte einen Körper wie gemalt, an dem stimmte alles!«

Piotr leerte das Glas in einem Zug und meinte:

»Aber nachdem der verbraucht war, verschwand er, wie so einige.«

Er machte ein unmissverständliches Hals-Durch-Zeichen.

»Das hat der Hartmann arrangiert, dem wir diese Tortur zu verdanken haben, dieser Erpresser!«

»Da magst du recht haben, Piotr. In Burgos wissen wir es, ich vertraue auf Pater Domingo.«

»Ja, der scheint sauber zu sein.« Er sah sie sanft an.

»Kann ich denn dir vertrauen, Pilgerin Maria?«

Sie legte nun ihrerseits die Hand zwischen seine Beine.

270

»Und ich ... Kann ich dir vertrauen, mein fremder Piotr? Wer bist du eigentlich?«

»Ich bin Pilger Piotr, ein herzensguter Mensch ... der leicht unterschätzt wird«, setzte er nach. Er fasste ihre Hand und führte sie höher.

»Nun gut«, sagte sie und hoffte, dass er mit dem Gefummele stoppen würde. »Interessiert mich auch nicht wirklich, du weißt ja auch nichts über Peeters, Schmitts, Tom oder über Gottfried.«

Sie sah ihn dabei prüfend an.

»Nein, Maria, mich interessieren ehrlich gesagt auch nur Servatius und das Material.«

Hanna gab sich einen Ruck, denn die nächsten Worte fielen ihr unendlich schwer.

»Sag' mal Piotr, hast du wirklich die gleiche Sehnsucht nach den süßen, kleinen Jungen und Mädchen wie ich?«

»Und wie, Maria, ich bin schon auf Entzug, wie du an deiner Hand fühlst.«

Sie wollte die Hand zurückziehen, aber ließ es.

»Wen magst du mehr – Jungen oder Mädchen, Maria?«

»Du fragst vielleicht, Jungen natürlich!«

»Warum, du scharfe Pilgerin?« Er keuchte plötzlich und verdrehte die Augen, als er spürte, was bei ihm unter Marias Hand passierte.

Sie riss sich zusammen und beließ die Hand, wo sie war.

»Ich kann ihnen zeigen, wie es eine erfahrene Frau macht. Bisher waren sie mir alle sehr dankbar«, lachte sie verschmitzt.

»Und du?«

»Am liebsten Jungen, und zwar so richtig! Rein bis auf die Knochen!«

Sie lachte wissend. Er sah sie wieder verklärt an, den Keuschheitsbeweis hatte sie längst mehrmals bestanden. Diese Frau war ein Geschenk des Heiligen Jakob. Er würde es ihr richtig besorgen – und sie ihm.

Sie griff zu ihrem Rucksack.

»Das Vorspiel ist vorbei, Pilger Piotr, ich muss noch wandern.«

Er strahlte sie, die ihn nur durch Hand-Auflegen befriedigt hatte, an.

»Wir beide sind das beste Team unter der spanischen Sonne, Budymo! Prost mein Schatz! Bis nachher in Logroño!«

Als sie außer Sichtweite war, stützte sie sich an einer Mauerwand ab. Nie hätte sie sich auch nur im Ansatz vorstellen können, derart auf das Niveau dieses primitiven Typen abzugleiten. Das war keiner aus der Kategorie *Pädokriminell*. Piotr war ein Triebtäter der übelsten Sorte, dem es nur um Lustvollzug und Macht ging. Sie war sicher, dass er unverändert im sexuellen Kindesmissbrauch unterwegs war. Doch wie und wo? Er tat naiv, aber er war gerissen, misstrauisch und immer auf der Hut. Trotzdem hatte er sich verplappert, als er vom *Chef* sprach. Hunter war also mit seiner Strategie auf dem richtigen Weg, aber längst nicht am Ziel. Sie ahnte, dass das widerliche Treffen hier in Viana nur die Ouvertüre einer schrecklichen, aber notwendigen Inszenierung war. Plötzlich hatte sie das Gefühl, duschen zu müssen.

* * *

Holger setzte sich auf einen ausgeblichenen Holzstamm, der aussah, als wäre er hier vor Tausenden von Jahren angeschwemmt worden. Er nahm sich von den Broten, die er in der Herberge vorbereitet hatte und schaute über ein Meer von Mohnblumenfeldern in die hügelige Landschaft hinein. Er schloss die Augen, ließ die Gedanken fließen. Unter dem flimmernden Lid sah er das Gesicht des Vaters.

»Warum, Dad? Warum hast du nicht die Nerven bewahrt? Du, der immer so kontrolliert war. Warum konntest du dich

deiner Verantwortung nicht stellen? Ich hätte dich auch im Gefängnis besucht. Ich hätte immer zu dir gestanden.«
Sein Handy in der Hemdtasche vibrierte.
»Ja, Mutter, was willst du?«
»Bist du noch bei deinem Vater?«
»Nein, ich gehe seinen Weg weiter.«
Sie schien verunsichert. »Was suchst du, was du nicht schon weißt, Holger?«
»Das ist meine Sache, nicht deine. Du hast deine eigene Baustelle.«
»Du machst mir Vorwürfe?«
Holger zögerte einen Augenblick. Dann brach es aus ihm heraus. »Ja, Mutter, du hast ihn mit der Anzeige bei der Polizei in den Tod geschickt.«
Sie hatte diese Reaktion erwartet, bemühte sich ruhig zu bleiben.
»Nein, mein Junge, er hat diese Entscheidung für sich selbst getroffen, das war sein freier Wille.«
»Vater war nie ein klassischer Selbstmörder, dafür liebte er das Leben zu sehr. Ich kenne deine Textbotschaft an ihn nicht, aber unmittelbar danach ist er von der Brücke in den Tod gesprungen.«
»Ich weiß, mein Junge«, sagte sie mit leiser Stimme.
»Pater Domingo meinte, dass eine extrem emotionale Situation ausreicht, um sich das Leben zu nehmen. Das käme selten vor. Mein Vater war in einer für ihn aussichtslosen Situation und zwar durch dich, Mutter. Du hast deinen Mann umgebracht!«
Ihre Stimme zitterte. »Holger, überleg, was du hier sagst, ich hätte nie damit gerechnet, dass er sich das Leben nimmt.«
Sie weinte. Ihr Sohn sagte nur, was sie selbst längst empfand, eine unumkehrbare Schuld.
Holger spürte, dass er zu weit gegangen war, und sagte wieder ruhiger: »Warum hast du nicht gewartet, bis er zurück-

kam? Was hat dich getrieben, in seiner Abwesenheit den Schalter umzudrehen? Hast du denn gar nicht bemerkt, dass dein Mann auf der größten Suche seines Lebens war?«
Sie hatte sich wieder gefasst.
»Nein, Holger, nein, davon war nichts zu sehen. Er hat mich in den vielen Jahren unserer Ehe mit all seinen Abwesenheiten belogen. Für mich war auch der Jakobsweg eine Lüge, ein Vorwand, um seinem widerlichen Trieb nachzugehen.«
»Kinder zu missbrauchen ist entsetzlich, Mutter, doch ein Selbstmord kann und darf nicht die Lösung sein. Du hast ihm die Chance genommen, neu anzufangen!«
»Wenn du die Bilder gesehen hättest, würdest du mich vielleicht etwas besser verstehen. Nein Holger, meine Nachricht war vielleicht ein Auslöser, sie war ein Fehler, aber es war seine freie Entscheidung, seinem Leben ein Ende zu setzen.«
Holgers Wut stieg wieder hoch. »Oder hat dir vielleicht dein Lover geraten, diesen finalen Schritt zu gehen.«
»Holger, bitte, Du gehst zu weit ...«
Er schwieg. Hinter ihm hörte er jemanden *Buen Camino* sagen. Von Weitem sah er Pater Domingo kommen.
»Und ... wie geht es jetzt weiter, Mutter?«
»Sobald seine Asche in Zürich ist und du wieder zurück bist, findet eine Beerdigung im kleinsten Kreis statt.«
»Was heißt *kleinster Kreis*?«
»Du und ich.«
»Nein, Mutter, nur du. Ich verabschiede mich von meinem Vater hier. Hier ist er mir so nah wie nie.«
Er legte auf.

Der Pater erreichte ihn grüßend.
»Ich würde gern wieder mit Ihnen etwas besprechen, Pater Domingo.«
Der Pater nickte.

»Gern, Holger, du hast dir dafür gerade eine absolut wunderschöne Gegend ausgesucht. Genieß es, die Zeit der Mohnblumen und Margeriten ist bald vorbei.«

Holger stand auf, zog den Rucksack des Vaters über. Sie betraten den Jakobsweg.

Nach einer Weile meinte er: »Meine Mutter hat mich angerufen.«

Domingo schwieg.

»Es war kein gutes Gespräch.«

Domingo schwieg weiter.

»Ich habe ihr gesagt, dass sie ihn in den Tod getrieben hat.«

»Wie kommst du darauf?«

Holger berichtete von der Textnachricht.

»Wir reden also über Schuld«, meinte Domingo.

»Ja, über die eindeutige Schuld meiner Mutter.«

»Wenn das so einfach wäre, Holger. Schuld ist ein fatales Wort, das tief in unsere Eigenverantwortung und Gerechtigkeit hineinwirkt.«

»Was meinen Sie damit?«

»Schuld ist so etwas wie eine unerfüllte Verantwortung. Umgekehrt, wer seiner Verantwortung nicht nachkommt, macht sich schuldig.«

Holger dachte darüber nach, welcher Verantwortung seine Mutter nicht nachgekommen war. Er blieb dabei, dass sie mit ihrem Mann hätte sprechen sollen. Jetzt fühlte sie sich zu recht schuldig.

»Das Wort *Schuld*, Holger, kommt von sollen. Der Schuldige soll eine Pflicht erfüllen, damit die Gerechtigkeit wiederhergestellt wird. Juristisch nennt man das *Strafe*.«

»Sorry, ist mir etwas zu theoretisch.«

»Vielleicht wird es so deutlicher: Wenn sich jemand in einer Tragödie wie in deiner Familie moralisch schuldig fühlt, aber juristisch nicht bestraft werden kann, dann bestraft man sich, indem man eben Schuld auf sich lädt. Wir bestrafen uns mangels einer richterlichen Bestrafung sozusagen selbst. Wir ticken so, Holger. Damit stellt man die innere Gerechtigkeit wieder her.«

»Sehen Sie das auch so für meine Mutter?«

»Ich kenne deine Mutter nicht, aber es wäre sehr ungewöhnlich, wenn sie nicht allergrößte Schuldgefühle empfinden würde, eben weil sie sich vorwirft, mit ihrer Nachricht verantwortungslos gehandelt zu haben. Deine Beschuldigung dürfte in der Situation wie ein Brandbeschleuniger wirken ... das weißt du schon?«

»Das ist mir egal!«

Domingo spürte die Mischung aus Trauer und Wut seines Mitwanderers, der so sehr auf seine Mutter fixiert war. Der Zeitpunkt war gekommen, seine Projektion umzulenken.

»Kann es sein, Holger, dass du durch diese massive Schuldübertragung auf deine Mutter von einem möglichen eigenen Schuldgefühl ablenkst?«

Holger blieb abrupt stehen.

»Warum sollte ich mich schuldig fühlen? Das war eine Auseinandersetzung zwischen meinen Eltern.«

»Und was ist mit deiner Auseinandersetzung, Holger?«

Holger stand wie versteinert. Der Pater hatte gerade das gesagt, was er längst fühlte. Er zitterte plötzlich am ganzen Körper. Domingo nahm ihn behutsam in den Arm.

»Sprich es aus, Holger.«

Es brach weinend aus ihm heraus.

»Er hatte gefragt, ob wir telefonieren können ... ich habe es verweigert ... Ich hatte ihm nach dem Besuch einen Brief geschrieben, wollte ihm sagen, wie sehr ich ihn liebe ... hätte er es gelesen, wäre er vielleicht nicht in den Tod gesprungen.«

»Vielleicht Holger, vielleicht wäre er nicht gesprungen. Wir wissen es nicht. Die Verantwortung des Freitodes lag ganz allein bei ihm, nicht bei deiner Mutter und schon gar nicht bei dir.«

Sie standen eine Weile, Arm in Arm. Fremde wanderten schweigend vorbei, sahen, dass zwei Pilger sich in den Armen hielten. Eine nicht ungewöhnliche Szene auf dem Jakobsweg, der so viele Emotionen frei werden ließ.

Pater Domingo konnte Holger die Schuld, die Selbstbestrafung, nicht nehmen. Schuldgefühle ließen sich nicht wegdiskutieren. Sie lösten sich meistens irgendwann durch eigene Erkenntnisse von selbst auf, aber er konnte ihn vielleicht entlasten.

»Sei gewiss, deine Mutter und du, ihr seid nicht allein mit den Selbstvorwürfen. Wir alle, die Herbert auf dem Jakobsweg erlebten, wissen, dass wir keine Mitverantwortung an seinem finalen Schritt tragen. Trotzdem bleiben auch unsere Schuldgefühle – auch bei mir, Holger, als Reiseleiter und Mensch, das kannst du mir glauben.«

Der erdige, trockene Weg führte mit ein paar Windungen durch die sanften Hügel. Sie wanderten schweigend. In der Ferne klangen wieder die hellen Glocken der Schafe, ein Hund bellte.

Pater Domingo spürte, wie Holger weiter mit sich rang. Das Problem der verinnerlichten Schuld kannte er in der Therapie zur Genüge. Gerade missbrauchte Kinder fühlten sich schuldig, oft ein Leben lang. Deswegen war es wichtig, ihnen frühzeitig einen Halt zu geben.

»Schuldgefühle, Holger, sind auch sehr sinnvoll, denn sie sind wichtig für das Wiederherstellen der inneren Gerechtigkeit.« Er machte eine Pause.

»Wir Menschen suchen Gerechtigkeit. Vielleicht ist das Schuldgefühl auch deshalb so quälend, weil es jemanden braucht, der einen davon erlöst.«

»Wer? Gott als Erlöser? Der ist mir fern wie nie.«

»Der Jemand für dich könnte zum Beispiel die Familie sein, deine Mutter. Und du könntest ihr Erlöser sein.«

Sie gingen eine schmale Teerpiste bergab und kamen an einem Stand vorbei, an dem eine Frau unter einem Feigenbaum Getränke verkaufte und Pilgerpässe stempelte.

»Das ist Maria, eine Institution am Jakobsweg, sie ist die Tochter von Doña Felisa. Sie hat hier viele Jahre diesen Dienst versehen und ihn nach ihrem Tod an die Tochter vererbt, die wiederum setzt bereits ihre eigenen Töchter ein.«

»Buen día, Maria.«

»Buen día, Padre Domingo, qué tal?"

Sie unterhielten sich auf Spanisch. Holger erkannte eine große Wertschätzung von Maria zu Pater Domingo.

Er zog den Pass des Vaters aus dem Rucksack hervor. Maria drückte den siebten Stempel hinein.

»Ultreïa, pilgrim Herbert«, wünschte sie.

Vor der Brücke über den Ebro erkannte der Pater Piotr, wie der aus einem Taxi stieg. Er hatte Schwierigkeiten, sein Gepäck zu fassen und wankte mehr als er wanderte. Domingo schüttelte enttäuscht den Kopf, aber erwähnte nichts gegenüber Holger.

Sie gingen durch die engen Gassen von Logroño und erreichten die Herberge. Holger hatte seit der Begegnung mit Maria wenig gesprochen, er war physisch und emotional erschöpft.

»Danke, Pater Domingo.«

»Gern geschehen, Holger. Habe eine gute Nacht.«

»Das wünsche ich Ihnen auch. Danke für die Kraft, die Sie spenden … Vielleicht sollte ich bei der Bestattung in Zürich doch dabei sein. Ich glaube, meine Mutter braucht mich.«

* * *

»Ich wollte doch während der Pilgerwanderung nicht gestört werden«, sagte Johannes Hartmann in das Telefon zu seiner Sekretärin in *Maria Hilf.*

»Es ist leider dringend, Herr Dr. Hartmann, wir hatten heute Vormittag die Polizei im Haus.«

Hartmann winkte aufgeregt seine Schwester Christiane zu sich, die gerade auf dem Bett ihre Wandersachen sortierte und nun mit dem Ohr an seinem Handy mithörte.

»Wonach hat die Polizei gesucht?«, fragte er.

»Das wissen wir nicht, Herr Dr. Hartmann. Aber die Beamten haben alle Akten aus Ihrem Büro und sämtliche Computer einschließlich der Speichermedien mitgenommen. Im Büro Ihrer Schwester waren sie auch.«

»Wissen Sie, woher die Beamten kamen?«

»Ja, vom Landeskriminalamt in Nordrhein-Westfalen – mit fünf Autos. Hier war ein ziemlicher Wirbel.«

»Haben die sonst noch etwas gewollt?«

»Sie haben die älteren Mitarbeiter zu einigen ehemaligen Schülern befragt.«

»Wissen Sie zu welchen?«

»Zu vielen, aber insbesondere zu Elias und Jakob.«

Die beiden Geschwister sahen sich kopfschüttelnd an.

»Ist Ihnen sonst noch etwas aufgefallen?«

»Nein, außer dass sie fragten, ob es im Haus einen Tresor gäbe.«

»Danke, halten Sie mich auf dem Laufenden, wenn es Neuigkeiten gibt. Ich hoffe, dass wir in spätestens einer Woche wieder im Institut sind.«

Hartmanns hageres, vom Krebs gezeichnetes Gesicht war jetzt grau. Seine Hand zitterte. Er ließ sich neben Christiane auf das Bett fallen.

»Müssen wir uns Sorgen machen, Schwester?«, fragte er mit gebrochener Stimme.

»Nein, Johannes, wir haben seit damals nichts mehr zu verbergen, die finden nur Verwaltungsakten. Es gibt eine verschlüsselte Festplatte, die liegt in dem vermauerten Tresor im Keller, nur wir beide wissen, wo.«

»Die mit den Filmen, richtig?«

»Richtig. Du ziehst das hier noch durch, Bruderherz, und alles ist gut.«

* * *

»Komm setz dich«, sagte Tom, der sein Zelt am Ebro aufgestellt hatte.

Gottfried Stein wunderte sich, wie Tom es fertiggebracht hatte, einen Klapptisch mit zwei Stühlen zu transportieren, wenngleich die aus leichtem Aluminium speziell für den Wandertransport gefertigt waren. Tom öffnete zwei Flaschen Bier.

»Prost, *Zeus*, wie läuft es für dich?«

Gottfried sah seinen wichtigsten Mann für operative Geschäfte in den deutschsprachigen Ländern prüfend an.

»Prost, mein Lieber, du spielst den bösen Buben übrigens perfekt.«

»Das muss ich nicht, der bin ich. Frage Christiane, die hat sich nicht einmal gewehrt.«

Stein sah ihn erstaunt an. »Musste das sein?«

»Ja, reiner Samenstau, ich hätte mir allerdings lieber Maria gewünscht, aber die ist meistens allein unterwegs und super vorsichtig.«

»Wie wir alle«, antwortete Stein.

»Bis auf eine Ausnahme.«

»Wen meinst du?«

»Na, eben deinen Kaczmarek Piotr.«

Als Pilot wusste Gottfried, dass so der Flügelmann in der deutschen Luftwaffe bezeichnet wurde.

»Was ist dir an dem aufgefallen?«

»Der hängt wie eine Klette an Maria – und er säuft zu viel.«

»Tja, unser Piotr. Bezüglich Maria hat er einen kleinen Auftrag, das Saufen habe ich ihm streng verboten. Aber versuch mal, einem Ukrainer das Wodkatrinken zu verbieten.«

»Was soll der bei unserer hübschen Maria herausfinden?«

»Wer sie ist und ob sie unseren lieben Gerd kennt.«

»Ich denke nicht, dass sie den kennt, sie meidet ihn eher. Vielleicht riecht sie etwas, was wir beide inzwischen wissen, dass wir quasi unter Polizeischutz pilgern.«

Gottfried Stein nickte konsterniert.

»Ich hatte von Anfang an nicht ausgeschlossen, dass die Polizei im Spiel sein könnte. Aber dass der oberste Kindermissbrauchs-Fahnder des BKA, Joe Jaeger, verdeckt mitlaufen würde, das hätte ich im Traum nie angenommen.«

»Du hast wirklich gut recherchiert, Zeus.«

Tom trank einen Schluck Bier, betrachtete die Angler am Fluss und meinte weiter:

»Was ist das nur für ein verdammtes Katz-und-Maus-Spiel? Jeder ist gespannt auf den Eisheiligen. Wir müssen uns Servatius mit dem Videomaterial schnappen, bevor das BKA es erhält.«

Stein nickte und sagte mit einer noch mehr als sonst fistelnden Stimme: »Sobald wir das Material haben, kümmerst du dich um Piotr, der nichts von deiner Position bei mir weiß. Er wird allmählich zu einer Gefahr, ich verlasse mich auf dich!«

»Wie besprochen, Zeus!«

»Gut, Tom, und dann verschwinden wir nach Lourdes zu meinem Flieger.«

* * *

Hunter, Jens und Hanna standen am Treffpunkt. Sie beobachtete nervös die Umgebung. Doch außer einigen Spaziergängern und Joggern war im Parque del Ebro von Logroño niemand zu sehen.

»Mach dir keine Gedanken, Hanna, Piotr liegt platt im Bett, die Lage ist sauber«, meinte Jens.

»Na, Gott sei Dank!«

»Der schaffte kaum die Brücke, so vollgetankt war er«, ergänzte Jens.

Hanna erzählte von den Gesprächen mit Piotr, der herausbekommen wollte, ob sie etwas über Gerd wisse und dabei aus Versehen von einem *Chef* gesprochen habe. Piotr habe auch ihr auf den Zahn gefühlt, aber sie sei sich ziemlich sicher, dass er keinen Verdacht schöpfe.

»Wie geht es euren Knochen?«, fragte Jens.

»Außer ein paar Wehwehchen an den Füßen ist alles okay«, meinte Hanna. »Wenn der Piotr-Stress nur nicht wäre.«

»Der hat bald ein Ende«, antwortete Hunter. »Nur noch zwei Tage. In Santo Domingo schlagen wir zu. Wir nehmen an, dass Gottfried Stein der gesuchte *Zeus* im Netz ist. Leider fehlt uns noch der letzte Beweis ... «

»... für den ich unverändert der Lockvogel bin, richtig?«

»Ja, so ist der Plan, Hanna.«

»Ihr seht meine Freude. Erotischer Lockvogel zu sein, ist das, was ich als emanzipierte Hamburger Investigativ-Journalistin jeden Abend im Nebenjob auf der Reeperbahn mache.«

Die beiden Beamten verstanden den Sarkasmus. Hunter fürchtete, dass mit seiner nächsten Information der ganze Plan kippen könnte, aber sie hatte ein Recht auf Kenntnis der Lage.

»Es gab gestern einen Zwischenfall, Hanna. Ich wurde auf dem Jakobsweg von einem Maskierten überfallen.«

»Du, Hunter, mein Gott, was ist passiert?«

Hunter berichtete von dem Überfall und dem Eingreifen von Jens.

Sie blieb eine Weile ruhig. Ihr musste man nichts vormachen, sie wusste, was das bedeutete. »Warum hast du mir gestern nichts davon erzählt?«

»Weil du genug um die Ohren hattest.«

»Wer dich überfällt, Hunter, weiß, dass du Polizist bist. Das ist dir doch bewusst – oder?«

»Sehr bewusst, Hanna, deswegen wird es höchste Zeit zu handeln.«

»Trotzdem glaubst du, dass wir noch sicher sind? Wer könnte der Angreifer gewesen sein?«

»Schwer zu sagen, klar aber ist, dass es eine Warnung an mich war, zu verschwinden, was ich nicht machen werde.«

»Das solltest du aber – und ich begleite dich!«

»Ist das wirklich deine Absicht, Hanna, kurz vor unserer *Operation Zeus*? Ich bin das Ziel, du unverändert nicht. Du hast deine Rolle bisher perfekt gespielt.«

»Vielleicht, aber es wird eng. Sie wissen jetzt, wer du bist, wann werden sie wissen, wer ich bin? Das ist doch nur noch eine Frage der Zeit. Was macht ihr beiden, wenn ich aussteige?«

»Es gibt, ehrlich gesagt, keinen Plan dafür. Ich würde schauen, was in Burgos passiert, anschließend ginge die Arbeit am Schreibtisch in Deutschland weiter. Vielleicht packen wir Stein später mitsamt seinem Gehilfen, vielleicht auch nicht und der Missbrauch geht weiter.«

Er sah sie eindringlich an.

»Aber du lässt dich dadurch bitte nicht unter Druck setzen. Du entscheidest für dich ganz allein.«

Hanna fühlte dennoch den enormen Druck. Jeden Tag wurden in Deutschland über vierzig Kinder sexuell missbraucht. Sie könnte dazu beitragen, dass diese Zahl zumindest kleiner würde.

Sie blickte durch den Park in den Abendhimmel, sah die leeren ausdruckslosen Augen der Jungen und Mädchen, die das Weinen verlernt hatten. Wie könnte sie jemals eine Geschichte schreiben, ohne sich durch ihr Aussteigen nicht mitschuldig zu fühlen?

»Wo ist die GSG 9 jetzt?«, fragte sie.

»Am Zwischenlandeplatz südlich Biarritz«, sagte Jens. »Sie warten auf meinen Abruf nach Santo Domingo und bereiten nach Ankunft dein Zimmer videotechnisch vor.«

»Das heißt, ihr Spanner seht den ganzen Piotr-Mist mit?«

»Ja, um dich keine Sekunde allein zu lassen«, sagte Jens.

ETAPPE 8: NÁJERA

- Die Rose -

Marta Jaeger zog den Schulrucksack über den Rücken, griff sich ihr Skateboard und verließ die Schule. Der schönste Teil des Tages begann jetzt, wenn sie wie jeden Tag den Heimweg auf ihrem lilafarbenen Board rollen würde, das ihr Opa Hunter gekauft hatte. Ihre tägliche Lieblingsstrecke war der lange Biebricher Schlosspark. Opa sah das nicht gern, sie solle lieber die offiziellen Skateanlagen in Wiesbaden nutzen, hatte er ihr geraten. Aber dort fühlte sie sich zu stark von den Jungen beobachtet, denn sie war noch nicht so gut auf den acht neuen Rädern.

Marta überquerte die Äppelallee. Vor ihr lagen autofreie Wege bis hinunter zum Schloss am Rhein. Sie band ihre blonden Haare zusammen, führte sie durch den hinteren Teil ihres schwarzen Basecaps, steckte sich die Kopfhörer in die Ohren, aktivierte ihren Lieblingssong in ihrem Smartphone und rollte los.

Wenn Besucher des Parks in der Nähe waren, wich sie geschickt aus, doch das geschah selten, der Park war fast menschenleer. Es rollte sich wunderbar, sie war im Flow und hätte die Geschwindigkeit gern gehalten, aber der nächste Parkbesucher versperrte den engen Weg. Der Mann drehte sich um. Plötzlich sah sie in eine weiße, grinsende Maske. Der Maskenmann griff sie, sie stürzte vom Board, er zerrte sie unter die Bäume in das dichte Gebüsch. Sie lag auf dem Rücken, wollte schreien, aber die weiße Fratze hielt ihren Mund geschlossen. Sie wehrte sich, bäumte sich auf, doch die Hand drückte sie wieder nach unten. Er kniete vor ihr.

Mit der anderen Hand riss er ihren Pullover hoch und starrte auf ihre kleinen, weißen Brüste. Er streichelte sie langsam. Marta lag wie erstarrt, unfähig sich zu wehren. Sie wusste in diesem Augenblick, dass geschehen würde, wovor Opa Hunter sie immer gewarnt hatte.

»Opa Hunter, hilf mir, Hilfe!«

Sie sah die weiße Fratze nah an ihr Gesicht kommen, spürte den Atem. Seine Hand riss ihre Beine auseinander, griff unter ihren Schlüpfer. Sie hörte Stimmen auf dem Weg, sah Füße. Sie schrie in seine pressende Hand: »Hilfe!«

Doch nur sie hörte ihren Schrei.

* * *

Pater Domingo hatte das Naherholungsgebiet *La Grajera* von Logroño schon am frühen Morgen passiert. In der Gruppe gab es eine neue Dynamik, nachdem er beim Frühstück darauf hingewiesen hatte, dass man heute auf der achten Etappe nach Nájera nur noch vier weitere vor sich habe: Santo Domingo, Belorado, San Juan de Ortega und Burgos.

»Das sind 118 Kilometer in fünf Tagen. Der zweite Teil unserer Wanderung ist einfacher als der erste. Ich kenne die Gegend gut und bin gewiss, dass jeder das schafft«, meinte er.

Alle aus der Gruppe waren schon vor 08:00 Uhr unterwegs, niemand klagte über Beschwerden, obwohl es sie gab. Domingo kannte kaum einen Pilger, auch keinen jungen, der auf dem Jakobsweg keine Blessuren hatte. Aber nach einigen Märschen geschah erfahrungsgemäß Erstaunliches. Der Körper stellte sich mit jedem Tag mehr auf die neuen Belastungen ein. Kranke Knie schmerzten längst nicht mehr so wie in den Pyrenäen, der Oberkörper hatte sich an den ungewohnten Druck der Schultergurte gewöhnt, und die Füße fanden in Verbindung mit dem Wanderstock sicheren Halt. Pilger verletzten sich zumeist auf den ersten Etappen und häufig nach der Mittagspause, wenn der Körper träge war und es zudem auf nassen Steinen bergab ging. Nahezu jeden Tag schwebte dann ein Rettungshubschrauber ein, der einen verletzten Pilger abtransportierte.

Domingo blickte über die mit grünen Weinstöcken bepflanzte, rote Erde der Nieder-Rioja. Die malerischen Weiten mit den Bergsilhouetten am Horizont würden die Gruppe nun bis Nájera begleiten und danach ganz allmählich in die braunen Getreidefelder der Oberen Rioja übergehen. Er liebte den abwechslungsreichen Jakobsweg durch die Region La Rioja, deren knorrige Weinreben ihr eines der höchsten Pro-Kopf-Einkommen Spaniens bescherte.

Domingo blickte durch die Heimat seiner Jugend. Sein Vater, ein kleiner Weinbauer aus Santo Domingo, hatte ihn alles über die Tempranillo- und Garnacha-Trauben gelehrt. Sie beide arbeiteten auf den Feldern von morgens fünf Uhr bis mittags um 13:00 Uhr und dann von 16:00 Uhr bis zur Dunkelheit. Der vierzehnjährige Sohn kannte sich bald mit den kleinen Maschinen bestens aus und hatte einen scharfen Blick für gesunde Trauben entwickelt, denn die Angst der Rioja-Weinbauern vor Pilzen war seit dem Sterben der Reben durch Mehltau groß. Doch diese Reben hier sahen vielversprechend aus.

Domingo sah sich als kleinen Jungen zwischen den Reben knien und lachend zu seinem Vater winken. Was für eine glückliche Zeit ...

Ob die Gruppe realisierte, in welch einmaliger Landschaft sie pilgerte? Vermutlich nicht. Jeder war mit sich beschäftigt. Gottfried, der misstrauische Beobachter. Der ungehobelte Piotr, zumeist in der Nähe von Maria, die das erstaunlicherweise zu akzeptieren schien. Gerd, der stille Beobachter in der Gruppe, Tom der Unberechenbare, der stets aus dem Nichts auftauchte und der griesgrämige Hartmann, der nur mit Unterstützung seiner Schwester vorankam und das immer noch erstaunlich gut.

Bis auf Holger, Maria und Gerd waren alle anderen von einer nur mühsam verdeckten Angst getrieben. Das war in Saint-Jean-Pied-de-Port zu erwarten gewesen, doch die Angst war mit jedem der drei Todesfälle gewachsen. Man fürchtete um das eigene Leben. Domingo registrierte, dass kaum jemand gut schlief, auch nicht Gerd und Maria, auch er nicht. Es erschien ihm logisch, dass man mit jedem neuen Tag mehr Halt in der Gruppe suchte, so wie an diesem Morgen, als sie zusammen aufbrachen. Gegenseitiges Misstrauen und Angst waren die Motivation. Wenn man zusammen war, hatte man bessere Kontrolle über den möglichen Feind. Die Pilgertour auf dem Jakobsweg mit diesen Menschen war das Gegenteil der so oft erlebten spirituellen Magie.
Hinter dem Ort Navarrete betrat Pater Domingo die Ermita der *Santa María de Jesús*. Er war allein, sah auf das Kreuz und fühlte plötzlich die viel zu große Last auf seinen Schultern.
»Worauf habe ich mich eingelassen? Warum umgebe ich mich mit diesen Missbrauchstätern? Warum pilgere ich mit denen und nicht mit den Opfern? Ich habe mich übernommen. Herr, gib mir Kraft, dass ich das bis Burgos durchstehe.«
Er senkte seinen Kopf und betete für Peeters, Schmitts und von Bellheim, die drei Toten der Gruppe.

* * *

»Wem wohl dieses Skateboard gehört?«, fragte eine Männerstimme. »Diese Jugend ...«
Marta hörte, wie die Stimme leiser wurde: »Hilfe, bitte helft mir ...«
Die weiße Fratze flüsterte in ihr Ohr:
»*Beim nächsten Mal bist du tot!*«

Es wurde still. Sie dachte, sie sei tot.

Sie öffnete die Augen. Er war fort.

Sie lag auf dem Rücken, wollte schreien, aber es kam kein Laut heraus.

Sie sah einen kleinen Vogel in den Zweigen, er flog weg. Sie wollte aufstehen, aber kam nicht hoch, sie war wie gelähmt.

»Ich muss doch einmal nachschauen, was es mit dem Skateboard auf sich hat«, hörte sie dieselbe Stimme vom Weg.

»Mein Gott, Schatz, da liegt ja jemand!«

Marta verlor das Bewusstsein.

Als sie die Augen öffnete, beugte sich ein Gesicht über sie, sie schrie auf.

»Du musst keine Angst mehr haben«, sagte die Frau im weißen Kittel. »Ich bin Ärztin, ich bin bei dir, um dir zu helfen ... Ganz ruhig, ganz ruhig ... Du bist in Sicherheit. Ich werde dir helfen, hast du verstanden? «

»Ja ... sicher ... helfen ...«

Sie sah sich vorsichtig um, sie lag in einem Rettungswagen.

»Wie heißt du?«

»Marta, Marta Hunter ... ich meine Jaeger, Marta Jaeger.«

»Hat man dir etwas angetan, Marta?«

Sie weinte, schüttelte verneinend den Kopf.

Die Notärztin untersuchte sie. Marta war in einem schockähnlichen Zustand, aber ihre Werte schienen in Ordnung zu sein.

Ein Polizist trat an die Tür des Rettungswagens, die Notärztin winkte ab.

»Es sieht so aus, als hättest du Glück im Unglück gehabt, Marta. Wir bringen dich jetzt ins Krankenhaus zur Untersuchung, alles wird gut. Gleich wird die Polizei auch ein paar Fragen an dich haben.«

Sie nickte.

»Mein Opa ist beim BKA, aber er ist jetzt auf dem Jakobsweg, bitte ruf ihn an.«

»Das werden wir. Noch eine letzte kleine Frage von mir, Marta. Du hast ein Abziehbild auf der Brust. Magst du mir sagen, was es bedeutet?«

»Ich kenne das nicht, was ist es?«

»Eine Rose, Marta, es ist eindeutig eine Rose.«

* * *

Der BKA-Beamte Jens Hoppe wartete auf Hunter an dem weithin sichtbaren Sendemast zwischen Ventosa und Nájera. Er erkannte seinen Kollegen zuerst an Camino, der wie üblich einige Meter vor ihm herlief. Jens hatte seinen Wagen bereits in Nájera abgestellt und war ihm die wenigen Kilometer entgegengelaufen.

»Du läufst wie geölt, Hunter, bist echt nicht kleinzukriegen.«

Hunter lachte.

»Hallo, Jens, du weißt ja, wenn man ein klares Ziel vor Augen hat, dann ist der Weg unwichtig. Wenn man den Jakobsweg geht, dann wird schon mal das Ziel unwichtig. Komm, lass uns etwas aus der Sichtweite der anderen gehen.«

Er wollte sich setzen, da deutete Jens in Richtung Jakobsweg:

»Da ist er, Hunter, unsere rote Mütze!«

»Den schnapp ich mir, Jens, jetzt ist er dran!«

Das Smartphone vibrierte, Heikes Nummer.

»Ich ruf dich gleich zurück Heike, dauert nicht lange.«

»Ist aber dringend, Hunter, deine Enkeltochter Marta ist überfallen worden!«

»Wie bitte? Was ist passiert?« Er setzte sich.

Jens hörte nur seine wenigen Fragen. Er registrierte, dass Hunters Enkeltochter eine versuchte Vergewaltigung im Schlosspark von Wiesbaden überstanden hatte, und Heike wohl bei ihr im Krankenhaus war. Jens sah, wie Hunters Hand, die das Handy hielt, zitterte und dachte: »Das war's dann wohl mit der Jagd nach dem Täter auf dem Camino.«

Heike berichtete über Einzelheiten. »Sie möchte gern mit dir reden, Hunter, ich übergebe.«

»Hi, Opi, es war meine Schuld, ich weiß, dass ich nicht im Park skaten sollte.«

»Hat er dir wehgetan, meine Kleine?«

»Nur ein bisschen, es war mehr der Schreck.«

»Und du bist wirklich unverletzt?«

»Ja, Opa Hunter, unverletzt, es waren Leute in der Nähe, das war mein Glück, er ist geflohen.«

Hunter atmete erleichtert durch.

»Die Polizei hat dir wahrscheinlich viele Fragen gestellt, du Arme.«

»Sie ist noch hier, willst du sie sprechen?«

»Gern, meine Kleine, danach reden wir beide weiter.«

Der Beamte berichtete dem Kollegen Joe Jaeger von den ersten Erkenntnissen.

»Weiße Gesichtsmaske?«, fragte Hunter nach.

»Ja, definitiv, ihre Enkelin konnte sie sogar genau beschreiben. Zwei Augenlöcher und mit nach oben gezogenem, grinsendem Mundloch.«

Hunter musste nicht mehr weiter fragen. Es war die *Maria-Hilf*-Maske der Missbrauchstäter.

»Außerdem hatte man ihr das Abziehbild einer Rose auf die Brust geklebt. Wissen Sie, was das bedeutet?«

»Ja, natürlich, der Angriff auf Marta galt mir. Ich ermittele in einem bundesweiten Fall *ROSE*.«

»Dann sollten wir das BKA einschalten, Herr Jaeger!«

»Das übernehme ich von hier, fällt in meine Abteilung, danke. Geben Sie mir doch bitte die Kollegin Heike Rauch.«

Heike berichtete ihm, dass man Marta ein leichtes Beruhigungsmittel verabreicht habe, sie aber in erstaunlich guter Verfassung sei.

»Was wirst du jetzt machen, Hunter?«

»Warte, Heike, ich stelle auf laut, Jens ist bei mir.«

»Hallo, Jens!«

»Hallo, Heike!«

»Zu deiner Frage, Heike, abbrechen natürlich, ich bin morgen in Wiesbaden. Jens kann das hier übernehmen.«

Heike blieb einen Moment ruhig und meinte dann: »Glaubst du, dass Hanna Dohn die *Operation Zeus* ohne dich mitmachen wird?«

Jens schüttelte pessimistisch den Kopf.

»Das wissen wir in der Tat nicht, Heike, aber meine Enkeltochter geht vor, sie braucht mich mehr als das BKA hier unten.«

Während er das sagte, spürte er, wie er bereit war, in die Opferrolle dieser Täter zu fallen. Deren Plan war, ihn emotional fertigzumachen und ihn kaltzustellen.

Egal, Marta war wichtiger.

»Es gäbe noch einen anderen Vorschlag, Hunter. Marta und ich kennen uns, wir verstehen uns bestens. Ich könnte mit ihr in einer BKA-Wohnung im eingezäunten Bereich leben, bis du wieder zurück bist, das sind doch nur noch ein paar Tage.«

Hunter überlegte. Er sah plötzlich eine neue Chance.

»Das ist lieb von dir, Heike, aber was würde Marta dazu sagen? Ich müsste sie zuerst fragen.«

»Habe ich schon, sie wäre einverstanden, wenn sie ihr Skateboard mitnehmen darf. Übungsraum gibt es reichlich.«

Jetzt lächelte Hunter. »Du bist großartig, danke, Heike! Gib mir doch bitte meine Enkeltochter noch einmal.«

Marta hatte überhaupt kein Problem damit, wenn er nicht sofort kommen würde. Sie fühlte sich bei Heike wohl und wollte noch heute zu ihr.

Hunter hatte sich beruhigt, aber seine Wut stieg. Das Netzwerk *ROSE* hatte mit hoher Wahrscheinlichkeit diesen Mann in Wiesbaden beauftragt. Im Darknet gab es dafür reichlich

Angebote. Dieser Angriff war eine weitere Warnung, dass er aus Spanien verschwinden solle. Dank Heike würde er ihnen den Gefallen nicht tun.

»Du denkst das Gleiche wie ich, Hunter?«, fragte Jens.

»Es könnte Hartmann sein, der diese Aufträge erteilt«, meinte Hunter.

Jens nickte.

Hunter telefonierte mit seiner Haushälterin über die Lage, auch sie war bereits über Heike vorab informiert worden. Seine Tochter in China würde er am Abend anrufen, im Augenblick war es bei ihr Nacht.

Er sah suchend auf den Jakobsweg. Die rote Mütze war natürlich längst verschwunden. Das Handy vibrierte wieder.

»Mönch hier, Sie wissen inzwischen Bescheid, Hunter?«

»Ja, und um es gleich vorweg zu sagen, ich werde bleiben und das hier durchziehen.«

Mönch zog tief erleichtert an der Zigarette und sah dabei auf das Ermittlungsfoto von Gottfried Stein.

»Heike Rauch hat es mir bereits gesagt. Sie sind sicher, dass Sie das Richtige tun, Hunter?«

»Einhundertprozentig, meine Enkeltochter will gar nicht, dass ich komme.«

Mönch lachte. »Was ich Ihnen garantieren kann, sie ist bei uns sicher wie im Fort Knox.«

»Danke, Herr Mönch, ich weiß das und schätze es sehr.«

»Wir suchen im Darknet nach einem Auftrag für einen Überfall in Wiesbaden in Verbindung mit einer weißen Maske. Dankenswerterweise hat uns der Täter ein Prospekt zurückgelassen, Sie ahnen wovon?«

»Vom Jakobsweg«, antwortete Hunter spontan.

»Nein, Hunter, es ist ein Flyer vom *Collegium Maria Hilf*.«

»Deutlicher geht es nicht ... vielleicht etwas zu deutlich?«, meinte Hunter.

»Wir werden sehen, die Spuren vom Tatort werden noch analysiert. Dazu läuft die Auswertung der Hausdurchsuchung in *Maria Hilf*.«

»Verstehe, alles wie sonst ... nur dieses Mal eben in eigener Sache.«

»... die ich zur Chefsache erklärt habe«, sagte Mönch.

»Ich könnte mir keinen besseren Chef wünschen, danke, Herr Mönch.«

»Also dann, viel Glück für die *Operation Zeus*, Hunter!«

»Bis auf bald, Herr Mönch.«

* * *

Die Warteschlange vor der Passkontrolle für Nicht-EU-Bürger erschien ihr dieses Mal endlos. Anastasia konnte ihren kleinen Jungen an der Hand kaum ruhig halten. Sie war nun schon so oft die Strecke Kiew-Frankfurt geflogen, aber heute zog es sich hin wie sonst nie. Der Beamte sah sie prüfend an, blätterte in ihrem Pass.

»Sie haben kein Visum, richtig?«

»Nein«, sagte sie in gebrochenem Deutsch.

Der Beamte sprach mit der Kollegin, Anastasia wurde nervös.

»Gibt es ein Problem? Ich komme doch so oft nach Deutschland, alles ist in Ordnung.«

Der Beamte blätterte im Pass und sagte: »Sie können sich bis zu 90 Tage innerhalb eines Zeitraums von 180 Tagen im Schengenraum aufhalten.«

»Aber ich bleibe doch nur zwei Wochen.«

»Ihre Einreise wird trotzdem nicht möglich sein, Frau Baluschka. Sie haben die Gesamtaufenthaltsdauer von 90 Tagen innerhalb von 180 Tagen bereits heute überschritten.«

Anastasia wurde blass vor Angst, dass man sie jetzt beide zurückschicken würde.

»Aber ich wusste nicht, dass die Tage zusammengezählt werden.«

Der Beamte sah sie bedauernd an. Er telefonierte, eine Kollegin kam.

»Kommen Sie bitte mit.«

Sie sah sich die Einträge im Pass an und addierte die Aufenthaltsstage.

»Mein Kollege hat vollkommen recht, Ihre Einreise ist nicht möglich. Was haben Sie in Deutschland vor, Frau Baluschka?«

»Na, wie jedes Mal, ich will meinen Mann besuchen.«

»Ihren Mann? Wie heißt Ihr Mann?«

Die Beamtin beobachtete die blonde, stark geschminkte Frau mit ihrer mächtigen Goldkette um den Hals und den künstlichen Wimpern, wie sie mit ihren rot lackierten Fingern in einem großen Portemonnaie etwas suchte. Sie sah ein Bündel von 100-Dollarnoten und 200-Euro-Scheinen.

»Hier, hier ist der Name meines Mannes und unsere Adresse in Deutschland.«

Die Beamtin schaute sich die Visitenkarte an und meinte: »Das ist nicht Ihr Name. Sind Sie tatsächlich verheiratet?«

»Nein, aber das ist egal, wir leben schon über acht Jahre zusammen, und bei mir ist unser kleiner Sohn.«

Die Beamtin gab den Namen des Lebensgefährten in den Computer ein. Sie blickte sie freundlich an und sagte:»Ich muss Sie einen Augenblick allein lassen, Frau Baluschka, bin gleich wieder bei Ihnen.«

»Aber meine Koffer, was wird mit meinen Koffern?«

»Keine Sorge, die sind sicher, wir sind in Deutschland. Ihr Gepäck wird nur ein bisschen länger auf dem Band laufen.«

Anastasia sah an die kahle Wand, die lediglich das Bild eines deutschen Innenministers schmückte. Sie hatte Angst vor unangenehmen Fragen. Er hatte ihr immer wieder eingeschärft, vorsichtig zu sein. Sie griff zu ihrem Telefon und wählte seine Nummer, aber es gab kein Telefonnetz.

»Warum müssen wir hier sein?«, fragte ihr Sohn auf ukrainisch. »Ich will zu Papa!«

Die Beamtin trat in Begleitung von zwei weiteren Kollegen ein. »Frau Baluschka, Sie und Ihr Sohn werden erst einmal bei uns im Transitbereich bleiben. Einreisen dürfen Sie nicht. Außerdem haben wir einige Fragen zu Ihrem Lebensgefährten Gottfried Stein.«

* * *

Hunter war gerade an der Unterkunft Puerta de Nájera angekommen.

»Möchtest du deine Enkeltochter sprechen?«, fragte Heike am Telefon.

»Ja natürlich, her mit ihr!«

»Opa Hunter, ich sitze an deinem Schreibtisch. Der ist voll cool, ich sehe dich als kleinen Punkt auf einer Landkarte!«

Er lachte. »Kannst du auch sehen, wie ich dir einen Kuss gebe?«

»Ja, Opa Hunter, der Punkt blinkt!«

Sie berichtete, dass man sie mit einem Polizeiwagen abgeholt habe. Der nette Mann habe extra für sie das Blaulicht eingeschaltet. Alle anderen Autos seien stehen geblieben.

Hunter hatte plötzlich Tränen in den Augen. Ihm wurde bewusst, was für ein ungeheures Glück Marta gehabt hatte. Ihr Körper hatte keinen Schaden genommen, über die psychischen Auswirkungen wollte er jetzt noch gar nicht nachdenken. Nach seiner Rückkehr würde er eine vertraute Psychologin aus Frankfurt einbeziehen.

Hunter zweifelte an seiner Beurteilungsfähigkeit wie lange nicht mehr. Er hatte die Option, dass Marta gefährdet sein könne, nicht einmal bedacht. Warum war er spätestens nach dem Anschlag im Pinienwald nicht darauf gekommen? Hatte er Johannes Hartmann, der seine Gebrechlichkeit vielleicht nur simulierte, so unterschätzt? Hunter fühlte mit einem Mal die volle Wucht der Schuld. Wenigstens war Marta jetzt erst einmal sicher. Er würde noch am Abend eine Kerze für sie anzünden und Gott dafür danken, dass es Heike gab.

Die berichtete ihm weiter.

»Es gibt eine gute Nachricht, wir haben die ukrainische Lebensgefährtin von Gottfried Stein mit ihrem kleinen gemeinsamen Sohn am Flughafen Frankfurt festgesetzt! Die Dame heißt Anastasia Baluschka.«

»Sag das noch mal, Heike, *Zeus* hat eine Familie in der Ukraine?«

»Ja, aber das ist noch nicht alles, unsere Leute sind in seinem Haus, besser gesagt *Bunker*.«

»Hmm, vielleicht war das zu früh, Heike. Stein könnte jetzt durch einen Einbruchalarm gewarnt sein. Dann wird er hier sofort verschwinden.« Er überlegte, wann er ihn heute zum letzten Mal gesehen hatte.

»Das war uns natürlich klar, wir sind auf Nummer sicher gegangen. Anastasia hat uns freundlicherweise den Zugang zum Haus ermöglicht – mit einem Chip im Finger.«

In diesem Augenblick sah er Stein auf die Herberge zugehen.

»Ihr seid wirklich unglaublich gut.«

»Die Bunkeranlage ist phänomenal, mehrere Etagen, alles wie geleckt, kaum Server-Technik aber eine eindrucksvolle Energieversorgungsanlage, der hatte noch einiges vor.«

»Sehr wahrscheinlich, Heike. Stein hat seinen Host also woanders sitzen, wahrscheinlich dem Trend folgend außerhalb der EU. Ich denke mal laut nach … Vielleicht dort, wo der Wohnsitz der Familie ist – in der Ukraine.«

»Das sehen unsere Leute auch so. Leider gibt es zu den wenigen Computern im Bunker keinen Zugang, die Bildschirme sind für uns schwarz. Aber wir haben einen Verdacht.«

»Du wirst ihn mir sagen.«

»Es kann sein, dass Stein wie Anastasia mit *Near Field Communication* arbeitet. Gib ihm doch mal die Hand, vielleicht spürst du ein NFC-Implantat.«

Hunter erkannte, wie die Chancen für die *Operation Zeus* stiegen. Wiesbaden öffnete ihm wichtige Türen, er jedoch musste hier auf dem Jakobsweg den alles entscheidenden Coup hinbekommen.

»Was für gute Informationen, Heike. Haltet um Gottes willen die Frau ... wie heißt sie noch schnell?«

»Anastasia Baluschka ...«

»Ja, haltet die Baluschka unter irgendeinem Vorwand fest, sie darf auf keinen Fall mit ihrem Mann telefonieren.«

»Dafür wurde schon gesorgt, Hunter. Wie lange wir das allerdings durchhalten, wissen wir noch nicht, du kennst ja die Rechtsprechung.«

»Haltet durch, Heike! Morgen Abend ist Showdown in Santo Domingo!«

»Armer Hunter, was hast du dir nur mit dieser verrückten Geschichte angetan! Dein ganzes Team zittert hier mit!«

Anders als bisher machte das Gästehaus, die *Puerta de Nájera*, einen geschmackvollen Eindruck. Pater Domingo fing Hunter ab: »Du, Maria und Camino in einem Raum geht in Ordnung. Aber ihr werdet nicht allein sein, es gibt für die 26 Betten nur vier Räume.«

»Danke, Pater, ich denke, das war nicht einfach zu organisieren.«

»Ihr beiden seid immerhin die einzigen unserer Gruppe in diesem Zimmer. Tom zeltet ohnehin nebenan am Fluss. Für morgen gibt es, wie ihr wisst, keine Pilgerherberge, wir sind auf verschiedene Hotels in Santo Domingo verteilt.«

Er sah in die morgige Unterkunftsliste.

»Du und Maria – ihr habt je ein Zimmer im Hotel Rex Juan I.«

»Perfekt, danke, Pater Domingo.«

»Wie war dein Tag heute, Gerd? Geht deine Erwartung an diese Pilgerwanderung in Erfüllung?«

»Danke der Nachfrage, ich bin auf gutem Weg«, antwortete Hunter. Es gab keine Veranlassung, Pater Domingo ins Vertrauen zu ziehen, auf dessen ausführliches Profiling er unverändert aus Wiesbaden wartete und sich fragte, warum das so lange dauerte. Heike begründete es damit, dass Domingo eine Zeitlang in Spanien gewohnt habe, dort gebe es keinen Eintrag. Die Nachforschungen seien deswegen zeitaufwendig.

Hunter ging mit Camino in den Grünbereich, wo er Tom Rex vor dessen Zelt sitzend am Fluss Najerilla sah. »Gut zu wissen, wo der heute steckt.«

Hunter setzte sich auf eine Bank und googelte die Adresse des Hotels, das für den nächsten Tag vorgesehen war. Sein Zimmer und das von Hanna befanden sich auf derselben Etage, sie hatten ein eigenes Bad und Internet. Gottfried Stein wohnte ein paar Straßen weiter. Hunter gab die Adressen an Jens durch.

Können wir sprechen?, textete er.

Das Handy vibrierte sofort.

»Alles im grünen Bereich bei dir?«, fragte Jens.

»Die Spannung steigt, du weißt, dass wir Steins Lebensgefährtin haben?«

»Ich bin durch Heike gebrieft.«

»Okay, Jens, zu morgen, sag' dem Truppführer der GSG 9, sie sollen die Landung für 16:00 Uhr lokal in Santo Domingo planen. Als Landeplatz empfehle ich den Sportplatz an der Sekundarschule, das sind Luftlinie etwa siebenhundert Meter Entfernung zum Einsatzort Hotel Rex Juan I.«

»In der Nähe einer Schule, sagst du?«

»Ja, zu der Zeit ist die Schule leer.«

»Okay, ist notiert. Das Team ist übrigens inzwischen eine halbe Flugstunde entfernt in Pamplona und übernachtet heute dort.«

»Perfekt, das läuft ja richtig gut! Die Männer sollen sich morgen Nachmittag in unmittelbarer Nähe des Hotels aufhalten. Hannas Zimmer soll um 17:00 Uhr verwanzt werden, wir erwarten die Zielperson ab 18:00 Uhr.«

»Das schafft der Video-Spezialist in weniger als zehn Minuten.«

»Danach treffen wir uns alle mit Hanna in meinem Zimmer und warten auf Piotr Ruskow.«

»Arme Hanna«, meinte Jens.

»Ich weiß, hoffen wir, dass sie nicht aussteigt. Wenn doch, dann war's das. Aber ich denke, sie bleibt im Ring.«

»Wirst du ihr vom Anschlag auf Marta erzählen?«

»Würdest du, Jens?«

»Nein, das verunsichert sie noch mehr.«

»Sehe ich auch so. Ach, noch etwas, der Hubschrauber soll nicht über Santo Domingo herumkreisen, also hin zum Landeplatz und runter.«

»Ich bin sicher, die Jungs machen gleich intensives Google-Earth-Studium.«

»Prima, Jens, also bis morgen am Jakobsweg!«

»Bis morgen, Hunter. Pass auf Hanna und deine Mördertruppe auf!«

* * *

Hunter saß vor der Herberge Puerta de Nájera auf einer Bank. Camino lag mit gekreuzten Pfoten hechelnd vor ihm.

»Darf ich mich dazusetzen?«, rief jemand aus der Entfernung.

Hunter erkannte die Stimme sofort.

»Gern, Dr. Hartmann, nehmen Sie Platz.«

»Danke.«

Hartmann ließ sich langsam, am Stock abstützend, auf die Bank gleiten. Hunter machte ihm Platz und dachte dabei: »Das wird interessant ... Der mutmaßliche Organisator des tätlichen Angriffs auf mich und Marta bittet um ein Gespräch ...«

»Was hältst du von dem Typen da vorne am Zelt, Gerd? Der ist doch brandgefährlich, oder?«

»Warum sollte er, weil er Outdoor pilgert?«

»Ich weiß nicht, Christiane hat auf jeden Fall Angst vor ihm.«

»Warum, hat sie einen Grund dafür?«

»Ja, Gerd.« Hartmann zögerte etwas. »Bleibt es unter uns, wenn ich es dir erzähle?«

»Wenn Sie das möchten, dann bleibt es natürlich bei mir, aber Sie müssen es mir wirklich nicht sagen.«

»Er hat sie auf dem Jakobsweg vergewaltigt.«

Hunter sah ihn erstaunt an und dachte, ob das eine Finte *wäre*, um Nähe aufzubauen oder vielleicht doch wahr sei. Der Gedanke schoss ihm durch den Kopf, dass es zwischen den Überfällen auf Marta und Christiane einen Zusammenhang geben könnte.

»Das ist ja furchtbar, warum läuft sie dann noch weiter?«

»Was soll sie machen, Gerd, zur Polizei gehen? Das will doch keiner von uns. Sie will, wie wir alle, Klärung in Burgos, dann kann man immer noch sehen.«

»Aber wie steckt sie das psychisch weg? Das muss doch schlimm sein, zu fürchten, dass es jederzeit wieder passieren kann.«

»Ach Gerd, das ist eine lange Geschichte. Meine Schwester und ich hatten eine Kindheit, die du nicht wissen willst, da macht eine Vergewaltigung mehr nicht mehr so viel aus.«

Hunter schwieg. Er fragte sich, warum Hartmann ihm diese sehr persönliche Information gab. »Was will der ekelhafte Typ von mir?«, dachte er. »Was wird das für ein Erkennungsspiel?«

»Du schaust auch nicht gerade entspannt aus, Gerd.«

Hunter nickte und sagte nach einer Weile: »Ich werde Ihnen auch etwas erzählen, aber es muss ebenfalls unter uns bleiben.«

»Natürlich, mein Sohn.«

Hunter nahm diese sakrale Ansprache ohne Regung zur Kenntnis und blickte dem Missbrauchstäter und einem der schlimmsten Würdenträger der katholischen Kirche direkt ins Gesicht. Er wollte nach seinem nächsten Satz jedes Zucken der Augen, jede Körperbewegung sehen.

»Meine dreizehnjährige Enkeltochter in Wiesbaden ist heute überfallen worden und knapp einer Vergewaltigung entgangen.«

Hartmann wich zurück. »Mein Gott, wie entsetzlich! Konnte der Täter gestellt werden?«

»Nein, bisher nicht, aber es gibt Spuren, unbeabsichtigte und beabsichtigte. So hat der Täter meiner Kleinen das Abziehbild einer Rose auf die Brust geklebt.«

»Eine Rose?«

»Ja, eine Rose. Was sagt uns das, Pater Hartmann?«

»Dass die Spur in diese Gruppe führt ... zu dem da!«

Hartmann zeigte zum Zelt.

»Nein, Dr. Hartmann, das kann nicht sein, was hat Tom mit Ihrem Internat *Maria Hilf* zu tun?«

»Wieso *Maria Hilf*?«

»Weil am Tatort ein Flyer vom Internat *Maria Hilf* gefunden wurde, deutlicher kann man eine Spur nicht legen.«

Hartmann sah ihn äußerst bestürzt an.

»Du glaubst doch nicht, dass ich dahinterstecke, Gerd?«

»Stecken Sie dahinter, Pater Dr. Johannes Hartmann?«

»Ich schwöre bei der Heiligen Maria Mutter Gottes, nein, nein, nein! Hier will mich jemand vernichten! Das geht nun schon während der ganzen Pilgerwanderung so. Hört endlich auf damit!«

Hunter überlegte, ob er ihn noch weiter testen sollte, es gäbe jede Menge Fragen. Der Anschlag auf ihn selbst, die Hausdurchsuchung des Internates, die Frage, woher Servatius wohl die Videos hatte.

Doch er sah davon ab. Irgendetwas sagte ihm, dass Hartmanns Betroffenheit authentisch war. Aber wer hatte dann ein Interesse daran, eine falsche Spur zu legen? Nein, er musste sich täuschen. Der Mann war ein perfekter Schauspieler und der Anschlag seine unmissverständliche Warnung zu verschwinden. Alles sprach gegen diesen kriminellen Kirchenfürsten.

Hartmann legte fast beschwörend seine Hand auf Hunters Schulter.

»Warum fliegst du nicht zu deiner Enkeltochter, um ihr zur Seite zu stehen, Gerd? Sie braucht jetzt ihren Opa.«

»Es ist wirklich rührend, wie Sie sich um mich sorgen. Es widert mich geradezu an.«

Damit erhob er sich.

* * *

Servatius schloss die letzte Seite von Dantes epochalem Werk. Es war viel zu spät geworden, aber die neun Höllenkreise der „Göttlichen Komödie" wollte er unbedingt in dieser Nacht noch zu Ende lesen. Erschöpft legte er das Buch zur Seite und fiel sofort in einen unruhigen Schlaf.

Finsternis. Servatius steckte unten in einem Trichter, wollte sich befreien, es gelang nicht. Die Hand eines Jungen führte ihn an einen Fluss. Er sah in sein Gesicht.

»Du bist es, Jakob, wo warst du? Ich habe Angst.«

»Vertraue mir«, sagte Jakob. »Sieh, dort ist der Fährmann, er bringt uns in Sicherheit.«

Der Fährmann schüttelte abwehrend den Kopf.

»Kein Lebender darf über diesen Fluss«, sagte er.

Servatius blickte in das Gesicht des Fährmannes – Gerd Ballhaus, auf dessen Ruder war das Paragraphenzeichen § 176 StGB eingeritzt. Servatius wachte erschrocken auf. »Dieser Paragraph … sexueller Missbrauch von Kindern …«

Der Traum zog ihn zurück.

Sie überquerten den Fluss. Tausende Kinder mit seelenlosen Gesichtern trieben im Wasser, einige schwammen auf das Fährschiff zu. Jakob erkannte Guido, Wolfram, Jan, Lutz und Elias aus dem Internat. Sie winkten ihm zu, wollten Jakob ins Wasser ziehen. Die Hände zogen und zogen. Servatius hielt Jakob an den Füssen fest. Die Kinder verschwanden im Nebel. Der Fährmann setzte sie beide ab und blickte ihnen kopfschüttelnd nach.

Sie standen vor einem riesigen Ungeheuer, das auf einem glühenden Schild den Namen *Lucifer* trug. Servatius stieß abwehrend die Hände weg, doch sein kleiner Begleiter rief: »Halte dich an seinem Fell fest!«

Sie griffen zu, rutschten ab, klammerten sich an dem Fell fest und zogen sich hoch, von einem Höllenkreis zum anderen. Gestalten in weißen Masken schwebten an ihnen vorbei, umkreisten sie, die Masken fielen, hilfeschreiende Gesichter. Arme reckten sich ihnen zu. Herbert von Bellheim versuchte zu entkommen, vergeblich, eine ganze Brücke hing an seinem Körper. Sein Sohn Holger versuchte, ihn vom Seil zu befreien, aber das Messer entglitt ihm und fiel in das Eis. Louis Peeters schwebte vorbei, seine Pupillen waren Videokameras, die nach innen gerichtete Laserstrahlen schossen, mit jedem Strahl schrie er auf. Paul Schmitts hing gepfählt auf dem Fahnenmast des EU-Gebäudes, kleine Jungen zogen ihn an seinen Beinen nach unten.

»Ich will nicht weiter!«, schrie Servatius zu Jakob. »Es wird immer schlimmer!«

»Wir müssen hoch, oben ist das Paradies!«, rief der kleine Jakob und hielt ihn fest. Doch auch Jakobs Kräfte versagten,

Servatius drohte abzustürzen. Eine Hand griff Jakob, er sah in das traurige Gesicht von Sergey Michailow, dem Hausmeister. Blut floss aus dessen Dornenkrone und tropfte auf Jakobs Stirn. Sie fanden wieder Halt am Fell Lucifers. Sergey schwebte davon.

Servatius wälzte sich, schreckte wieder auf, fiel erneut zurück ins Kissen, wollte den Traum nicht lassen.

»Weiter!«, rief Jakob. Sie gelangten in den letzten, den neunten Höllenkreis, der mit *Maria Hilf* in goldenen Lettern beschriftet war. Verurteilte Kinderschänder, bestochene Richter und unfähige Politiker schrien um ihr Leben. Piotr Ruskow flog mit einem Fleischstück aus seinem Rücken an ihnen vorbei. Auf dem Fleischbrocken war eine riesige Rose tätowiert. Er versuchte, den Brocken wegzuwerfen, aber das Teil war mit seinen wulstigen Händen verschmolzen. Tom Rex hing schwebend in seinem Zelt, das sich spiralförmig um ihn gewickelt hatte und ihn langsam erstickte, bis Lucifer es mit einem dampfenden Fingernagel wieder löste und dabei gellend lachte. Gottfried Stein, in der Mähne von Zeus, hing an einem riesigen Server, der ihn mit Luzifers Stößen durch die Höllenkreise katapultierte.

Servatius und Jakob blickten nach oben in Lucifers Gesicht – Pater Dr. Johannes Hartmann! Sie schrien entsetzt auf. Lucifer lachte die beiden feuerspeiend an. Er wollte sie abschütteln, aber es gelang nicht, er saß mit den Füßen im Eis fest. So griff er sich einen nach dem anderen der an ihm Vorbeischwebenden, packte sie und kaute auf ihnen herum. Sie hatten Lucifers Nacken erreicht.

»Raus hier!«, rief Jakob und wies nach oben.

Dort im Licht schwebte Maria Feldmann engelsgleich und nackt, streckte die Arme aus. Lucifer brüllte, griff zu den Flüchtenden. Maria flog in den Krater und zog die beiden mit einem einzigen, wuchtigen Schwung ins Paradies.

Servatius erwachte schweißgebadet aus seinem Albtraum. Draußen krähte ein Hahn. Vom Jakobsweg erscholl ein schneller, heller Glockenschlag.

ETAPPE 9: SANTO DOMINGO

DE LA CALZADA

– Venusfalle –

Pater Domingo verteilte die Liste mit den Namen der Hotels. »Die 21 Kilometer nach Santo Domingo de la Calzada sind in fünf bis sechs Stunden zu schaffen. Mich findet man heute Abend um 20:00 Uhr vor der Kathedrale. Von deren Glockenturm haben wir übrigens einen wunderschönen Blick auf die Stadt.«

»Ich denke nicht, dass ich das heute schaffe«, meinte Gottfried Stein. »Meine Darmgrippe sagt mir, ich sollte ein Taxi nehmen, der Eisheilige wird mir das hoffentlich nachsehen.«

»Ich habe das gleiche Problem«, sagte Johannes Hartmann. »Wenn du erlaubst, Gottfried, würde ich bei dir gern mitfahren.«

Pater Domingo zuckte mit den Schultern. »Es ist eure Entscheidung, euer Risiko, nicht meines.«

Hartmann war angesichts der schroffen Bemerkung des Paters nun doch verunsichert. Er besprach sich mit seiner Schwester. »Nun, gut, dann versuche ich wenigstens einen Teil der Strecke zu gehen.«

»Gute Idee«, meinte Domingo. »Es gibt zwei kleine Ortschaften auf dem Weg, Azofra und Cirueña, in beiden kann man sich etwas erholen.«

»Also, meinetwegen«, meinte auch Gottfried. »Dann versuche ich es wenigstens.«

Domingo sah sich um. »Falls jemand Tom und Gerd sieht, sagt ihnen bitte den Treffpunkt für heute Abend, Buen Camino!«

Piotr nahm Maria hinter der Herberge zur Seite. »Hör zu, wir können heute den ganzen Tag zusammen wandern!«

»Liebend gern, Piotr«, flüsterte sie. »Aber das wäre nicht gut, wir wurden schon zu oft zusammen gesehen. Ich habe viel Besseres vor, komm heute Abend zu mir in mein Hotel. Wir machen etwas, was du nie vergessen wirst.«

»Du meinst – wir beide, richtig allein?«

»Genau das, Piotr, ein eigenes Zimmer im Hotel sollten wir uns nicht entgehen lassen. Nach Santo Domingo gibt es wieder diese schrecklichen Herbergen.«

»Du hast ja so etwas von recht, Pilgerin Maria!«

»Gut, ich erwarte dich um 18:00 Uhr, aber nicht früher, ich muss mich noch frisch machen.«

»Wunderbar, Maria, Pilger Piotr bringt ein paar Baguettes und ein bisschen zu trinken mit. Aber das bleibt unter uns, kein Wort zu den anderen!«

»Natürlich nicht, Piotr, wie hättest du mich gern? Ein bisschen gefesselt und vielleicht etwas härter?«

»Du sprichst mir aus der Seele.«

»Versprochen, Piotr – und nun ab auf die Piste.«

Hunter hatte längst das Kloster von Nájera passiert und stieg die Hochebene der Rioja Alta hinauf. Es nieselte. Von der angeblich schönen, weitläufigen Gegend war wenig zu sehen. Er hatte sich mit Hanna, die laut Positionsmeldung von Heike gerade die Herberge verließ, am Cruz de los Peregrinos hinter Azofra verabredet. Jens meldete ihm, dass der Hubschrauber aufgetankt in Pamplona stehe und das Team wie vereinbart um 16:00 Uhr in Santo Domingo landen werde, die Männer seien hochmotiviert.

»Da ist Hanna!«, sagte er zu Camino. Der lief ihr sofort entgegen. Sie traf keuchend ein.

»Meine Güte, hast du es heute eilig, Hunter!«

Sie wanderten zusammen nach Ciruena. Hanna sprach wenig.

»Möchtest du über heute Abend reden, Hanna?«

»Nein, lass uns das auf heute Nachmittag verlegen, wenn alle zusammen sind. Ich bin sicher, dass der Typ kommen wird. Ich habe ihn heute Morgen bereits angeturnt und mich dabei selbst nicht wiedererkannt.«

Sie liefen zügig in Richtung Cirueña. Hunter beschloss, ihr nichts vom Überfall auf Marta zu erzählen, sie wiederum verzichtete darauf, ihm vom überraschenden Besuch ihres Mannes zu berichten. Sie schätzten sich in ihrer beiderseitigen Arbeit, aber persönlich wussten sie voneinander wenig.

Schon gegen 14:00 Uhr erreichten sie in einer dampfenden, feuchten Luft die Stadt Santo Domingo und bezogen ihre Zimmer in dem kleinen Hotel Rex Juan I.

Hunter wählte die Nummer von Jens. »Bin eingetroffen, bereit für Voraufklärung.«

Sie trafen sich unten auf der Straße und sondierten die Lage an der *Calle San Roque*, deren Hausdächer in den nebelverhangenen tiefen Wolken kaum auszumachen waren.

Hunter sah sorgenvoll in die Wettersuppe.

»Du bist sicher, dass der Hubschrauber bei dem Mistwetter hier landen kann, Jens?«

»Die Piloten erwarten definitive Wetterbesserung um 16:00 Uhr.«

»Das könnte knapp werden, um 17:00 Uhr muss die Bude verkabelt sein. Komm, lass uns zu Hanna gehen.«

Hanna öffnete verlegen die Tür, überspielte es aber. »Maria Feldmann ist bereit. Ist euer Star-Team im Anflug?«

Im selben Moment klingelte es bei Jens.

»Was, ihr könnt nicht fliegen? ... Wetter abgesoffen ... Technisches Problem ... kein Instrumentenflug möglich ... und nun? ... Ihr seid im Auto? ... Wie lange braucht ihr?«

Hanna sah Hunter bestürzt an, der bewegte beruhigend beide Hände.

Jens sprach weiter mit dem GSG-9-Teamleiter.

»150 Kilometer ... fast zwei Stunden ... das wird knapp, sehr knapp ... verschieben? Moment.«

»Du hast mitgehört, Hunter, die Männer schaffen es vielleicht nicht rechtzeitig. Wollen wir Piotr nach hinten verlegen?«

Hunter hatte während des Gespräches versucht, seine Nervosität zu verbergen. Seine Gedanken flogen. »Wie konnte das passieren? Warum muss die Technik gerade jetzt versagen? Warum waren die Männer nicht schon mittags in ein Auto gestiegen? Piotr auf später verlegen, nein, Hanna hat nicht einmal seine Nummer, zu riskant.«

Er schüttelte ablehnend den Kopf. Jens gab durch:

»Wir können die Operation nicht nach hinten verschieben, die Zielperson erscheint um 18:00 Uhr ... meldet euch, wenn ihr da seid ... schon okay ... Wir lassen uns hier etwas einfallen.«

Jens schüttelte frustriert den Kopf.

»Und nun?«, fragte er.

»Kleine Lageänderung, liebe Hanna, wir machen das zu zweit, wenn du einverstanden bist.«

Hanna blickte ihn enttäuscht, fast entsetzt an. Hunters Plan war wie ein Kartenhaus zusammengebrochen.

»Wie stellt ihr euch das vor? Wollt ihr beiden mich wirklich dem Typen überlassen?«

»Es ist zwar nicht das, was wir wollten, Hanna, aber wir kriegen das hin. Hier ist mein Plan B.«

Hunter kramte in seinem Rucksack und zog die kleine Schachtel mit seiner Mini-Videotechnik hervor.

»Dann machen wir es eben hiermit, funktioniert perfekt.«

Hanna schwieg, während Hunter sich im Zimmer umsah und die kleine Kamera am Schrank neben dem Bett befestigte. Er wählte die WLAN-Verbindung des Hauses, das Bild erschien augenblicklich gestochen scharf auf seinem Smartphone.

Hanna sah sich den Ausschnitt an.

»Du hast nur diese eine Kamera?«

»Ja, aber die ist voll ausreichend.«

»Was ist, wenn er da drüben auf die Couch will?«

»Dann haben wir in jedem Fall einen Ton.«

Hunter spürte ihre Angst.

»Hanna, damit es klar ist, bevor er dir zu nahekommt, sind wir im Zimmer, egal, ob er bis dahin geplaudert hat oder nicht.«

Sie zögerte.

»Wenn du jetzt aussteigen möchtest, dann tu das, Hanna. Du musst dir absolut sicher sein!«

»Ich weiß nicht mehr, was ich will, Hunter. Wenn noch mehr schiefgeht, sitze ich in der Falle. Wie kommt ihr überhaupt in mein Zimmer?«

»Für den leisen Zugang habe ich eine Schlüsselkarte besorgt«, sagte Jens. »Sie funktioniert, für den lauten, ein Tritt, und wir sind drin.«

»Bleibt es bei dem Abbruchcode *Rainbow*?«

»Richtig, sobald du ihn sagst, sind wir bei dir.«

Die beiden Beamten gingen in Hunters Zimmer. Jens sah besorgt über den Flur zu Hannas Tür.

»Das ist zu weit weg, Hunter, sobald Piotr im Zimmer ist, müssen wir an ihrer Tür sein.«

»Ich weiß, Jens, perfekt ist anders.«

Das Videobild war stabil. Hanna ging auf und ab. Sie verschwand im Badezimmer.

17:30 Uhr, Jens Handy vibrierte.

»Sag das noch mal, Autobahn gesperrt? Heilige Scheiße! Neue Ankunft 18:20 Uhr ... wenn alles gut läuft.«

Sie sahen sich beide an.

Jens fragte: »Abblasen?«

Hunter stützte seinen Kopf in beide Hände, überlegte, sah auf das Videobild.

»Wir beide haben Waffen, Jens, ein funktionierendes Video und Hanna ist eine Frau, die stärker ist, als es scheint. Ich bin für Durchziehen, wenn sie es will.«

Er hatte das kaum ausgesprochen, als Hanna durchgab: »Ihr könnt rüberkommen.«

Zehn Sekunden später standen sie in ihrem Raum.

»Also, ich zieh' das Programm durch, basta! Meine Videos zeige ich im Fernseher, es funktioniert.«

»Gut, Hanna, verlass dich auf uns«, sagte Hunter. »Sobald er im Zimmer ist, stehen wir bewaffnet hinter der Tür. Ich sehe das Bild auf dem Smartphone, der Ton geht direkt in mein Ohr. Solltest du ins Bad gehen, nimm bitte unbedingt dein Handy mit.«

Sie nickte.

»Am besten gibst du mir auch dein GPS-Modul, er muss das nicht zufällig sehen.«

»Okay, Hunter.«

»Gibt es sonst noch Dinge, die auf deine Identität hinweisen?«

»Ja, mein Personalausweis und mein Portemonnaie mit Kreditkarten, hier.«

Sie ließ ihre Haare fallen und stand in ihrer Trekking-Hose und ihrem T-Shirt verlegen vor ihnen.

»Wie sehe ich aus?«

»Großartig«, meinte Jens.

17:40 Uhr.

Hunter sah seitlich durch das Fenster, draußen war niemand zu erkennen.

»Wir sollten jetzt gehen, Jens, der Countdown läuft.«

»Raus mit euch Spannern!«

Jens setzte sich unten in den Empfangsbereich des Hotels und blätterte in einem spanischen Magazin.

Hunter sah in seinem Zimmer auf dem Display, wie Hanna aus dem Bad kam, sie gab ihm ein Daumen-Hoch-Zeichen. Er war von der Nervenstärke dieser Frau beeindruckt.

Während Hunter sie beobachtete, musste er sich eingestehen, dass er noch nie in seiner Laufbahn eine Frau als Venusfalle eingesetzt hatte, um einen Ermittlungserfolg zu erzielen. Je näher die verabredete Zeit rückte, umso mehr spürte er seinen ansteigenden Pulsschlag.

Hanna saß angezogen auf der Bettkante. Sie hatte ihre Bluse so weit geöffnet, dass ihr schwarzer BH gerade sichtbar war.

Sie blickte in die Kamera und sprach, wie ihm schien, mit bewusst starker Stimme:

»Ich hoffe, dass das reicht und ich meine restliche Verpackung anbehalten kann.«

Hunter wusste, dass das eher unwahrscheinlich sein würde. Piotr würde nur liefern, wenn sie lieferte. Hanna wusste das mit Sicherheit auch.

17:57 Uhr.

Piotr Ruskow trat durch die Eingangstür des Hotels. Jens vertiefte sich in sein Magazin.

Piotr sah sich um. Aus Pater Domingos Liste wusste er, in welchem Zimmer sie wohnte. Er ging zur Treppe und folgte den ausgewiesenen Zimmernummern. Jens wartete einen Moment und ging zu Hunters Zimmer. Er hatte nichts zu befürchten, Piotr kannte ihn nicht, für ihn musste er irgendein Hotelgast sein. Doch Piotr nahm ihn überhaupt nicht wahr.

»Er ist allein, stark angetrunken und trägt eine Plastiktüte«, flüsterte Jens zu Hunter, der wie gebannt auf das Videobild starrte und verfolgte, wie Piotr an ihrer Tür klopfte und Hanna aus dem Bild verschwand.

»Sei gegrüßt, mein Täubchen!« Die Tonübertragung war einwandfrei.

Beide traten in das Bild.

Er legte die Tüte ab, nahm sie in die Arme. Hunter gruselte es, als er sah, wie Piotr sofort an ihre Brust und gleichzeitig kräftig in ihren Schritt fasste.

»Nicht ganz so schnell, Piotr, der Abend hat doch erst begonnen.«

Sie sah auf die Tüte. »Was hast du uns mitgebracht?«

»Na, was denn wohl, meine hübsche Pilgerin?«

Er ließ sich auf das Bett fallen, zog eine Flasche Wodka aus der Plastiktüte.

»Ich habe einen Bärenhunger, Piotr, und ich sehe belegte Brote!«

»Erst die Arbeit, dann der Lohn!«, sagte er.

Er umfasste sie und zog sie an sich, sie entwand sich und drückte ihn weg. Er war in seiner Angetrunkenheit noch abstoßender als ohnehin schon.

»Ich brauch' erst etwas in den Magen, Piotr, sei lieb, wir gehen an den Tisch.«

Ihm gefiel das nicht, aber er akzeptierte es. Die beiden verschwanden wieder aus dem Bild.

»Verdammt, die sitzen auf der Couch!«, sagte Jens.

»Sobald die wieder in Richtung Bett gehen, sind wir an der Tür, Jens.«

Hanna biss begierig in das Brot.

»Danke für das Essen, Piotr, es schmeckt wunderbar!«, hörte Hunter.

Den Geräuschen war zu entnehmen, dass er sie auf dem Sofa befummelte.

»Komm jetzt ins Bett, Maria, mach mich geil. Zeig' mir deine Filme!«

Hunter und Jens war bewusst, dass Hanna ihre Möglichkeiten, Distanz zu wahren, wahrscheinlich schon verbraucht hatte, der Mann wollte direkt zur Sache kommen. Wie würde sie jetzt damit umgehen?

Sie führte ihn zum Bett.

»Gott sei Dank, da sind sie wieder!«, sagte Jens. »Jetzt kommt der Showdown.«

Die Beamten sahen, wie Piotr ein volles Glas herunterkippte, seine Hose auszog, dann das Hemd, sodann die Unterhose. Er streckte seine Arme aus und rief:

»Hier ist dein Naturbursche Piotr, komm her mein Täubchen!«

Hunter hatte plötzlich ein kurzes Déjà-vu mit dem *Raum der Ergebenheit.* Der nackte Ruskow mit der Rose auf dem Rücken und einem erigierten Geschlechtsteil. Nur dieses Mal blickte kein angstvoller Jakob Piotr an, sondern vor ihm stand seine heiß ersehnte Maria. Sie versuchte, sich entspannt zu geben. Es gelang ihr nicht.

»Oh mein Gott, was bist du für ein gewaltiger Kerl, du hast mir nicht zu viel versprochen!«

Piotr lachte stolz und fiel krachend auf das Bett. Er lag dort wie ein Maikäfer und streckte die Arme aus.

»Um Gottes willen leiser, du trommelst das ganze Hotel zusammen.«

»Zieh dich aus, Pilgerin Maria!«

Hunter fühlte, wie Maria weiter auf Zeitgewinn spielen wollte, aber es fiel ihr wohl nichts mehr ein. Wann würde sie die Gelegenheit finden, Piotr in ein Gespräch zu verwickeln? Würde der tatsächlich erst reden, nachdem er Sex mit ihr hatte. Hunter war fest entschlossen, das nicht zuzulassen.

Sie legte langsam ihre Kleider ab.

Die beiden Kriminalbeamten schlichen sich mit der Waffe in der Hand zu Hannas Tür. Hunter ließ dabei das Videobild nicht aus seinen Augen. Sie war nur noch mit ihrem Slip und Büstenhalter bekleidet, ihre Haare fielen auf ihre Schultern, sie lächelte Piotr vor dem Bett stehend an.

Hinter Hunter und Jens plötzlich ein Geräusch! Sie drehten sich blitzartig herum. Eine Frau kam über den Flur und sah erstaunt zwei Männer vor einer Tür hocken. Jens reagierte sofort. Er hielt ihr einen Ausweis unter die Nase und flüsterte: »Policía!«

Die Frau verschwand erschrocken in ihr Zimmer.

Das Videobild zeigte, wie Hanna auf der Bettkante saß. Sie sagte: »Komm, mein Schatz, lass uns das Videoprogramm starten. Ich brauche erst einen Anlauf.«

Er sah sie verärgert an, zog sie zu sich, ließ aber von ihr ab, als er die ersten Bilder auf dem Fernseher sah.

Hunter wusste, dass die beiden jetzt die schlimmsten Hardcore-Aufnahmen aus seinem Bestand sahen. Er bemerkte auch, dass Hanna die Augen schloss, als ein Kind vor Schmerzen schrie.

Piotr reichte ihr die Flasche.

»Prost! Du auch!«

»Ich trinke lieber aus dem Glas.«

Sie verschwand aus dem Bild und kam mit einem leeren Glas wieder.

Vor dem Bett blieb sie stehen, sie hielt den Film an.

»Piotr, ich muss dir etwas sagen.«

Hunter und Jens hielten die Luft an. Sie spielte weiter auf Zeit. Was kam jetzt?

Piotr glotzte seine Maria an, die wie ein verängstigtes Mädchen vor ihm stand.

»Seitdem Peeters und Schmitts tot sind, habe ich furchtbare Angst, ich kann kaum noch schlafen, und du schläfst meistens woanders.«

Er nahm einen weiteren Schluck aus der Flasche, winkte sie heran und sprach lallend: »Komm mal her, mein Täubchen, du musst überhaupt keine Angst haben, ich bin dein Bodyguard. Du gehörst jetzt wie ich zu Zeus.«

»Endlich!«, dachte Hunter. »Sie hat den Köder ausgelegt ...«

Sie setzte sich wieder zu ihm.

»Zeus, wer ist Zeus?«

Er lachte.

»Das ist Gottfried, du Dummköpfchen, Pilger Piotr ist seine ausführende Hand, die Hand Gottes!«, grölte er und rülpste derart laut, dass sie zurückwich.

»Piotr, mein Schatz, warum sagst du mir das jetzt erst, dass ihr euch kennt?«

Er streckte den Arm mit der Flasche in der Hand weit aus und sah sie triumphierend an, »Wir kennen uns nicht nur. Piotr ist sein Schutzengel mit der Hand Gottes.«

»Das musst du mir erklären, mein Schatz.«

Sie riss sich zusammen und streichelte über sein unfassbar großes Glied. Er stöhnte.

»Diese Hand Gottes hat Peeters und Schmitts gerichtet, Täubchen, sie wussten zu viel über Libertas.«

Er stutzte plötzlich über seine leichtfertige Bemerkung und stierte sie verunsichert an.

»Aber du bist doch sauber – oder ...?«

Auf dem Flur wurde das Videobild plötzlich dunkel.

Keine WLAN-Verbindung

Hunter versuchte einen Reset – keine Chance. Der Ohrhörer war tot. Er ballte die Faust. Durch die Tür hörten die beiden jetzt nur noch Wortfetzen.

Er zeigte Jens die Uhrzeit. 18:30 Uhr. »Wo, verdammt noch mal, bleibt unsere Unterstützung ...?«

Die Männer auf dem Flur hörten weiterhin nur noch Bruchstücke der Unterhaltung. Jens war auf dem Sprung, durch die Tür zu brechen. Hunter hielt ihn zurück.

Hanna beugte sich über Piotr. »Was redest du für ein dummes Zeug. Was glaubst du, warum ich dich ausgesucht habe?«

»Weil du einen guten Geschmack hast, Täubchen.«

Er fing an zu reden. Sie unterbrach ihn nicht. Er war betrunken, redete sich in Fahrt, während sie seinen widerlichen Körper streichelte. Sie rückte etwas zur Seite, damit Piotr besser ins Bild kam.

»Sprich weiter, mein Held.«

Draußen hörten Jens und Hunter die Wörter *Gerd, Enkeltochter, Hartmann.*

Doch die Beamten waren weiterhin ohne Bild, und jetzt verstummten auch die Geräusche. Hunter und Jens sahen sich an.

»Zugriff?«, flüsterte Jens.

Dieses Mal schüttelte Hunter verneinend den Kopf. Piotr hatte etwas gesungen, etwas, aber ohne Aufzeichnung waren sie allein auf die Zeugenaussage von Hanna angewiesen.

»Solange kein RAINBOW kommt, nein.« Er wusste, dass er hoch pokerte, so hervorragend Hanna ihre Rolle auch spielte.

Piotr grabschte an ihren BH.

»Was mache ich jetzt?«, fuhr es durch ihren Kopf. Sie gab sich einen Ruck. Jetzt oder nie!

»Ich möchte bei LIBERTAS mitarbeiten, darf ich das?«, sagte sie spontan.

Piotr sah sie überrascht an. Er überlegte, nickte, ließ sie los, nahm sein Handy und sagte: »Du darfst einmal kurz hineinschauen, Täubchen, aber mach die Augen zu!«

Als sie die Augen öffnete, sah sie, wie ein Vater ein wenige Monate altes Kind auf den Tisch legte und einen Mann heranwinkte.

»Jetzt siehst du, was LIBERTAS wirklich kann, deine Bildchen sind von gestern, Maria!«

Er zog ihre Hand erneut zu seinem Geschlechtsteil herunter.

»Los jetzt, Pilgerin, die Theorie ist vorbei!«

Hannas Puls raste, sie hatte bereits einiges gehört, würde es reichen? Wie lange könnte sie ihn noch hinhalten?

»Gib mir eine Minute, ich muss erst ins Bad!«

»Nix, du bleibst hier, Täubchen!«

Aber sie entzog sich ihm und eilte – ihm eine Kusshand zuwerfend – zum Bad.

»Hast du das auch gehört? Sie ist im Bad«, flüsterte Hunter.

Sein Handy vibrierte. SMS aus Wiesbaden:

Schmitts wurde mit Zyankali vergiftet!

Hunters Finger flogen über die Tasten. Er schrieb Hanna an:
»KEINEN WODKA TRINKEN!«
»Glaubst du tatsächlich, dass der durchknallt?«, flüsterte Jens zu ihm.
»Ich weiß es nicht«, flüsterte Hunter zurück. »Er hat geplaudert. Vielleicht bereut er das, will seine Nummer machen und dann ...«
»Verdammt, ja, es wäre die unauffälligste Möglichkeit, seinen Fehler zu eliminieren.«
»Ruhig bleiben, Jens, alles Spekulation, noch ist sie im Bad.«

»Wo ist mein Handy?« Sie realisierte, dass sie es vergessen hatte, hoffte inständig, dass es im sechzig Sekunden Sperrmodus war, kehrte ins Zimmer zurück, atmete erleichtert durch. »Da ist es ... auf meinem Nachttisch ... mit dem Display nach unten ... so, wie ich es hingelegt hatte ... aber meine Handtasche ... jetzt auf seinem Nachttisch!«
Sie sah ihn an. Hatte er sich verändert? Mit einem Glas Wodka in der Hand fixierte er sie. Plötzlich stieg Angst in ihr auf.
»Was weiß er? In der Handtasche ist nichts, was mich verrät ... Alles Kopfkino, er hat nur etwas geschnüffelt ... Das darf er.«
Sie versuchte entspannt zu lächeln und strich sich auf ihn zugehend über die Hüften. Sie hatte viele Informationen bekommen, doch eine entscheidende fehlte noch. Sie ergriff das Glas, bereit den Wodka zu trinken, auch bereit ihren BH zu öffnen, um nur noch diese eine Information zu erhalten.
»Was ist eigentlich *Libertas*, mein Schatz?«, fragte sie, sich über ihn beugend.
Im selben Augenblick sah sie ihre Visitenkarte in seiner Hand, die sie als Journalistin auswies.
»Oh nein! Wie konnte ich die übersehen haben?«
Sie erstarrte, wusste, dass es aus war, wollte schreien, aber er würgte sie am Hals, riss sie auf das Bett.

»Das möchtest du gerne wissen, du verdammte Journalisten-Hure! Ich habe dir vertraut! Du hast mich die ganze Zeit benutzt!«

Auf der Straße vor dem Haus heulte eine Straßenkehrmaschine.

»Was ist da los im Zimmer, Jens? Hat der geschrien?«

Sie standen sprungbereit an der Tür, warteten, dass der Lärm draußen vorbeiging, während Piotr Hanna herumschmiss, sich auf sie kniete, ihre Beine auseinanderriss und ihr mit hassverzerrtem Gesicht eine Waffe an den Kopf hielt.

Dann riss er mit Wucht ihren Slip zur Seite.

Sie schrie:

»R A I I I I N B O O O O W ! ! ! «

* * *

Gottfried Stein hatte sich bis nach Santo Domingo durchgequält und lag erschöpft in seinem Bett. Zu den Darmbeschwerden kam leichtes Fieber hinzu. Mehr Sorgen bereitete ihm, dass er noch keine Nachricht von Anastasia hatte, die längst in Frankfurt hätte sein müssen. Telefonisch war sie nicht erreichbar. Das passierte bei ihr allerdings öfter. Im Umgang mit ihrem Handy war sie eine Katastrophe. Andererseits hielt sie sich wohl im Bunker auf, denn die Alarmanlage war deaktiviert worden.

Gottfried versuchte Piotr zu erreichen, doch auch der antwortete nicht. Selbst Tom Rex hatte sein Telefon abgeschaltet. Stein beschlich ein Gefühl, das er kannte, wenn höchste Gefahr drohte, wenn eine Kette von Indizien zeigte, dass er wieder untertauchen musste. Diese Pilgerwanderung hatte sich ohnehin zu einem Tanz auf dem Vulkan entwickelt. »Von wegen entspannt nach Burgos pilgern und diesen Videobeweis kassieren«, dachte er.

Zu viele Maßnahmen waren erforderlich geworden. Zwei Menschen mussten ausgeschaltet werden. Zu allem ein BKA-Beamter in der Gruppe, der nicht spurte, ein undurchschaubarer Hartmann und ein unkontrollierbarer Piotr, der heute Abend offline war. Seine Warnsignale hatten ihn noch nie getäuscht. Es war Zeit zu verschwinden. Jetzt.

Er prüfte im Internet die schnellste Verbindung von Santo Domingo nach Lourdes, wo sein Flugzeug stand.

* * *

Jens hielt die Schlüsselkarte an das Schloss. Das Signal blinkte – rot! Noch ein Versuch – rot.

Sie nickten sich zu, Waffe gezogen. Jens wich zurück, sammelte all seine Energie und trat mit voller Wucht in die Tür. Knall und Bersten. Die Tür flog auf. Hunter sprang an Jens vorbei in das Zimmer und zielte sofort auf Piotr. Der auf Hanna sitzende Fleischkoloss fuhr herum, Wodka ergoss sich über ihr Gesicht in ihre Augen. Er starrte die beiden an, sodann Maria und wieder die beiden Männer. Seiner völligen Überraschung folgte unbändige Wut:

»Der Herr Kriminalhauptkommissar ist auch schon da! Ihr denkt, ihr habt Piotr reingelegt? Nein, das habt ihr nicht ... Ich mache die Hure jetzt fertig!«, grunzte er, die Waffe an ihren Kopf haltend.

»Waffe fallen lassen. Runter vom Bett! Piotr Ruskow!«

Piotr schien zu überlegen.

»Du hast keine Chance hier lebend rauszukommen, allenfalls als Sieb.«

Sie verteilten sich rechts und links vom Bett und sahen in Hannas angstverzerrtes Gesicht.

»Zum letzten Mal, Waffe fallen lassen und beide Hände hoch!«, befahl Hunter.

Piotr sah ihn glasig an, drückte Hannas Kopf in das Kissen, während er den Lauf der Waffe in ihren Mund drückte. Aus Hannas Rachen entwich ein gurgelnder Schrei, die Augen vor Entsetzen aufgerissen.

»Und ich befehle euch, die Waffen auf den Boden zu legen. Wird's bald!«

Die Beamten zögerten.

»Ich zähle bis drei, ihr Arschlöcher, dann ... Ave Maria!«

Hanna sah flehend zu Hunter hinüber.

»Eins – Zwei – ...«

Die Waffen der beiden fielen auf den Boden.

»Flach hinlegen!«, befahl er den beiden, die Waffe unverändert in ihrem Mund.

»Was hast du jetzt vor, Piotr? Du hast keine Chance!«, sagte Hunter.

»Und was für Chancen ich habe!«, sagte er kaltblütig. Hunter sah, wie sich der Zeigefinger langsam zum Abzugsbügel bewegte. Sein Puls raste.

* * *

»Wir beide scheinen heute Abend die Einzigen zu sein«, meinte Pater Domingo zu Holger. »Komm' ich zeige dir die Kathedrale meiner Heimatstadt. Wir starten mit dem Hühnerwunder.«

Holger lachte. »Dann erleuchten Sie mich mit dem Wunder.«

»Ein Ehepaar übernachtete auf der Pilgerwanderung hier in Santo Domingo. Die Tochter des Wirts fand den Sohn der Familie überaus attraktiv, da der aber fromm und keusch war, wies er ihr eindeutiges Angebot zurück.«

»Klarer Fehler«, kommentierte Holger.

»Korrekt, die Wirtstochter sann auf Rache und versteckte einen Silberbecher in seinem Gepäck.«

»Ich ahne Schlimmes«, meinte Holger, der auf Domingo deutlich entspannter wirkte als tags zuvor.

»So ist es, der Wirt bemerkte den Verlust und schickte die Polizei aus, die den Becher in seinem Gepäck fand.«

»Diebstahl auf dem Jakobsweg geht gar nicht«, meinte Holger.

»Der junge Mann wurde nach kurzem Prozess aufgehängt und die Eltern zogen traurigen Herzens weiter nach Santiago.«

»Das kann doch nicht das Ende sein«, lachte Holger. »Keine Kirchenlegende ohne Wunder.«

Die verzweifelten Eltern kehrten an die Richtstätte zurück und vernahmen plötzlich die Stimme ihres Sohnes: »Ich bin nicht tot. Santo Domingo hält mich an den Beinen, es geht mir gut.«

»Ich habe es geahnt, Pater, jetzt sagen Sie bitte nicht, dass Sie jener Domingo waren.«

»Nein, Holger, ich bin weder heilig noch auferstanden«, lachte der. »Also, die Eltern eilten daraufhin zum Richter, der vor einem Teller gebratener Hühner saß. Sie berichteten das Vorgefallene. Der Richter antwortete, dass ihr Sohn so tot sei wie die beiden Geflügeltiere vor ihm. Da begannen Hahn und Henne zu flattern, der Hahn krähte, das Huhn gackerte, sie erhoben sich und – flogen davon.«

»Jetzt hatte der Richter aber ein wirkliches Problem«, meinte Holger.

»In der Tat, der sprachlose Richter eilte mit seinen Leuten zum Richtplatz und tatsächlich, der Junge lebte. Nun wurde der Sohn ab- und die Wirtstochter aufgehängt, die Familie aber zog frohen Herzens weiter nach Hause.«

»Ich bin beeindruckt«, meinte Holger. »Vor allem, weil die Eltern zwischenzeitlich über lange Wochen nach Santiago und zurück gepilgert sind ... der Sohn immer noch am Strick ...«

»Die Kirche, lieber Holger, rechnet nur dann genau, wenn es um Geld geht, schon gar nicht bei Wundern.«

Sie standen vor einem Käfig mit einem weißen Hahn und weißen Hennen.

»Diese Tiere sind eine große Attraktion auf dem Jakobsweg, sie werden alle vierzehn Tage ausgewechselt. Die Pilger strömen in Scharen herbei.«

»... und die Kirche kassiert Eintrittsgeld«, meinte Holger. »Jetzt habe ich das Wunder wirklich verstanden.«

Pater Domingo schmunzelte und führte ihn zum Grab des Heiligen Domingo.

* * *

Hanna stieß Piotrs Arm nach oben, mit ihm die Pistole aus ihrem Mund, Piotrs Schuss löste sich, verfehlte ihren Kopf knapp. Mit einem Schrei aus ihrem Allerinnersten stieß sie beide Hände gegen seinen Körper. Der Koloss rollte direkt auf Jens zu, verlor die Waffe, griff sie erneut, Jens versuchte das zu verhindern. Doch Piotr hatte die Waffe wieder in der Hand. Hinter ihm Krach! Männer mit schwarzen Sturmhauben stürmten durch die Tür. Noch auf Jens liegend riss er die Waffe zu ihnen herum.

»Waffe auf den Boden! Hände hoch!«, herrschte eine Sturmhaube ihn an.

Piotr zögerte.

Die falsche Maria, die beiden Polizisten, diese fünf Männer, seine Nacktheit und jetzt die Pistole in der Hand des unter ihm Liegenden im Nacken.

Er stöhnte und ließ resigniert die Waffe fallen. Sekunden später lag der Fleischkoloss in Handschellen am Boden, während Hanna vom Bett sprang. Hunter rieb ihr wie im Reflex das Gesicht mit dem Bademantel trocken, inständig hoffend, keine Zyanid-Reaktionen zu erkennen. Sie ließ das zitternd zu, zog den Bademantel über und ging wortlos ins Badezimmer an den Männern vorbei, die sich dezent zur Seite wandten.

»Du verdammte Hure!«, schrie Piotr ihr hinterher. »Dich mache ich fertig!«

Hanna kniete vor der Toilette und übergab sich. Zitternd hielt sie sich mit beiden Händen am Toilettenrand fest. Es kam nichts heraus, aber es war vorbei.

Sie raffte sich langsam auf, legte ihre Kleidung ab, wickelte ein Handtuch um ihren Kopf, und betrat die Dusche. Sie schloss die Augen, genoss das herrliche Wasser, duschte den ganzen Piotr-Schmutz von ihrem Körper, trocknete sich ab, sah in den Spiegel.

»Du bist eine total verrückte, leichtsinnige Maria ... Hanna Dohn ... Du hast es tatsächlich hinbekommen ...«

Ein unglaubliches Gefühl der Erleichterung und des Stolzes durchdrang sie.

Hunter griff sich die Kleidung von Piotr und durchsuchte sie. Er scrollte durch das Handy, sah kurz den noch offenen kinderpornografischen Film aus dessen Netz, machte davon einen Screen Shot und las die letzten Nachrichten von Gottfried Stein, der mehrmals vergeblich versucht hatte, mit Piotr Kontakt aufzunehmen.

»Deine Pilgerreise ist zu Ende, Piotr Ruskow. Ich verhafte dich wegen zweifachen Mordes an Louis Peeters und Paul Schmitts.«

Piotr drehte seinen Kopf zur Seite und brüllte vom Boden: »Das musst du mir erst einmal beweisen!«

»Haben wir schon, deine Fingerabdrücke sind an deinem Pilgerstock, den du uns freundlicherweise überlassen hast und im Glas von Schmitts dein Zyankali ... wie dieses hier.«

Dabei hielt er das Döschen mit dem aufgeklebten Totenkopf hoch, das er in Piotrs Hosentasche gefunden hatte. Er war erleichtert, dass er es in der Hosentasche und nicht in der Nähe vom Bett gefunden hatte.

Piotr sah ihn hasserfüllt an.

»Damit habe ich nichts zu tun, das hat mir die Schlampe untergejubelt.«

»Netter Versuch«, kommentierte Hunter. »Der Richter wird dir eine lange Liste vorlesen, lebenslange Haft ist garantiert. Von mir gibt es schon vorab ein ganz persönliches Geschenk.« Er schlug ihm mit der Waffe heftig einmal auf die Schulter, so, wie der es bei ihm getan hatte. Piotr brüllte auf.

»Gruß aus dem Pinienwald.«

»Ich werde euch alle anzeigen!«

Hunter sah in die Runde und fragte: »Hat jemand etwas gesehen?«

Die fünf Sturmmasken und Jens verneinten kopfschüttelnd. Er warf Piotr die Kleidung zu und nahm ihm die Handschellen ab.

»Auf das Bett setzen, anziehen!«

Piotr zog sich fluchend an. Dann ließ er sich widerstandslos an das Bett fesseln. Die Beamten steckten die Waffen ein, Hunter stellte sich vor ihn.

»So, Pilger Piotr, wir machen jetzt eine Sprechstunde.«

»Ich hätte die Hure sofort kaltmachen sollen und dich auch, du verdammter Bulle!«

»Aha, und wer hat dir dazu den Auftrag gegeben?«

Piotr sah ihn verachtend an. »Das wirst du von mir nicht erfahren.«

Hanna erschien im Zimmer.

»Pilger Piotr muss auch nichts sagen, er hat seine Aussage schon gemacht.«

Sie drückte eine Handytaste. Piotr hörte sich sprechen:

»Sei gegrüßt, mein Täubchen ...«

Sie spulte nach vorn, das Team hörte, wie Piotr als Auftragstäter von *Zeus* über den Mord an Peeters und Schmitts sowie über den Überfall auf Hunter redete und im Dark Web *Libertas* surfte.

Hunter sah sie sprachlos an.

»Sie hatte tatsächlich den Nerv gehabt … es gibt einen O-Ton in der Phase als mein System versagte …«

Hanna stoppte. Sie sah zu den GSG-9-Männern.

»Danke, meine Herren, es war verdammt knapp …«

Sie schwankte und kippte zur Seite. Der Kommandoführer konnte sie gerade noch auffangen und trug sie behutsam zur Couch. Hunter rannte ins Bad, kam mit einem nassen Handtuch zurück, legte es auf ihre Stirn und deckte sie zu.

Sein Puls raste. »Sollte sie doch eine Zyanid-Reaktion haben?«

Sie öffnete benommen die Augen.

»Nur eine kleine Schwächephase«, flüsterte sie und zwinkerte ihm aufmunternd zu.

»Danke, Hanna, du warst einzigartig.«

Er reichte ihr ein Glas Wasser. Sie winkte ab, er verstand.

»Reines Leitungswasser vom Heiligen Domingo.«

Sie trank.

»Bringt bitte Herrn Ruskow rüber in mein Zimmer. Zwei bleiben heute Nacht bei ihm, drei kommen mit mir, Jens, du bitte auch.«

* * *

Gottfried Stein packte sein Wandergepäck und wich entsetzt zurück, als die Tür aufbrach und fünf Männer mit Waffen vor ihm standen.

»Als hätte ich es geahnt …«, dachte er. »Ich bin zu spät …«

Er hob sofort die Hände, versuchte, seine Überraschung zu verbergen und gab sich betont gelassen.

»Was für ein seltsames Szenario, Gerd. Ich wusste gar nicht, dass du in diesen kriminellen Kreisen unterwegs bist.«

Gottfried konnte nicht verhindern, dass seine Stimme jetzt mehr als sonst fistelte.

»Aha, der Pilger will sich absetzen. Wir können es kurz machen. Meine Identität kennst du, die anderen Herren hier sind ebenfalls von der Polizei.«

»Angenehm, Gottfried Stein, IT-Berater und Jakobsweg-Pilger.«

»... und sexueller Missbrauchstäter in schwersten Fällen, Betreiber eines kinderpornografischen Portals und Auftraggeber für Killer, Schläger und Vergewaltiger, nicht wahr, Gottfried? Oder ist dir das *Sie* lieber?«

Stein sah ihn auffordernd an, wie jemand der Augenhöhe wünschte.

»Was soll diese Witzveranstaltung, Joe Jaeger? Ich bin seit *Maria Hilf* absolut sauber und nach diesem Pilgerweg erst recht.«

»Ich fürchte, dein Pilgerweg hat nicht zu der erhofften Reinigung geführt, auf dich wartet die Zelle«, sagte er zu dem gefesselten Stein und nahm ihm sein Handy ab, das vermutlich zentrale Schlüsselgerät von *Zeus* für den Zugang zu seinem Imperium.

»Darauf werdet ihr nichts finden, außer einer Selbstzerstörung bei dem ersten nichtautorisierten Versuch.«

»Das brauchen wir auch nicht, dein Adlatus Piotr hat bereits umfängliche Aussagen gemacht.«

Stein ahnte Schlimmes.

»Er wollte sich bei unserem Erscheinen vor Angst in die Hosen machen, aber die hatte er nicht an, als er betrunken bei Maria im Bett lag ... die natürlich nicht Maria heißt.«

Stein zeigte eine nervöse Reaktion im Gesicht und suchte nach seinen Zigaretten. Hunter bot ihm eine aus seiner Schachtel an und reichte ihm Feuer.

»Piotr ist ein lieber, einfacher Mann, der oft dummes Zeug erzählt«, meinte Stein und strich sein ungekämmtes Haar zurück. »Leider erfindet er das meiste, um Eindruck zu machen.«

Hunter schüttelte bedenklich den Kopf.

»Immerhin weiß er eine Menge über dein Netzwerk und wir inzwischen auch.«

»Guter Versuch, ihr blufft. Ihr habt keine Ahnung, ihr haltet einen unschuldigen Deutschen in Spanien fest. Könnte ich bitte mal eure Legitimation sehen?«

»Aber natürlich, Herr Stein«, sagte Jens und hielt ihm den Beschluss eines Untersuchungsrichters unter die Nase.

»Ich sage nichts ohne einen Anwalt.«

»Das wird natürlich sichergestellt«, sagte Hunter. »Dummerweise erst in Deutschland, aber bis dahin, mein lieber Gottfried, wollen wir uns noch die Füße vertreten.«

»Was soll das heißen, Füße vertreten?«

»Nun, das Pilgerziel heißt Burgos, wo Servatius auf uns wartet und dir dein erlösendes Video geben möchte.«

»Du glaubst doch nicht, dass ich nach diesem Theater hier morgen noch weiterpilgere!«

»Nicht morgen, Gottfried, jetzt.«

ETAPPE 10: BELORADO

– Sternschnuppen –

Sie hatten die mächtige Kathedrale von *Santo Domingo de la Calzada* passiert und nach 800 Metern den Fluss Oja erreicht. Hunter lenkte seine Kopflampe auf den gelben Reiseführer, dessen Untertitel lautete: „Der Weg ist das Ziel."
»Das hoffe ich doch heute Nacht sehr«, dachte Hunter und sagte:
»Jetzt soll es drei Kilometer bergauf gehen, danach werden wir belohnt und können den Kirchturm von Grañon erkennen.«
Stein keuchte, jeder Schritt war ein Risiko, denn er konnte trotz der sternklaren Nacht den Boden nur erahnen.
»Ich werde euch Irre anzeigen!«
»Wir können die Anzeige gern aufnehmen, nicht wahr, Jens?«
»Sehr gern, Herr Stein muss sich noch etwas gedulden«, meinte der.
»Wer ist der Typ?«, fragte Stein, auf Jens zeigend.
»Mein Schutzengel, Gottfried, seit Saint-Jean-Pied-de-Port. Du läufst von Anfang an unter dem Radar des Bundeskriminalamtes.«
Gottfried Stein versuchte, mit seinem Stock in der freien linken Hand den Weg zu ertasten. Wenn er stolperte, zog ihn Hunter an der Handschelle rechtzeitig zu sich. Camino lief frei vor ihnen, Jens schmunzelnd hinter dem Trio her. Auf dem schmalen und stockdunklen Weg war von der angeblich guten Beschilderung nichts zu sehen.
»Weißt du, wo wir sind?«, fragte Jens seinen Kollegen.

»Nein, leider nicht, nach Belorado sollen es aber nur dreiundzwanzig Kilometer sein.«

Stein stöhnte, stolperte und ging zu Boden. Hunter ließ seinen Gefangenen dieses Mal fallen, sodass er mit dem Kopf aufschlug. Er schrie und wischte sich Blut von der Stirn. Doch mit seinen gefesselten Händen verteilte er es nur über das Gesicht.

»Das hast du absichtlich gemacht, du verdammter Bastard!«

Hunter kniete an dem liegenden Gottfried Stein und hielt ihm seine Pistole an die Stirn.

»Und was war mit dem Überfall auf meine Enkeltochter Marta in Wiesbaden, war das etwa nicht absichtlich? Gottfried Stein, der Mann, der sich die Hände selbst nicht schmutzig macht?«

»Du erzählst wirres Zeug«, keuchte Stein vom Boden.

»Ach ja? Dann hör doch einmal zu.«

Er hielt dem Liegenden die Aufnahme ans Ohr:

»Gerd hat einen Denkzettel von mir bekommen, aber nichts kapiert. Deswegen hat Gottfried bei der kleinen Marta nachgeholfen und die Aktion dem Hartmann untergeschoben.«

Stein raffte sich auf. Er stützte sich mit seinem Stock ab und verfluchte sich.

»Ich bin genauso bescheuert wie Johann in Traben-Trarbach ... genial bis zum letzten Bit und reingefallen auf einen Mitarbeiter.«

Hunter verharrte und sah in den Himmel. Der menschenleere Jakobsweg erschien ihm geradezu magisch, keine Häuser, kein Licht.

»Wie schön der Jakobsweg in der Nacht ist. Hörst du die Stille, Gottfried?«

»Du bist doch der perverseste Bulle, den es unter der Sonne gibt.«

»Nein, nur in der Nacht, Gottfried. Verstehst du etwas vom Sternenhimmel?«

»Was soll das schon wieder?«

»Schau ihn dir genau an, denn du wirst ihn mindestens zwanzig Jahre nicht mehr wiedersehen.«

Stein sah ihn an wie jemand, der nicht weiß, wovon er redet.

»Ach, du glaubst mir nicht? Fünfzehn Jahre für deine widerlichen, schweren sexuellen Gewalttaten an Kindern sowie des Besitzes, der Herstellung und der bandenmäßigen Verbreitung kinderpornografischer Schriften. Zusätzlich mindestens fünf Jahre für die Beauftragung zum Morden und zum Vergewaltigen. Dann, mein lieber Gottfried, bist du etwa siebzig Jahre alt. Ich werde mich persönlich dafür einsetzen, dass du anschließend Sicherungsverwahrung bekommst, denn du gehörst zu den schlimmsten Zweibeinern auf diesem Planeten.«

»Träum weiter, du fantasierst, Joe Jaeger.«

»Nein, Gottfried, das ist die aktuelle Rechtsprechung, du bist geliefert. Ende, aus die Maus.«

Sie stolperten weiter. Hunter hatte den Vorteil der Kopflampe. Stein versuchte, in deren Lichtkegel Orientierung zu finden. Camino hielt sich jetzt eng an Hunter.

»Ich kann nicht mehr, ich bin krank, du wirst diese Folter bitter bereuen. Deutscher Kriminalhauptkommissar des BKA quält einen Pilger in Handschellen nachts über den Jakobsweg.«

»Ist dieser Pilger durch Handschellen beeinträchtigt, Jens?«, fragte Hunter.

»Nein, ich sehe, dass er vollkommen freiwillig in der Sternennacht neben dir läuft und über sein Leben nachdenkt, wie so viele Pilger. Ja, Hunter, es stimmt, der Weg ist das Ziel.«

»Ich denke, Jens, wir sollten ihm bei der Selbstfindung helfen. Herr Stein ist ein intelligenter Mensch und möchte noch viele Sternennächte ohne Handschellen erleben.«

Hunter stutzte: »Seht, dort oben!«

Eine Sternschnuppe zog eine lange Bahn, gefolgt von einer weiteren und einer dritten.

»Du hast dir hoffentlich gerade etwas gewünscht, Gottfried.«

»Ich habe keine Wünsche, außer dass ich euch zwei Bullen zur Hölle wünsche.«

Vor ihnen lag der Ort Grañón. Nur in wenigen Häusern war Licht zu sehen.

»Du wirst dir wünschen, dass du deinen Bunker besser geschützt hättest, denn wir sind drin, Gottfried Stein, genannt *Zeus* und Herr über *Libertas*.«

Stein zuckte zusammen. Er schaltete schnell, seinen Decknamen konnten sie auch so recherchiert haben, wahrscheinlich hatte Piotr gesungen.

»Nicht möglich, nur ich allein weiß, wie man mein Beratungsunternehmen betritt.«

»... und Anastasia«, konterte Hunter.

Stein blieb ruckartig stehen.

»Was ist mit ihr? Was habt ihr mit ihr gemacht?«, fistelte er aufgeregt.

»Nun, sie ist sehr kooperativ, nicht wahr Jens?«

»In der Tat, eine sehr umgängliche Frau mit einem reizenden Sohn, der große Ähnlichkeit mit seinem Vater haben soll.«

»Das hörte ich auch«, meinte Hunter. »Sie würde uns brennend gern den Zugang zu *Libertas* geben, den hat sie aber leider nicht. Doch du hast ihn als Chip im Finger.«

Unbewusst krallte Gottfried seine Finger zusammen.

»Ach Gottfried, *Near Field Communication* ist in unseren Kreisen längst überholt, das ist etwas für Mitarbeiter des Einzelhandels, allenfalls für entführungsgefährdete Kinder aber doch nichts für Koryphäen wie dich, Zeus!«

Stein war fassungslos, wollte nicht weitergehen, doch der kleine Hunter zog den viel Größeren erbarmungslos mit sich.

»Du könntest uns sagen in welchem Finger«, meinte Jens von hinten und setzte nach: »Ehrlich gesagt brauchen wir dich auch gar nicht am Stück, sondern nur deinen Finger.«

Hunter unterdrückte sein Lachen und war froh, dass auch sein breites Grinsen in der Dunkelheit nicht zu erkennen war.

»Ihr seid noch schlimmer als die russische Mafia!«

Steins Gedanken rasten. »Anastasia ... der Sohn ... Libertas ... das Gold in der Ukraine ... die neue deutsche Rechtsprechung ... Sollte alles vergebens gewesen sein? ... War es dieses Mal tatsächlich das Aus ...?«

»Was wollt ihr? Irgendetwas wollt ihr von mir«, fragte er mit seiner jetzt zum ersten Mal sehr unsicher wirkenden Fistelstimme.

Hunter legte ihm beruhigend die Hand auf die Schulter.

»Du hast es erraten, Gottfried, es hat ein bisschen gedauert, aber ich sehe, der Jakobsweg bringt auch dir Erleuchtung. Ich möchte dir helfen, deinen irdischen Richter gnädig zu stimmen.«

»Was heißt das?«

»Bei uns heißt das *maximale Strafmilderung*.«

»Aha, ihr wollt mich kaufen. Und was ist die Gegenleistung?«

»Du arbeitest als IT-Experte unter einer neuen Identität für das BKA und gibst uns dein Wissen preis. Du hast die einmalige Chance, ein anständiger Mensch zu werden.«

Stein sah dem kleinen Hunter ins Gesicht. Er versuchte, die Ernsthaftigkeit der Aussage einzuschätzen, wurde jedoch durch den Strahl der Kopflampe geblendet.

»Warum sollte ich das glauben?«

»Weil du ein zwar durch und durch versauter aber auch ein sehr kluger Mensch bist, der für uns nützlich ist.«

»Wo ist meine Frau jetzt?«

»Bei uns, Gottfried, es geht ihr und eurem Sohn gut.«

Hoch am Himmel zog ein blinkendes Licht seine Bahn, dann folgte der leise Lärm eines Flugzeuges. Danach war es wieder vollkommen still. Selbst Camino rührte sich nicht.

»Kann ich sie sprechen?«

»Ja.«

Jens wählte eine Nummer, sprach mit Deutschland und hielt Gottfried Stein das Telefon ans Ohr.

»Anastasia, Liebling ...«

Das erwartete Gespräch wurde in Wiesbaden aufgezeichnet und zeitgleich übersetzt. Hunter benötigte die Übersetzung jedoch nicht, Anastasia weinte am Telefon, ebenso der Sohn. Stein versuchte, beide zu beruhigen, was ihm nicht gelang. Jens beendete abrupt das Gespräch.

»Möchtest du dich setzen, Gottfried?«, fragte Hunter.

»Ja, ich kann nicht mehr.«

Hunter öffnete die Handschellen. Stein schüttelte seinen Arm frei, so gut das ging. Aber er war nicht wirklich frei, denn er hing jetzt an Camino, Hunter wollte sicher sein.

»Camino, SITZ!« Erstaunlicherweise befolgte der das.

»BRAV!«

Hunter reichte Stein eine Flasche Wasser, Jens bot ihm einen Powerriegel an.

Stein nahm beides wortlos an.

»Was heißt maximale Strafmilderung?«

»Wenn du uneingeschränkt kooperativ bist, könnte ich mir bei einem einsichtigen und gnädigen Richter mit ganz viel Glück zwei Jahre auf Bewährung vorstellen. Das hängt ganz allein davon ab, wie viele unschuldige Kinderseelen du zu retten bereit bist.«

»Und wenn ich jetzt zusagen würde, wie ginge das weiter?«

»Du weißt doch, was ein Keuschheitsbeweis ist, Gottfried. Den will ich hier und jetzt haben. Du sagst mir den Code, wie wir in deinen Server kommen. Meine Leute in deinem Bunker – Entschuldigung, Beratungsunternehmen – sehen, ob du die Wahrheit sprichst. Im BKA zeigst du uns dann das Beziehungsgeflecht in *Libertas,* und wir gehen gemeinsam auf die Jagd.«

Stein überlegte. »Ich muss dringend aufs Klo.«

»Das dürfte in zwanzig Minuten möglich sein«, sagte Jens.

»Zu spät, ich habe eine Darmgrippe.«

»Wir sind keine Unmenschen. Ich nehme dir jetzt die Handschellen ab, da vorne ist ein Gebüsch. Camino bleibt bei dir angebunden.«

Während Stein Camino hinter sich herzog und im Gebüsch verschwand, sagte Jens: »Ich wette mit dir, der macht den Deal nicht. Der nimmt sich den besten Anwalt, ist nach ein paar Jahren draußen und startet mit seinem Vermögen und seinen Kenntnissen neu durch.«

»Ich wette dagegen, Jens. Der ist ein Familienmensch und im Grunde der perfekte Beamte. Worum wetten wir?«

»Eine Flasche Cognac Carlos I Gran Reserva in Burgos«.

»Okay. Das klingt teuer. Kann ich den überhaupt bezahlen, Kollege?«

»Ja, schaffst du allein mit deinem Auslandstagegeld.«

Sie warteten auf Stein.

»Der braucht aber lange, Hunter.«

»Camino, komm zu Herrchen!«, rief der. Doch die beiden waren bereits im Anmarsch.

»Ich habe wohl keine andere Wahl?«

»Nein, zumal auch Anastasia als Mitwisserin verurteilt und euer Sohn in eine Pflegefamilie kommen wird.«

Das saß.

Hunter drückte ihm einen Kugelschreiber in die Hand. Gottfried zögerte einen Moment, dann schrieb er den Zugangscode zum Darknet auf, doch nur bis zur ersten Ebene. Hunter staunte, wie sich dieser Mann die endlose Reihe mit Zahlen, Buchstaben und Sonderzeichen überhaupt merken konnte. Stein wäre eine wahre Goldgrube für das BKA. Er fotografierte den Code und sendete ihn ins BKA.

Die Antwort kam umgehend: *Sind drin!*

Hunter atmete erleichtert durch, dass Zeus mitspielte, während Jens bedauerte, dass er die Wette verloren hatte.

»Wie geht es nun weiter, meine Herren?«, fragte Stein. »Ich bin am Ende, brauche ein Taxi und ein Bett.«

»Das hast du dir verdient, Gottfried«, sagte Jens. »Dort hinten ist die Kirche von Grañón. Dort steht unser Taxi.«

Sie nahmen Gottfried Stein die Handschellen ab und übernahmen sein Gepäck.

In Grañón wartete das GSG-9-Kommando mit Piotr Ruskow im Auto und übernahm *Zeus*, der den geknickten Piotr keines Blickes würdigte.

»Danke euch allen«, sagte Hunter zum Kommandoführer. »Ohne euch hätten wir keine Chance gehabt.«

»Es hat am Ende ja noch geklappt, auch wenn wir gern noch mehr von dieser interessanten Pilgergruppe mitgenommen hätten, aber das Ergebnis zählt, Hunter.«

»In der Tat, ihr habt einen dicken Fisch an Bord. Haltet die beiden gut getrennt.«

Das Kommando fuhr mit den beiden Festgenommenen nach Pamplona, wo der ADAC-Hubschrauber für den Abflug nach Deutschland bereitstand, während Hunter und Jens beim ersten Hahnenschrei wieder in Santo Domingo in ihren Betten lagen. Hunter konnte jedoch nicht mehr einschlafen. So froh er über den Ermittlungserfolg war, er warf sich vor, dass er Hanna einem viel zu großes Risiko ausgesetzt hatte, sie hatte ihm so sehr vertraut. Er tröstete sich damit, dass auch Hanna bewusst gewesen sein musste, dass es bei der *Operation Zeus* am Ende keine Garantien gab. Erneut hatte sich gezeigt, wie dicht Erfolg und Glück beieinanderliegen. In solchen Fällen dachte er an das Kölsche Grundgesetz § 3 und murmelte: »Et hätt noch immer jot jejange.«

Er schickte Hanna eine Kurznachricht:

TOP SECRET +++ GSG 9 MIT STEIN UND PIOTR AUF DEM WEG NACH DEUTSCHLAND +++ DANKE LIEBE MARIA FELDMANN DASS ES DICH GIBT ☺ +++

Mit ein bisschen weiterem Glück würde er in Burgos auch die Akte Servatius erfolgreich schließen können, wer immer sich dort offenbarte.

ETAPPE 11: BURGOS

– Offenbarung –

»Weiß jemand, wo Piotr und Gottfried sind?«, fragte Pater Domingo in die Runde. Tom, die Hartmanns, Gerd, Maria und Holger schüttelten verneinend den Kopf. Nachdem die Gruppe vor Domingos Hostal noch eine Viertelstunde gewartet hatte, sagte Hunter. »Ich gehe zu Piotr und Gottfried und schaue nach.«

Tom meinte: »Wir teilen uns auf, Gerd, ich gehe zu Gottfried.«

»Das ist nett von euch beiden, kommt, gegenüber ist ein Café, ich lade euch ein«, sagte Pater Domingo.

Hunter kam nach zwanzig Minuten zurück. »Das Zimmer ist leer.«

Tom hatte ebenfalls niemanden angetroffen, das Zimmer sei geräumt, informierte er die Wartenden und ergänzte:

»Sechs kleine Negerknaben geh'n ohne Schuh und Strümpf, einer erkältet sich zu Tod, da blieben nur noch fünf.«

Holger kannte diesen Tom bisher kaum, aber das, was der hier gerade von sich gab, reichte, um sich kopfschüttelnd von ihm abzuwenden.

Domingo überprüfte noch einmal sein Handy – keine Anrufe. »Was denkt ihr? Wo können die sein?«

»Ganz klar, die haben sich abgesetzt, die sind weg«, sagte Tom, der merkte, dass seine Art von Humor keine Beachtung fand.

»Aber warum?«, fragte der Pater.

»Das ist ganz klar gegen die Spielregeln, die reißen uns jetzt alle mit rein!«, sagte Johannes Hartmann.

»Ich marschiere los«, meinte Tom, aber er zögerte, angesichts der Unschlüssigkeit der anderen und auch, weil Pater Domingo das nächste Etappenziel noch nicht bekanntgegeben hatte.

»Und nun, Pater Domingo?«, fragte Maria. »Wir sind ehrlich gesagt ziemlich kaputt.«

»Ich bin für den Rest auf vier Rädern«, sagte Johannes Hartmann. Er ging zur Toilette und griff dort zu seinem Telefon. Domingo blickte in die erschöpften Gesichter. Maria erschien ihm heute besonders blass, Gerd meinte, er habe schlecht geschlafen. Der Pater überlegte eine Weile, trank seinen *Café con leche* aus und sagte: »Entschuldigt mich, ich habe zu telefonieren.« Er ging auf die Straße.

»Mit wem redet der?«, fragte Christiane Hartmann. »Kann der nicht allein entscheiden?«

»Natürlich nicht«, sagte Tom. »Der holt sich die Erlaubnis von Bruder Servatius, dass wir früher kommen.«

Hunter fand, dass Tom Rex und Christiane Hartmann, die den Zugang zur Toilette nicht aus den Augen ließ, ziemlich nervös waren.

Pater Domingo kam zurück, zeitgleich Johannes Hartmann.

»Das Großraumtaxi kommt in einer Stunde, für jeden dreißig Euro, ist das in Ordnung?«, fragte der Pater.

Sie nickten erleichtert.

»Aber nicht ohne Camino«, meinte Gerd.

»Ist geklärt, Gerd, der Hund darf mit.«

Domingo sah den zögernden Holger an.

»Du scheinst dir nicht sicher zu sein, Holger?«

»Ich bin offen gestanden gespalten, einerseits würde ich gern bei euch bleiben, andererseits möchte ich den Weg meines Vaters unbedingt weiter zu Fuß gehen.«

Er hielt inne und sagte: »Deswegen würde ich mich jetzt gern von euch verabschieden.«

Er gab jedem die Hand.

»Ich würde gern mit Ihnen in Kontakt bleiben, Pater Domingo.«

»Natürlich, Holger, melde dich bei mir, du hast meine Telefonnummer.«

»Danke, Pater, ich werde unsere Gespräche nie vergessen. Danke, an euch alle, dass ich euch begleiten durfte, mögen sich eure Wünsche in Burgos erfüllen.«

»Und du pass' bitte auf, wenn du eine Wirtstochter triffst, Pilger Holger«, flüsterte Domingo ihm ins Ohr.

Holger lachte, griff den Rucksack seines Vaters und machte sich, ohne sich noch einmal umzudrehen, auf den dreiundzwanzig Kilometer langen Weg nach Belorado.

Hanna wunderte sich über sich selbst, wie gut sie in der Nacht geschlafen hatte. Vielleicht lag es daran, dass sie das Zimmer gewechselt hatte. Es war ihr unmöglich gewesen, in dem Bett zu schlafen, in dem Piotr sie vergewaltigen und töten wollte.

»Was für eine Wendung, was für eine verkrachte Operation Zeus«, dachte sie. Zu gern hätte sie gewusst, was Hunter und Jens noch mit Gottfried angestellt hatten, aber sie vermied, Hunter im Taxi anzusprechen. Noch war sie Maria, die Missbrauchstäterin, die Gerd nicht kannte. Wer wohl Servatius war? Ihr fiel außer Johannes Hartmann niemand Besseres ein, der war prädestiniert für eine Doppelrolle.

Sie blickte durch das Autofenster auf den Jakobsweg, wo die Pilger parallel zur N 120 in Richtung Belorado, San Juan de Ortega und weiter nach Burgos wanderten. Sie würden drei Tage brauchen, das Taxi eine Stunde.

Hanna konnte die Strapazen der Pilger und deren Gedanken fühlen. In die Landschaft schauen, die fremden Gerüche einatmen, Gedanken fliegen lassen, lachen, weinen, Menschen treffen, Gespräche in den Herbergen, Füße pflegen ...

Plötzlich vermisste sie all dieses und bedauerte, dass sie auf die letzten achtzig Kilometer des Jakobsweges nach Burgos verzichtet hatte, besonders jetzt, wo die Gefahr durch Piotr vorbei war. Piotr, das Ungeheuer, das Peeters und Schmitts im Auftrag von Stein umgebracht hatte, weil die beiden zu viel über Zeus wussten, den einen erschlagen, den anderen vergiftet und immer Wodka und Zyankali in der Tasche. Es schauderte sie, wenn sie nur an den Geruch dieses Mannes dachte, der nichts anderes als ein triebgesteuerter, primitiver Killer war.

»Der Albtraum ist vorbei … nie wieder eine Venus-Falle mit Hanna Dohn«, dachte sie.

Sie sah zu Pater Domingo. Er schien angespannt wie alle zu sein. Mit Sicherheit überlegten die Hartmanns und Rex, wo Gottfried und Piotr steckten und was das für sie bedeuten könnte. Je näher Burgos kam, umso mehr stieg die Spannung. Hanna versuchte ein Gespräch.

»Werden Sie von Burgos aus nach Hause reisen, Pater Domingo?«

»Nein, Maria, mein Jakobsweg ist noch nicht zu Ende.«

»Sie wollen weiter nach Santiago de Compostela?«

»Das ist mein Wunsch.«

Sie biss sich auf die Lippen, denn beinahe wäre ihr herausgerutscht, dass sie ihn gern begleiten würde.

Nach den kleinen Städten auf dem Jakobsweg erschien ihnen Burgos wie eine Metropole. Domingo arrangierte einen kurzen Stopp an einer Bodega, um Camino bei dem befreundeten Wirt abzugeben. Niemand sprach ein Wort, als Domingo die fünf verbliebenen Menschen seiner Reisegruppe zu der riesigen Kathedrale de Santa Maria Domingo führte. Er blieb am Eingang stehen, damit das gotische Bauwerk mit dem gewaltigen Kircheninnenraum auf die Gruppe wirken konnte. Die fünf Pilger waren jedoch weniger an der Architektur interessiert, sondern erwarteten einzig den mysteriösen Servatius.

Auch Hunter musste zugeben, dass er nervös war. Er hatte sich bewusst entschieden, die GSG 9 nicht warten zu lassen. Mit Rex und den Hartmanns würden er und Jens, der wie ein Schatten an der Gruppe klebte, fertig werden, falls es überhaupt einen Festnahmebedarf gab.

Er blickte sich um. Nur wenige Menschen liefen um die Mittagszeit durch die Kathedrale, die meisten Pilger waren noch nicht in der Stadt angekommen. Pater Domingo schritt voraus, die fünf folgten ihm mit zunehmender Nervosität.

Tom Rex sah durch die Bänke und Seitenschiffe der Kathedrale. Er hoffte insgeheim, Gottfried Stein zu sehen, doch er erblickte ihn nicht. Sein Ärger über dessen Abtauchen wandelte sich in Wut auf Zeus.

Er versuchte sich zu beruhigen. Schritt für Schritt. Jetzt ging es erst einmal um den Showdown mit Servatius. Er fragte sich, wie der sich die Begegnung vorstellte. Würde er sie hier bereits versteckt beobachten oder weiter vorne erwarten? Würde er zu ihnen als Gruppe sprechen oder einzeln? Wie würde er die Begegnung durchführen, in der Öffentlichkeit oder an einem diskreten Ort in der Kathedrale? Wie wäre man sicher, dass auf dem angekündigten Datenträger tatsächlich das gesamte Videomaterial gespeichert war?

Tom sah frustriert in die Leere der gigantischen Kathedrale. Nein, es würde überhaupt kein fremder Servatius erscheinen. Natürlich nicht! Servatius war Hartmann!

Pater Domingo stoppte und wies zu einer Bankreihe. Nach und nach nahmen sie Platz. Tom ging als erster in die Reihe und setzte sich an das äußere Ende um eine Fluchtmöglichkeit zu haben. Hunter folgte. Tom spürte das Unbehagen wie eine Kralle in seinem Bauch, dass nun das BKA direkt neben ihm saß. Er sah an ihm vorbei zu Hartmann, dem definitiven Servatius, der aber alles andere als einen willensstarken Eindruck vermittelte.

Tom war ratlos. Nervös klopfte er mit seinen Fingern auf das Holz der vorderen Bank. Er sah zu Maria, sie schien ihm die einzige durchschaubare Person hier zu sein.

»Oder …?«

Ein Orgelspiel setzte ein und erfüllte mit seinem mächtigen Klang die Kathedrale. Menschen verharrten und blickten nach oben zur Orgel. Hunter sah aus dem Augenwinkel, dass Jens, den hier niemand kannte, sich eine Reihe hinter sie gesetzt hatte.

Die Zeit verging, ohne dass etwas geschah.

Domingo hatte seinen Blick gesenkt, er schien zu beten oder zu meditieren. Hanna fragte sich, ob er über den weiteren Verlauf wohl mehr wüsste als sie alle. Sie sah vorsichtig zu Hunter hinüber, dessen Gesicht signalisierte: *Keine Ahnung, was hier passiert …*

Nach einer gefühlten Ewigkeit sagte Tom Rex aggressiv: »Der Eisheilige hat offensichtlich kalte Füße bekommen.«

Niemand reagierte.

Hunter blickte zu dem neben sich schwer atmenden Johannes Hartmann. Christiane hielt seine Hand.

»Sie sehen schlecht aus, geht es Ihnen nicht gut?«

»Nein, es geht mir nicht gut, Gerd.«

»Warum sagen Sie *Gerd*? Sie wissen doch längst, wer neben Ihnen sitzt.«

Hartmann schien nicht überrascht und meinte mit schleppender Stimme:

»Auf jeden Fall kein Pilger.«

»Ich bin Hauptkommissar Jaeger vom Bundeskriminalamt. Wir waren bei Ihnen im Internat *Maria Hilf*. Ich nehme an, Sie wissen das.«

Hartmann blickte ihn jetzt mit leeren Augen an und nickte.

Rex versuchte, von der Unterhaltung etwas mitzubekommen, aber das laute Orgelspiel übertönte jedes Wort.

Jetzt sagte Hunter laut und für alle hörbar:

»Wenn wir hier fertig sind, geht es in Polizeibegleitung nach Hause, Sie werden im Bundeskriminalamt sehnlichst erwartet, Pater Dr. Johannes Hartmann.«

Christiane zog ihren Bruder erschrocken an sich.

»Fall auf den nicht herein, der provoziert nur. Sag' um Gottes Willen jetzt nichts.«

Hanna und Jens ahnten, dass Hunter etwas in Gang bringen wollte. Aber was?

Tom Rex hockte wie ein Tiger auf dem Sprung. Er könnte der nächste sein, der von Joe Jaeger festgenommen werden würde. Langsam glitt seine Hand zur Waffe unter der Jacke.

Hunter, der das nicht wahrnahm, sprach weiterhin laut: »Wir haben Fragen an Sie zu drei Todesfällen im Internat und zu Ihrem Darknet *ROSE*.«

Hartmann verkrampfte nun vollkommen. Jens hinter ihm war nicht sicher, ob der gerade eine richtige Show abzog oder tatsächlich ahnungslos war.

Das Orgelspiel hielt an. Christiane rutschte hin und her, als würde sie ahnen, was ihr Bruder vorhatte.

»Ich will beichten«, sagte der plötzlich leise zu Pater Domingo. Tom Rex hörte das.

»Der Eisheilige will beichten … Es geht also los … Was wird der BKA-Beamte jetzt machen … Was geht hier ab in dieser verdammten Kathedrale … Doch noch auf einen Servatius warten oder jetzt verschwinden?«

Er merkte plötzlich, dass er keinen Plan mehr hatte.

»Sie wissen doch, Pater Hartmann, dass ich Diakon bin und Ihnen keine Absolution geben darf. Aber ich kann versuchen, einen Priester zu finden.«

»Nein, Pater Domingo, Sie sind für mich autorisiert, ich will eine große Last ablegen, es ist Zeit. Ich möchte Sie, nur Sie.«

»Es gibt keinen Grund für ein Bekenntnis«, zischte Christiane scharf zu ihrem Bruder.

»Lass gut sein, Schwester, es ist vorbei. Es ist aus und vorbei. Ich will nur noch meinen Frieden.«

Sie wurde fahl im Gesicht.

»Dann will ich dabei sein, Pater Domingo, ich lasse meinen Bruder nicht allein.«

Domingo antwortete: »Ich will euch gern anhören, aber wie gesagt, nicht als Beichtvater, sondern als Zuhörer und Ratgeber, wenn ihr das möchtet.«

»Sie werden anschließend schweigen können?«, fragte sie vorsichtig.

»Natürlich, Christiane, es gelten dieselben Verschwiegenheitsregeln wie in der Beichte. Nur Sünden kann ich im Namen des Herrn nicht vergeben ... Wartet einen Moment, ich suche einen geeigneten Platz.«

Er erhob sich und ging zu einem Kirchendiener.

»Komm', Johannes, das ist alles zu viel für dich, wir gehen ins Hotel und ruhen uns aus.«

»Das wird nicht möglich sein«, sagte Hunter. »Von hier aus geht es direkt zur Polizei.«

Christiane schaute hektisch durch die Kathedrale. Sie überlegte, mit ihrem Bruder aufzustehen und zu gehen. Der Polizist würde es nicht wagen, hier im Gotteshaus einen Aufstand zu machen. Sie zog am Arm ihres Bruders.

»Du wirst jetzt meine Entscheidung respektieren, Schwester!«, fuhr er sie an.

Pater Domingo kam zur Gruppe zurück und forderte das Geschwisterpaar auf, mit ihm zu einer kleinen Seitenkapelle unmittelbar neben der Bank zu gehen.

Christiane gab ihren Widerstand auf.

»Haltet euch ruhig«, sagte der Pater zu den Zurückgebliebenen. »Wir werden Servatius treffen.«

Rex sah ihnen fassungslos nach, ließ sie nicht aus den Augen.

»Warum so nervös, Tom? Hast du damit ein Problem?«, fragte Hunter.

»Das macht verdammt noch mal alles keinen Sinn!«, antwortete der. »Ich will keine Absolution, sondern das Video und dann weg.«

»Das Video möchte ich allerdings auch haben, damit auch wir beide uns anschließend etwas unterhalten können.«

»Ist mir klar, Hauptkommissar Joe Jaeger, aber Sie werden nichts finden, was Sie gegen mich verwenden können. Alles alte Kamellen, es geht mir nur um meinen guten Ruf als Survival-Trainer. Ich bin schon lange nicht mehr im Geschäft.«

»Ach ja?«, meinte Hunter. »Aber woher hast du dann meinen Vornamen? *Joe* habe ich eben gar nicht gesagt.«

Tom fing sich schnell. »Den habe ich heute Morgen im Internet recherchiert, da steht sogar drin, dass Sie *Hunter* genannt werden.«

»Zweiter Fehler, Tom, du kennst meinen Namen erst seit fünf Minuten, außerdem steht der nicht im Clear Web, auch nicht im Deep Web, nur im Darknet. Ich frage mich wirklich, woher du deine Kenntnisse hast.«

Er sah ihn über seine Nickelbrille forschend an. »Warum habe ich plötzlich den furchtbaren Verdacht, dass du mit Zeus zusammenarbeitest?«

Tom fuhr zusammen. Seine Gedanken rasten. »Wie kommt der jetzt auf Zeus? … Hat Jaeger etwas mit dem plötzlichen Verschwinden von Gottfried und Piotr zu tun …?«

Er tat unbeteiligt, sah zur Kapelle und meinte scheinbar nebenbei:

»Ich kenne keinen Zeus. Ich bin vollkommen uninteressant. Aber den da in der Kapelle, den sollten Sie nicht aus den Augen verlieren.«

Hunter wandte sich von Tom ab, denn sein Handy vibrierte. Nachricht von Heike: *Jakob lebt …*

»Lass' mich mal vorbei, Tom Rex«, sagte Hunter und nahm lächelnd zur Kenntnis, wie der bei der Nennung des Nachnamens erneut zusammenfuhr.

Hunter las in Ruhe das Dossier. Er hatte in seinem Leben schon viel erlebt, aber dieser Text vom BKA machte ihn fassungslos. »Wie konnte ich mich nur so täuschen?«

An der leeren Seitenkapelle legte der Kirchendiener die beiden Eisengitter zusammen. Auf dem Schild stand: *Por favor no molestar – Do not disturb – Bitte nicht stören.*
»Ich bin bereit«, sagte Pater Domingo zu dem vor ihm sitzenden Geschwisterpaar.
»Ich habe nichts zu sagen und mein Bruder auch nicht«, meinte Christiane. »Das ist alles nur den Strapazen der Wanderung geschuldet.«
Hartmann sah seine Schwester fragend an, als kenne er schon die Antwort:
»Was hat es mit den drei Todesfällen im Internat auf sich, Christiane?«
»Bist du bei Sinnen? Das fragst du mich? Du weißt es doch selbst, Johannes!«
»Nein Schwesterherz, ich habe keine Ahnung, hat das etwas mit Elias und Jakob zu tun?«
Pater Domingo sah gespannt auf Christiane Hartmann.
»Das müssen wir hier doch nicht besprechen, Johannes«, versuchte sie ihren Bruder zu beschwichtigen.
Johannes schüttelte mit dem Kopf, rang nach Luft: »Doch, Christiane, ich muss das endlich wissen. Es bohrt schon zu lange.«
»Da gibt es nichts zu wissen, ich kann dir nicht helfen, Johannes, vergiss diese Hirngespinste, denke daran, was der Arzt gesagt hat, du hast nur noch wenige Wochen.«
Johannes ergriff ihre Hand.
»Die Polizei wird auch dich nach meinem Tod befragen, Christiane. Lass mich nicht unwissend gehen, ich flehe dich an.«
»Ich weiß nichts von Unregelmäßigkeiten, Johannes.«
Johannes rüttelte am Arm seiner Schwester.

»Siehst du nicht die Not deines Bruders?«, sagte Pater Domingo. »Wenn du etwas weißt, dann erleichtere dich jetzt. Es bleibt in dieser Kapelle.«

»Pater Domingo hat recht, Christiane. Dann sag mir wenigstens, was mit dem Hausmeister Sergey Ruskow geschehen ist, Christiane, bitte.«

Sie schüttelte den Arm ab und erwiderte nun laut und genervt:

»Er starb nach kurzer Krankheit an Herzversagen, das weißt du doch, Johannes! Ich will das jetzt hier für uns beide beenden – danke, Pater Domingo, wir gehen!«

Sie erhob sich.

»Das Herzversagen war nicht die Todesursache, sondern eine Vergiftung mit Rizin, Christiane Hartmann!«, sagte eine schneidende Stimme von hinten.

Christiane drehte sich um und sah Gerd im Eingang stehen. Ihr Puls raste.

Domingo sah auf das Geschwisterpaar herunter und sagte: »Sprich, Pilgerin Christiane, du wolltest zusammen mit deinem Bruder die Wahrheit offenbaren, hier hast du die Gelegenheit.«

Christiane versuchte, sich wieder in den Griff zu bekommen.

»Sie haben uns Diskretion versprochen, ich werde aber nicht vor Publikum reden.«

Domingo ging zu Gerd. »Ich weiß, Gerd, dass du jetzt eine Festnahme machen möchtest. Aber das geht hier nicht. Respektiere bitte diese Situation und lass' uns allein.«

»Ich habe es nicht eilig, Pater Domingo, ich erwarte das Pärchen draußen.«

Domingo wusste Hunters prüfenden Blick nicht zu deuten und ging zu den beiden zurück.

Das Orgelspiel war beendet. Aus der Kathedrale drangen Gemurmel und die leisen Schritte von Besuchern in die kleine

Kapelle hinein, in der Christus am Kreuz mit einer Dornenkrone auf die drei herabsah.

Christiane hatte ihren Kopf in den Händen vergraben. Nach
einer Weile richtete sie sich auf und sah ihren Bruder mit-
leidig an.

»Also gut. Du warst derjenige, der immer das Sagen hatte.
Aber als du schwach und krank wurdest, habe ich übernommen. Du solltest mir dankbar sein, ohne meine Einnahmen
wäre das Internat längst am Boden.«

»Ich habe mich immer gewundert, woher die Einnahmen
kamen.«

Er legte den Arm liebevoll auf sie.

»Du hast *ROSE* weitergeführt, richtig?«, sagte er leise.

Sie wandte sich ihm wie in Zeitlupe zu. Er erschrak über das
jetzt eiskalte, verächtliche Gesicht seiner Schwester.

»Jakob und Elias wollten zur Polizei gehen, ich musste handeln, du Schwachkopf! Sergey besaß ein langes Video, das
dich für den Rest deiner Jahre ins Gefängnis gebracht hätte.
Ich musste verhindern, dass auch er zur Polizei geht.«

Johannes raffte sich stöhnend hoch, schüttelte sie.

»Nein! Nein! Nein! Christiane! Du irrst dich, du hast dich nicht
versündigt! Nimm diese Schuld nicht auf dich!«

Er hielt sie weinend in den Armen. Sie stieß ihn zur Seite,
wandte sich ab.

»Du hast immer dein und mein Leben gelebt, Johannes, ich
kam nie vor. Ich war in den letzten Jahren zum ersten Mal
wichtig.«

Pater Domingo hatte wie versteinert Christianes Offenbarung
gehört. Ein entschlossenes Lächeln durchzog sein Gesicht.
Er legte langsam seine Kutte ab. Johannes registrierte das
nicht mehr, aber Christiane sah, wie Domingo das Hemd am
rechten Arm zurückzog und ihn drehte. Sie ahnte Fürchter-
liches, stieß ihren Bruder an.

Die Geschwister sahen die eintätowierte Rose von *Maria Hilf*, das Zeichen der Täter und ihrer missbrauchten Kinder.

»Du auch, Domingo! Ich wusste die ganze Zeit, dass ich dich kenne!«, rief Christiane schrill in die Kapelle.

»Da drinnen wird es wieder spannend«, dachte Hunter, drückte Tom zur Seite und eilte zur Kapelle. Tom und Hanna hielt es ebenfalls nicht mehr in der Bank, sie folgten ihm. Auch Jens schlich sich heran. Die vier sahen den von der Kutte befreiten Pater mit einem entblößten Arm, den beiden Hartmanns ein Foto entgegenstrecken. Nur Hunter wusste seit wenigen Minuten, was hier gerade offenbart wurde.

Die Hartmanns erblickten das Bild eines Jungen, der von Johannes Hartmann missbraucht wurde. Johannes schrie auf, streckte die Hände zu ihm, als wollte er ihn erfreut umarmen. Pater Domingo wich zurück. Sein Blick war voller Abscheu und Trauer.

»Du, Domingo, du bist Jakob! Mein Gott, du lebst ...«

Christiane sah hysterisch um sich.

Plötzlich zog sie ein Kruzifix aus der Jacke und stürzte auf Domingo zu, der ihr abwehrend die Hände entgegenstreckte.

»Was soll das?«, fragte sich Hunter. Dann sah er das aus dem Kruzifix herausgeschnellte blitzende Metall. Sofort hatte er ein Déjà-vu, von dem Priester in Frankreich, dem in einem Missbrauchsfall ein Kruzifix mit integriertem Messer in die Kehle gerammt worden war.

Er stürzte in drei Sätzen auf Pater Domingo zu und riss ihn zu Boden. Das Messer verfehlte Domingo und streifte Hunters Oberarm. Domingo wälzte sich zur Seite. Christiane erhob mit hassverzerrtem Gesicht das Kruzifix für einen neuen tödlichen Angriff gegen Pater Domingo. Jens und Hanna rannten hinzu. Hanna stolperte über Christianes Bein, fiel direkt auf sie und hatte augenblicklich das messerscharfe Kruzifix an der Kehle.

Ihr Bruder schrie entsetzt: »Nein, Christiane, Herrgott nein, ich flehe dich an, tu Maria nichts, es ist vorbei, Christiane!« Pater Domingo stand wieder, der verletzte Hunter ebenfalls, die Waffe auf die am Boden liegende Christiane gerichtet, die Hanna mit dem Messer am Hals als Geisel hielt.

»Nicht schon wieder«, dachte er. »Nicht schon wieder ...«

Er war wie Jens bereit zu schießen.

Schaulustige schrien entsetzt angesichts des Dramas in der Kapelle. Johannes schrie auf seine Schwester ein, während Pater Domingo es mit ruhigen Worten versuchte.

Hunters Puls raste. Was tun? Er überlegte, ob er Christiane mit wenigen Schlüsselsätzen ansprechen sollte. Aber das hier war keine Verhandlungssituation, die Frau schien vollkommen irre. Hanna lag bewegungslos in ihrer Umklammerung. Christianes Hand mit dem tödlichen Kruzifix am Hals ihrer Geisel zitterte. Hunters Finger war am Abzug, bereit für den finalen Schuss, doch die Gefahr, Hanna zu treffen, war zu groß.

Er nickte Jens zu, der bewegte sich langsam hinter Christiane, Schussposition! Endlich Vorteil.

Christiane sah über ihre Geisel hinweg in das Gesicht ihres wimmernden Bruders. Hunter signalisierte zu Jens: »Noch nicht schießen!«

Er verfolgte Christianes Blick zur Wand, sie starrte direkt auf das Gnadenbild *Mariahilf* von Lucas Cranach.

Pater Domingo sagte mit fester Stimme: »Christiane, lass' Maria frei! Du kannst mich haben. Ich fürchte den Tod nicht. Nimm mich.«

Christiane reagierte nicht. Ihre grünen Augen fixierten das Gnadenbild.

»Versündige dich nicht noch einmal, lass' die unschuldige Maria frei. Ich weiß, in welcher Not du gelebt hast, ich weiß, was man dir angetan hat. Der Herr wird dir alle deine Sünden vergeben. Doch du musst jetzt Maria frei lassen. Ich bitte dich, lass' Maria frei und auch du wirst frei sein.«

Christianes Blick ging von ihm zu Maria, dann wieder zum Gnadenbild.

Plötzlich ließ sie ihre Geisel los, ein langer, erbarmungsvoller Schrei:

»Maria Hilf!«

Dann rammte sie sich das Kruzifix ins Herz.

Hunter und Jens rissen Hanna in Sicherheit, Domingo beugte sich zu der mit dem Tod ringenden Christiane.

»Jakob, vergib mir, bitte vergib mir meine Sünden ...«

Johannes kniete sich weinend zu ihr, fasste ihren Kopf, streichelte das sich allmählich entspannende, weiche Gesicht, das er so sehr liebte.

Ihr Kopf sackte weg.

» C H R I S T I A N E ... ! «

Johannes' markerschütternder Schrei ging in einem Schuss unter. Hunter und Jens drehten sich blitzartig um.

Tom Rex stand hinter ihnen, zielte einen weiteren Schuss auf den Internatsleiter, der sich noch einmal aufbäumte und röchelnd auf seiner toten Schwester zusammensackte.

Die Menschen duckten sich, als der Täter mit einem Riesensatz zurück durch die dichten Reihen sprang. Ein Schlag traf ihn, er stürzte. Drei Männer hielten ihn fest, jemand beugte sich über ihn, hielt ihm eine Waffe an die Stirn. Ein anderer trat gleichzeitig fest auf seinen Arm und griff sich seine Waffe.

Tom stöhnte auf von dem brutalen Schmerz.

»Polizei, Sie sind verhaftet.«

Er erkannte ihn sofort als den Mann mit der roten Mütze auf dem Jakobsweg.

»Und wenn schon ... Ich habe den Eisheiligen fertiggemacht ... bei nächster Gelegenheit bin ich sowieso weg ...«, dachte er und ergab sich.

Die spanische Polizei drängte die Schaulustigen ab. Einige, die noch Fotos machten, mussten mit Druck entfernt werden. Durch die Lautsprecher erging der Ruf, dass man die Kathedrale sofort und ruhig verlassen möge. Allmählich erstarben die Geräusche. Stille.
Hunter hielt Hanna im Arm und streichelte sie beruhigend.
»Ich bin okay, mach' dir keine Gedanken, aber jetzt reicht es wirklich, Herr Kriminalhauptkommissar.«
Mehr als die überstandene Gefahr übermannte sie der Anblick, wie Pater Domingo unter dem Gnadenbild Christiane und Johannes Hartmann segnete.
»Der missbrauchte Jakob segnet seine Täter«, dachte sie. Doch sein Segen ging in Tränen über. Er war am Ende, der Stress der Pilgerwanderung brach durch. Hanna löste sich von Hunter, ging auf ihn zu und umarmte ihn. Er schluchzte, er war Jakob, er war Rainer Maria, er wusste nicht mehr, wer er war.
Aus seiner Hand fiel das Bild des geschändeten Kindes auf den Steinboden. Hunter nahm es auf. Er blickte zu dem mit der Dornenkrone. Alles machte plötzlich Sinn. Zum ersten Mal in seinem Leben bekreuzigte er sich.
Rettungssanitäter eilten in die Kapelle. Der Notarzt stellte den Tod der Geschwister fest und versorgte Hunters Streifwunde am Arm. Männer legten die beiden Toten in einen Leichensack und trugen sie hinaus. Hunter, Hanna, Jens und der Europol-Beamte, der sich bei Hunter kurz als *Ted van Leeuven* vorstellte, standen um Pater Domingo herum.
Sie waren allein in der Kapelle. Es war vorbei.
»Warum dieser Jakobsweg?«, fragte Hunter ihn. »Vergeltung, Rache? War es das wert ... Servatius?«
Rainer Maria Domingo sagte leise: »Das ist eine lange Geschichte, Kriminalhauptkommissar Jaeger.«

Hanna, Hunter, Jens und Ted sahen über die Plaza Mayor.

»Lasst uns zurück zu deinem Hund gehen«, meinte Pater Domingo.

Ted hatte sich wieder seine rote Mütze übergezogen. »Auf deine Erklärungen bin ich mehr als gespannt«, sprach Hunter ihn an. »Zwischendurch warst du für mich die Zielperson Servatius, lieber Kollege.«

»Ich kann mich nur entschuldigen, Joe, dass ich mich nicht zu erkennen gegeben habe, aber mein Einsatz war absolut Undercover. Bei unseren Begegnungen bin ich schon ziemlich weit gegangen.«

»Hinter wem war EUROPOL her?«, fragte Jens.

»Zunächst hinter Peeters und Schmitts. Nachdem die tot waren, konzentrierten wir uns auf Stein und Rex, die bauen gerade in den Niederlanden ein Netz auf – *Libertas Benelux.*«

»Aha, also war Tom Rex doch mit im Spiel. Das ist mir in der Kathedrale an seiner Reaktion klargeworden. Diese Gefahr dürfte erst einmal gebannt sein«, erwiderte Hunter und klärte ihn über den letzten Sachstand auf.

»Was passiert mit Rex, Hunter?«, fragte Hanna.

»Der wird sich wegen Mordes hier vor einem spanischen Gericht verantworten müssen. Auch wir warten auf ihn, ich sehe nicht, dass er jemals sein Zelt noch einmal aufbauen wird ...«

»... Oder seine Einmannpackungen der Bundeswehr genießen kann«, ergänzte Jens.

»... Trotz des Haltbarkeitsdatums von 20 Jahren«, meinte Hunter.

Ted hatte sich an der *Plaza Mayor* von ihnen verabschiedet. Domingo, Hanna, Hunter und Jens saßen zwischen Einheimischen in einer Bodega. Der hundefreundliche Wirt übergab Camino, der nicht mehr von Hunter wich. Hanna genoss die entspannte Atmosphäre, streckte beide Arme aus.

»Ich kann euch gar nicht sagen, wie gut es mir geht! Kein widerlicher Piotr, kein Bittermandelgeruch, kein sexistischer Rex, keine durchgedrehte Christiane, einfach nur schön.«
Sie blickte Pater Domingo fragend an. »Nun möchte ich aber doch gern wissen, warum Sie nicht mehr Jakob, sondern Rainer Maria heißen.«
Pater Domingo nickte ihr zu. »Es ist wohl Zeit, dass ich euch meine Geschichte erzähle. Doch wenn ihr einverstanden seid, sagt bitte auch Du zu mir.«
Die drei beugten sich gespannt zu ihm hinüber.
»Nach dem jahrelangen Missbrauch wollte ich Schluss machen. Ich war keine vierzehn Jahre alt. An dem Samstag als Pjotr mich wieder vergewaltigte, war es soweit, ich wollte springen.«
»Wir dachten, du hättest es getan, die Talsperre wurde abgesucht, danach die Umgebung, aber du bliebst verschwunden«, sagte Hunter.
»Der Hausmeister Sergey Michailow rettete mich von der Mauer und versteckte mich in seinem Zimmer. Ich hatte entsetzliche Angst, dass die Pater von *Maria Hilf* mich finden würden, aber Sergey gelang es, meinen Vater in Santo Domingo zu informieren.«
»Und deine Mutter?«, fragte Hanna.
»Meine deutsche Mutter lebte getrennt von meinem spanischen Vater. Sie schickte mich mit neun Jahren nach *Maria Hilf* und bezahlte die hohen Internatskosten von ihrem kleinen Erbe. Nach einem Jahr verstarb sie, danach übernahm die Kirche alle Aufwendungen. Mein Vater war dem Internat nicht bekannt.«
»Aber wie konntest du unerkannt in Spanien leben?«, fragte Hanna.
»Es gelang Vater, mir mit dem Namen Rainer Maria und seinem Nachnamen Domingo eine neue Identität zu geben. Ich ging hier in Burgos zur Schule und kehrte mit achtzehn

Jahren nach Deutschland zurück. In Köln studierte ich Theologie, Religionspädagogik und Psychologie und begann parallel meine Ausbildung zum Diakon, später eine weitere zum systemischen Berater.«

»Hast du denn nie daran gedacht, den Internatsleiter Hartmann anzuzeigen?«, fragte Jens.

Rainer Maria Domingo trank einen Schluck Rotwein, seine Hand zitterte leicht.

»In den Jahren danach ging es mir sehr schlecht. Ich habe mich geschämt und kam mir wertlos vor. Schon in der spanischen Schule habe ich mich isoliert. Diese Zeit war schlimmer als die Jahre des Missbrauchs, so absurd das klingen mag. Ich gab mir die Schuld, nicht den Tätern. Sie hatten ja ihre Gründe, warum sie das machen mussten. Mein Vater hat zwei weitere Suizidversuche verhindert, die schnell im Dorf bekannt wurden. Aber man schwieg, und Vater wollte nicht, dass der Missbrauch an seinem Sohn öffentlich wurde. Nach seinem Tod und während meines Psychologiestudiums in Köln war ich soweit, das Internat *Maria Hilf* anzuzeigen.«

Er machte eine Pause, sah in die sich mit Einheimischen füllenden Bodega. »Aber juristisch war nichts mehr zu machen, ich war etwas zu spät.«

»Leider«, sagte Hunter. »Damals hatte ein Täter zehn Jahre nach der Tat nichts mehr zu befürchten.«

»Ich hätte es vielleicht doch noch tun sollen, aber ich ging davon aus, dass das Internat nach meinem Verschwinden den Missbrauch an den Internatskindern eingestellt hatte. Im Grunde war ich sogar froh, denn ich fragte mich, ob die anderen Schüler überhaupt gewollt hätten, dass das Verbrechen wieder aufgerollt wird.«

»Wie gelang es dir, an das Videomaterial und die Adressen der Täter zu kommen?«, fragte Hanna.

»Ich erhielt vor wenigen Monaten von Sergey das Videomaterial mit seinen schriftlichen Aufzeichnungen in seinem

Nachlass. Er hatte nicht nur die Adressen der Täter ausfindig gemacht, sondern auch meine neue Identität. Er schrieb mir, dass damals ein Joe Jaeger vom BKA ermittelt und die Journalistin Hanna Dohn berichtet habe. Jetzt stand ich vor einer völlig neuen Situation, es gab unverhofft Beweise. Ich wusste nun, dass ich die Vergangenheit nicht mehr ruhen lassen konnte, trotz der Verjährung. Ich wollte wenigstens wissen, was das für Menschen sind, wollte verstehen, was sie in der Zwischenzeit getrieben hatten. So wuchs die Idee, euch mit den Tätern auf dem Jakobsweg zusammenzubringen.«

Er machte eine Pause.

»Diese Menschen habe ich nun kennengelernt. Bis auf Herbert von Bellheim konnte ich keine Veränderung, schon gar keine Reue erkennen, im Gegenteil.«

Er stockte erneut.

»Aber nichts rechtfertigt den Tod eines Menschen. Durch meine egoistische Idee mussten fünf Menschen sterben.«

»... Und drei werden eingelocht und nie wieder Unheil anrichten«, sagte Jens und ergänzte: »Deine beste Idee war in der Tat, Hunter und Hanna einzuladen, sonst hätte es keine Festnahmen gegeben.«

Domingo nickte zustimmend. »Ja, Jens, aber es hätte schiefgehen können, insbesondere, nachdem ich von Hunter hörte, was man ihm und seiner Enkeltochter angetan hatte.«

Er wandte sich Hanna zu: »Und in welch prekärer Situation du warst. Ich habe diese Dinge gespürt und zu Gott gebetet, dass euch beiden nichts passieren möge. Danke, Jens, dass du so hilfreich warst. Danke an euch drei, euch hat der Himmel geschickt.«

»Genau genommen das BKA«, meinte Hunter und erzählte ihm von der nächtlichen Festnahme von Piotr und Gottfried, ohne jedoch den Einsatz der GSG 9 zu erwähnen.

Rainer Maria Domingo sollte in dem Glauben bleiben, dass alle festgenommenen Verbrecher in den Händen der spanischen Polizei seien.

»Warum hast du dich Servatius genannt und nicht Pankratius oder Bonifatius wie die anderen Eisheiligen?«, fragte Hanna.

»Es fragt die Investigativ-Journalistin«, lachte Jens.

»Servatius heißt in der ursprünglichen Form *der Gerettete*, ich hoffte, dass ich am Ende der Wallfahrt ein Geretteter sein würde. Als Gegenleistung wollte ich wirklich die Beweisstücke jedem meiner Peiniger übergeben und ihnen vergeben. Aber es kam ja alles anders.«

»Hast du auch für Hanna und mich eine Kopie vorgesehen?«

»Ja, natürlich, Hunter.«

Domingo griff in seinen Rucksack, übergab ihnen zwei USB-Sticks und sagte: »Das ist alles, was mir Sergey überlassen hat.«

»Sind seine schriftlichen Aufzeichnungen auch dabei?«

»Auf euren Datenträgern, ja. Es wäre mir recht, wenn du, Hunter, auch die anderen Datenträger übernimmst – oder soll ich sie vernichten?«

»Nun, dein Versprechen lautete, dass jeder der Burgos erreicht, das Material erhält. Louis, Paul, Herbert, Christiane und Johannes Hartmann sind tot. Gottfried und Piotr sind nicht in Burgos angekommen. Ich sehe nur Tom Rex. Über dessen USB-Stick musst du dir keinen Kopf machen. Der würde ohnehin vereinnahmt werden. Du kannst mir gern das ganze Material geben.«

»Also gut, hier ist es. Ich habe eine große Bitte. Das BKA möge prüfen, ob es Szenen aus diesem Video im Netz gibt, das wäre mir sehr, sehr wichtig.«

»Verstanden und versprochen … Jakob«, sagte Hunter.

»Und wenn ihr fündig werdet, soll man es löschen.«

»Wir können es versuchen«, antwortete Jens. »Aber es ist leider davon auszugehen, dass derartige Szenen weiter vertrieben werden, das Internet vergisst nie.«
Jakob blieb still. Er fühlte, dass er dadurch immer Opfer blieb.
»Dann hoffe ich wenigstens, dass man mich nicht wiedererkennt«, sagte er leise.

Niemand fragte, ob sich Rainer Maria Domingo nun am Ende seines Projektes gerettet fühlte. Er hatte etwas in Gang gesetzt, was außer Kontrolle geraten war, jedenfalls schien er sehr bedrückt.
»Hast du noch einmal Kontakt zu Elias und den anderen Opfern gehabt?«
»Nein, Hanna, ich wollte auch mit dem Thema nichts mehr zu tun haben.«

Hunter hatte Jakob während dessen Bekenntnis beobachtet und verglich die Aussagen mit dem Bericht aus dem BKA. Die beiden Versionen waren in einem wesentlichen Punkt nicht deckungsgleich. Er entschloss sich zu schweigen, denn er hatte einen Plan.
»Was haltet ihr davon, wenn wir morgen nicht abreisen, sondern nach Santiago de Compostela fahren, um die Pilgerreise ordentlich zu Ende zu bringen?«

* * *

Hunter saß mit Jens und Hanna in der Lounge des Hotels, als Heike anrief.
»Guten Abend, mein lieber Herr Kriminalhauptkommissar, meinen allerinnigsten Glückwunsch.«
»Guten Abend, Heike.«
»Ihr drei Pilger habt ja nichts ausgelassen ...«
»Wieso? Normale Ermittlung in Zivil.«

Heike lachte schallend. »Das kommt auf die Betrachtungs-
weise an. DPA meldet gerade: *Tödliches Attentat in der Kathedrale von Burgos. Deutscher erschießt deutschen Kindes-
missbrauchstäter.*«

»Das ist nur die halbe Wahrheit, aber für draußen reicht es.«

»Aktiviere bitte den Videomodus, Hunter, ich stelle dich zum
Chef durch.«

Hunter sah – nichts Gutes ahnend – zu Jens hinüber.

»Warte noch, Heike, ist Marta okay?«

»Marta ist hier inzwischen Teammitglied, sie ist ein wunderbares Mädchen.«

»Kann sie noch zwei Tage auf Opa verzichten?«, fragte Hunter.

»Da darfst du dir sicher sein.«

»Danke, Heike, dann hole ich mir jetzt das Wort zum Sonntag
vom Chef ab.«

Das Videobild mit BKA-Chef Heiner Mönch erschien.

»Guten Abend, Hunter!«

»N'abend, Chef.«

»Seid ihr denn total verrückt geworden, in der Kathedrale so
ein Schauspiel abzuziehen? Das wird böse Folgen haben!«

Hunter war nicht wirklich überrascht. So etwas musste ja
kommen.

»Das kann ich mir nicht vorstellen, Herr Mönch. Das BKA
hatte die Finger überhaupt nicht im Spiel. Geschossen in
der Kathedrale hat Europol in Anwesenheit der spanischen
Polizei. Jens, Hanna und ich waren lediglich drei demütige
Pilger. Die ADAC-Legende hat perfekt funktioniert, eine GSG 9
in Spanien gab es nicht. Keine Verletzten oder gar Ausfälle
auf unserer Seite. Also, wo ist das Problem?«

Der BKA-Chef lachte plötzlich schallend.

»Und nicht nur deswegen, mein lieber Hunter, spreche ich
Ihnen, Jens und der großartigen Frau Dohn im Namen der
Abteilungsleiterrunde unsere höchste Bewunderung und
Anerkennung aus. Sie haben sich um die Innere Sicherheit

unseres Landes verdient gemacht. Ihr drei habt vermutlich viele Straftaten ans Licht gebracht und vor allem unzählige Kinder gerettet!«

Das Kamerabild schwenkte durch die Abteilungsleiterrunde und zeigte deren *Standing Ovations*. Hunter wurde das peinlich. Er drehte das Bild seinerseits so, dass Hanna zu sehen war und sagte: »Der Aufklärungserfolg ist hauptsächlich Frau Dohn geschuldet. Sie hat unter Zurückstellung aller Ängste ihr Leben riskiert, um die Zielperson zur Strecke zu bringen.« Hanna hörte den Applaus und Bravo-Rufe aus der Runde und bekam gerötete Wangen.

»Sie hören, liebe Frau Dohn, wie wir hier denken. Jetzt machen wir uns natürlich Sorgen, was Sie schreiben werden.«

»Nichts als die Wahrheit«, sprach Hanna lachend in die Kamera. »Vielleicht nicht die ganze Wahrheit.«

»Dürfen wir den Abdruck vorher sehen?« Im Grunde kannte er schon die Antwort.

»Nein, das machen wir grundsätzlich nicht, gern aber eventuelle Zitate. Sie müssen sich über meine Story keine Sorgen machen, lieber Herr Mönch. Der Artikel ist noch ganz weit weg von mir. Ich werde darüber nachdenken, wenn wir dieses Pilgerabenteuer hinter uns gebracht haben.«

Hunter schaltete sich ein. »Hat Zeus inzwischen gesungen?«

»Noch nicht, aber wir sind auf gutem Weg. Vor Ihnen scheint er sich allerdings besonders zu fürchten.«

»Warum vor mir? Ich bin nur ein kleiner Beamter.«

»... der er es aber in sich hat. Stein sprach davon, dass er von Ihnen und Jens in Handschellen mit einem Kampfhund nachts krank über den Jakobsweg gejagt worden sei – bis zur körperlichen Erschöpfung.«

»Unmöglich. So etwas würden wir nie machen.«

»Niemals«, sagte Jens. »In der Nacht der Festnahme haben wir mit Hanna Dohn in den spanischen Sternenhimmel geschaut und Sternschnuppen bewundert.«

»Genauso war es«, ergänzte Hanna.

Die Runde in Wiesbaden lachte schallend.

»Ich habe gehört, Hunter, Sie haben noch in Santiago de Compostela zu tun?«

»In der Tat, Herr Mönch. Danke, dass Sie die Logistik dafür so unkompliziert unterstützt haben.«

»Dann wünschen wir Ihnen drei noch einen guten Abschluss. Ich bin gespannt auf Ihren detaillierten Bericht. *Buen Camino!*«

SANTIAGO DE COMPOSTELA

– Sühne –

Auf der *Plaza del Obradoiro* strömten die Pilger aus aller Welt ein. Menschen fielen sich in die Arme. Einige brachen erschöpft zusammen, zwei Rettungswagen standen bereit. Domingo, Hanna, Jens und Hunter hockten wie so viele auf dem Boden und ließen die Emotionen auf sich wirken. Hunter hielt den aufgeregten Camino an der kurzen Leine, denn es trafen andere Pilger mit Hunden ein, die Camino begrüßen wollten. Hanna hatte von dem Spektakel der eintreffenden Pilger gehört. Wenige benötigten vier Wochen, die meisten sechs Wochen und mehr für die etwa achthundert Kilometer. Einige liefen jedes Jahr in Teilstücken, auf jeden Fall aber die letzten einhundert Kilometer, denn dann gab es im Pilgerbüro von Santiago die begehrte Compostela.

Hunter war überwältigt. Die Entscheidung stand fest, er würde hier noch einmal einlaufen und zwar mit seiner Enkeltochter Marta.

»Ich würde euch gern die Kathedrale von innen zeigen«, bot Jakob an. »Aber dein Hund kann leider nicht mit hinein.«

»Kein Problem«, sprang Jens ein. »Kirchen interessieren mich nicht, ich übernehme Camino.«

Sie betraten die überfüllte Kathedrale, in der die Pilger nun nach dem Hochamt darauf warteten, dass der berühmte Botafumeiro, ein 1,60 Meter großes Weihrauchfass, durch das Hauptschiff geschwenkt wurde, für viele der Hauptgrund des Besuches. Domingo dirigierte die beiden Besucher geschickt an den Massen vorbei zu einer Treppe, die hinunter zum Grab des Apostels Jakobus führte, vor dem sich die Menschen drängelten.

»Der Gang ist mir zu eng«, meinte Hanna. Hunter zog sie durch den schmalen Tunnel auf die andere Seite, wo es allerdings ebenso voll war, denn hier strömten die Pilger durch das innere Tor der *Puerta Santa* ein, die nur im Heiligen Jahr geöffnet war. Die drei gelangten in eine der sieben Seitenkapellen und setzten sich abseits der Menschenmassen auf eine Bank. Vor ihnen ließ sich eine hochschwangere Frau von einem Priester segnen, Gläubige beteten vor den unzähligen, elektrisch betriebenen Kerzen. Auch Domingo betete.

Als er endete, sagte er:»Ist das nicht ein wundervoller Ort für den Abschluss einer Pilgerreise? Ich bin jedes Jahr hier und erlebe ihn doch immer wieder neu.«

»Du kommst sicherlich nicht mehr wegen der Compostela?«, fragte Hanna.

»Nein, ich brauche das Papier nicht, ich komme, um zu sühnen, etwas, was ich mir von den Missbrauchstätern der Gruppe ROSE so erhofft hatte.«

»Von dieser konkreten Sühne nimmst du dich aber offensichtlich aus, nicht wahr, Jakob?«

Domingo sah Hunter verwundert an.»Wie soll ich das verstehen?«

»Wir haben die eidesstattliche Aussage eines Mannes, der erklärt hat, er sei von dir, Rainer Maria Domingo, missbraucht worden.«

* * *

Gottfried Stein las das Dokument des Haftrichters durch. Die Verhandlung in Anwesenheit des Staatsanwaltes war kurz gewesen, auf einen Rechtsanwalt hatte er verzichtet. Der Haftrichter hatte ihm erklärt, dass sich Stein bis zum Prozess auf eine Untersuchungshaft von sechs bis zwölf Monaten einstellen könne. Doch dazu kam es nach dem kurzen Treffen zwischen Stein und Anastasia nicht mehr. Er entschied sich, die Seiten zu wechseln, der Deal war ohne eine vernünftige Alternative. „Zug um Zug", hatte er gefordert. Der Haftrichter setzte den Haftbefehl aus, Stein gab die Informationen zum Eintritt in das Darknet LIBERTAS frei.

Im Cybergrooming-Raum sprangen die Teams aus ihren Sesseln, während der BKA-Chef notgedrungen die vorbereitete Pressekonferenz verwarf, *Zeus* hatte abgeraten. Die Kindermissbrauchs-Szene sei seit seinem Verschwinden im permanenten Alarmstatus.

* * *

Hanna sah Hunter nach dessen Beschuldigung fassungslos an. Ihr Blick wandte sich vorsichtig Domingo zu, der mit geschlossenen Augen schwer atmete.

»Jakob soll ein Missbrauchstäter sein? ... Ich glaube es nicht ... Oder doch? Sollte er zu den vielen gehören, die als Täter wiederholten, was man ihnen als Opfer angetan hatte?«

»Ich warte, Rainer Maria Domingo", sagte Hunter kühl.

»Ihr habt es also herausgefunden ...«

»Ja, dank eines Zufalles. Wir können hinausgehen, aber auch hier zuhören, deine Entscheidung.«

Domingo erzählte stockend: »Ich war im Alter von achtzehn Jahren nach Deutschland zurückgekehrt ... fuhr zum Internat ... traute mich nicht hinein ... alles brach auf ... In Köln ging es mir monatelang schlecht ... Da war plötzlich der Drang, das zu tun, was man mit mir getan hatte ... Es war mir vertraut ... Es war das Einzige, was mir wirklich vertraut war.«

»Du gingst zum Bahnhof in Köln und hast dich mit einem Strichjungen getroffen?«

Domingo nickte.

»Du weißt, wie alt der Junge war?«

»Ja, er sagte, er sei 15.«

»Nein, Leo war 13 Jahre alt und du knapp 19. Du hast als erwachsene Person ein Kind missbraucht.« Domingo schlug die Hände vor dem Kopf zusammen.

Die Botafumeiro schwang von acht Leuten gezogen hin und zurück durch das Hauptschiff, begleitet von den Segnungen der Priester und dem Applaus der Pilger. Doch Hunter und Hanna in der Seitenkapelle nahmen das nur beiläufig wahr. Hannas Entsetzen wollte nicht enden. Sie wünschte sich, dass Hunter geschwiegen hätte. Wie konnte er diese alte Tat nach all dem, was sie gemeinsam erlebt hatten, hier thematisieren? Was war in ihn gefahren, wollte er Domingo zerstören? »Einmal Polizist, immer Polizist«, dachte sie und sah Hunter mit einem verächtlichen Blick an. Es schien ihn nicht zu berühren.

Pater Domingo hielt Hunter beide Hände hin.

»Ich nehme an, dass du mich festnimmst ... dann soll es so sein.«

Hanna, als wollte sie das verhindern, drückte Domingos Hände von Hunter weg und schaute den ungläubig an. Ihre Augen funkten ihn regelrecht an: »Das wirst du doch jetzt nicht wirklich wollen ...?« Sie fragte sich, warum sie diesem Mann so vertraut hatte.

Hunter ging auf Domingos Geste überhaupt nicht ein. Er sah über seine Nickelbrille zu Domingo hoch.

»Juristisch gesehen bist du genauso fein raus wie die Täter aus *Maria Hilf*, an denen du dich rächen wolltest. Deswegen hast auch du von mir als Polizeibeamtem nichts zu befürchten. Du bleibst ein freier Mann, deine Tat ist verjährt.«

»Und warum dann der ganze Zirkus hier?«, fuhr Hanna ihn an. »Ich erkenne dich nicht mehr wieder, Hunter! Bist du inzwischen paranoid geworden auf deiner Jagd nach Missbrauchstätern?«

Domingo legte beruhigend seine Hand auf Hannas Arm. Er hatte verstanden. *Juristisch ...*

»Warum kümmert sich das BKA dann trotzdem um meinen Fall?«, fragte er leise.

Hunter sagte mit veränderter, weicher Stimme: »Ich habe dich während der Pilgerwanderung erlebt, deine Höhen und Tiefen gespürt und dachte, dass auch du ein Recht auf einen wirklichen Abschluss hast. Ich bin kein Kirchenmann, schon gar nicht ein Richter, aber ich glaube, Rainer Maria, dass deine Sühne eine Chance haben soll.«

Er erhob sich.

»Ich kann übrigens Weihrauchgeruch nicht leiden, verlassen wir die Kathedrale, einverstanden?«

Domingo erschien Hanna so desorientiert, dass sie ihn an die Hand nahm und nach draußen führte. Sie war froh, dass er polizeilich nichts zu befürchten hatte. Hunter gab ihr ein Rätsel nach dem anderen auf. Was redete der von Sühne?

Sie blickten über den mit Menschen gefüllten Vorplatz und erkannten Jens und Camino weit hinten an der gegenüberliegenden Häuserfront. Sie bahnten sich durch die Gruppen der singenden und applaudierenden Menschen, durch das Sprachgewirr und die Musikgruppen den Weg zu Jens. Hanna fragte sich, was jetzt als Nächstes käme. Was hatte Hunter vor?

Sie erreichten Jens, der im Gespräch mit einem Mann war. Der Mann wandte sich ihnen zu und sagte: »Guten Tag, Pater Domingo, du wirst mich kaum wiedererkennen, ich bin Leo.«

Domingo wich wie vom Blitz getroffen zurück, sah Hunter sprachlos an, dann wieder zu Leo. Er war zu keiner weiteren Reaktion fähig.

Leo trat auf Domingo zu und nahm ihn beherzt in den Arm. »Jetzt beruhig' dich! Das BKA hat mir diese Reise spendiert. Warum, weiß ich ehrlich gesagt nicht, aber es wäre wichtig für dich.« Er sah über den Trubel auf dem Platz und meinte: »Außerdem gefällt es mir hier.«

Hanna wandte sich Hunter zu, zog ihn an sich, drückte ihn, ließ ihn nicht los. Sie weinte.

»Das wird er dir nie vergessen ... und ich dir auch nicht ... danke, Hunter, danke. Ich hätte beinah' an dir gezweifelt.«

Hunter nahm sie zur Seite. »Wenn der Polizist von Amts wegen nichts mehr machen kann, dann darf er trotzdem Mensch sein oder nicht, Hanna? Ich möchte nicht wissen, was dieser kleine, große Jakob alles durchgemacht hat. Er wird in einer kirchlichen Einrichtung missbraucht, kehrt zurück in die Kirche, missbraucht selbst, therapiert missbrauchte Opfer, kommt im Leben an, wird nach zwanzig Jahren mit seiner Vergangenheit konfrontiert und lädt die Täter von damals ein, mit ihm zu pilgern. Menschen sterben, er wird mit seinem eigenen Fehlverhalten konfrontiert, und nun schau' ihn dir an.«

»Ich denke, nein ... ich hoffe, es ist für ihn ein Augenblick der Befreiung«, sagte Jens mit Blick auf den am Boden sitzenden Domingo, der von Leo getröstet wurde.

Hunter berichtete, dass Leo kürzlich im Zuge eines kleineren Diebstahldeliktes vernommen worden sei und dadurch seine Vita bekannt wurde. Aus dem Strichjungen-Milieu habe er sich längst entfernt, sei aber immer wieder polizeilich auffällig geworden. Hunter habe im BKA dafür geworben, ihn einzufliegen. Das allein sei der Grund gewesen, noch nach Santiago de Compostela zu fahren.

»Diese gute Tat reicht nicht aus, um dir das Piotr-Projekt zu verzeihen«, sagte Hanna jetzt mit gespieltem Zorn.

»Nun mal langsam, Frau Dohn, dazu gehörten zwei. Es lief zwar vollkommen aus dem Ruder, aber trotzdem haben wir unser Ziel erreicht ... ich meine, ich habe mein Ziel erreicht. Aber du, bist du zufrieden mit deiner Recherche?«

»Ehrlich gesagt, ich bin völlig durcheinander. Einerseits bin ich froh, dass *Maria Hilf* eine späte Lösung erfahren hat, andererseits bin ich von der menschlichen Dimension dieser Story und auch von unserer Pilgerwanderung überwältigt. Ich will das erst sacken lassen. Wie geht es jetzt bei euch beiden weiter?«

»Ich muss zurück zu Marta und mir meinen neuen Mitarbeiter *Zeus* vornehmen. Heute Abend fliege ich zurück nach Frankfurt.«

Sie entfernten sich einige Meter von Domingo und Leo, die sich offensichtlich gut verstanden, legten sich auf den Boden und schauten mit dem Kopf auf dem Rucksack zur Kathedrale, über die weiße Wolkenfetzen hinwegzogen und deren Fassade im Abendlicht mit einem goldenen Schein überzogen war. »Es ist tatsächlich noch kitschiger als in den Reiseführern beschrieben«, sagte Hanna und fragte Jens: »Fliegst du heute auch nach Hause?«

»Ich habe mir ein paar Tage Urlaub genommen.«

»Hier, in Spanien?«

»Nicht ganz, ich werde die letzten einhundert Kilometer auf dem portugiesischen Jakobsweg nach Santiago wandern, ohne über Missbrauch oder Zugriff nachzudenken. Das Jakobsweg-Virus hat mich vollkommen erfasst.«

Hanna schloss die Augen. Ein bisschen beneidete sie Jens. So viel war geschehen. *Während du wanderst, wird der Weg dich verwandeln*, heißt es. War sie noch dieselbe wie vor zwei Wochen? Sie wusste es nicht. Nur, dass etwas in Bewegung geraten war.

Sie verließen den Kathedralplatz, saßen im Straßencafé zusammen und warteten auf Hunters Taxi. Es war Zeit, sich zu trennen, aber es fühlte sich unendlich schwer an.

»Bitte nimm das an«, sagte Domingo. Er reichte ihm seine Muschel, die Begleiterin auf all seinen Reisen. Hunter sah in ihr Inneres und las:

Für Joe Jaeger. Danke auf ewig.

Jakob.

Sie umarmten sich.

»Du bleibst noch, Hanna?«, fragte Hunter.

»Ja«, lachte sie ihn an. »Ich bin noch nicht fertig mit mir.«

Er nickte.

»Kannst du mir wirklich verzeihen, dass ich dich in diese schlimme Gefahr gebracht habe?«

»Gefahr?«, lächelte sie ihn an. »War da was? Ich erinnere mich nur an einen wunderbaren, fürsorglichen Menschen vom BKA aus Wiesbaden, der mir ans Herz gewachsen ist.«

Sie sahen sich lange an. Dann reckte er sich plötzlich hoch zu ihr, küsste sie auf die Wange, seine Brille verrutschte dabei. Sie küsste ihn ebenfalls und rückte seine Nickelbrille wieder zurecht.

Das Taxi erschien. Hunter und Jens gaben sich einen Faust-check.

»Danke, Jens, für alles.«

»Mit dir immer wieder. Hier hast du noch Proviant.«

Hunter öffnete die Plastiktüte. Er lachte.

»Wow! Den Carlos I trinken wir zusammen in Wiesbaden!«

Die Türen des Taxis fielen zu. Camino saß auf Hunters Schoß, als hätte er dort immer hingehört.

Sie winkten dem Taxi nach. Jens und Leo verabschiedeten sich und verschwanden in verschiedene Richtungen.

Rainer Maria Domingo ging mit Hanna noch einmal durch die *Puerta Santa*, auch *Pforte der Vergebung* genannt, in die Kathedrale zurück. Zum ersten Mal hatte er an diesem vertrauten Ort das Gefühl einer wirklichen spirituellen Reinigung. Doch in ihm bebte es nach, wie nach einem gewaltigen

Erdrutsch. Er fühlte, dass sein Jakobsweg hier noch nicht zu Ende war.

»Ich wage es kaum zu fragen, Hanna, würdest du mich zum *Kap Finisterre* begleiten?«

KAP FINISTERRE

– Versöhnung –

Die dreistündige Busfahrt von Santiago nach Fisterra war wie im Flug vergangen. Die letzten Kilometer von Fisterra zum *Kap Finisterre*, dem Sehnsuchtsort für viele Pilger, wanderten sie mit leichtem Gepäck.

»Fühlst du dich besser, nach der Begegnung mit Leo?«, fragte sie.

»Ja, Hanna, ich bin erleichtert, dass er so entspannt damit umgeht. Für ihn war ich eine flüchtige Begegnung. Ich habe mich über die Jahre gemartert. Du glaubst gar nicht, wie dankbar ich Hunter für diese Zusammenführung bin.«

Er zeigte nach vorne: »Dort liegt übrigens die letzte Kirche auf unserem gesamten Weg.«

»Sie ist natürlich der Heiligen Maria gewidmet?«, fragte Hanna.

»In der Tat«, erwiderte Jakob lachend. »Sie heißt *Santa Maria das Áreas*, ein kleiner romanischer, aber sehr intimer Bau.«

»Dann nichts wie hinein«, sagte sie.

Sie setzen sich in die erste Reihe der leeren Kirche. Schon nach kurzer Zeit meinte Domingo: »Es ist mir heute zu eng hier, lass uns nach draußen zum Friedhof gehen.«

Die salzige Seeluft hatte den Mauern des Friedhofs und vor allem den Grabsteinen im Laufe der Jahrhunderte zugesetzt. Jakob ließ seine Finger über das brüchige Mauerwerk gleiten und sog die frische Meeresluft ein. Sie setzten sich auf eine steinerne Bank.

»Es ist eigenartig, Hanna, da helfe ich therapeutisch missbrauchten Jugendlichen und fühle mich selbst trotz aller
Aufklärung immer noch gefangen, auch jetzt noch.«

Hanna ließ die Aussage unkommentiert. Als Psychologe
musste er wissen, dass die Bewältigung der Vergangenheit
allein von seiner Bereitschaft abhing, einen inneren Frieden
zu finden.

»Was ist es, Jakob, Selbsthass, Schuldgefühle ...?«

Er war erstaunt, dass sie ihn *Jakob* nannte. Er verabscheute
diesen Namen. *Jakob* war für ihn immer mit Leid verbunden
gewesen. Aber aus ihrem Mund klang das liebevoll.

»Natürlich, Hanna, da gibt es in mir immer wieder eine große
Verbitterung und Wut gegen mich selbst. Ich hasse mich
auch heute noch dafür, dass ich damals nicht *Nein* sagen
konnte, dass ich mich in die Opferrolle begeben und gefügt
habe. Wenn ich daran denke, dass ich dieses alle vier Wochen
stattfindende Ritual im *Raum der Ergebenheit* über vier Jahre
mitgespielt habe, wie sehr es mich geprägt hat und was es
mit meinem Selbstwertgefühl gemacht hat, dann ...«

»Was dann, Jakob?«

»Dann fühle ich mich, wie sich wohl Herbert von Bellheim
gefühlt haben muss.«

»Doch als psychologischer Coach weißt du auch, dass die
Brücke von *Puente la Reina* nicht die Lösung für den Selbsthass ist. Deine Brücke, Jakob, hat einen anderen Namen.«

Er nickte. »Ich weiß, Hanna, du meinst ... *Versöhnung*?«

»Ja, Jakob. Du musst nicht mehr mit deinem Gott wie Jakob
am Jabbok um dessen Segen ringen. Nach diesem Pilgerweg
bist du aufgefordert, mit der Vergangenheit abzuschließen
und dich auf die Zukunft zu konzentrieren. Gib dem großen
Jakob eine ehrliche Chance.«

Er lehnte sich zurück, die Arme hinter dem Nacken ver-
schränkt.

»Das habe ich fest vor, Hanna.«

»Nimm dafür den kleinen Jakob in die Arme, drück' ihn und sage ihm, dass er wertvoll ist, trotz allem, was ihm passiert ist, verachte ihn nicht mehr. Sag' ihm, dass du großer Rainer Maria den kleinen Jakob liebst. Ist eigentlich ganz einfach.« Domingo schwieg eine Weile.

»Weißt du, dass du gerade den Apostel Paulus interpretiert hast?«

»Nein, da kenne ich mich überhaupt nicht aus.«

»Der schrieb: *Gott war es, der in Christus die Welt mit sich versöhnt hat, indem er den Menschen ihre Verfehlungen nicht anrechnete und uns das Wort von der Versöhnung anvertraute.*«

»Wenn dir hier dein Glaube hilft, umso besser. Aber dann lass bitte auch Taten sprechen.«

Den restlichen Weg bis zum Kap Finisterre gingen sie schweigend.

Sie standen auf dem hohen Granitfelsen vor dem Leuchtturm und blickten auf das Meer. »Hier sind wir also am der Ende Welt«, sagte sie.

»Und ich am Anfang meiner Reise«, rief er, holte weit aus, und sein Pilgerstock flog im hohen Bogen ins Wasser.

Hanna beobachtete stumm, wie er sodann trockene Äste sammelte und ein Feuer entzündete, wie er die Pilgerkutte ablegte, die Wanderschuhe auszog und beides dem Feuer übergab.

Der Rauch wirbelte im Wind, andere Pilger kamen in ihre Nähe, umarmten sich, warfen ebenfalls ihre Stöcke ins Meer und ihre Schuhe in die Flammen.

Hanna wusste jetzt, was zu tun war. Sie hatte die Last seit Herberts Selbstmord mit sich herumgetragen. Sie kramte in ihrem Rucksack und holte ihre Aufzeichnungen für die Story und den überlassenen USB-Stick hervor.

»Das willst du wirklich tun?«, fragte er.

»Ja, diese Geschichte von Jakobs Weg gehört nicht in das Magazin, die trage ich in meinem Herzen.«

Das Manuskript und der Datenträger verbrannten. Mit einem kräftigen Wurf flog auch ihr Wanderstock in das Meer. Sie fühlte sich unendlich gut und fragte ihn:

»Wie wird deine weitere Reise aussehen, hast du schon eine Idee?«

Er antwortete ohne zu zögern: »Ich werde den Kirchendienst verlassen und mich als systemischer Coach für misshandelte Kinder einsetzen – in Hamburg.«

Sie sah den Mann in Jeans und ohne Schuhe von unten nach oben an, griff seine Hand und schaute mit ihm zum Anfang der Welt.

* * *

11.

WARUM DIESES BUCH?

Ein Interviewpartner fragte mich, warum ich ausgerechnet über Kindesmissbrauch schriebe, obwohl ich doch selbst kein Opfer einer sexuellen Gewalttat sei.

Muss man dafür ein Opfer sein? Mir war das Thema immer präsent, vielleicht, weil ich in einer Zeit aufwuchs, in der Kindesmissbrauch vollkommen tabuisiert wurde. Als dann die Fälle in Lügde, Bergisch Gladbach und in Münster aufgedeckt wurden, begann ich tiefer einzusteigen. Ich bewegte mich fortan in einer Welt des Grauens und stellte mit Entsetzen fest, dass sexuelle Gewalt gegen Kinder inmitten unserer Gesellschaft hinter verschlossenen Türen geschieht. Also in Kinderzimmern, Kellern, Heimen und Wohnwagen. Verübt von Tätern aus „sozialen Nahbereichen" (BKA), vom Vater, Großvater, Onkel, Schwager und auch durch Frauen als Mittäterinnen oder Mitwisserinnen. Außerhalb der eigenen vier Wände wird das Verbrechen bevorzugt in anderen geschützten Bereichen ausgeübt, wie in KITAS, Heimen, Internaten, auf Betreuungsfahrten und sogar in klinischen Betreuungseinrichtungen.

Das BKA berichtet, dass in Deutschland im Jahr 2019 knapp 16.000 Kinder sexueller Gewalt ausgesetzt waren, und damit über 1.300 mehr als 2018. Das Delikt geschieht also mindestens dreiundvierzig Mal am Tag. Die Dunkelziffer soll bis zu fünfzehn Mal höher sein. In diesem Fall reden wir über eine knappe Viertelmillion missbrauchter Kinder im Jahr. Statistisch gesehen sitzen einige Opfer in jeder Schulklasse und in jeder KITA. Noch stärker angestiegen sind die Fälle von

Kinderpornografie: Die Zahl der polizeilich erfassten Delikte in diesem Bereich erhöhte sich um etwa 65 Prozent, auf mehr als 12.200.

Die Bundesregierung weist darauf hin, dass die „aufgrund der Corona-Auflagen verstärkte häusliche Isolation, zu mehr Fällen von familiären Konflikten führt. Viele Familien leben in einer Ausnahmesituation und hätten mitunter existenzielle Sorgen. Zugleich seien Kinder im Moment weniger in Kontakt mit Erziehern, Lehrern und Kinderärzten, die Sozialkontrolle sinke."[1]

Auch die WHO spricht von einer deutliche Zunahme zwischenmenschlicher Gewalt in allen Teilen der Region als Folge der gegen COVID-19 ergriffenen Maßnahmen für Familien.[2] In meiner Recherche sah ich die schrecklichen Bilder im Netz. Meine Zumutbarkeitsgrenze war schnell erreicht. Diese Visualisierung war auch unnötig, denn was mir Experten über die physischen und psychischen Schäden vermittelten, war bereits entsetzlich genug: Bald fangen die missbrauchten Kleinen an, durch Gesten und Sprache Signale auszusenden. Im weiteren Verlauf werden sie durch ihre Peiniger systematisch abgerichtet, bis sie glauben, es sei normal, was ihnen widerfährt. Mit Druck oder Geschenken werden sie stillgehalten. Die meisten missbrauchten Opfer verschwinden später in der Gesellschaft, reden aus Scham nicht über ihr Leid. Doch ihre psychischen Schäden werden sie oft ein Leben lang nicht mehr los.

Eine erwachsene Frau berichtete mir, sie sei vom zehnten bis zum achtzehnten Lebensjahr von ihrem Schwager täg-

---

1 (https://www.bundesregierung.de/breg-de/aktuelles/miss brauchszahlen-1752038).

2 https://www.euro.who.int/de/health-topics/disease-prevention/ violence-and-injuries/news/news/2020/6/the-rise-and-rise-of-interpersonal-violence-an-unintended-impact-of-the-covid-19-response-on-families

lich missbraucht worden, nichts war ihr fremd. Mit Anfang zwanzig realisierte sie, dass diese erlebte Art der Sexualität nicht normal ist. Sie erkrankte an schwersten Depressionen und wurde nach zwei Selbstmordversuchen in die Psychiatrie eingewiesen. Dort konnte man ihr, außer mit Psychopharmaka, nicht helfen. Von ihr lernte ich, dass das Leben nach dem Missbrauch oft noch schlimmer ist, als die Zeit des Missbrauchs selbst. Von ihr lernte ich aber auch, dass man mit Kraft, Willen, einem verständnisvollen Partner, Freunden oder einer Selbsthilfegruppe eine gute Chance hat, neu anzufangen. Die Erfahrung werde man nie los, lehrte sie mich, aber man könne lernen, mit ihr zu leben. Für ihren Vergewaltiger findet sie jedoch noch heute schützende Worte. Das „Stockholm-Syndrom" ist ein Teil von ihr geworden.

Oft sind wir entsetzt, wie milde durch Gerichte geurteilt wird. Das Sexualstrafrecht wurde im Laufe der Jahre zwar sukzessive verschärft, aber ist auch heute noch weit vom gebotenen Schutz unserer Kinder entfernt. Immerhin wird die Tat inzwischen nicht mehr als Vergehen, sondern als Verbrechen mit einer Höchststrafe von bis zu 15 Jahren geahndet. Ebenso wird die Verbreitung von Kinderpornografie härter bestraft. Die Verjährungsfrist wird künftig erst mit der Vollendung des 30. Lebensjahres des Opfers beginnen. Ich meine, es sollte für dieses Verbrechen an Kindern wie bei Mord überhaupt keine Verjährungsfrist geben.
Das Innenministerium verlangt eine Datenvorratsspeicherung im Bereich dieses Deliktes für mindestens sechs Monate und hofft, dass die europäische Gesetzgebung diesen Weg mitträgt. Ich fürchte, dieses wird im Zuge des Datenschutzes nicht geschehen. Datenschutz geht vor Kinderschutz, das muss man erst einmal begreifen.
Der Weg vom kinderpornografischen Bilderaustausch zu schwerer sexueller Gewalt ist oft kurz. Die Polizei kämpft

angesichts der wachsenden digitalen Raffinesse der Host-Betreiber im Darknet einen aussichtslosen Kampf, sie weiß das. Trotzdem versuchen Polizistinnen und Polizisten in mühsamer Kleinarbeit, die Täter zu überführen. Ihnen, die oft selbst kleine Kinder haben, gehört mein allergrößter Respekt. Gelegentlich zerbrechen sie daran, trotz Schichtwechsel, trotz psychologischer Betreuung oder einer Supervision. Dieses Buch ist ihnen gewidmet.

Im Jahr 2020 gab es mehrere Gerichtsprozesse, die das unsägliche Treiben der Täter ans Licht brachten. Jedes Mal war die Betroffenheit angesichts der widerlichen Fakten im Land groß, um nach wenigen Tagen abzuebben. Dieses Wegschauen finde ich ebenso unerträglich wie das Verbrechen selbst. Wir nicht-misshandelte und nicht-missbrauchte Menschen laden eine große Schuld auf uns, wenn wir uns nicht zum Schutz unserer Kinder erheben, jeder im Rahmen seiner Möglichkeiten. Bitte tun Sie das! Die Möglichkeiten sind groß. Mit harten Strafen allein bekommen wir das Problem nicht in den Griff. Wir alle müssen unseren Beitrag leisten, das Problem zu erkennen und wo es auftritt, zu verhindern. Erhöhen wir unsere Wahrnehmungsschwelle, indem wir als Eltern oder Erziehungsberechtigte die Kinder für die mögliche Gefahr sensibilisieren und sie unter diesem Aspekt auch beobachten. Nehmen wir unbedingt die kleinen Signale wahr oder sogar Verhaltensänderungen. Das können Ängstlichkeit, Aggressivität, Leistungsabfall, Rückzugstendenzen, Konzentrationsschwäche, Distanzlosigkeit, ein ungewöhnliches sexualisiertes Verhalten oder die Beschäftigung mit pornografischen Bildern sein. Kinder-Chat-Gruppen mit pornografischen Inhalten sind ein Magnet für Missbrauchstäter, hier fängt es oft mit dem Bilderaustausch an. Achten wir unbedingt auf das Chatverhalten unserer Kinder.

Unser Land bietet viele Möglichkeiten, sich zu informieren und zu schützen, beginnend bei dem *Unabhängigen Beauf-*

tragten für Fragen des sexuellen Kindesmissbrauches, über Organisationen, Fonds und Stiftungen und Vereine, wie der *Deutsche Kinderverein*, der eine Bewusstseinsänderung in der Gesellschaft für das Thema Kindesmisshandlung und der sexualisierten Gewalt gegen Kinder erreichen will.

Die Augen vor dem Undenkbaren aufmachen, müssen wir selbst, bevor es vielleicht schon passiert ist. Und wenn es passiert ist, ist es trotzdem noch nicht zu spät.

Wer Hilfe sucht, findet sie bundesweit oder lokal. Eine Auswahl findet man im Kapitel 12 dieses Buches.

Sexueller Kindesmissbrauch in einem Krimi? Ich habe mich dafür entschieden. Durch dieses Genre hoffe ich, viele zu erreichen, die sich bei diesem Thema sonst eher abwenden. Dabei habe ich weitgehend darauf verzichtet, „schmutzige" Details zu schildern. Wichtiger war mir, in einer spannenden Handlung Informationen zum Kindesmissbrauch zu vermitteln und durch diesen Mix ein Bewusstsein zum Aufstehen zu wecken.

Die Verbindung zum Jakobsweg mag die Pilger oder diejenigen, die es werden wollen irritieren, falls sie bei dem Titel einen Reiseführer erwartet haben. Er ist es indirekt auch, denn der Weg von St.-Jean-Pied-de-Port nach Burgos verläuft wie im Buch beschrieben. Auf diesen schwierigen Weg wollte ich die Missbrauchstäter schicken und sie ihre physischen und psychischen Grenzen erleben lassen.

Mit welcher Absicht auch immer dieser Pilgerweg begangen wird, der Jakobsweg ist für jedermann ein Weg zu sich selbst. *Wandere und du wirst dich verwandeln* ... Ich darf das sagen, weil mir die Herausforderungen und die Gefühle auf dem Jakobsweg durch eigenes Pilgern, übrigens mit meinem Hund, vertraut sind. Empfehlen darf ich angehenden Pilgern, den Jakobsweg allein zu gehen. So spürt man sich wohl am besten und das sollte das Ziel sein.

Für die Zuarbeit danke ich all den hilfreichen Menschen aus den Bereichen der Polizei, Stiftungen, Erziehung und Politik. Für die literarische Unterstützung meinem Lektor Volker Maria Neumann sowie den Damen Yasmine Brechner und Heike Klein für die finale Korrektur. Aber auch von Herzen den Testleserinnen und Testlesern von Lovely Books, die das Werk vor dem Druck unter die literarische Lupe genommen haben.[3]

Vor allem danke ich meinem langjährigen Verleger, Franz König, www.ratio-books.de, der sich nach der Thriller-Trilogie erneut spontan bereit erklärt hat, dieses wichtige Thema auf eigenes Risiko auf den Markt zu bringen und sich in seiner Entscheidung nicht vom Kauftrend des Mainstreams beeinflussen ließ. Auch solche engagierten Verleger gibt es noch in unserem Land.

Wenn Sie Fragen oder Anregungen haben, schreiben Sie mir gern: trauboth.autor@gmail.com
Ich freue mich darauf und versuche, jedem zu antworten.
Ihr
Jörg H. Trauboth
www.trauboth-autor.de

---

3 https://www.lovelybooks.de/autor/J%C3%B6rg-H.-Trauboth/Ja kobs-Weg-2808362888-w/, abgerufen am 05.01.2021

12.

ERSTE HILFE

(Kontakte)

**MUSS SEXUELLE GEWALT GEGEN KINDER ANGEZEIGT WER-
DEN?**
Quelle: https://beauftragter-missbrauch.de/recht/strafrecht/ver
dachtsfall-und-anzeigepflicht#e6121

„**Eine generelle Anzeigepflicht bei sexuellem Missbrauch besteht in Deutschland nicht.** Dies wird damit begründet, dass
es den Opfern weiterhin möglich sein muss, sich jemandem
anzuvertrauen – ohne dass zwangsläufig Anzeige erstattet
und ein Strafverfahren eingeleitet wird.
Andererseits wird das Verhalten von Institutionen kritisiert,
dass diese die Erstattung von Strafanzeigen bei Missbrauchs-
verdacht unterlassen hätten, um Missbrauchsfälle in ihren
Reihen zu vertuschen.

Weder **Betroffene noch** Privatpersonen sind gesetzlich verpflichtet, bei Verdacht auf sexuellen Missbrauch eine Strafanzeige gegen den Täter oder die Täterin zu stellen. Auch wenn
die Privatperson aus glaubwürdiger Quelle erfährt, dass eine
solche Tat in der Zukunft geplant ist, entsteht daraus keine
Verpflichtung zur Anzeige.
Für **Erzieherinnen und Erzieher sowie sozialpädagogische
Fachkräfte**, die als Mitarbeiterinnen oder Mitarbeiter eines
Trägers der öffentlichen oder freien Jugendhilfe tätig sind,
sind darüber hinaus die entsprechenden Regelungen im So-

zialgesetzbuch zu beachten. Verstöße gegen die Pflichten aus Arbeits- oder Dienstverhältnissen können dienst- oder arbeitsrechtliche Konsequenzen nach sich ziehen. Die Pflicht, eine Kindeswohlgefährdung zu verhindern, eröffnet jedoch nur die Möglichkeit, nicht die Verpflichtung zur Einschaltung der Strafverfolgungsbehörden.

Bei der Anzeigepflicht von **Behörden und Amtsträgern** unterscheidet der Gesetzgeber: Wer im **Bereich der Strafverfolgung** tätig ist – also etwa bei der Polizei oder der Staatsanwaltschaft – muss Straftaten anzeigen, wenn sie oder er dienstlich davon erfahren hat. Für Mitarbeiterinnen und Mitarbeiter anderer Behörden, wie beispielsweise der Jugendämter, besteht eine solche Pflicht zur Strafanzeige nicht ...

Die **Kirchen** sind Körperschaften des öffentlichen Rechts. Dieser Status verleiht ihnen jedoch keine besonderen Befugnisse oder Pflichten, die über die einer privaten Vereinigung hinausgehen. Für die Mitarbeiterinnen und Mitarbeiter von Kirchen gelten deshalb bezüglich der Pflicht zur Anzeige von sexuellem Missbrauch dieselben Grundsätze wie für Privatpersonen: Sie sind nicht dazu verpflichtet, Straftaten anzuzeigen."

KONTAKTE FÜR HILFE BEI VERDACHT UND IN DER NOT (DEUTSCHLAND / ÖSTERREICH / SCHWEIZ)
(EINE AUSWAHL VON A-Z)

DEUTSCHLAND
IM NOTFALL: (Einzelheiten unter Beratung und Intervention)
Beauftragter Bundesregierung: 0800-22 55 530
Polizei: 110
Rettungsdienste: 112
Telefonseelsorge: 0800 111 0111 oder 0800 111 0222
Weisser Ring - Opfer-Telefon: 116 006

BERATUNG UND INTERVENTION:
Beauftragter für Fragen des sexuellen Missbrauchs (Amt der Bundesregierung).
https://beauftragter-missbrauch.de/hilfe/hilfetelefon

Hilfetelefon Sexueller Missbrauch:
0800-22 55 530 (kostenfrei und anonym)
beratung@hilfetelefon-missbrauch.de

„Das *Hilfetelefon Sexueller Missbrauch* ist die bundesweite, kostenfreie und anonyme Anlaufstelle für Betroffene von sexueller Gewalt, für Angehörige sowie Personen aus dem sozialen Umfeld von Kindern, für Fachkräfte und für alle Interessierten. Es ist eine Anlaufstelle für Menschen, die Entlastung, Beratung und Unterstützung suchen, die sich um ein Kind sorgen, die einen Verdacht oder ein ‚komisches Gefühl' haben, die unsicher sind und Fragen zum Thema stellen möchten. Die Frauen und Männer am Hilfetelefon sind psychologisch und pädagogisch ausgebildet und haben langjährige berufliche Erfahrung im Umgang mit sexueller Gewalt an Mädchen und Jungen. Sie hören zu, beraten, geben Informationen und zeigen – wenn gewünscht – Möglichkeiten der Hilfe und Unterstützung vor Ort auf. Jedes Gespräch bleibt vertraulich."

BIOS Opferschutz – Kein Täter werden
Kostenloses Therapieangebot für Personen, die sich zu Kindern hingezogen fühlen.
Das Angebot „Stopp – bevor was passiert!" bietet Hilfe für Personen mit pädophilen Neigungen. In der Therapie können Betroffene lernen, mit ihren Neigungen verantwortungsvoll umzugehen.
Bundesweite kostenfreie Hotline:
0800 70 222 40: Montag bis Freitag 9:00 bis 18:00 Uhr.
https://www.bevor-was-passiert.de/

Charité Präventionsprojekt „Kein Täter werden"
https://sexualmedizin.charite.de/forschung/kein_taeter_werden/
+49 30 450 529 450
praevention@charite.de

Das Präventionsnetzwerk „Kein Täter werden" bietet deutschlandweit ein kostenloses und durch die Schweigepflicht geschütztes Behandlungsangebot für Menschen, die therapeutische Hilfe suchen, weil sie sich sexuell zu Kindern hingezogen fühlen und darunter leiden.
https://www.kein-taeter-werden.de/

Deutscher Kinderverein e.V.
Sommerburgstraße 22
45149 Essen
0201 47900520
post@deutscher-kinderverein.de
https://deutscher-kinderverein.de/

Dunkelziffer e.V.
https://www.dunkelziffer.de/startseite/
040 42 10 700 10
Online: https://dunkelziffer-onlineberatung.beranet.info/e-mailberatung/service/emailberatung/anfrage.html?no_cache=1&tx_beranetplus_pi1%5Bno_cache%5D=1

Hänsel und Gretel
https://haensel-gretel.de/
Deutsche Kinderschutzstiftung
Friedrich-Eberle-Str. 4d
76227 Karlsruhe
+49 721 66985659

Kinder und Jugendtelefon:
0800 111 0333

N.I.N.A. e.V.
Hilfe und Beratung für Betroffene, für Fachkräfte, für besorgte Menschen aus dem Umfeld, für Kinder und Jugendliche.
https://nina-info.de/
mail@nina-info.de
Berta - Telefon: 0800 3050 750

Notfallseelsorge
Adressen Landesebene und Regionalebene:
https://www.notfallseelsorge.de/kontakt-bundesebene.html

Nummer gegen Kummer
116 111
anonym und kostenlos erreichbar montags – samstags
14:00 bis 20:00 Uhr
https://www.nummergegenkummer.de/kinder-und-jugendtelefon.html

Online-Beratung für Jugendliche
www.youth-life-line.de

Polizei
https://www.polizei-beratung.de/opferinformationen/sexueller-missbrauch-von-kindern/

Der Schritt, sich bei diesem Thema an die Polizei zu wenden, kann der richtige sein, muss es aber nicht, er sollte gut überlegt sein. Warum? Die Polizei ist verpflichtet, die Staatsanwaltschaft zu informieren – auch im Falle, dass die Anzeige wieder zurückgenommen werden sollte, wird die Staatsanwaltschaft ermitteln. Nicht immer ist eine sofortige Anzeige der richtige Weg. Dem Kind ist nicht geholfen, wenn hier überstürzt gehandelt wird, da es durch eine gerichtliche Aufarbeitung retraumatisiert werden könnte. Eine mögliche Alternative ist es, sich an den Opferschutz der Polizei zu wenden, der ähnlich behutsam arbeitet wie die Telefonseelsorge und Notfallseelsorge.

Mögliche Schritte vor Einbindung der Polizei: Beratungsstellen (siehe diese Liste), örtliches Jugendamt, ärztliche Untersuchung (Beweissicherung.)

Was auch immer Sie als Erwachsener unternehmen – sprechen Sie, sofern dieses altersbedingt möglich ist, Ihre Absicht mit dem Kind ab. Nichts darf über dessen Kopf hinweg entschieden werden.

Telefonseelsorge
rund um die Uhr unter 0800 111 0111 oder
unter 0800 111 0222

Weisser Ring
Opfer-Telefon 116 006
Online-Beratung: https://weisser-ring.de/hilfe-fuer-opfer/online
beratung

Zartbitter Köln e.V.
Kontakt- und Informationsstelle gegen sexuellen Missbrauch an Mädchen und Jungen
Sachsenring 2 - 4 50677 Köln
Telefon 0221 - 31 20 55; Telefax 0221 - 9 32 03 97
E-Mail: info@zartbitter.de; Internet: www.zartbitter.de

ÖSTERREICH

IM NOTFALL:
Polizei-Notruf: 133
Telefonseelsorge: 142
Weisser Ring: 0800 112 112

BERATUNG:
Gewaltinfo.at (Eine Initiative des Bundesministeriums für Arbeit, Familie und Jugend).
Organisationen, die Hilfe und Beratung im Bereich „Gewalt an Kindern" anbieten hier:
https://www.gewaltinfo.at/hilfe-finden/hilfsorganisationen.php?beratungsstelle=&bundesland=&submit=Weiter

SCHWEIZ

IM NOTFALL:
Polizei: 117
Die dargebotene Hand: 143
Medizinische Hilfe: 144
Sorgentelefon für Kinder und Jugendliche: 147

BERATUNG:
Ausgewählte Links für Vorgehensberatung und für Betroffene:
https://limita.ch/materialien/#links-intervention

Weitere Bücher von Jörg H. Trauboth:

978-3-939829-64-5
E-Book: 978-3-939829-77-5

978-3-96136-052-9
E-Book: 978-3-96136-053-6

978-3-96136-067-3
E-Book: 978-3-96136-068-0

978-3-415-05517-9
E-Book: 9783-415-05808-8